大神級超人氣作家
冬天的柳葉——著

韶光慢

卷一

作者序

（內含故事情節要點，建議未讀勿入）

《韶光慢》是我第三本繁體書，卻是我第一次寫序。想一想，確實有許多心裡話想與親愛的讀者分享。

多年前與文字結緣，一直寫到現在，長篇作品已經寫到第六篇，《韶光慢》是第五篇，也是最近完結的一篇，它在我到目前的寫作生涯中，意義格外不同。動筆寫《韶光慢》之前，是我寫作之路上很艱難的一個時期。那時我的小兒子出生了，再一次當媽媽的欣喜並不能掩蓋身體、精神狀態的疲憊。我休息了將近四個月，告別了習慣到骨子裡的每天敲打鍵盤的生活，然後變得格外想念它。是的，支撐我長久走在創作之路上的初心源於熱愛。

熱愛之餘便是忐忑。

這麼長時間沒有寫文，我是不是還能捕捉到讀者的興趣所在？作為兩個孩子的媽媽，當我動筆後又能不能做到筆耕不輟，不辜負千萬個等待看故事的讀者？

這些念頭使我惴惴不安，卻無法阻擋我寫新故事給讀者們看的決心，《韶光慢》便是在這種情況下誕生的故事。

《韶光慢》開篇的切入點是有些大膽的。男女主雖然成婚了，男主卻連掀起新娘紅蓋頭的機會都沒有就奉命出征，所以數年後男女主第一次見面就是在戰場上，兵臨城下之時。敵軍用女主的性命要脅男主退兵，而男主為了家國百姓，為了女主不受敵軍折辱，毅然用箭射死了女主。這是他們的結束，亦是他們的開始。女主重生在一個被拐賣的小姑娘身上，恰好來到了女主老家，卻發現父母家人葬身火海，只有兄長與幼妹僥倖逃生。回到京城找到兄長、查出家人遇害的原因並為家人報仇雪恨成了女主的目標。回京調查的女主與大勝凱旋的男主相遇了，一個背負著親手射殺妻子的痛苦枷鎖，一個心懷著對夫君果決無情的小小怨念，兩個人如何重新相知相愛，就是這個故事要呈現給大家的。

說大膽，是因為女主能原諒男主，有些讀者卻覺得無法原諒。也許是看多了男主為了女主負盡天下人的故事，覺得這樣的男主難以接受。我曾猶豫過，最終還是堅持了這個設定。在我看來，這樣的男主才有血有肉，值得人欽佩，值得人去愛。他有他的責任，亦有他的苦難與無奈。我相信大家讀過這個故事後會發現男主的魅力所在。

而在《韶光慢》從網上連載到完結的整個過程，證明我的堅持沒有錯。《韶光慢》受到了很多讀者的喜愛與支援，電子成績十分不錯，更令我驚喜的是《韶光慢》還入選了起點中文網臺灣分站二〇一七年度暢銷作品榜第三名與金讚票第三名。

而今，《韶光慢》的紙質書終於與大家見面了，很榮幸它能被送到你們手中。這部作品算是我寫作生涯中一個里程碑式的作品，我十分珍視，希望有緣見到這本書的你能感受到我的認真與用心，更希望它能給你帶來愉悅的閱讀感受。

最後，願如《韶光慢》這個書名，祝親愛的你每一天都充實圓滿。錦瑟年華，不負韶光。

冬天的柳葉

楔子

烏雲低垂，旌旗搖曳。

矗立在冰天雪地中的燕城好似成了與世隔絕的孤島，被大梁的將士們團團包圍。

為首的年輕將軍銀甲裹身，腥紅披風招展於身後，手一抬，吐出比冰雪還要冷的兩個字：「攻城！」

隨著這兩個字吐出，頓時就是一片殺聲震天。早已搖搖欲墜的城牆上一陣騷動，緊接著傳來北齊將領的冷喝聲：「邵將軍，你瞧瞧這是誰，再下令攻城不遲。」

話音落，一個女子被人押著立於城牆之上。

那女子鴉黑長髮攏在耳後，露出一張光潔素淨的面龐。北風如刀割著她柔嫩的臉，使唇更紅，臉更白，猶如一朵封存於寒冰中的玉芙蓉，雖素淨，卻格外灼人眼。

場面頓時一靜。

年輕俊美的銀甲將軍神情沒有一絲動容，手再次抬起——

城下大軍又上前一步，那壓抑卻勢在必得的氣勢迫得城牆上的人心驚膽戰。

北齊將領一把扯過女子，推到身前，氣急敗壞喊道：「邵將軍，你看清楚，這可是你婆娘。只要你退兵，我保她安然無恙，如若不然，你婆娘可就要沒命了！」

年輕將軍一愣。

身側一位下屬低聲道：「將軍，那確實是您夫人。」

年輕將軍勒著韁繩，深深看了城牆上的女子一眼。

原來，這就是他的妻。

似是感受到男子的目光，城牆上的女子眸光微轉，與他遙遙對視。

北地屢被齊人肆虐搶奪，而今竟還被奪了城池，不知灑下多少將士的血才有了今日的收復之戰，又怎會因她一人而停下腳步？

她雖是女子，這點民族氣節還是有的。

而那位令齊人聞風喪膽的年輕將軍，今日她才第一次看清模樣的夫君，亦不可能因她放棄收復山河的機會。

女子嘴張了張。天太冷，又許久不曾開口，一時間竟吐不出一個字來。

念頭才閃過，她的視線中一支利箭由遠及近倏地放大，緊接著就是劇痛傳來。

她下意識垂頭，就見胸前鮮血噴薄而出，熱血帶來的暖意在寒風中很快凝結消散。

這混蛋，竟連一句大義凜然的話都沒給她機會說出來！迎接死亡的那一刻，女子恨恨地想。

「將軍——」

年輕將軍身側的下屬忍不住喊了一聲。年輕將軍神色平靜收回弓，垂眸遮去眼底的歉疚，冷冷吐出先前說過的兩個字：「攻城。」

明康二十五年初春，大梁燕城收復。靖安侯次子，北征將軍邵明淵受封冠軍侯，凱旋歸京。

而他的妻子喬氏，一腔熱血永遠留在了燕城城牆上。

一　騎驢少女

春風似剪，裁出了一片片淺綠嬌紅，越是往南，那春意便越發地濃。

官道旁茶棚簡陋，臨近晌午的時候卻坐了不少人。年邁的茶博士持著長嘴銅壺穿梭其間，及時給客人們添茶倒水。此處離寶陵城十多里，出城的人隨意談論著城中近來發生的趣事，那將要往寶陵城去的客人則饒有興致地聽著。此時就有一人提到，寶陵城今日來了幾位年輕公子，聽口音像是京城來的，個個風流俊秀，其中一人更是潘安宋玉般的人物。

就有人不通道：「難道能比得上嘉豐喬家玉郎？」

嘉豐位於寶陵以南，乘船而下也要花上兩、三日工夫，那喬家玉郎的名聲能傳到這邊來，足以說明是如何出眾的人物了。

先前說話的人灌了幾口涼茶，一笑露出東倒西歪的一口牙。「喬家玉郎我沒見過，不過要說能趕上我在城中遇見的那位公子，我是不信的。」

這話一出，立刻就有不少人跳出來反駁，又有同樣見過城中幾位公子的數人與之爭辯。

「老伯，來一壺茶，再上兩碟甜糕。」一個聲音打斷了雙方的爭論。

眾人循聲望去，就見一名三十多歲的男子在茶棚不遠處停住，轉身從毛驢背上扶下一位十二、三歲的少女來。

男子見眾人都看過來，把毛驢在路邊樹上拴了，身子一擋，遮住少女大半身形，略帶不耐地喊道：「快點上，我閨女不大舒服，趕著進城呢。」

「好勒——」茶博士忙端上一壺茶並兩碟子甜糕。

男子把一碟子甜糕推到少女面前，聲音不大不小道：「吃吧。」

他說完，抓起茶碗猛灌了幾口。

尋常人家不講究，女孩子騎驢趕路很平常，眾人便收回了目光。只有幾個眼尖的驚訝於少女的秀美，忍不住多瞄了幾眼。男子顯然不高興別人瞧他閨女，重重哼了幾聲。

他生得人高馬大，瞧著就是不好招惹的。坐在這簡陋茶棚裡喝茶的都是尋常人，不欲惹事，就都不再關注這邊，重拾剛才的話題。

「要我說，城裡來的那位公子肯定比不上喬家玉郎！京城雖好，哪及得上咱們這邊山清水秀，特別是嘉豐縣，遠近聞名出美人的地方。」

自從在茶棚中坐下就很規矩老實的少女忍不住抬頭，看了說話的人一眼。

「什麼啊，我怎麼聽說那喬家玉郎也是京城來的？」

「喬家玉郎是京城來的不假，可人家是地道的嘉豐人。大前年喬先生過世，隨著家人回鄉給祖父守制的。」

「啊，原來喬家玉郎是喬先生的孫子……」

提起喬家玉郎，當地人要加一個首碼：嘉豐縣的，可若說到喬先生，那全天下人都會想到同一人——前國子監祭酒，名滿天下的大儒，早年有「天下才子第一人」之稱的喬拙先生。只可惜，喬先生已於兩年多前過世了。茶肆裡紛紛響起惋惜聲。

少女垂眸遮去眼底的異樣，耳邊已經聽不進那些聲音。

她一睜眼，從北征將軍邵明淵的妻子、喬先生的孫女喬昭，變成了十三歲的少女黎昭，更落入了人販子之手。沒想到兜兜轉轉，居然快要回到自己的家鄉了。

祖父……喬昭在心底喃喃念著。

嫁去京城後，她從沒想到會以另一個身分、以這樣的方式，如此靠近她無數個午夜夢迴中心心念念的地方。嘉豐，那裡葬著她最敬愛的祖父，還生活著從京城回來的至親。算起來，現在父兄他們已經除孝了。喬昭悄悄握了握拳，不動聲色掃牛飲的男子一眼。

腦海中殘留的記憶裡，小姑娘黎昭自從落入這人手裡，試著逃跑過數次，無一不以失敗告終。最激烈的一次，小姑娘尋了個機會掙脫，邊跑邊哭喊是被這人拐賣的，引得不少路人圍觀。這人追上去，言辭懇切，一邊抹淚一邊說：「閨女啊，爹知道妳恨我，攔著妳與隔壁的王二牛私奔。可妳再怎麼恨，爹都不能看著妳走錯路啊！別鬧了，乖乖跟爹回家吧，妳娘的眼睛都快哭瞎了……」

小姑娘聲嘶力竭的哭喊沒有留住圍觀的人，男子到了無人處狠狠教訓了她一頓，從此盯得更緊。而能有現在的這點自在，卻是代替小姑娘活過來的喬昭這兩日格外老實的成果。

「走吧。」男子在桌子上留下幾枚銅板，站起身來。喬昭忙站起來，目不斜視跟著男子往外走。因著這番動靜，那些目光又落在她身上。

少女款款而行，不經意間流露出來的優雅讓男子忍不住皺眉。這次的貨色是他這些年得手最好的一個，可未免太好了些，光這麼隨意走著就如此惹眼，前兩日怎麼不覺著呢？

男子嘆了口氣，暗暗下定決心，等進城後還是換輛馬車好了。

一個時辰後。

喬昭騎在驢背上，仰頭望著城門上「寶陵」二字有些出神。

寶陵她是來過的。祖父喬拙灑脫不羈，早早就不耐煩做官，辭官後帶著祖母與她縱情山水，後來身體不行了，就回了嘉豐隱居。她曾為了祖父的病，跑過兩趟寶陵。城還是那個城，她卻變得太徹底了。幾日來的小心翼翼終於在這一刻鬆懈些許，一抹自嘲笑意在嘴角一閃而過。

男子帶著喬昭進了城，尋地方賣了那頭雜毛驢，走在熙熙攘攘的街道上，擔心剛安分兩日的小丫頭又出亂子，就低聲安撫道：「妳且乖乖聽話，我帶妳去上好的酒樓吃飯，回頭再僱一輛馬車，就免得妳風吹日曬了。」

「還要去哪裡？」一直沉默寡言的喬昭忽然開口。

少女與男子對視，雙目清湛，如春日裡最輕柔的水波被微風吹皺。鬼使神差下，男子回道：「揚州。」回過神來，男子有些懊惱，旋即又安慰自己：小丫頭知道了又何妨？過了這寶陵，揚州城很快便到了。

揚州啊。喬昭面上沒有變化，心中卻「咯噔」一聲，暗道不好。從這裡到揚州將走另一條路，離著她的家鄉嘉豐卻是越來越遠了。等到了全然陌生的地方，即便逃脫，才十二、三歲的小姑娘，恐怕會才出狼窩，又落虎口。喬昭沒有想好以現在這副模樣如何與親人相認，但至少知道父兄皆是端方君子，面對落難的小姑娘，不會生出歹意來。

她是無論如何都要回家的，這樣的話，必須在寶陵城脫身！

城中街道不算寬，喬昭低眉順眼跟著男子走，眼角餘光時刻留意著周圍動靜。有那麼一、兩次，男子似乎放鬆了盯防，她還是硬生生忍下了逃跑的誘惑。

不經意間看到男子微微挑起的眉，喬昭心中泛涼。果然不出所料，在這人來人往的地方，男子只會對她看得更嚴，表面放鬆不過是看她是真老實還是假老實罷了。

男子忽然停下來，指著路邊一家酒肆道：「咱們就在這吃。」

喬昭沒有動。

男子擰起眉，心道小丫頭莫非還不死心？

「快點進去，等會兒還要趕路呢。」男子一邊催，一邊伸手去拽喬昭。小姑娘手一抬，指向前方不遠處一棟三層酒樓，聲音嬌柔如糯米甜酒，在人心頭一點點發酵。

「你說帶我去上好的酒樓用飯的，這裡不好。」男子臉一黑。那可是寶陵最好的酒樓，吃一頓可不便宜。他這一遲疑，小姑娘一雙清澈眸子立刻蘊滿了淚水，倔強道：「你騙人，說帶我去上好的酒樓，這家酒肆根本不上檯面！」

眼下正是飯點，進出的人頗多，小姑娘聲音微揚，立刻就有不少人看過來。站在酒肆門口的夥計顯然聽見了那番話，已然變了臉色，抬腳過來趕人。

男子臉色微變。他想起在京城花朝節上拐走這小丫頭時她身上的好衣料，心知小丫頭出身非富即貴，看不上這路邊酒肆也是正常。

「你答應過的，我就要在那家酒樓吃。誰知道這酒肆乾不乾淨呀，萬一吃出蒼蠅來——」

酒肆夥計已經三兩步來到近前，氣呼呼道：「去去去，不吃別擋在門口！」說著狠狠瞪男子一眼。「怎麼管孩子的！」

喬昭才不理夥計怎麼說，驚呼一聲道：「哎呀，你看，這小二哥手指縫裡還有油漬呢，脖子上搭的汗巾也發黑……」

她聲音婉轉動聽，語速雖快，進出酒肆的人依然聽得分明，立刻就有兩人遲疑一下，本想進去吃飯的，抬腳轉去了旁家。酒肆不大，出來一探究竟的老闆娘聽到這話，抽出別在腰間的擀麵杖就衝過來了。喬昭年紀小，老闆娘不跟她計較，擀麵杖直接奔著男子去了。

男子見狀不好，拽著喋喋不休的喬昭撒腿就跑。二人一口氣跑到酒樓前才停下來，男子指著喬昭，氣得說不出話來。

喬昭一臉無辜。「我餓了。」

男子吐出一口氣。罷了罷了，醉仙居的酒菜雖貴，把這丫頭一賣什麼都賺回來了。眼看已快成事，還是少節外生枝。

「進去吧。」男子狠狠瞪喬昭一眼。

二人衣著普通，夥計沒有往樓上領，就在大廳空出的位置坐下來。

「客官吃什麼？」

男子還未開口，一道嬌柔的聲音響起：「江米釀鴨子。」

夥計一愣，不由看向男子。

「我要吃江米釀鴨子。」喬昭同樣看向男子，目光執著。

男子頭皮發麻，問夥計：「這道菜有嗎？」

「有是有，就是等的工夫長些。」

趕在喬昭開口前，男子揮手道：「就要這個，再隨意上兩樣小菜並酒水。」

不多時男子點的酒菜端上來，他拿起筷子開吃，喬昭則坐得筆直等著。約莫兩刻鐘後，桌上只剩下杯盤狼藉，那道江米釀鴨子才終於端上來。

「祖宗，吃吧。」男子壓低聲音，咬牙切齒。

喬昭從袖中抽出帕子，找夥計要了一杯白水，打濕帕子淨手。

男子忍不住嘀咕：「瞎講究什麼，之前風餐露宿不是也沒事兒？」

喬昭抬眸，嫣然一笑。「有條件時，當然要讓自己舒服些。」

男子被那忽然綻放的笑容晃得眼花，暗暗咂舌。乖乖不得了，小丫頭才多大，這一笑竟讓他險些失神。他冷眼看喬昭不疾不徐用飯，越看越是心喜。小丫頭這股窮講究勁兒，等她將來長大了，那些人就吃這一套。有這等潛力，他自然能賣個好價錢。這樣一想，等待似乎沒那麼枯燥了。

男子的反應不出喬昭意料，她求的，就是能緩緩吃這頓飯。男子覺得她有價值，又因為快要成事不願多生波折，自然會對她多些耐心。喬昭小口小口吃得極慢，偶爾，目光會從大廳裡掠過，不經意間在通往二樓的樓梯處停駐瞬息，如蜻蜓點水。

不知等了多久，男子很是不耐時，腳步聲從樓梯拐角處響起，很快便有三人踩著木質樓梯往下走來。三人彷彿磁石，瞬間吸引大廳裡的目光。廳內陡然一靜，就連一直對喬昭嚴防死守的男子這一瞬間都忘了眨眼，盯著其中一位紫衣男子猛瞧。那男子身材頎長，膚白如玉，五官精緻如極品瓷器，眉梢眼角的笑意仿若掬了一捧清輝，流光波轉間少了雕琢的匠氣，自成風流。

「拾曦，看來以後真不能和你一起出門了。」紫衣男子身側的藍衣男子低聲道。

「就是，只要你一出現，男女老少便只盯著你一個人瞧，襯得我們成了歪瓜裂棗。」另一青衣男子跟著道。

紫衣男子眼睛彎起，笑眯眯道：「我以為，你們早就習慣了。」

另兩人齊齊翻了個白眼。

三人說笑間已經來到大廳，步履悠閒往外走，廳內人目光追逐著三人。

喬昭唇角彎起。她等的人終於下來了，不枉她特意坐在靠近過道這邊。

在酒肆外面時，她一眼就看到這三人進了這家酒樓，便知道她一直等待的機會來了。那紫衣男子她恰好認識，乃是長容長公主的獨子，姓池名燦，字拾曦，人品還過得去。

就算她如今換了一副模樣，以池燦的風姿，至少不用擔心被劫色。或許……池燦平日裡擔心的更多些。

閃過這個念頭，眼見三人已經走到門口，喬昭不再遲疑，把手中筷子一丟，快速站起來就往門口衝去。她動作突然，人們還未從池燦卓然風姿帶來的震撼中回過神來，見到一個小娘子追過去，不約而同在想：果然有小娘子追過去啊，真是一點都不意外。

男子跟著點頭，忽然一愣。等等，那追上去的是——

他面色大變，起身就追，沒到門口就被夥計攔下來。「客官，還沒給錢呢，想吃霸王餐啊？也不打聽打聽醉仙居是誰開的。」

男子被酒樓夥計這麼一攔，喬昭很順利就追了上去。「等——等——」

三人駐足轉身，見是個十二、三歲的小姑娘追過來，那兩人同時向池燦擠眉弄眼。池燦對跑到近前的喬昭挑眉一笑。「小妹妹，有事嗎？」

咳咳，他雖然魅力無限，可這麼小的女孩子若是對他表白，他是堅決要拒絕的。

喬昭片刻不敢耽擱。她謀畫這麼久，就是為了爭取人販子被夥計攔下的那麼一會兒工夫，好讓她有機會把被拐的事情簡單說出來。

喬昭上前一步，死死抓住了池燦衣袖，仰頭哀求：「大叔，救我！」

包括池燦在內的三人瞬間石化。

喬昭早就想過了，像池燦這樣的男子，平日裡對他暗送秋波的女子定然不在少數，她若不管不顧把人攔住，說不定就被當成別有心思的女子了。嗯，叫「大叔」應該能讓人家放心了吧？

自以為體貼的喬昭語速飛快，說起事情的來龍去脈：「我是京城黎修撰之女，花朝節上被人販子拐到這裡來，求大叔救救我……」

大叔……這兩個字讓池燦嘴角直抽。噗嗤幾聲笑傳來，不用想就知道是兩位好友，更是讓他想伸手堵住這小姑娘的嘴。他明明比這小姑娘大不了幾歲，怎麼就成大叔了？叫大哥才對！不過……若是光天化日之下衝出個姑娘叫他大哥，他恐怕第一反應就是把人甩開吧？思及此處，池燦眸光一深，這才認真打量了喬昭一眼。

小姑娘身材纖細，形容嬌弱，像是一朵含苞欲放卻禁不住風吹雨打的白玉蘭，格外惹人憐惜，眉梢一粒紅痣則讓這朵玉蘭花嬌媚起來。這是個聰明的小姑娘呢，池燦想。

「妮妮，快回來，別衝撞了貴人！」終於擺脫酒樓夥計的男子衝過來，伸手就拽喬昭。喬昭身形一晃，像隻靈巧的魚，躲到了池燦身後。

男子抓了個空，又急又怒，解釋道：「公子，這是我閨女，因為不聽話和我嘔氣呢，您可別聽小孩子胡言亂語——」

「呃，妳是他女兒？」池燦側過身來，笑看著喬昭。

不同於容貌的嬌弱，少女語氣格外堅定，冷靜吐出兩個字：「不是。」

「這位大哥，她說不是呢。」池燦看向男子。

男子見情況有些不對，立刻擺出一副忠厚老實的模樣，嘆氣道：「公子有所不知，前兩日我這閨女被個臭小子哄著私奔，我好容易把人追回來，誰知她和我嘔氣，就不認我這個爹了，非和別人說我是人販子，就是為了找那臭小子去！」

男子篤定，只要這話一說出來，旁人就不會多管閒事了。上一次這死丫頭逃跑，他用的就是這個理由。

他忍不住看了喬昭一眼，隱含警告。死丫頭，等一會兒收拾妳！

喬昭與他平靜對視，忽然一笑。此一時彼一時。

小姑娘黎昭向圍觀眾人求救，雖然人多，實則只要這人給個說得過去的理由，那些人事不關己，也就散了。而她是向特定的人求救，那人無形中就會多一份責任感，不會一味聽從男子的解釋。更何況，他是池燦，若是連這點分辨能力都沒有，又怎麼和心思曲折的皇親貴胄們打交道呢？

「小姑娘，妳真的和人私奔了？」池燦身子微傾，似笑非笑，分明是在看喬昭笑話。

喬昭一臉認真地問：「大叔，若是您女兒和人私奔了，您會這樣嚷嚷出來，絲毫不顧及她的名聲臉面嗎？」

那當然不會！池燦下意識想回答，忙死死忍住。

開什麼玩笑，他哪來這麼大的女兒？一定是聽這小姑娘叫大叔聽多了。

池燦默默站遠一步，眼角餘光一掃漸漸圍過來的人群，不欲與男子糾纏下去，淡淡道：「二位說的都有道理——」

「公子怎麼能聽小孩子亂說呢？再說了，這是我們父女的家事——」

池燦對男子一笑。他生得太好，這一笑真是讓初春都失了顏色。

「這位大哥放心，我當然不是多管閒事的人。」

男子暗暗鬆了一口氣，咧出一個笑容，然後就聽那俊逸無雙的男子慢悠悠道：「所以還是去見官吧，讓寶陵知縣來斷斷孰是孰非。」面對目瞪口呆的男子，他溫聲安慰道：「我們兄弟三人就把你們送到衙門口，絕對不會多管閒事的。」

「你，你——」遇著這樣不按套路出牌的人，男子一時之間竟無言以對。

池燦忽地一皺眉，扭頭對藍衣男子道：「子哲，我記得這寶陵縣令三年前曾在嘉豐縣任職吧？」

喬昭趁機悄悄打量藍衣男子一眼。祖父有一至交好友，乃當世神醫。她八歲那年祖父患病，在那位李神醫的建議下，祖父帶著祖母與她回嘉豐居住。前些年，李神醫每年都會來嘉豐小住一段日子，替祖父調理身體。她平日廣讀醫書，每當李神醫來時便趁機向他請教醫術。一晃十來年下來，也算是李神醫的半個弟子了，後來祖父的身體便一直靠她調理。

她拖到十八歲才被病重的祖父逼著回了京城，與靖安侯次子成了親。新婚丈夫在大婚之日連喜帕都沒來得及挑開便奉命出征，不久後祖父亦過世，於是在靖安侯府的那段日子她一直鮮少見外人。眼下這三人，她只認識池燦一人，相識之地還是在嘉豐。

藍衣男子沒有察覺喬昭的打量，開口道：「這裡又不是京城，我哪裡曉得知縣是哪個。拾曦，我要沒記錯，三年前你到過嘉豐吧？」

池燦點頭。「嗯，當時還與嘉豐縣令喝過茶，這次前來，我隱約聽說他調任到寶陵來了。」

男子一聽池燦居然與縣老爺認識，哪裡還敢歪纏，趁人說話的工夫拔腿就跑。

一直不曾開口的青衣男子一腳把男子踹翻在地，冷聲道：「看來這人真是個人販子。」

喬昭高聲道：「不能饒了他！這人販子頂著一張忠厚老實的面孔，不知道拐了多少人家的好女兒。我是運氣好，才被大叔相救，別的女孩兒恐怕早就——」

聽了她的話，圍觀眾人頓時氣怒不已，紛紛道：「拐子最可惡，打死他！」

池燦三人帶著喬昭非常機靈地往旁邊一躲，給憤怒的人們讓開地方，很快就聽到人販子殺豬般的慘叫聲傳來。

轉到另一條行人稀少的街上，池燦三人看著亦步亦趨跟在身後的小姑娘，面面相覷。

這怎麼辦？藍衣男子與青衣男子交換一個眼神，齊齊看向池燦。誰惹的麻煩，誰解決。

池燦挑了挑眉，開口道：「小——」

他想喊小妹子，可一想人家一直管他喊大叔，舌頭頓時打了個結。

喬昭格外善解人意，忙道：「大叔可以叫我黎三。」

「黎三啊——」池燦嘴角抽了又抽，終於忍不住道：「其實，你可以叫我池大哥。」

「池大哥。」喬昭從善如流。只要帶她回京城，叫池大爺也是可以的。

「嗳。」池燦終於不牙疼了，笑眯眯問：「妳家住京城？」

見喬昭點頭，他搖搖頭道：「那就不巧了，我們還要去嘉豐，不方便帶著妳。不如這樣吧，我去僱一輛馬車，送你回京。」

嘉豐？喬昭心狠狠跳了幾下。黎昭的家在京城，而她喬昭的家，一直在嘉豐。她還未曾去祖父墳前磕幾個頭，亦不知祖母他們現今如何了。

「大叔，呃，不，池大哥，我想與你們一起。」沒等三人開口，喬昭就飛快解釋道：「池大哥心好，僱車送我回京，可知人知面難知心，那車夫萬一半路上對我起了歹心該怎麼辦？」

她一開始找上的是池燦，此刻自然還要看池燦是否答應。

見他還在猶豫，喬昭眨眨眼道：「池大哥對我的救命之恩，我無以為報——」

池燦立刻警惕起來。這小姑娘接下來該不會要說「唯有以身相許」吧？他就說救人有風險！

「但池大哥送我回家，我父母一定會重謝的。」

重謝？池燦一口氣險些沒上來。這和想的不一樣，忽然覺得也很不是滋味啊。

藍衣男子與青衣男子同時大笑起來。

二　歸家驚變

兩岸綠柳婆娑，一艘輕舟行於春花江上，一路南行。甲板上，池燦與藍衣男子相對而坐，正在下棋，青衣男子則斜靠著船上欄杆，百無聊賴望著被拋到後面的滔滔江水出神。

不知船行多久，從船艙裡轉出個青衣少年，手捧托盤，其上放著四盞茶。他把兩盞茶放在對弈的二人手邊，又端了一盞茶走向船欄，遞給青衣男子。

青衣男子接過茶盞啜了一口，笑道：「還是黎三好啊，不像他們兩個，下起棋來就沒完沒了，經常害我餓肚子陪著。」

原來這少年打扮的人，正是喬昭。她軟語相求，呃，也可以解釋為死纏爛打，終於磨得池燦點頭把她帶上，條件是要女扮男裝，方便同行。

此時，船已經行了兩日。

「楊大哥，嘉豐還要多久能到啊？」

同行兩日，喬昭已經知道藍衣男子叫朱五，青衣男子叫楊二。三人顯然不願告訴她真實身分，她亦不在意。

「過了晌午大概就到了。不過我們並不進城，到時候直接換馬去一個莊子拜訪主人。」楊二道。

喬昭心裡一動。三年前，池燦跑到祖父隱居的莊子上，求祖父指點他畫技，祖父婉拒。池燦不死心，死皮賴臉住了三日，祖父無奈之下把早年一幅畫作贈給他，才算把人打發了。她便是那時候認識池燦的，當然，二人只是打過照面而已。

池燦三人要去嘉豐附近的一個莊子拜訪主人，莫非——

想到這裡，喬昭呼吸有幾分急促。莫非池燦要去的，正是她家？

這世上真有如此巧合的事？還是說，她睜開眼來成了黎昭，是冥冥中自有注定？

喬昭低頭，盯著自己的手。小姑娘的手柔軟纖細，如春蔥一般，和她那雙雖然美麗，指腹卻帶著薄繭的手是不同的。直到現在，儘管有著小姑娘黎昭的記憶，她依然無法把自己當成另外一個人。可此刻盯著這雙手，喬昭有些茫然。她該如何以黎昭的身分留在自己的家呢？

喬昭轉回去坐下，捧著茶盞默默想著心事。她心中千迴百轉，只覺這是一個無解難題，恍惚間聽到三人拌嘴。

「拾曦，子哲，你們要下到什麼時候？不吃飯了？」

喬昭抬頭，才發現船上廚子已經把飯菜端了過來，那香氣直往人腹中鑽。

朱五捏著黑子一臉無奈。「不是我不想結束，拾曦已經想了一刻鐘了，遲遲不落子。」

楊二掃了棋盤一眼，搖頭道：「拾曦，你這已經是死局，趕緊認輸吧，就別浪費大家時間了。」

池燦修長的手指間夾了一顆晶瑩白子，一臉不悅道：「怎麼能認輸？我下棋還沒輸過呢。」

楊二「嗤」的一笑，當著喬昭的面毫不客氣拆穿：「你當然沒輸過，你落一個子的工夫夠別人下一盤棋了，最後都急得人家不跟你下了。」

池燦冷哼一聲。「你懂什麼？我這是深思熟慮。」

楊二忿忿別過頭。什麼深思熟慮，這明明是死皮賴臉！

今日廚子做的是鐵鍋燜魚，那香味勾得人撓心撓肺，朱五終於受不住舉手道：「我認輸還不行嗎？吃飯吧。」

池燦按住他。「不帶這樣的啊，咱一向是憑實力說話。」

朱五與楊二齊齊扶額。

楊二小聲嘀咕道：「真想讓京城那些迷戀你的大姑娘小媳婦瞧瞧你的真面目。」

「咳咳！」池燦重重咳嗽一聲，掃了喬昭一眼。

當著小姑娘的面說這話確實不妥，楊二自知失言，訕訕笑了笑。

「觀棋不語！子哲，咱們繼續下棋。白子一定還有出路，我只是暫時想不起來而已。」

「看來一時半會兒是吃不上飯了。」楊二對喬昭道。

喬昭按了按腹部。許是小姑娘黎昭身體嬌弱，晚了這麼一會兒工夫，胃已經隱隱作痛了。北地燕城城牆上，她嘗過利箭穿心之痛，如今只要條件允許，她不想再受一點苦痛了。重新來過的人生，她要對自己盡量好一點。

「對弈結束，就能用飯了嗎？」

「當然——」楊二話音未落，就見喬昭從棋罐裡撿了一枚白子，落到棋盤上。他趕忙去攔卻沒攔住，暗道糟了，池燦平日裡性子不錯，卻有幾點忌諱，其中之一就是討厭旁人干擾他下棋。

池燦已是冷了臉。「黎三，棋子可不是拿來玩的。」

一直看著棋盤的朱五聲音變了調：「拾曦，你看看——」

池燦並不理會朱五的話，斜睨著喬昭，粲然一笑。「黎三啊，妳弄亂了我的棋，該怎麼辦呢？」

「拾曦——」

池燦打斷朱五的話。「我知道你們兩個都想替這丫頭說好話，可依我看小丫頭機靈著呢，僱輛馬車一個人回京不成問題。」

哼，打擾他下棋，被人救了沒有以身相許的自覺，最重要的是管他叫大叔！這種小姑娘太不可愛了。

「拾曦，我是說……白子贏了。」語氣澀然吐出這句話時，朱五自己都覺得很離奇。

他的黑子明明已經占據優勢，勝券在握，可黎三隨意落了一個子，竟然扭轉乾坤，反把黑子逼入了絕境，再無翻身的機會。

池燦一怔，忙去看棋盤。楊二湊過來看，不可思議看向喬昭。

「妳怎麼做到的？」池燦愕然。

少女抿了抿唇，輕聲細語道：「胡亂下的，大概是不小心蒙對了吧。」

「我要聽人話。」池燦手指曲起，敲了敲棋盤。胡亂下就能勝過他冥思苦想這麼久？更何況朱彥的水準他瞭解，京城年輕人中能勝過的可不多，小丫頭這話騙鬼還差不多。

「哦，那大概是我的水準要高一點。」

池燦與朱彥對視一眼，忽然同時伸手拂亂棋盤，異口同聲道：「來，咱們手談一局。」

「我餓了。」喬昭格外實誠。

飯後。

朱彥盯著棋盤良久，把棋子往棋罐中一丟，嘆道：「技不如人，我輸了。」

他起身讓開，換池燦坐下。日頭漸漸西移，嘉豐碼頭已經依稀可見，池燦依然捏著棋子冥思苦想。對面的少女垂眸不語，安安靜靜等著。

「居然能忍得住不催促拾曦，單論這份養氣功夫，這小姑娘就不簡單呀。」朱彥低聲對楊二說著，自嘆弗如。

對能勝得過朱彥又忍得了池燦的少女，楊二大為佩服，深深看了喬昭一眼，不由一頓，語氣奇異道：「我怎麼覺得，她好像睡著了？」

「妳和我下棋，居然睡著了？」池燦淡淡問。

喬昭一個激靈清醒過來，手起棋落，發出一聲清脆響聲。

「你看錯啦。」少女聲音嬌軟甜美。她只是打個盹而已。

「我看著，妳剛剛是閉著眼呢。」池燦笑眯眯說著，語氣卻讓人頭皮發麻。

「不信你看，我可有下錯？」少女手指白嫩如玉，輕輕點著楸木棋盤。

隱居時光慢慢，下棋正適合打發閒暇時間。能與祖父對弈的她，對上眼前這人，確實是閉著眼都不會走錯的。這樣一想，好像有些欺負人。

池燦目光下意識追隨著少女手指落處，看到對方落下那一子後他又損失慘重，頭一次對自己的判斷產生了懷疑。這丫頭剛才大概、應該不可能睡覺吧？

「別下了，快收拾東西，馬上就要靠岸了。」楊二忍笑打斷二人交談。

不多時船靠了岸，果然如楊二所說並沒有進城，池燦輕車熟路找到城外一處馬圈，挑選出三匹健馬來。

他拍了拍馬背，對喬昭道：「我們三人誰都不方便與妳同乘一騎，等會兒我先帶妳進城尋一家客棧住下。」

「我會騎馬。」喬昭道。

池燦怔了一下，居高臨下打量著身高還不到自己腋下的小姑娘，牽了牽嘴角，又挑出一匹馬來。「既然會騎，那就帶妳去。」

「謝謝。」喬昭鬆了一口氣，露出大大的笑容，走向那匹棗紅馬。

楊二忍不住低聲對朱彥道：「拾曦怎麼突然變得好說話了？」

朱彥瞄著喬昭的身量，不厚道猜測道：「大概是覺得小姑娘騎不上去，想看她笑話吧。」

「我覺得拾曦恐怕要失望了。那丫頭挺玄的，才這個年紀下棋就能贏了你，說不定馬術比我還要精湛呢。」

朱彥直直望著前方，表情奇異。楊二順著方向望去，正看到那匹棗紅大馬把小姑娘甩到一旁，施施然跑了。小姑娘吃了一鼻子土，猛烈咳嗽著。

「果然是騎術精湛。」朱彥大笑起來。

望著跑走的馬，喬昭有些懵。她確實是會騎馬的……

「妳在客棧等我們吧。」池燦微笑著，毫不掩飾眉梢眼角的愉悅。

這人就是恨不得甩下她吧？喬昭垂眸想。她倒是不會抱怨什麼，她於他們三人，本就是萍水相逢，人家願意伸手救她一把已經該感恩，可這一次，她只能「恩將仇報」了。

「我想和你們一起，池大哥載我——」

「不成，男女授受不親。」池燦斷然拒絕。這丫頭，臉皮怎麼能這麼厚呢？

「我不在意。」

池燦翻了個白眼，不客氣道：「我當然知道妳不在意，可我在意！」不要怪他說話無情，他要是性子再溫柔點，在京城恐怕都不敢出門了。

聽到池燦如此直白的話，喬昭反而輕笑起來。那一年，這人在她祖父面前就是這般厚著臉皮糾纏的，而今換她纏上他，真有點因果輪迴的意味。

「妳笑什麼？」池燦蹙眉。

這丫頭有些邪門，他無法把她當成尋常十二、三歲的小姑娘看。

「我是笑，你們這一趟若不帶上我，恐怕難得償所願呢。」

池燦眼神陡然淩厲起來，迎上對面少女似笑非笑的眼，呵地一笑，嘲道：「小丫頭就喜歡故弄玄虛，以為這樣我就會帶妳去？呵呵，要帶妳去也無妨，除非妳說出我們要去的是什麼地方。」

「拾曦，你就別逗黎三了。」楊二有些不忍。

朱彥跟著道：「是呀，不然我帶著她吧。」

池燦挑了挑眉。朱彥乃泰寧侯世子，身分尊貴不說，還才華出眾，年紀輕輕就中了舉人。他平日裡瞧著性情溫和，實則很有幾分自傲，如今居然願意帶一個小姑娘，真是稀奇了。

朱彥被池燦看得不好意思，輕咳一聲道：「別多想，我只是覺得帶上她也無妨。」

棋品如人品，會大刀闊斧贏過他的女子，應該做不出攀權附貴的事來。更何況，這真的還只是個未長大的小姑娘呢。

「杏子林喬家。」喬昭啟唇，吐出五個字來。

三雙眼睛猛然看向她。「妳怎麼知道？」楊二脫口而出。

喬昭心下微鬆。賭對了！

池燦三年多前來拜訪過她祖父，而今祖父雖已不在，父兄他們卻回了嘉豐。她實在想不出，堂堂長公主之子不畏奔波之苦來到嘉豐會是單純遊玩。他們很可能是來拜訪父親的。

她若猜對了，池燦無論出於好奇還是防備，定然會帶上她。若是猜錯了——

如果池燦三人去的不是她家，她當然就沒必要非跟著去了。說到底，語出驚人之後，她沒有任何損失。

那三人眼神卻變了。

池燦甚至忘了什麼「男女授受不親」，一把抓住喬昭手腕。「妳怎麼知道的？妳是誰？」

「我猜的。」喬昭微笑。「我是京城黎修撰之女，住在西大街杏子胡同。」

說到這，喬昭微怔。杏子胡同……

她家在杏子林，小姑娘黎昭的家……在杏子胡同。這樣地巧啊。

「別說這些沒用的，妳知道，我問的不是這個。」池燦再一次認真打量喬昭。

第一次這樣打量，他只是感慨這個小姑娘有幾分小聰明。而這一次，他覺得這丫頭……真他娘邪性！

喬昭眨眨眼，把小姑娘的純真無邪展現得淋漓盡致。

「沒有池大哥想得那麼複雜，我只是——」她頓了一下，接著道：「我只是萬分敬仰喬先生，所以才猜測三位大哥來嘉豐，是去喬先生家。」

文無第一，武無第二。數十年前就能讓天下讀書人公認是第一才子的喬拙先生，當然當得起所有讀書人的敬仰。有那樣高超的棋藝水準，站在三人面前的小姑娘自然也是會讀書的。

「喬先生……已經仙去了。」池燦語氣莫名。

喬昭心中一痛，抬眸與他對視。「是，但喬大人還在。」

喬大人，便是她的父親，前左僉都御史，祖父過世後攜家人回到嘉豐丁憂（注）。與祖父的瀟灑不羈不同，父親性情嚴肅，論琴棋書畫，真正說起來，是不及她的，但天下人不知道。

「妳真是因此猜出來的？」

「嘉豐沒有名山樂水，三位大哥從京城來這裡，緣由沒有那麼難猜。」

池燦直直盯著喬昭，良久，再問道：「妳又怎麼篤定，不帶上妳，我難得償所願？」他來嘉豐，當然有所求。

喬昭嫣然一笑，側頭俏皮道：「等到了杏子林，池大哥不就知道啦。」

池燦翻身上馬，向喬昭伸出一隻手。「上來。」

喬昭把手遞給他，只覺一股大力傳來，整個人瞬間騰空而起，落到了馬背上。

風馳電掣行駛中，耳畔盡是呼呼風聲。男子低沉慵懶的聲音從頭頂上方傳來：「他們兩個明明比我好說話，先前妳怎麼不求他們帶？」

咳咳，雖然他長得俊是最重要的原因，但還是希望能聽到一點新意。

喬昭笑盈盈回道：「自然是一事不煩二主。」

她是知恩圖報的人，欠池燦的恩情已經記下，總不能再欠另一個吧。

池燦臉一黑。敢情是捉緊著他一個人使喚啊。他就說，這丫頭一點都不可愛！

❧

杏子林不是什麼村莊的名字，而是因為那片杏子林後就是喬家大院，住著名滿天下的大儒，久而久之，才被周圍村落的人以「杏子林」代指喬家。

想去杏子林，就要經過白雲村。

注 原指父母或祖父母等直系尊長的喪事，後多指官員居喪。

正值黃昏將至之際，馬蹄聲打破了村莊的寧靜。村人三三兩兩聚在一起，注視著來人。他們很安靜，四人卻從這種令人壓抑的安靜中，感受到一種異樣的氣氛。沒有高聲談笑的村民，沒有見到陌生人好奇圍觀的幼童，這裡的人竟是人人穿白，在漫天雲霞的襯托下，明明春已來，卻讓人心生寒意。

「拾曦，我怎麼覺得這些村人有些奇怪，要不要下馬去打聽一下？」楊二驅馬湊到池燦身邊問道。

坐在池燦身前的喬昭望著眼前熟悉又陌生的一切，目光從村民那一張張木然悲哀的面龐上掠過，心忽地一沉，呼吸困難起來。她說不清是為什麼，心好像陡然間被巨石壓住，那馬蹄聲彷彿不是踩在地上，而是踏在她心頭。

「快走……」喬昭竭力不讓人察覺她的異樣，艱難吐出兩個字。

池燦同樣察覺出不對勁，對楊二道：「不用耽誤時間，我認識路。」

他雙腿用力一夾馬腹，那馬就跑得快起來，朱彥與楊二忙跟上。

三匹健馬揚長而去，留下一路煙塵，村民們互看一眼，搖頭嘆息，默默散了。

繞過村子，遙遙就望到了那片杏子林。這個時候杏花已開，遠遠望去，猶如大片絢麗雲霞，與天際晚霞相映成輝，美不勝收。

喬昭不自覺紅了眼圈。

祖父曾說過，杏花耐寒，天氣越冷花開越早，且花期遠比桃花長。祖父是欣賞杏花的，而今杏花猶在，她最敬愛的人卻已經長眠。

「駕——」池燦顯然無心欣賞美景，轉瞬來到杏子林前，翻身下馬，把馬拴在一棵樹上，領著眾人從杏林中的一條小路穿梭而過。

喬昭悄悄握了拳，手心全是汗水。她居然會緊張成這個樣子，就是當初大婚，都不曾如此。這就是近鄉情怯吧，人之常情，喬昭這樣安慰自己。

走在她前面的池燦忽然停了下來。

喬昭心頭一跳。「怎麼了——」

後面的話戛然而止，眼前的斷壁殘垣讓她瞬間白了臉，身形搖搖欲墜，要死死抓住身旁之物才勉強穩住身子。

池燦目光下移，看著少女抓住自己衣袖的手。那隻手小巧纖細，柔白如玉，其上的青筋清晰可見。池燦沉默了片刻，看楊二一眼。楊二會意點頭，前去查探。

片刻後他回轉，語氣沉重：「是火災，看樣子就是前不久的事。」

三人面面相覷，忽然就明白了那些村民的異樣。以喬家在此地的聲望善行，家中遭此慘變，村民為其穿白並不奇怪。

風起杏花落，如簌簌而下的白雪一般清冷。一時之間無人言語。

喬昭的心比燕城城牆上那一箭穿心還要痛。

不，這根本無法相提並論。那時，一箭穿心而過，她瞬間痛過，甚至還來不及冉體會就陷入黑暗。再睜眼，她就成了小姑娘黎昭；而這一刻，這痛綿綿不斷，永無絕期。

她做錯了什麼，要死而復生，面對這樣的慘景？喬昭下意識攥緊拳。

「妳抓痛我了。」池燦淡淡道。

楊二與朱彥對視一眼。別人不知道，身為好友的他們卻清楚，池燦此刻心情很糟糕。奔波千里而來，卻是這麼一個結果，換作誰心情都不會好的。更可況，除卻所求落空，眼見喬家如此遭遇，沒有人能心裡好受。

喬昭回過神來，迎上那個俊美無雙的男子冷然淡漠的臉，慢慢鬆了手。祖父教她自尊、自立，她的心情當然不能麻煩別人收拾。

「走吧，去問問那些村民，到底發生了什麼事。」池燦轉身走進杏林。

喬昭深一腳淺一腳跟著，雙腿如灌了鉛，慢慢落到最後。朱彥回了頭，停住腳步等她。小姑娘雖然沒有哭，可給他的感覺，哀慟極了。她為何如此？

「妳還好吧？」

喬昭看著他，牽了牽嘴角。「顯而易見，我很不好。」

朱彥猶豫一下，從袖中掏出一方折疊整齊的潔白手帕遞過去。「若是難受，哭出來更好。」

儘管他不知道小姑娘為何傷心成這個樣子，心中卻生出幾分不忍。原來，有的時候女孩子不哭比哭起來，更讓人覺得心酸。

這樣的好意，在這個特殊的時刻，喬昭無法拒絕，也不想拒絕。她伸手接過手帕，擦了擦眼，又擦了擦鼻子，真心實意謝道：「朱大哥，你真是個好人。」

好人朱大哥：「……」好一會兒，他才回了句：「妳好些了就好。」

穿過杏花林，朱彥看了看情緒明顯低沉的池燦，遲疑了一下，問喬昭：「要不我載妳？」

喬昭頓了頓。池燦目光冷淡淡掃過來，不耐道：「磨蹭什麼，還不上馬？」他伸手把喬昭提上馬背，向前奔去。

四人重新回到白雲村，用一塊碎銀子讓一個半大少年把他們帶到了村長那裡。

「幾位客人是來拜訪喬大人的吧？」村長開門見山地問。

池燦情緒不佳，朱彥便替他開了口：「不錯，我們遠道而來，正是拜訪喬大人的，不料過了杏子林，卻看到——」

村長長嘆一聲。「幾位有所不知，喬家前幾日遭了大火，喬大人一家都葬身火海了……」

喬昭渾身一顫，所幸她坐在角落裡，無人留意。

「好端端怎麼會失火？」池燦忽然開口。

村長一臉悲痛，嘆道：「那誰知道呢？火是傍晚起的，等我們發現時火勢已經很大了，根本進不去人。喬家玉郎不顧眾人阻攔衝進火海，冒死救出了他小妹子，然後屋子就塌了——」

喬家玉郎？喬昭聽得心神俱碎，直到聽到這四個字，心猛然跳起來。她大哥還活著？

「喬公子還活著？」朱彥把喬昭最想問的問了出來。

「喬家不是除服了嗎？那日喬公子恰好出門訪友，這才躲過一劫。喬公子回來時正趕上家裡起火，於是衝進火海把他幼妹救了出來。」村長解釋道。

「這麼說，喬公子與喬姑娘都沒事？」喬昭盡量收斂情緒，輕聲問道。

村長口中的喬姑娘，是她的庶妹，喬晚。

村長看了喬昭一眼，道：「喬姑娘貌似沒什麼事，喬公子——」

「怎麼樣？」幾人異口同聲問。

「喬公子那張臉毀了。」村長長嘆道。

臉毀了？池燦三人都是見過喬墨的，腦海中不由閃過他風華絕代的模樣。喬墨在京城時，美名與池燦不相上下，難以想像那樣一張臉毀了是什麼樣子。

「真是可惜啊。」村長說出眾人心聲。

喬昭嘴唇翕動。不可惜，她的兄長，只要活著就好！

「那喬公子現在何處呢？」

「這我就不知道了。喬家的後事還是村上人幫著喬公子一道處理的，等處理完，喬公子就帶著妹妹不辭而別了。他臉上還受了傷，也不知能去哪裡。」

「京城。」喬昭脫口而出。

眾人詫異望來。

喬昭自知失言，迎著眾人詫異目光，抬眸望向池燦，定定問道：「什麼時候回京城？」

池燦三人一時有些沉默。到底是個小姑娘，遇到這樣的慘事，心心念念不忘的還是趕緊回家去，朱彥想。

楊二則在想：小姑娘胡亂插話，拾曦該更生氣了吧？

池燦確實很生氣。這丫頭口口聲聲說崇敬喬先生，面對喬家滅門卻無動於衷，只一心想著盡快回家去，可見心性涼薄，說不定她所謂對喬先生的崇敬也是糊弄他的。

喬昭收回了目光。她的失態算是勉強應付過去了吧？至於旁人的厭惡，她全然沒有心情應對了。

「原來幾位貴客是從京城來的，失禮了，失禮了。」村長親自給四人添了茶水，打破了微妙的尷尬氣氛。

喬昭沉浸在自己的思緒中。按時間推算，自己的死訊還未傳到這邊來，她的婆家在京城，他們外祖一家也在京城。大哥離開這裡，最可能去的地方無疑是那裡。可家裡遭了這樣的橫禍，大哥為什麼沒有留在杏子林守孝，而是急匆匆離開呢？喬昭隱隱覺得奇怪，可巨大的悲痛壓在心頭令她難以深思，便只剩下一個念頭：回京城去，一定要找到大哥！

旁人又說了些什麼，喬昭全然沒有聽進去，直到池燦站起來淡淡道：「我們還要趕回嘉豐城裡去，就不用飯了。」

她渾渾噩噩跟著三人往外走。

池燦牽著馬，眼風不悅掃過來。「磨蹭什麼，再不快點，妳就留在這裡好了。」

留下？喬昭睫毛輕輕顫了顫。若是可以，她比誰都想留下來，這裡是她的家啊……

「真的想留下？」池燦揚眉，越發不耐煩。

喬昭搖搖頭，上前一步，朝池燦伸出了手。池燦毫不客氣抓住她手腕，直接拽上馬。

風聲烈烈，如刀割在喬昭臉上，同時割在她心裡。春日的風，原來也這麼冷。喬昭這樣想著，最後一次回頭，深深看了被拋在身後的村莊一眼。

彼時晚霞滿天，與那片隔絕了一切醜陋與美好的杏子林連成了一片，只剩下村莊的靜謐安寧。嫋嫋炊煙升起，一切都仿若往昔，只有那騎馬遠去的少女才知道，她失去了什麼。

當馬蹄濺起的煙塵全然消散時，一道人影從杏子林一隅閃過，同樣離開了這裡。

喬昭一行人趕在城門關閉前進了城，挑了城中上好的一家客棧住下來。

當城門緩緩闔攏後，有人匆匆趕來。

「已經關城門了，想進城明日趕早！」守衛不耐煩道。

那人從懷中掏出一面權杖，在守衛面前一晃。

守衛立刻變了色，結巴道：「原來是……是……」

「囉嗦什麼，還不快把門打開！」

「是！」守衛慌忙打開城門，待那人走遠，才敢抬手擦了一把額頭冷汗。

「頭兒，那是什麼人啊？」屬下湊過來。

守衛左右環顧一眼，才低聲吐出三個令人聞風喪膽的字來：「錦鱗衛。」

那眉眼普通的錦鱗衛，在城中極為熟悉地走走繞繞，進了一處院子。院中海棠樹下有一黑衣男子，獨坐在石桌前，正自飲自酌，不遠處數名男子默默站著。

那錦鱗衛一進來，數名男子立刻神情戒備看過去，一見是他，這才鬆懈下來。

那人很快來到黑衣男子面前，行禮道：「大人。」

黑衣男子把酒杯放下，看他一眼，問道：「杏子林有什麼異常？」

「回稟大人，今日有三男一女去了杏子林，女子作男裝打扮，然後四人去見了白雲村村長。」

男子說到這裡頓了頓，接著道：「他們是京城來的，現在已經進城了。」

黑衣男子點點頭，轉頭掃眾人一眼。幾名男子立刻一臉肅然。

「你們都去查一查，那幾人是什麼來路。」

「是。」

翌日，天還未大亮，喬昭四人就悄悄出了城，棄馬換船，一路往北而去。

他們的情況很快便報到了黑衣男子那裡。

「長容長公主之子池燦，泰寧侯世子朱彥，留興侯世子楊厚承——」黑衣男子念著三人姓名，語氣一頓，波瀾不驚的面上帶了幾分困惑。「黎修撰之女黎三？」

他沉思片刻，喃喃道：「一個小姑娘與那三人，是怎麼湊在一起的？」

幾名手下皆肅手而立，顯然是不敢打斷上峰思索。

黑衣男子吩咐下去：「從京城到嘉豐定要經過寶陵，聯絡駐守寶陵城的錦鱗衛，看他們那邊有沒有什麼資訊。」

「大人，杏子林那邊呢？」一個眉眼普通的屬下問。

「繼續盯著吧，喬家這場火有些不尋常。」

正說著，一位屬下進來。「大人，京城的信。」

黑衣男子伸手接過，把信打開，只掃了一眼，便愣了。

「大人？」眾屬下忍不住開口。

黑衣男子把信捏緊，語氣淡淡：「替我收拾行李，大都督命我盡快進京。」

眾屬下大驚，黑衣男子卻沒解釋，負手踱出屋子，仰望著剛剛結出花苞的海棠樹，牽了牽唇角。來到嘉豐這麼久，他也該回去了，只是不知江五犯了什麼錯，大都督要把他替換回去。黑衣男子很快把這點疑惑壓在心底，想到將要和那有點意思的四人同程，不由笑起來。

喬昭四人回程的船上，氣氛卻不怎麼好。

朱彥捏著棋子，一貫溫和的他已經到了崩潰邊緣，無奈道：「拾曦，你心情不好就發洩出來啊，這樣悶頭下棋豈不是折磨人？」

池燦掀了掀眼皮，涼涼道：「我這就是在發洩。」

朱彥被噎得一窒。敢情他就是那個受折磨的！

他不由向楊厚承投去求救目光。楊厚承攤攤手，示意愛莫能助，衝喬昭的方向努了努嘴。

朱彥眼睛一亮，隨後搖了搖頭。罷了，他受折磨就算了，何必再把人家小姑娘拖進來。

池燦把二人的眉眼官司看進眼裡，見朱彥拒絕了楊厚承的提議，眼風掃過靜坐一隅的喬昭，淡淡道：「黎三，過來陪我下棋。」

喬昭聞言眉毛動了動，隨後默默站起來，來到池燦對面。

朱彥抱歉地看她一眼，起身讓開位置。喬昭坐下，接著二人的殘局下起來。

靠著欄杆，朱彥低聲埋怨楊厚承：「拾曦憋著火氣，何必牽連別人。」

楊厚承看背對他而坐的喬昭一眼。少女坐姿優雅，如一株幽靜綻放的梅。

他低聲笑了，打趣道：「子哲，你這是憐香惜玉了？」

「休得胡說，那還是個沒及笄的小姑娘呢——」

「這麼說，等人家及笄就可以了？」

「楊厚承！」朱彥沉了臉。

見好友真的惱了，楊厚承這才收起玩笑，低聲道：「拾曦那個陰晴不定的臭脾氣你還不知道嗎？要是不把火氣發出來，這一路咱們都別想好受。」

「我這不是一直陪他下棋嗎？」朱彥嘆口氣。

誰讓這趟嘉豐之行是他造成的呢？有什麼倒楣事他先頂上，只能認了。

「那有什麼用，難道你沒看出來拾曦正看那小姑娘不痛快嗎？誰讓小姑娘說話太滿，偏要說帶上她去拜訪喬家才能得償所願，結果——」

二人正說著，就聽清脆的撞擊聲傳來，齊齊望去。

池燦把棋子擲於棋罐中，冷冷道：「不下了。」

喬昭捏著棋子，不疾不徐看他一眼。

這人，定力太差，難怪當初祖父不教他呢——想到祖父，再想到那場大火，喬昭心中一痛，表情麻木如木偶。

池燦瞧著更是氣悶，嗤笑道：「黎三，妳不是說不帶妳去我難以如願嗎？那帶上妳的結果又如何？」

這話如一柄利刃，狠狠紮在喬昭心上。她忍著疼，輕聲問池燦：「不知池大哥去喬家，所求何事？」

三　刮目相看

少女輕咬貝齒，面色蒼白，唯有眉梢那一點殷紅越發分明，彷若杏子林裡簌簌而落的杏花，茫茫如雪掩蓋住初綻時的嬌紅，無端惹人憐惜。

偏偏池燦這個人最缺的就是憐香惜玉的情緒。他斜睨著喬昭，沒好氣道：「現在問這個還有什麼用？」

「池大哥不方便說？」喬昭隨意牽了牽嘴角。

這人來拜訪父親，以他的身分、年紀推斷，定然不是公事，那麼十有八九還與他三年前來訪的目的有關。若是那樣，她或許能替他達成心願。並非逞能，只為報答對方的搭救之恩。至於這人陰晴不定的脾氣……咳咳，她和一個變態計較什麼？

喬昭說池燦是變態，真算不上罵人。她對京城中人瞭解有限，池燦卻是個例外。一方面是因為池燦來拜訪過祖父，更重要的原因，是他父母的事蹟太出名了。長容長公主是當今聖上胞妹，年少時頗受太后與皇上喜愛。到了可以婚嫁的年紀，長公主千挑萬選，親自挑了個俊朗無雙的寒門士子。用長公主當年的話說，寒門士子比之勳貴子弟少了幾分浮誇，為人更踏實可靠。

許是驗證了長公主的話，婚後二人舉案齊眉，一晃十來年下來別說吵架，連拌嘴都很少。公主尊貴，這其中當然少不得駙馬的包容忍讓。一時間，這對神仙眷侶不知惹來多少人豔羨，那些當初不解長容長公主選擇的公主們，更是不止一次佩服她的明智。

誰知生活總是比戲本還要精彩，駙馬意外過世，長容長公主正悲痛得死去活來之際，一個女人帶著一雙子女找上門來了，居然是駙馬的外室。更讓長公主接受不了的是，外室那雙子女竟比獨子池燦小不了多少。

十來年的幸福與得意，越是甜蜜羨人，那耳光越是響亮，狠狠抽在了長容長公主的臉上。啪啪啪，臉腫得讓長公主連悲痛都剩不下多少了，偏偏那人已死，讓她連發洩都沒個地方。不久後，長容長公主公然養起了面首(注)，長公主府夜夜笙歌。年紀尚幼的池燦面對這一連串變故，和那些掩飾得雖好卻飽含著各種惡意的人，性情越來越乖戾。加之他相貌隨了父親，越是長大風華越盛，長公主對這個兒子時冷時熱，京城的小娘子們卻瘋狂追逐，讓他脾氣更加古怪。

這些都是喬昭嫁進靖安侯府後偶爾聽來的閒話。她收回思緒，看向池燦的眼神不免帶了一點同情。比起他來，她的父母是多麼正常啊。

池燦格外敏感，被少女莫名的眼神刺了一下，冷冷道：「有什麼不方便。」

他從上到下掃了喬昭一眼，輕視從上翹的嘴角都能溢出來。「和妳說了有什麼用？」

喬昭性情疏朗開闊，換作往常或許會隨意說笑幾句緩解尷尬的氣氛，可她家人才遭大難，再怎麼豁達此刻也沒有閒談的心思。見他沒有說的意思，便不再堅持，淡淡「喔」了一聲，撿起池燦丟回去的棋子，接著殘局自己與自己下起來。

池燦本來還等著她接話的，結果只等來一聲「喔」，小姑娘就自娛自樂起來了，當下一口氣憋在了嗓子眼裡，上不來下不去，一張俊臉都黑了。

「喔」絕對是最討厭的回話，沒有之一！池燦咬牙切齒想。

朱彥看不過去，以拳抵唇輕咳一聲：「拾曦，抱歉，若不是我想看喬先生的畫，那畫就不會被毀了，也不會害你千里迢迢白跑一趟──」

對好友池燦倒是格外寬容，擺擺手道：「現在說這個沒意思，我再想別的法子就是了。」

「我父親手裡還有一副韓大家的〈五牛圖〉──」

池燦打斷朱彥的話。「我母親對那些前朝大家的畫都沒興趣，她只稀罕喬先生的畫。」

喬昭眸光閃了閃。長容長公主稀罕祖父的畫？

她心思玲瓏，很快便想到池燦三年多前找上門來求祖父指點他畫技的事。

世人都知道，祖父晚年身體弱，早就沒精力教人了，莫非此人求祖父指點畫技是假，討要祖父的畫才是真正的目的？以祖父在文壇的名望地位，當年池燦若直接求畫，很可能被一口回絕的。可這人打著求教的名頭死死糾纏祖父，最終纏得祖父拿一幅畫把人打發了。

喬昭不由深深看了池燦一眼。

那一年，這人不過十五、六歲吧，果然不是個簡單的。再想到那些傳聞，喬昭更是疑惑。不是說池燦與長容長公主母子關係僵硬嗎？他又怎麼會因為長公主稀罕一幅畫費這麼多心思？

喬昭不自覺琢磨著，就見楊厚承一拍腦袋，喊了一聲：「我想起來了，我父親那裡收藏著喬先生一幅畫，是早年太后賞賜的。」

楊厚承乃留興侯世子，而留興侯府則是楊太后的娘家。算起來，楊厚承該稱太后一聲「姑祖母」。

池燦斜了楊厚承一眼，似笑非笑道：「才想起來？」

楊厚承撓撓頭。「這不是想著能求喬大人臨摹一幅，就不用打我父親的主意了嘛。那可是太

注 古代專供貴婦人玩弄的美男子。

后賞賜的，又是喬先生的畫，我父親寶貝著呢，要是知道被我偷了去，非打斷我的腿——」

「可是喬大人不善作畫。」喬昭終於忍不住插口，惹得三人目光立刻掃來。

「妳怎麼知道？」池燦嫌她插口，不耐煩問道。

少女眼睛微微睜大，語氣很是一本正經。「我仰慕喬先生啊，一直臨摹他的畫，還留意著喬先生的事蹟，並沒有一星半點喬大人擅長作畫的事蹟傳出來。」

話音落，三人不由面面相覷。好像是這麼回事，喬大人在京城做官多年，從沒有畫作流傳出來。他們只想著喬大人是喬先生之子，就一定擅長繪畫，卻是當局者迷了。

「我能看看那副被毀的畫嗎？」喬昭問。

池燦看了朱彥一眼。那幅畫是他三年前為母親求的，好友想看他便取了出來。畫毀了，自然也就沒了價值。朱彥苦笑一聲，轉回船艙，不久後轉回來，手中多了一個長匣子。他一看就是惜畫之人，打開匣子後用潔白帕子墊著把畫取出，小心翼翼在喬昭面前展開來。

一池碧水晚霞攤展了半面，小橋矗立與倒影相伴；七、八隻鴨子活靈活現，彷彿一揮動翅膀就能從畫中游出來，只可惜一團墨跡汙染了畫作。

喬昭眸光一深。果然是祖父送給池燦的那幅畫。

祖父早年以畫鴨成名，因為畫鴨有童趣，她最開始學且畫得最好的，也是這個。

喬昭心裡有了底，便道：「這個我可以畫。」

「妳可以畫？」池燦盯著喬昭，他眼尾狹長微翹，哪怕是絲絲嘲弄之意從中流瀉，都難掩容光之盛。「然後呢？妳莫非要替我畫一幅，讓我回去交差？」

楊厚承站在喬昭身後，輕輕咳嗽了一聲，提醒小姑娘別亂說話。真惹惱了那傢伙，他可不管男女老幼，照樣趕下船去的，到時候小姑娘豈不可憐。

朱彥溫聲提醒道：「學過畫的人都會畫鴨，可這『會』和『會』是不同的——」

喬昭彎了彎唇。「朱大哥，我懂。」

她說完，又看向池燦，語氣平靜但滿是誠意。「我給池大哥畫一幅鴨戲圖，就當答謝池大哥的援手之恩。」

池燦本就心煩，喬昭的誠意落在他眼裡，就成了不知天高地厚的狂妄。他緊緊盯著她，不怒反笑，語氣卻是冷冰冰的。「那好，妳畫吧。」

他頓了頓，接著說了一句：「若是讓我交不了差，等船中途靠岸妳就給我下船去！」

「拾曦——」朱彥輕輕拍了拍他，「這是不是有些……」

不近人情？朱彥到底沒把這四個字說出口。

三人是自小玩到大的，他當然明白好友的脾氣。長公主與駙馬的事讓池燦性情改變不少，但那時還不至於如此偏激。隨著池燦年齡漸長，風姿越發出眾，麻煩就越來越多了。他還清楚記得，有一次池燦好心救了一位被惡霸調戲的姑娘，那姑娘死活要跟池燦回府，池燦自是拒絕，沒想到轉天那姑娘就在長公主府門外的樹上上了吊，還留言生是池燦的人，死是池燦的鬼。

好事不出門，壞事傳千里，此事瞬間傳遍了京城大街小巷，到後來誰還記得池燦救人，都在議論定是他勾了人家姑娘，結果不認帳，才害那姑娘尋死的。那年池燦才十三歲，人言可畏，如一座大山壓得少年喘不過氣來，而他的母親長容長公主則拿起鞭子，賞了兒子一身鞭痕。

自此之後，池燦性情就日漸乖戾起來。

說實話，那日黎三向好友求救竟沒被拒絕，他都覺得驚訝。

朱彥輕嘆一聲。罷了，黎姑娘若真被趕下船去，大不了他暗中關照一下，總不能讓小姑娘真的沒法回家。

「你們都別摻合，這是她自找的。」池燦冷冰冰道。女人就是這樣，從三歲到八十歲，貪婪、虛榮、狂妄、沒有自知之明……池燦心中瞬間畫過十幾個形容詞，嫻熟無比。

喬昭眨了眨眼，這人和她印象中不大一樣。那時候他明明只是臉皮厚，看不出這麼刻薄小氣呀。

「原來池大哥施恩不圖報。」喬昭說了一句。

池燦睇了眼，一時有些不解她的意思。

朱彥旁觀者清，略一思索便聽明白了，不由低笑一聲。

楊厚承拉朱彥一下，低聲問道：「打什麼啞謎呢？」

朱彥搖頭不語。池燦看了二人一眼，再看表情波瀾不驚的喬昭，忽然明白過來。小丫頭是說，他本來就答應帶她回京的，她出於報恩替他作畫反而有了被趕下船的風險，可見他不求她報答。

所以，這其實是在諷刺他為人刻薄吧？池燦不由狠狠瞪了小姑娘一眼。

這丫頭有十三歲嗎？現在就這麼一肚子彎彎繞繞的心腸，說句話都要人琢磨半天，以後還了得！

喬昭頗為冤枉，一雙黑白分明的眸子望著池燦。她只是實話實說而已，怎麼又招白眼了？

池燦別過眼，冷笑道：「現在後悔也晚了，爺等著妳畫呢。」

喬昭現在尤其聽不得「爺」這個字，壓下心中不悅道：「我祖父早已過世啦。」

池燦一怔，隨後大怒，伸手指著喬昭。「妳——」

「妳」了半天，見她眼圈泛紅，愣是一句話也憋不出來。

朱彥和楊厚承聽出喬昭有意埋汰池燦，偏偏埋汰得巧妙，讓人有火發不出，忍不住低笑起來，池燦聽了更生氣了。

喬昭臉皮素來不薄，此刻又頂著一張青澀的臉，就更無所謂了，淡定問道：「船上可有筆墨顏料等物？」

「都有，我帶妳去吧。」朱彥怕氣氛太僵，主動領著喬昭進了船艙客房。

這艘客船本來能載客十數人，三人財大氣粗，出手包了下來，便騰出一間客房專門充作書房。喬昭隨著朱彥進入，環視一眼，屋內布置雖簡單，該有的書案、矮榻等物卻一樣不少。

「這些筆墨紙硯妳都可以隨意用。」朱彥一邊領著她往內走一邊道，「只是這些書不要亂翻，不然又要惹得拾曦生氣。」

「多謝朱大哥，我知道了。」喬昭向他福了福，表示謝意。

作畫之人一般不喜人在旁干擾，此外，畢竟男女有別，獨處一室不大合適。

「那我就先出去了。」

喬昭微微頷首。「朱大哥請自便。」

見少女已經端坐於書案前，攤開宣紙，素手輕抬開始研磨，朱彥腳步一頓，輕聲道：「不要擔心，拾曦他嘴硬心軟。」

喬昭抬頭與朱彥對視，有些錯愕，轉而牽了牽唇角。「多謝朱大哥，我不擔心。」

池燦嘴硬心軟是假，這位朱大哥心挺軟倒是真的。她沒有什麼可擔心的，等還了欠人家的恩惠，以後與這三人應該不會有任何交集。

少女語氣太平靜，神情太鎮定，朱彥一時有些訕訕，對她點點頭，抬腳出去了。

聽到腳步聲，池燦回頭，似笑非笑道：「怎麼出來了？」

朱彥走至他身旁，抬手輕輕捶了他一下。「這是什麼話？」

池燦垂眸一笑，望向江面。

春光大好，兩岸垂柳把曼妙的姿態映照在水面上，宛如對鏡梳妝的少女盡情展露著柔美婉約，只是船經過帶起的漣漪把那份靜美破壞。

「沒什麼，只是怕你無端惹麻煩而已。」容顏比春光還盛的男子慢悠悠道。

朱彥一怔，隨後啞然失笑。「拾曦，你想多了。」

他腦海中掠過那個身姿挺得比白楊還要直的小姑娘，笑意更深。

那丫頭，恐怕巴不得雙方兩不相欠呢。

船徐徐而行，日漸西斜。

楊厚承目光頻頻望向船艙。

「小丫頭已經在裡面待了大半日，連午飯都沒出來吃。該不會畫不出來，又怕被拾曦趕下船去，不敢出來了吧？」

池燦與朱彥對視一眼，似乎很有可能！

「我去看看吧。」朱彥輕聲道。

池燦攔住他，冷笑道：「我去，看她要躲到什麼時候！」

細微的腳步聲傳來，三人聞聲望去，就見喬昭走了過來。

池燦目光下移，見她兩手空空，不由揚眉。「畫呢？被妳吃了？」

喬昭攤開手，左右四顧。

楊厚承是個急性子，忍不住問她：「找什麼呢？莫非畫被妳弄丟了？」

這個藉口可實在不怎麼樣啊。

小姑娘眼皮也不抬，淡淡道：「畫沒丟，我在找『風度』。」

風度？三人一怔。

「『風度』是什麼玩意？」以為有諧音，楊厚承再問道。

小姑娘一雙秋水般的眸子掃過池燦，耐心解釋道：「風采的風，大度的度，是為風度。」

這下子三人都明白了，朱彥與楊厚承對視一眼，齊齊看向池燦，忍不住放聲大笑起來。池燦一張白玉般的冷臉迅速轉黑。

自從遇到這丫頭，他被兩個好友聯合嘲笑的次數陡然增多了。

他大步流星走到喬昭面前，伸手捏住她尖尖的下巴。「大膽，妳可知道我是誰？」

小姑娘眨了眨眼，試探道：「救命恩人？」

池公子的怒火好像急劇膨脹的氣球，被針一下子戳破了，他瞪著眼前還不及他腋下的小姑娘，嘴角抽了抽，默默放手。

這丫頭一定是專門來剋他的吧？

耳邊傳來兩個好友的悶笑聲，池燦深深吸了一口氣，甩袖便走。

待他身影消失在船艙門口，楊厚承險些笑彎了腰，對喬昭道：「丫頭，以後哥哥罩著妳了。」能讓池公子頻頻吃癟的人，實在太難得了。

喬昭屈膝行禮。「多謝楊大哥抬愛。」

朱彥嘴唇翕動，想說些什麼，最後看了楊厚承一眼，沒再吭聲。

甲板上才得片刻寧靜，池燦便如一陣旋風從船艙衝了出來，把熟悉他性子的朱彥二人嚇了一跳。

「有賊嗎？還是遇到倭寇了？」楊厚承右手按在腰間刀鞘上，一臉緊張。

「什麼倭寇，你們快隨我進來！」池燦喊了一聲，轉身便往回走。

楊厚承一邊往裡走，一邊喃喃道：「咱這裡離福城那邊遠著呢，我就說不可能遇到倭寇呀。」

當今大梁並不是國泰民安，北有韃虜頻頻掠奪進犯，南邊沿海的倭寇則是心腹大患。近年來倭寇帶來的禍患越演越烈，成了令朝廷大為頭疼的事。

喬昭望著三人依次消失在門口的身影，不動聲色跟上。

「這，這是怎麼回事？」朱彥一貫沉穩，此刻看著書房桌案上那幅鴨戲圖卻失態了。

楊厚承更是喊起來：「見鬼了不成？我明明記得這裡有一團墨跡的！」

他說著，就伸出手要去觸摸。

「別動！」朱彥喊了一聲，顧不得語氣太過嚴厲緊繃，掏出帕子裹在手指上，小心翼翼往畫上小橋倒影處輕輕按了按。

他收回手，看到雪白帕子上淡淡墨跡，眼神倏地一縮，猛然看向喬昭。好友的舉動讓池燦隱隱猜到了什麼，可他實在難以相信，目光牢牢鎖在喬昭面上，張了張嘴。「妳——」

答案太過驚人，反而問不出了。

喬昭緩緩走過去，捧起書案上的長匣，遞給朱彥。

朱彥怔怔接過，隨後像是想起來什麼，動作迅速打開長匣，從中取出一幅畫。畫卷展開，赫然是一幅鴨戲圖。

三人同時死死盯著鴨戲圖上那團墨跡，而後齊齊低頭，看著書案上攤著的那幅畫。除了那團墨跡，兩幅畫竟然毫釐不差！

「簡直一模一樣，這，這是怎麼做到的？」朱彥喃喃道。

他於此道頗有研究，自然看得出來眼前兩幅畫不只是表面相似，而是連其中風骨都如出一轍。

「這不是臨摹，絕對不是臨摹。」朱彥連連搖頭，神情奇異望向喬昭。「黎姑娘，莫非妳也有喬先生的鴨戲圖？」

鴨戲圖是喬先生早年成名作，流傳出去的不只一幅。

喬昭指了指快被朱彥攢爛的手帕。朱彥低頭，手帕上那道淡淡的墨痕提醒著他，剛剛的疑問是多麼可笑。

他一下子洩了氣，問道：「妳是怎麼做到的？」

一個小姑娘能畫出喬先生的成名作，達到以假亂真的地步，平日對畫技頗為自得的他豈不可笑？

「臨摹啊，我不是說過，我很仰慕喬先生，一直臨摹他的畫。」喬昭老老實實道。

她並沒有撒謊。

剛開始學畫時，祖父隨手畫了一隻鴨，讓她足足臨摹了三年，而後又用半年讓她對著杏子林後池塘裡的鴨作畫，這之後她閉著眼睛就能畫出鴨來，且畫出的鴨無論什麼姿態，別人一看，都與祖父的難以分辨。

用祖父的話說，她畫的鴨已經有了與他筆下鴨一樣的畫魂。魂一樣了，哪怕形不一樣，旁人也會認為出自一人之手。

祖父告訴她，當她能給筆下的鴨注入自己理解的畫魂時，畫技才算大成。可惜她於繪畫一向天分不高，此生恐怕是無望了。

「臨摹？」朱彥喃喃念著這兩個字，失魂落魄。他當然不信只是臨摹這麼簡單，這或許就是天賦吧。

「太像了，這也太像了！ㄚ頭……不，黎姑娘，這真是妳畫的？」楊厚承眼睛眨也不眨盯著喬昭。

喬昭對他笑笑，看向池燦。「池大哥，這樣可以讓你交差了嗎？」

池燦神情頗為複雜，沉默好一會兒才點點頭，轉身匆匆走了出去。

楊厚承乾笑著解釋：「別在意，那傢伙大概是覺得下不來臺呢。」

想著那幅驚為天人的畫，他忽然不好意思再「小姑娘小姑娘」地叫，扭頭對朱彥道：「裡面怪氣悶的，咱們出去吧。」

朱彥深深看喬昭一眼，胡亂點頭。「嗯。」

重新回到甲板上，朱彥憑欄而立，沉默不語。

楊厚承拍拍他的肩。「怎麼，受打擊了？」

朱彥苦笑。

倚著欄杆的池燦忽然低聲道：「她真是一個小修撰的女兒？」

不是一個圈子的人，他並不知道翰林院是否有這麼一位黎修撰，卻覺得那樣的門第養不出這般靈慧的女兒。

「這有什麼好懷疑的，她難道還會在這方面說謊？」楊厚承不以為然。

池燦看了朱彥一眼，才道：「我就是覺得太離奇，子哲自幼請名師教導，尚且作不出那樣的畫呢。」

朱彥抽抽嘴角。已經夠鬱悶了，還被牽出來比較，有沒有人性啊？

楊厚承同樣看朱彥一眼，大咧咧道：「這更不奇怪了，人與人天賦不同嘛。比如那位名滿天下的喬先生，世人也沒聽聞他父親才名如何啊。」

天賦，天賦……被另一位好友成功補刀的朱公子默默嚥下一口血。

船行水雲間，風吹行人面。

江上船隻來往如梭，池燦三人靠著欄杆閒談，天漸漸暗下來，晚霞堆滿天，一艘客船從不遠處攸然而過，三人的談話聲頓時一停。

池燦目光直直追著隔壁客船上憑欄而立的黑衣男子，那人似有所感，回望過來，朝他輕輕頷首。

黑衣男子還很年輕，不過二十出頭的模樣，一身緊身玄衣勾勒出他修長健美的身材，俊美的臉上掛著笑，那笑意卻不及眼底。

如果說池燦是那種精緻到極致，一旦笑起來帶著妖異的美，那麼這黑衣男子的笑就如一縷春風，暖了旁人，笑的人卻沒有一絲一毫的痕跡留下。

等到隔壁船隻交錯而過，楊厚承問眉頭緊鎖的池燦：「拾曦，那人是誰啊？你認識？」

「說不上認識——」池燦頓了頓，這才收回目光，懶懶道，「那不是什麼好人。」

「怎麼說？」朱彥也來了興趣。

那人眼生得很，好友能認識他們卻沒見過，才是奇怪了。

池燦冷哼一聲，才道：「知道江堂吧？」

「別說笑，誰不知道江堂啊，堂堂的錦鱗衛大都督。」楊厚承神情已經嚴肅起來。

錦鱗衛直接聽命於皇上，是帝王的耳目，天下人無不避讓敬之。而江堂便是錦鱗衛都指揮使，他還有另一個身分，當今天子的奶兄。可想而知江堂是多麼威風八面的人物了，無論是皇親貴冑，還是文武百官，對上此人都要禮讓三分。

見二人神情認真起來，池燦才解釋道：「江堂有十三個得力的手下，人稱『十三太保』，剛剛過去的那個乃是江堂的義子江十三。他早幾年就被派到南邊駐守，所以京城中人對此人都不熟悉，我也是上次來嘉豐才與他打過交道。」說到這裡，池燦牽了牽唇角，冷冷道：「那就是個笑面虎，好端端地碰上，真是晦氣！」

朱彥與楊厚承對令人聞風喪膽的錦鱗衛顯然也沒好感，遂不再問。

楊厚承岔開話題道：「天這麼晚了，咱們回屋用飯吧。」

這船是被三人包下來的，給的銀錢豐厚，服務自然到位。三人在飯廳裡落座，很快熱氣騰騰的飯菜就端了上來。

楊厚承看了看門口，納悶道：「黎姑娘怎麼還沒出來？」

「許是不餓吧。」池燦涼涼道。

「怎麼會？她午飯都沒吃呢。要不咱們去看看？」楊厚承提議道。

三人嫌麻煩，這次出門沒有帶僕從，這船上清一色的男人，要說起來一個小姑娘住著是不大方便。

三位公子哥這才後知後覺想到，一位年紀尚幼的官宦之女，身邊連個伺候的小丫鬟都沒有，居然事事親為不聲不響跟了他們這麼多天，也算是不容易了。

「真是麻煩，走吧，去看看。」池燦站了起來。

三人來到喬昭房門外，楊厚承喊道：「黎姑娘，該用晚飯了。」

裡面悄無聲息，三人互視一眼。

「進去看看？」楊厚承詢問二人。

池燦雙手環抱胸前，淡淡道：「萬一人家在裡面更衣呢？萬一在沐浴呢？被咱們三個看到了，算誰的？」

該死的，這些事他都莫名其妙碰到過。

「我來吧。」朱彥深深看池燦一眼，道：「黎姑娘不是這種人。」

他越過二人上前，敲了敲門。「黎姑娘，妳在嗎？」

裡面還是無人應答。

「黎姑娘，唐突了。」朱彥伸手把門推開。

船內客房布置簡潔，並無屏風等物遮擋，三人一眼就看到了躺在床榻上的喬昭。少女青絲垂散，襯得一張臉雪白，雙目卻是緊閉的。

三人面色同時一變，再顧不得其他，大步走了進去。行至近前，三人這才看到小姑娘一張臉蒼白得嚇人，額頭滲出細細密密的汗珠，顯然是病了。

「這，這先前不是好好的嗎？」楊厚承大驚。

朱彥皺眉，語氣有些遲疑。「黎姑娘這幾日好像都沒怎麼吃東西。」

他們三個大男人當然不會過於關注一個小姑娘的日常，可聽朱彥這麼一提醒，立刻回過味來。

楊厚承打量著喬昭臉色，有些著急。「小丫頭該不是餓的吧？好端端她怎麼不吃東西？」

是呀，好端端怎麼不吃東西？一個為了能盡早吃上飯而出頭與池燦下棋的人。朱彥默默想著，看向池燦：「拾曦，你看該怎麼辦？」

「還能怎麼辦，到了下一個碼頭船靠岸，請大夫給她看看。」池燦看了喬昭一眼，淡淡道：「總不能讓她死在船上。」

「什麼死不死的，我看小丫頭一準沒事。」楊厚承寬慰道。

好友就是嘴硬心軟，明明關心得很嘛。

池燦恨恨移開眼。姓楊的那是什麼語氣啊，他才不關心呢！

三人站在喬昭屋內，一時之間有些靜默。

床上的少女卻有了動靜。她忽然輕輕喊了一聲：「爹，娘——」

室內更靜。

好一會兒楊厚承笑道：「原來是想家了。」

朱彥搖搖頭：「不止想家那麼簡單。她一個姑娘家被拐來南邊，等回到家中恐怕不好過。」

「行了，這些不是我們該操心的。」池燦抬腳往外走，走到門口又折返回來，一屁股坐在椅子上，迎上兩位好友詫異的眼神，哼哼道：「誰留下都不合適，一起守著吧。女人果然是麻煩，不管年紀多大。」

朱彥輕笑出聲，看喬昭一眼，又有些憂心。小姑娘這樣子，似乎病得不輕啊。

「黎姑娘——」他輕聲喊。

床上少女睫毛顫了顫，沒有睜開眼。

三人都是男子，誰都不好摸摸人是不是發燒，只能乾等著。

船總算靠了岸。

池燦打發一個船工去城裡請大夫，被楊厚承攔住。「算了，還是我去吧，我腿腳快。」

朱彥跟著往外走。「我進城買個小丫頭回來，照顧人方便。拾曦，黎姑娘這種情況不能沒有人看著，你就照應一下吧。」

等二人一走，室內只剩下池燦一個清醒的。他居高臨下打量著昏睡不醒的喬昭，自言自語道：「小丫頭能耐不小啊，能讓他們兩個鞍前馬後替妳奔走。」

床上的少女沒有回應，臉色卻開始轉紅，那是一種不正常的潮紅。池燦抿了抿唇，扭頭看一眼門口，確定沒有人來，飛快伸出手放在了喬昭額頭上。很燙，灼人的燙。

池燦縮回手，眉毛擰了起來。

他目不轉睛盯著喬昭，一雙眸子黑如墨石，讓人看不出情緒來。好一會兒，彷彿是施捨般，伸出修長手指，用指腹輕輕戳了戳她滾燙發紅的臉蛋。

昏迷中的少女一把握住了他的手。池燦嚇了一跳，條件反射往外一抽，手卻被抓得更緊，少女閉著眼，淚水簌簌而下。

昏迷中的少女哭得無聲無息，明明閉著眼，可面部每一個線條都顯示出她的傷心，這種傷心在壓抑無聲中，格外被放大。

池燦說不清是心軟還是如何，最終沒有動。他任由少女握著他的手無聲哭泣，直到走廊裡急亂的腳步聲響起才抽出手，轉過頭去。

見是楊厚承扛著個鬚髮皆白的老頭進來，池燦有些詫異。「這麼快？」

楊厚承一臉喜色，把肩膀上扛著的老頭往椅子上一放，興奮地道：「小丫頭運氣忒好，我還沒到城門口，就遇到這麼大一個神醫！」

什麼叫這麼大一個神醫？池燦用眼神表示了疑惑，然後看向椅子上的老者。老者靠著椅背，竟然是昏迷的。

池燦再次向楊厚承望去。

楊厚承撓撓頭，解釋道：「你不知道，這位李神醫脾氣古怪得很，當初太后請他進宮問診還推三阻四呢。我這不是怕他不來嘛，就一個手刀劈暈了。」

池燦眉毛動了動，似是想起了什麼，猛然看向昏迷不醒的老者，拔高了聲音：「李神醫？難道是那位傳說中可以活死人肉白骨的李神醫？」

「就是他呀，那年李神醫進宮給太后看診，我見過的。真沒想到我進城給小丫頭找大夫，居然就碰上了他。呵呵呵，這就是人品吧。」

楊厚承一想到自己與這位神醫擦肩而過時毫不猶豫一個手刀劈下去，然後扛起人就跑，就為自己的當機立斷感到驕傲。

池燦臉色變了，嘆口氣問道：「你的功夫沒落下吧？」

「嗯？」

「你有沒有人品我不知道，有麻煩是肯定的。等下要是被人追殺，自己擦屁股。」

「不會吧——」楊厚承看了李神醫一眼。

「這麼大個神醫就像餡餅一樣掉在你頭上？沒有惹到什麼麻煩，我是不信的。」池燦涼涼道。

「這位小友還算有自知之明！」惱怒的聲音響起，李神醫睜開眼，從椅子上站了起來，晃了晃身子才站穩，抬腳就往外走。

楊厚承忙把他攔住。「李神醫，您還記得我不？那年您進宮——」

「原來你認得我啊？」李神醫打斷楊厚承的話。

「啊，認得。」楊厚承點頭。

「認得你還把我劈暈了？」李神醫大怒，半點傳說中高人仙風道骨的樣子都沒有，掏出一把小銀針就天女散花般撒了過去。

他就是出城採一味藥，這混蛋小子從他身邊走過，連個眉毛都沒抬，忽然伸手把他劈暈了，真是氣死他了！

「神醫息怒，神醫息怒，我們有個小妹子病了，這不是著急嘛，才出此下策的。」楊厚承抱頭亂竄。

「就是天皇老子，老夫也不給你看！」李神醫撣撣衣袖，抬腳就往外走，走到一半轉頭，輕描淡寫道，「哦，我那銀針上有毒。」

話音落，楊厚承就暈了過去。

池燦臉色一變，站起來追過去。「神醫請留步！」

他這麼一起身，轉過頭來的李神醫一眼就看到了躺在床榻上的喬昭。李神醫腳步一頓，對走到近前的池燦熟視無睹，急匆匆走到喬昭面前，一屁股坐了下來。

他緊緊盯著喬昭，又是把脈又是望診，全然沉浸在自己的世界裡。

池燦俯身把楊厚承拽起來，忽然猛一轉身，抽出腰間佩劍就迎了上去。

從門口衝進來的三人把他團團包圍，本就不大的屋子一下子變得狹窄逼人。

才一交手，池燦就知道壞了。這三人明顯是死士之流，身手高明不說，拚起來宗全不要命。他身手雖不差，以一對三還是不成的。

這三人與李神醫是什麼關係？念頭才晝過，肩頭就是一痛，池燦不由悶哼一聲。

這時，李神醫不耐煩的聲音傳來：「要打架都滾出去打，別影響我看病人！」

這話一出，彷彿給屋裡人下了定身咒，衝進來的三人頓時住手，其中一人開口道：「您沒事真是太好了！」

那人說著目光落在椅子上昏迷不醒的楊厚承身上，眼中殺機一閃。真是想不到，有他們幾個護著李神醫進京，居然在這人出其不意之下，在他們眼皮子底下把人給劫走了！這樣的錯誤被主子知道了，足夠他們死好幾次了。

「滾出去！」李神醫中氣十足吼道。

三人對李神醫極為恭敬，立刻道一聲「是」，轉身就往外走，還不忘把池燦與昏迷不醒的楊厚承帶走了。

等到了外面，面對殺氣騰騰的三人，池燦拿出帕子按在肩頭傷口上，淡淡笑道：「三位不必如此，等神醫看過了病人，你們自便就是。」

他打量了三人一眼，接著道：「我猜三位也是請神醫去看診的，想來不願節外生枝吧？我們沒有別的意思，只是機緣巧合遇到神醫，請他給一位病人看病。目前看來，神醫對我們的病人甚有興趣呢。再者說，咱們驚動了錦鱗衛的大人們多不好。」

這番話含了三個意思：一是點明他們認識李神醫，身分並不簡單，如果三人動手殺人，麻煩不小。二是指出李神醫對他們的病人有興趣，要是繼續動手惹惱了神醫，麻煩更不小。三是附近有錦鱗衛的人出沒，被他們盯上，那就不只是麻煩的問題了。

總而言之就是傳達給對方一個意思——好聚好散，誰都別節外生枝。

池燦的話果然起了作用，三人對視一眼，默默收回刀劍。

城裡還來了錦鱗衛，要是真殺了這幾人被那些瘋狗盯上，說不準會給主子惹麻煩。他們的任務就是把神醫順利帶回京城，別的都可以妥協。

外頭的雙方達成了某種默契，各自安靜等候。

而室內，當李神醫收針後，喬昭終於緩緩睜開了眼。

熟悉的面孔映入眼簾，她一時不知今夕何夕，脫口而出道：「李……爺爺？」

四 前世回憶

果然是夢嗎？嫁給北征將軍邵明淵是夢，祖父過世是夢，父母家人被大火燒死是夢，她被一箭射死在寒冷枯寂的城牆上也是夢。所以醒來，一切都好了吧？

李神醫瞳孔驀地一縮。這個稱呼……

「妳是誰？」他抓了喬昭的手，喝問。

粗糙乾瘦的手搭在手腕上，喬昭猛然清醒，垂眸盯著那隻手一動不動。這隻手她是熟悉的，曾經手把手教她針灸推拿，曾經笑著刮她鼻子說她學得快。

他是喬昭的李爺爺，卻不能是黎昭的。

「小丫頭到底是誰？」李神醫並不是脾氣好的人，聲音更冷了一分。

喬昭抬眸與他對視，因為發燒音色沒了平時的輕柔，沙啞如低低刮過青草地的風。「我是京中黎修撰之女，您是誰？」

李神醫明顯不信。「小丫頭剛剛喊我什麼？」

這小丫頭有古怪，剛剛分明喊他李爺爺，而這個稱呼，只有一個丫頭這樣喊過。

喬昭露出疑惑的神色，一雙漆黑明亮的眸子微瞇，似在回憶。「我剛剛想說，咦……爺爺您是誰？」她無辜笑了笑。「不過還沒說完，您就打斷我啦。」

李神醫愣了愣。李……爺爺？咦……爺爺……原來是聽錯了。

他鬆開喬昭手腕，可不知為何，心中還是有幾分怪異。總覺得這機靈古怪的丫頭和記憶裡那個聰慧的丫頭有些相似。她的病也有趣，除去發熱不談，神魂竟不大安穩，彷彿人的精神和身體不能很好地融合，要剝離似的。想到這兩年一直醉心研究的東西，李神醫腦海中閃過一個模模糊糊的念頭，揚聲道：「進來吧。」

腳步聲響起，初春的風隨著門開湧進來，讓人頭腦一清。

池燦目光直接落到喬昭那裡，見她已經醒來，一直緊繃的唇角微不可察鬆懈幾分，這才看向李神醫。

李神醫一改先前的乖僻，溫和問道：「小姑娘是你什麼人吶？」

池燦下意識後退半步。總感覺面前站了一隻大尾巴狼，還是上了年紀老奸巨猾那種。

「萍水相逢而已……」池燦飛快把自己撇清。

「萍水相逢啊——」李神醫拉長了聲音。

池燦摸不清他的用意，解釋道：「小姑娘被拐了，湊巧被我們碰到，我們順路送她回家。」

「原來是這樣。」李神醫鬆了一口氣，笑眯眯道：「小姑娘病得不輕，不是一天兩天能好的。不如這樣，就讓這小姑娘跟著我吧，我醫好了她，送她回家就是。」

「她要回京城。」池燦也不明白自己怎麼回得這麼快。

「那就更好了。」李神醫摸摸鬍子。「我也是去京城，路上可以行慢點，方便醫治這小丫頭。」

池燦不說話了，沉默片刻道：「這要問問她自己的意思。」

這老頭莫不是拐子吧，那丫頭只是發熱，哪裡就病得不輕了？

李神醫便回過頭去，笑問：「丫頭，我是天下數一數二的神醫，要不要跟我走？」

喬昭毫不猶豫。「跟。」

她原先所圖的是平平安安回到京城，而半路上遇到李神醫，就算不提前緣，有一位神醫送她回家比起三位年輕公子送她回家，她將來的處境絕對是不同的。喬昭不傻，自然知道怎麼選擇。

池燦眉頭一跳，冷著臉一字一頓道：「妳可想好了。」

喬昭乖巧點頭。「想好了。」

池燦氣結，轉身拂袖欲走，又忽然轉過身來，問她：「就不怕再被拐了？」

李神醫翻了個白眼道：「臭小子說什麼呢？」

喬昭輕柔地笑。「不會的，他是神醫。」

「人家說什麼，妳就信啊？」池燦恨鐵不成鋼。死丫頭面對他們時的機靈勁呢？

喬昭眨眨眼。「若不是真的大夫，池大哥這麼聰慧絕頂、小心謹慎的人，怎麼會讓他替我看診呢？」

池燦嘴角動了動。說得可真他娘的……有道理！

池燦沒了話說，看著小丫頭又莫名氣悶，摸了摸鼻子，轉身便走。

跟進來的三人卻不幹了，其中一人忙道：「神醫，這……不大方便吧？」

主子可是千叮萬囑，萬萬不能節外生枝，務必把李神醫悄悄請回去的。

李神醫眼一瞪。「有什麼不方便的？你們若是覺得不方便就自己走人！這小姑娘生了重病，醫者仁心，我能見死不救嗎？」

三人同時默默牽了牽嘴角。說得好像您多有仁心似的。

他們尋到這位神醫可沒少吃苦頭，千求萬求都不願意隨他們進京，最後沒辦法使出了殺手鐧，用主子手裡一株稀世靈草才讓這位神仙鬆了口。遇到這小丫頭就醫者仁心了？

三人目光在喬昭臉上轉了一圈，默默想，原來神醫也是看臉的。

「你們還有什麼意見？」李神醫不緊不慢地問。

三人一臉憨厚。「小的不敢。」

「不敢就好，帶上這丫頭，走吧。」

「等等。」池燦去而復返，拖著依然昏迷不醒的楊厚承，看也不看喬昭一眼，只盯著李神醫道：「還請神醫醫者仁心，把我這朋友救醒。」

李神醫撇嘴冷笑。「醫者仁心和爛好心可不是一回事兒。」

三人同時點頭。看吧，這才是這位神醫的真面目！

喬昭冷眼旁觀，心中亦很困惑。印象裡，李神醫對她雖可親，那是因為他和爺爺是至交，自己又勉強算是他半個弟子的緣故，對旁人李神醫可是一直很有性格的。為什麼成為黎昭後的初次見面，李神醫想把她帶在身邊？那聲「李爺爺」，到底是讓他老人家起了疑心嗎？

除了故去的祖父，沒有人比喬昭更清楚這位神醫是多麼驚才絕豔的人。他的醫術深不可測，近年來更是幾近通神。這樣的人，對某些玄妙之事有超出常人的敏感，並不奇怪。

氣氛凝重中，喬昭開了口：「神醫，池大哥三人都是我的救命恩人，我想等朱大哥回來、楊大哥清醒後，與他們都告過別再隨您走。」

她昏迷後雖不知發生了什麼事，卻能猜到楊大哥這樣子應該是為了她。李神醫很明顯對她有興趣，想來她提出的這個小小要求是不會拒絕的。

果然不出喬昭所料，李神醫聽她說完，抬腳走到楊厚承身邊，把一顆晶瑩剔透的藥丸直接拍進了他嘴裡。

「咳咳咳。」楊厚承猛烈咳嗽幾聲，清醒過來。他茫然四顧，看到屋裡多出的三人臉色大變，拔劍衝過去。

池燦拽住他後背的衣裳，涼涼道：「別玩命了，沒咱們什麼事了。」

楊厚承收住身形，更加茫然。「什麼意思？」

池燦往喬昭的方向抬抬下巴。「人家要和神醫走。」

楊厚承一見喬昭醒了，眉宇間盡是真誠的喜悅，拔腿走過去道：「太好了，丫頭終於醒了。」驟然而來的歡喜中，他忘了客氣稱她黎姑娘。

喬昭當然不介意，望著他微笑。「醒啦。」

她聲音低啞，讓楊厚承皺了眉。「嗓子都啞了，還不舒服吧？」

「嗯，還有些頭暈。神醫說我病有些重，讓我和他一起走，方便醫治。」

楊厚承愣了愣，隨後露出笑容。「原來是這樣，有神醫照顧妳，確實比跟著我們好。」

池燦緊緊抿了抿唇，沒吭聲。

門口傳來男子溫和的聲音：「黎姑娘要隨誰走？」

眾人望去，就見一位溫潤如玉的年輕男子走進來，身後亦步亦趨跟著個丫頭，十五、六歲的模樣。楊厚承飛快給朱彥解釋起來。聽他解釋完，朱彥看喬昭一眼，意味深長道：「你說得對，黎姑娘和神醫一起走更好。」

他說完朝李神醫深深一揖，朗聲道：「那就拜託神醫了。」

見兩位好友都如此說，再看小姑娘沒心沒肺的模樣，池燦心裡氣悶更甚，有種自己路上隨手撿的白菜被豬拱走的感覺。雖說那棵白菜他不稀罕，可白菜寧可跟著豬走也不在乎他，這滋味還真不爽。

「那就趕緊收拾東西吧，好走不送。」池燦冷冷道。他生得好，這樣冷著臉依然漂亮得驚心動魄。

朱彥深深看了好友一眼，總覺得某人在賭氣。他忍笑把緊跟在身旁的丫頭推過去。「黎姑娘，回京路途遙遠，妳一個人多有不便，買了個丫鬟給妳。」

喬昭有些意外，看那丫鬟一眼，見她眉清目秀，眾目睽睽之下雖然有些緊張卻不瑟縮，可見是精心挑選的，不由心中一暖，誠心感激道：「朱大哥費心了。」

朱彥對她莞爾一笑，轉而對李神醫道：「這船被我們包下了，還有不少空房。既然都是回京城，神醫何不與我們一道？」

楊厚承拍拍頭。「對啊，大家一起走就好了，我一時緊張居然忘了。」

朱彥用眼神表達疑問。好友天不怕地不怕的性子，緊張什麼？

楊厚承無奈攤攤手。眼前站著的這位神醫隨手撒把繡花針都能把他毒翻了，解藥的辛辣味令他畢生難忘，能不緊張嗎？只是眾目睽睽，這麼丟臉的事就別拿出來說了。

池燦沒有開口，耳朵卻動了動。喬昭卻面色平靜，她知道李神醫定然不會同意的，原因麼——

李神醫擺擺手，吐出一句話：「不行，我暈船。」

眾人：「……」

李神醫全然不在乎眾人怎麼想，轉身交代喬昭：「趕緊收拾東西吧，我在碼頭上等妳。」

「嗳。」喬昭乖巧應了。

等眾人都出去，只留下喬昭與新買的丫鬟二人，她便溫和道：「麻煩妳了。」

「嗳，姑娘折煞婢子了。」丫鬟俐落收拾起東西，心中納罕新主子容貌嬌柔卻是個冷淡寡言的性子。她卻不知喬昭此刻身心俱痛，當緊繃的弦鬆弛，哪裡還有開口的欲望。

喬昭的東西很有限，丫鬟收拾完連一盞茶的工夫都沒用，拎著個小包袱對斜倚在床榻上假寐的喬昭道：「姑娘，收拾好了。」

喬昭睜開眼，一雙漆黑的眸子一點點映照進光彩，強撐著起來。「扶我出去吧。」她燒得渾身沒有一點力氣，靠自己是走不動的。

丫鬟上前一步，扶住喬昭胳膊。主僕二人走出去，就見朱彥與楊厚承二人等在外面，卻不見池燦的身影。不等他們開口，喬昭便鬆開丫鬟的手，屈膝一禮。「朱大哥，楊大哥，這些日子多謝你們照顧，將來若是有機會，我必當回報。」

楊厚承忙擺擺手。「不用不用，妳能平安回家就好。」

朱彥目光下移，落在少女光潔的額頭上，上面是細細密密的汗珠，可她朝二人行禮的身姿優雅又端正。

朱彥心中一嘆，開口道：「黎姑娘，在下……朱彥，若是回京後遇到難處，可以托人去泰寧侯府尋我……」

喬昭微怔。告訴了她身分和名字，這是真的把她當朋友看了。

楊厚承詫異看好友一眼，跟著道：「楊厚承，留興侯府的，小姑娘別忘了妳楊人哥啊。」他以為，朱彥那樣的性子是不會輕易把真實身分告訴一位姑娘的，沒想到卻搶在了他前面。

「自然不會的。」喬昭嘴角一直掛著笑，可冷汗早已順著面頰往下流，她卻不以為意，大大方方問：「池大哥呢？」

池大哥……朱彥與楊厚承默默對視，那傢伙最近好像有點抽風。

楊厚承打哈哈道：「他啊，見妳要走肯定是傷心欲絕，躲起來哭鼻子去了。」

自然沒有人把這話當真，喬昭便道：「那就麻煩兩位大哥替我向池大哥道別了。」

她再次屈膝，隨後扶著丫鬟的手，轉身往等在碼頭旁的馬車行去。

朱彥二人默默看著她上了馬車，一直沒有回頭。

「這丫頭還真是說走就走啊。」忽然少了一個人，楊厚承覺得有些不是滋味。

「是啊，以後我日子可難過了。」

「嗯？」

「又要被拾曦拖著下棋了。」

二人說笑著正要轉回船艙，就見停在不遠處的馬車簾子忽然掀起，丫鬟從車上跳下來。二人腳步一頓。

丫鬟轉眼已經跑到近前，先行一禮，隨後把一個白瓷瓶遞過去，匆匆道：「這是姑娘從神醫那裡求來的金瘡藥，給池公子的。」

她把白瓷瓶交到朱彥手裡，再次朝二人行禮，然後一溜煙走了。

「那丫頭還真有心。」眼看著馬車緩緩啟動，楊厚承嘀咕道。

朱彥笑了笑，握緊了手中瓷瓶轉身，就見池燦正站在門口，一言不發。

他新換過衣裳，已經看不到肩頭的血跡斑斑。

朱彥揚手把瓷瓶拋了過去，白皙的瓷瓶在空中畫過一條漂亮的弧線，準確落在池燦手中。

池燦捏緊了瓷瓶沒說話，轉身進去了。

馬車不緊不慢在官道上行駛，喬昭側躺在車廂裡端的矮榻上，聽丫鬟向她回稟：「姑娘，已經把金瘡藥交給朱公子了。」

喬昭頷首，聲音嘶啞：「那就好。」

李神醫湊過來把丫鬟趕到一旁，道：「丫頭可以啊，拿著我的藥送人情。」

他伸手遞過一枚藥丸。「把這個吃了。」

喬昭接過，毫不猶豫服下。李神醫頗滿意她這個舉動，卻口不對心道：「給妳什麼都敢吃，就不怕是毒藥？」

「李爺爺醫者仁心。」才服下藥喬昭就覺得舒坦多了，遂笑道。

「妳叫我什麼？」李神醫一怔，那種異樣的感覺更強烈了。

喬昭歪著頭。「李爺爺呀，要不叫您李神醫？」

從小到大，她和這位李神醫相處的時間比父母兄妹還要長。李神醫性情乖僻，對一個才見面的小姑娘如此熱心，讓她不得不往深處想，李神醫是不是察覺了什麼？

他會覺得自己像曾被耐心教導過的那個人嗎？

李神醫笑起來。「就叫李爺爺吧。丫頭叫什麼？」

女孩子的閨名不便與外人道，但面對這樣一位長者自然不必避諱，喬昭坦然道：「我姓黎，單名一個『昭』字。」

「哪個『昭』？」李神醫眉毛一動。

喬昭神情無波。「賢者以其昭昭，使人昭昭的『昭』。」

李神醫怔住，腦海中忽然閃過一幅畫面。小小的女孩端坐在石凳上，替祖父捶腿。聽到他詢問，仰起頭來，一臉平靜告訴他：「我叫喬昭，『賢者以其昭昭，使人昭昭』的『昭』。」

李神醫長久看著喬昭，輕嘆道：「這種解釋並不多見。」更多的人會說，是日月昭昭的「昭」。

他心中古怪更甚，想到這小姑娘脈象所反應出來的離魂症狀，一個驚世駭俗的念頭一晃而過，隨後搖頭失笑。那丫頭此刻應該在遙遠的北地呢，他一定是這兩年研究那些東西魔障了。

「好好歇著吧，吃了藥妳會發汗，把鬱結之氣發出來就好了。」

小小的年紀竟好像遇到什麼大悲之事，才生生把身體熬垮了，這丫頭心思挺深啊。李神醫想到這裡，又看了看小臉煞白的喬昭，這才移到一旁閉目假寐。

一艘船上，男子獨坐於窗前，一口接一口啜茶。一隻白鴿撲簌簌落於甲板上，跳進一人手心裡。那人很快取下白鴿腳上的資訊，大步走進來。

「大人，臺水那邊傳來的信兒。」

男子把紙條接過，掃過上面的內容，把紙條撕碎從窗戶撒出去，喃喃道：「在臺水碼頭，那個小姑娘上了另外一批人的馬車，與那幾人分開了？」明明只是個普通的小姑娘，事情怎麼越來越有意思了？

久居錦鱗衛而養成的細緻敏銳，讓他習慣性輕輕敲了敲桌面，吩咐道：「分出人手跟著那小姑娘，看後來那幾人是什麼人。」

原來這男子正是被池燦三人議論過的江十三，江大都督的義子，江遠朝。

錦鱗衛在全國各地都有駐地，形成龐大的情報網，將所有重要消息彙集到京城去。他駐守嘉豐，當然不可能監控所有人，而是盯住那些職位特殊的官員。如杏子林喬家那樣雖已不在朝，卻依然有影響力的人家，亦會定期去打探情況。

只是沒想到喬家會被一場大火燒個乾淨，他雖覺蹊蹺卻不明內情，只能派人密切監視著，好幾日才等來了那幾人，當然是把他們納入監控裡。

有心算無心，轉日江遠朝就知道了老者的身分。

「竟然是行蹤縹緲的李神醫。」饒是江遠朝一貫鎮定，此刻亦不由動容。

李神醫是誰，那是連當今聖上見了都以禮相待的名醫。他說不入太醫院，聖上都不強迫，任由他飄然離去。他記得義父說過，李神醫握有一塊免死金牌。

「另外幾人是什麼身分？」

屬下恭恭敬敬回道：「查不出來，看樣子都是高手，應該是護衛之流。」

江遠朝修長的手指彎曲，輕輕扣著桌面，清脆的敲擊聲一聲接一聲傳來。

「看來是京中哪位貴人尋到了這位神醫的蹤影，請回去看病了。」他做出這個猜測，把茶杯往桌面上一放，站起身來。

他身姿挺拔，個子又高，邁著大長腿走出門去，迎著江風深深吸了一口氣，吩咐下去：「等靠了岸給我安排一輛馬車。」

比起京城的公子哥兒，顯然是那位李神醫更值得跟著。

一個人從事一項工作久了，言行自然深受影響，江遠朝明知此去京城與神醫八竿子打不著，還是決定親自跟上。若是有什麼意外收穫，想必義父會高興的。

初春時節萬物復蘇，連官道上的車馬行人都比冬日多了起來，放眼望去正是一派繁榮景象，載有喬昭的那輛馬車混入其中，毫不惹眼。

等到春意越濃，京城便漸漸近了。

喬昭的身體一日日好了起來，她的心情卻沒有放鬆。用不了幾日就能見到黎昭的父母家人了，儘管有著黎昭的記憶，那一切對她來說還是太陌生。

馬車忽地停下來，扮作車夫的護衛恭敬對李神醫道：「路邊有個茶棚，除了茶水還有賣熱氣騰騰的包子，您要不要嘗嘗？」

旅途最是辛苦，一聽有熱氣騰騰的包子，一直假寐的李神醫立刻睜開眼。「要。」

「好勒，小的這就去買。」

李神醫把他攔住。「不用，我們下去吃。」

護衛立刻一臉糾結。「這——」

「囉嗦什麼，一直待在馬車上把我這把老骨頭都顛散架了。」李神醫根本不理會護衛，直接下去了。喬昭見狀跟了出去。

他們扮成一對出行的祖孫，由侍衛與丫鬟護著在一個空桌坐下來，很快老闆娘就端上來一大盤熱氣騰騰的包子並一壺茶水。

李神醫拿起包子咬了一口，點頭。「不錯。」

雖然他不喜歡來京城，卻不得不承認，這靠近京城的官道更乾淨不說，就連路邊攤的包子都比別處好吃。

喬昭拿起一個包子默默吃。

李神醫不願很快回到馬車上，捧著一杯茶聽旁邊幾桌的客人閒聊。

就有人疑惑道：「春日風沙大，怎麼這官道比我以前來瞧著乾淨多了？」

旁邊人立刻笑道：「朋友一定是遠道來的有所不知，咱們的北征將軍馬上要進京了，這官道啊每日都要掃灑一次。」

北征將軍邵明淵顯然是近來京城乃至周邊的熱門話題，一經人提起氣氛立刻熱烈起來。

「嘖嘖，邵將軍真是了不得，才二十出頭就受封冠軍侯了。」

「這有什麼稀奇，邵將軍是將星下凡，才十四歲時就替邵老將軍南征北戰。如今替咱大梁收復燕城，立下天大功勞，受封冠軍侯那是實至名歸！」

一陣七嘴八舌的議論聲中，忽有一人長嘆道：「邵將軍為國為民真是不容易，你們聽說了沒？當時北地韃子們抓住了邵將軍的夫人，威脅邵將軍退兵呢！」

權當消磨時間的李神醫忽然捏緊了茶杯。

喬昭卻不為所動，抽出帕子拭了拭嘴角，端起茶杯淺淺啜了一口。

「啊，退了沒？」那些從南而來的人顯然尚未聽說此事，不由緊張起來。

邵將軍的事蹟早已被人們提起無數次，可此時能給這些人再講一遍，說話的人顯然很自豪。

「當然不能退啊，當年齊人奪走咱們燕城，那是喪盡天良啊，把全城人都給屠了，連襁褓中的娃娃都不放過！後來仗著燕城的地理位置，更是打得咱大梁軍沒話說。這麼多年下來，北地邊境的百姓們多苦啊，好不容易有了收復燕城的機會，你們說邵將軍能退嗎？」

「不能，不能，絕對不能！」聽者齊齊搖頭。

大梁一向以天朝上國自居，百姓皆以大梁子民的身分為榮，失去燕城就好似一個重重的耳光甩在所有大梁人臉上，日積月累就成了心頭上的傷，一想起來無不是又痛又惱，臉面無光。

「那邵將軍可怎麼辦啊？」

那人一仰頭把茶水飲盡，眼中是狂熱的敬仰。「邵將軍沒等那些韃子說完，彎弓射箭就射殺了自己的夫人，讓他們再沒有什麼可威脅的，士氣大振！」

「嘶——」冷抽聲此起彼伏。

一只茶杯跌落在地，摔得粉身碎骨，頓時把眾人目光吸引過來。

李太醫面色陰沉，抖著雪白鬍鬚問道：「邵將軍殺了他夫人？」

「是呀，您老也覺得邵將軍不容易吧？唉，邵將軍為了咱大梁，犧牲太大了——」

「不容易個屁！」李神醫猛然站起來，破口大罵。

喬昭差點被茶水嗆到，用手帕捂著嘴輕輕咳嗽起來。

「哎，老漢你怎麼說話呢？」一聽這老頭子居然敢罵邵將軍，眾人大為不滿。

李神醫根本不在意這些人的態度，忿忿道：「你們都說他不容易，那他夫人呢？死得這麼慘誰想過？哼，我看就是那小子無能，才害自己夫人被齊人抓去——」

沒等說完，肉包子、茶杯之物紛紛向李神醫襲來，其中竟還夾雜著一只破草鞋。早就想到後果的喬昭拽著李神醫就跑，幾名護衛怕引人注意不敢對這些普通百姓怎樣，只得挺身替老神醫擋住了這一大波攻擊。直到一行人狼狽跑回馬車上，茶棚裡的人才漸漸熄了怒火，繼續說起先前的話題。

站在茶棚不遠處白楊樹下的江遠朝目光追隨著離去的馬車，薄唇緊抿，眸光深深。

原來，她死了。

江遠朝仰頭，望著北邊天際的雲，輕輕嘆了口氣。

他以為，她那樣的姑娘無論是嫁人還是不嫁人，一定會把生活過得如意，卻沒想到是這樣的結局。

早知如此——

江遠朝沒有再想下去，卻有一種鈍痛漸漸在心底發酵。那痛並不尖銳，卻好似有了重量，壓得他呼吸都跟著痛起來。淺淺的，淡淡的，卻任他平時如何談笑自若、心思深深，依然揮之不去。

「大人——」站在江遠朝身側的年輕男子忍不住喊了一聲。

是他的錯覺嗎？竟然覺得大人很哀傷，這簡直是驚悚。

江遠朝回過神來，嘴角掛著淺淡的笑容。「走吧。」

馬車上，李神醫甩開喬昭的手，一臉憤怒。「死丫頭拉我幹什麼？我還沒來得及下藥呢。」把那幫不開眼的藥翻了，讓他們天天拉肚子！

李神醫嗓門不小，馬車外的幾名護衛下意識縮縮脖子。

跟著神醫走，這人生太艱難了，要時時擔心被神醫下藥，還要擔心神醫時時給別人下藥，更要擔心怎麼收拾神醫那張嘴惹來的爛攤子。離京時生龍活虎、回來時瘦得尖嘴猴腮的護衛們默默想。

「李爺爺何必和他們計較。」馬車布置得很舒適，喬昭靠著一只彈墨靠枕淡淡笑著，渾然沒有她就是邵將軍那個倒楣催的夫人的自覺。

「誰讓他們嘴賤的！」李神醫越想越怒。「不但嘴賤，還蠢！俗話說得好，升官發財死老婆，姓邵的小混蛋怎麼不容易了？妳看著吧，等他回京，說不定搖身一變就成駙馬爺了，到時候誰還記得……」

說到這裡，李神醫再也說不下去，靠著車廂壁氣喘吁吁，眼角漸漸濕潤。

怎麼能不計較呢？那是他從小看到大的孩子啊。

他是大夫，這把年紀早已見慣了生老病死，可那個丫頭不同。她那樣聰慧，學什麼都是一點就通。有了這樣的聰慧，偏偏還能沉得下心來盡心盡意侍奉祖父，不惜耽誤大好韶光晚嫁。而當祖父過世後，又能哀而不傷，甚至反過來寬慰他。這樣好的丫頭，那混小子怎麼能、怎麼捨得一箭射死她？「也不知道那混小子箭法怎麼樣，射得準不準啊？」傷心惱怒之下，李神醫不知不覺把疑問說了出來。

喬昭聽得心酸又好笑，她明白李神醫說這話的意思，不忍他太傷心，答道：「很準，正中心口，一箭斃命，都不覺得太疼的。」

李神醫猛然回神。「我說出來了？」

喬昭點頭。「嗯。」

李神醫盯著喬昭不放。「妳怎麼知道不疼？」

喬昭面不改色解釋道：「您想啊，邵將軍是什麼人，他從十四歲就上戰場了，罕有敗績，箭法能差得了嘛？再者說，那畢竟是他……妻子，他要連這點都做不到，讓他妻子多受罪，豈不是太不厚道了。」

嗯，這樣一想，果然是厚道的夫君大人。

喬昭險些被自己的想法氣樂了。

那日情景歷歷在目，她還記得城牆上的寒風，背後人勁道十足的粗糙大手，還有韃子們的獰笑。可當坐在馬車裡緩緩北行，聽人們再次提起那個男子，她竟真的生不出怨恨來。

衛隊護送著她前往北地彷彿就在昨日，路上遇到了潰敗而逃的韃子散兵，就那麼三、五人，面上還帶著逃亡的狼狽。見到出行女子依然如餓狼撲食，眼裡泛著駭人的綠光。將士們把韃子消滅，救下被禍害的兩名女子，其中一人沒多久就嚥了氣，另一人遍體鱗傷，亦是進氣多出氣少。

她當時真是怒啊，才知道繁花錦簇只在京城，再往北，或者南邊沿海之地，眼前所見才是百姓的真實生活。天朝上國的華美外衣早已脆弱不堪，遮蔽著大梁的千瘡百孔。

於是，她就聽將士們講起了邵將軍的故事。他們說，邵將軍第一次來北地，只有十四歲。那時邵老將軍病重，大梁軍節節敗退的戰報一個接一個傳到京中，呈到御案前，天子震怒，靖安侯府岌岌可危。就是在那時，才十四歲的靖安侯次子邵明淵站了出來，主動請命前往北地替父征戰。

邵將軍第一戰，就是與正在屠村的北齊軍。那一戰是邵將軍的成名戰，事後無數人歌功頌德，讚他年少有為，卻只有三、五個從那一戰中活下來的將士，記得邵將軍是如何領著數十人對上一百多名北齊軍的。

大梁軍的身體素質本就與馬背上的北齊軍相差甚遠，這些年無論哪位名將坐鎮北地，都處於被動挨打的地位。那次戰到最後，邵將軍幾乎成了血人，親信勸他先逃，他只說了一句話：「我不會把轉身而逃的背影留給韃子，讓韃子以為大梁男兒皆是軟骨頭，能肆意凌辱我大梁百姓。」

後來，「豺狼不死，韃子不滅，絕不歸家」成了邵將軍的信條。他大婚還是邵老將軍跪求天子傳了聖旨，才把人召回去的。

喬昭猶記得那位副將小心翼翼勸她的話：「夫人您別生將軍的氣，將軍大婚之日就領兵出征雖然對不住您，可您不知道，他晚來一步就有不知道多少百姓無辜慘死，像今日這兩名一樣的女子更是不知道要多出多少。我們將軍啊，其實心比誰都要軟……」

一路上，喬昭聽了那人更多的事。

他曾在雪地裡趴了一日一夜，為了救回被韃子擄走、當成儲備口糧的幼童；他曾從冰下游過松江河，襲殺了斬下大梁百姓頭顱當作酒壺的韃子首領；他還曾散盡軍餉，買來衣物為被韃子們凌辱的女子們添上一件棉衣。

副將含著淚哽咽說：「天下人只記得將軍的無限風光，可我們卻記得將軍的一身傷痛。將軍曾說，他拚盡全力，不負家國百姓，只對不住您一人。待北地安定……」

後面的話副將沒有說下去，喬昭卻懂了。這樣一個為北地百姓流盡最後一滴血淚的男子，她如何去恨呢？

她就是……有些惱。她聽了他一路的故事，他的箭怎麼就那麼快呢？

少女托腮望著窗外，暖陽把她的面龐映照得半透明，顯得白淨而嬌弱，可她的氣質卻很純淨，讓凝望她的人心情都跟著寧靜起來。

李神醫這麼望著她，就覺得那種熟悉感越發強烈了。

好一會兒，他開了口：「黎丫頭想什麼呢？」

喬昭回神，很老實地回道：「就是在發呆而已。」

李神醫嘴角一抽。能把「發呆」說得這麼理直氣壯的人，真是不多見。也越發……像了……

黎丫頭和喬丫頭處處相似，更重要的是，他初見黎丫頭就發現她有離魂症狀，而喬丫頭不是他以為地安穩待在北地，而是早已香消玉殞——

李神醫手心出了汗，心跳急促。會不會有那樣的可能呢？他知道，這個猜測驚世駭俗，放到別人身上絕不敢往這個方向想，可他不同啊，近些年他研究的一直是這個。

李神醫清了清喉嚨，試探地開口：「黎丫頭啊，妳家裡都有什麼人？」

喬昭有些詫異，李神醫可不是對家長里短有興趣的人。她在腦海中搜索了一下黎昭留給她的資訊，答道：「祖父早已仙逝，家中有祖母、父母和兄弟姐妹。」

李神醫摸了摸鼻子。這說了不等於沒說？誰家裡沒有這些人啊，又不是從石頭縫裡蹦出來的。瞧著小姑娘冷靜的小模樣，李神醫更不能確定了，不死心再次試探道：「黎丫頭以前聽說過邵將軍嗎？」

喬昭一怔，站在小姑娘黎昭的角度想了想，道：「已久聞盛名。」

從邵明淵第一次出征開始，他就成了一顆最耀眼的將星，在大梁的空中閃耀了七、八年之久，又有誰沒聽說過呢？

李神醫心中輕嘆。或許是自己多心了？也或許，是他太希望那個聰慧豁達的孩子還活著。放下了試探的念頭，李神醫從果盤裡抓起一枚青澀的果子咬了一口。

「呸呸呸，酸掉牙了！」

被咬了一口的青澀果子從窗口扔了出去，畫出一道俐落的弧線後傳來一聲慘叫。

「停車，停車！誰這麼不是東西，從窗戶扔果子啊？」

喬昭放下車窗簾，趁機往外瞄了一眼，就見一位壯漢一手捂著額頭撒丫子狂追馬車，惹得路人紛紛駐足觀看，緊接著從馬車上跳下一名護衛，迎上去不知解釋了些什麼，那壯漢一臉滿意走了。

護衛返回來，旁邊同伴低聲問道：「這次多少銀錢打發的？」

護衛一臉麻木道：「別提了，又撒了二兩銀子。」

旁邊同伴紛紛嘆氣，心道路途艱難啊，再讓車裡那位老祖宗折騰下去，他們該典當佩劍了。

領頭的護衛一臉沉痛。「加快速度，明日一定趕到京城去。」

翌日，春光大好。

一輛裝扮低調的馬車拐了一個彎，駛上京城外最寬闊的一條官道，可很快那輛馬車就不能前行。

望著前方的人山人海，護衛向李神醫請示道：「老先生，正趕上邵將軍進城，馬車走不了了，要不咱們先退回去？」

一聽是邵明淵率軍進城，李神醫火氣騰地就上來了，鬍子一吹眼一瞪。「退什麼退，不是還長著腿嗎？下車走！」

甩下這句話，李神醫俐落跳下了馬車，推開欲要扶他的護衛，喊喬昭：「黎丫頭快下來，趁著還能擠得動早點進城，這樣妳還能趕上回家吃飯。」

喬昭從窗戶往外探頭，看到前方人群擠得密不透風，從善如流下了馬車。

「姑娘小心點兒。」阿珠忙把她扶住。

幾名護衛一看這情形，只得把馬車棄之路旁，護著李神醫與喬昭進了城。

城中萬人空巷，臨街的茶樓酒肆早已沒有座位。街道兩旁擠滿了人，全都翹首以待，夾道歡迎凱旋的英雄們。有那頭腦靈光的小販挑著擔子見縫插針從人群中游走，籮筐裡的鮮花轉瞬就被搶購一空。

喬昭被擠得腳步踉蹌，好不容易鬆口氣，人群忽然爆發出一陣歡呼。

「來了，來了！」

「往後退，往後退！」維持秩序的官差抽出棍棒，把看熱鬧的人們往兩邊路旁趕。

馬蹄聲漸漸近了，整齊有力的腳步聲猶如鼓點，一下下踩在人們的心頭。

有那麼一瞬，人山人海的街上忽地寂靜下來，緊接著就是更熱烈的歡呼。

「邵將軍，邵將軍！」

「北征軍萬歲！北征軍好樣的！」

喬昭就是在這樣的喧鬧中看到了那支隊伍。

前面是舉著旗幟的親衛，迎風招展的旗幟上一個斗大的「邵」字格外奪目，後面高頭大馬上端坐著一名年輕男子。

那人二十出頭的模樣，身著只有高級將領才有資格穿的銀色山文甲。鎧甲很貼身，獅吞口的腰帶緊緊束在腰間，越發顯得身姿修長挺拔。肩披的斗篷不是最常見的大紅色，反而如雪一樣純白。當他側頭望向歡呼最熱烈的方向時，純銀頭盔上的紅纓隨之颯颯而動，給那張雪玉般的面龐鍍上一抹緋色。

那是他渾身上下唯一一抹豔色，反而讓人覺得更加清冷和……孤寂。

人群忽地一滯，緊接著就爆發出無數女子的尖叫聲：「邵將軍，邵將軍！」

年輕的將軍別過頭去，那個方向的人們卻還處在狂熱之中，特別是女子們紛紛把手中鮮花向著他擲去。落花如雨，沾在他的盔甲上又匆匆滑落，然後便有更多的鮮花、香囊、手帕等物扔來。

人們對邵將軍的事蹟早已耳熟能詳，在這京城裡連三歲小兒都知道有這樣一位厲害的將軍。可他鮮少回京，今日一見人們才發覺，原來這位將軍還如此年輕，且俊美。

那種熱烈的氣氛更加濃郁，靠後的人群開始拚命往前擠。喬昭雖有護衛們護著依然被擠得東倒西歪，耳畔盡是女子們忘卻矜持的尖叫聲，還有撲天蓋日擲去的鮮花手絹。

喬昭強撐著站穩，抿了抿唇。

原來，她這位夫君大人還是個萬人迷呢。呃，錯了，喬昭已死，活下來的是小姑娘黎昭，他們已經沒有任何關係了。

想到那一箭，喬昭雖無怨恨，可眼前男子的無限風光灼著她的眼，到底是有幾分……意難平。

「哎呦！」一個第二次挑著花擔奔來的小販不小心被擠倒，籮筐裡的鮮花灑了一地，也不知鮮花堆裡怎麼混進去一顆仙人球，正巧滾到喬昭腳旁。

無數隻白嫩的手伸出，把鮮花一搶而空，銅板叮叮噹噹落入籮筐裡，緊接著又是一陣花雨撒向路中央緩緩而行的將士們，伴隨著女子們興奮的喊聲。

喬昭頓了頓，摸出兩枚銅板丟進籮筐，用帕子墊著手，把那只亂入的仙人球小心翼翼撿起來，默默扔了出去。

嗯，這下舒坦了。

邵明淵端坐在馬上，人們投擲到他身上的鮮花芳香四溢，死死忍下幾個噴嚏後鼻子已經開始麻木了。正鬆一口氣之際忽覺側方有一物飛來，憑著常年征戰的敏銳立刻察覺這不是鮮花、香囊等物。

難道是暗器？邵明淵反手一抓，精準把那物抓在手裡，掌心傳來的刺痛讓他眉頭一皺。什麼暗器遍布利刺？看來躲在人群中的敵人很狡詐。

他低頭，看清了暗器的模樣，表情不由一呆。仙人球？

邵明淵目光如電，向著「暗器」飛來的方向望去。

那目光有如實質向人群籠罩過去，喬昭忙躲在李神醫身後，好一會兒悄悄探出頭去，見那人已經騎馬走遠，只看到緊握長槍的親衛們穿著洗得筆挺的甲襖排列整齊緊隨其後，這才輕輕呼出一口氣。

喬昭抬眸，迎上李神醫似笑非笑的眼，一臉淡定道：「太擠了，李爺爺咱們快走吧。」

李神醫點點頭，抬腳走了兩步忽然回頭，笑瞇瞇道：「幹得漂亮！」

離開了主幹道，街道上陡然清淨下來。

李神醫停下腳步，整理一下被擠得皺巴巴的衣袍，道：「黎丫頭家住何處？我送妳回去。」

「老先生，這萬萬不可！」護衛們大驚。他們此番去請李神醫可是祕密的，一旦被旁人知道這位神醫進京了，那可是大大的麻煩。

李神醫瞇了眼，面上雖帶著笑，給人的感覺卻很危險。

「怎麼，連我去何處你們主子都要管著？」

護衛們被問得說不出話來。他們固然可以用強把這位神醫帶回去，可這世上最不能惹怒的就是醫者。別的不說，人家要是豁出去了給病人開個有問題的方子，到時候找誰說理去？

「老先生，您看不如先隨我們回去，這位姑娘我們負責送回家？」

李神醫打量著說話的人，一聲冷笑。「我和你們商量了嗎？我只是讓你們知道這個事而已，至於你們主子願不願意，干我何事？」

若不是為了那株靈草，別說什麼侍郎大人府上，就是當今天子他也躲得遠遠的，不摻和進京城這個爛攤子。

「黎丫頭，走了。」李神醫看也不看幾人一眼，拂袖便走。

喬昭忙把人喊住：「李爺爺，我家在那邊。」

幾名護衛互視一眼，領頭的對其中一人點點頭，那人會意，悄悄落後幾步，先去找主子報信去了。

待幾人拐進一條小道，一身黑衣的江遠朝這才現出身來。

「大人，去向大都督報導嗎？」

江遠朝收回目光，淡淡一笑。「嗯。」

一想到那小姑娘用仙人球扔姓邵的小子，他這心裡可真舒暢啊。

五　神醫來訪

西大街杏子胡同口，停下一輛青帷馬車。

一個常隨模樣打扮的年輕人快步走到掛著「黎府」二字門匾的大門前，扣了扣門上的獸形銅環。不大一會兒出來一個門子，目光飛快把年輕人掃了個遍，客氣問道：「什麼事？」

當門子的都有一雙毒辣的眼。眼前的年輕人雖是下人打扮，可那氣勢比他見過的不少公子都強，由此可知轎子裡的人物定然非同一般。

年輕人不卑不亢，朗聲道：「我們先生送貴府三姑娘回家。」

「三姑娘？」門子一愣，下意識反問：「哪個三姑娘？」

年輕人同樣一愣。「這不是黎府？」

「是黎府啊。」

「你們府上的三姑娘沒有走丟嗎？」

門子像是被施了定身咒，好一會兒猛然跳了起來。「啊，你等等！」

他「砰」地一聲把門關上，一陣風般衝了進去，邊跑邊喊：「三姑娘回來了！」消息如插了翅膀，很快傳遍黎府。

青松堂裡，鄧老夫人吃了一驚。「三丫頭回來了？」

她沉下臉，問前來稟告的人：「在哪兒呢？」

進來報信的婆子欲言又止。「還在大門口……門子說是由一位先生送回來的……」

「先生？」鄧老夫人勃然變色，騰地站了起來。「那還不讓人進來，杵在外面丟人現眼呢！」

三丫頭竟然是被男人送回來的，以後……鄧老夫人胸中氣血翻騰，深深吸了一口氣才保持著不失態，吩咐道：「快去翰林院把大老爺叫回來！」

黎府上下一陣兵荒馬亂，門子得到吩咐，把側門打開。「請進來吧。」

青帷馬車沒有動靜，門子一臉疑惑。站在馬車一側請示過的年輕常隨走過來，清清喉嚨開口道：「先生說，請府上老爺來接人。」

「大哥不是開玩笑吧？我們老爺上衙去了。再者說，就算大老爺在府上，哪有來門口接人的道理？請你家先生隨小的進去就是了。」

年輕常隨冷笑一聲。「貴府書香門第，我們先生千里迢迢送貴府姑娘回來，這就是貴府的待客之道？」

門子翻了個白眼，小聲嘀咕道：「誰知道是不是來騙錢的啊。」

再說三姑娘失蹤多日，主子們想不想她回來還難說呢，三姑娘本身又是個貓嫌狗厭的……他這樣想著，忽覺頭皮發麻，就見那年輕常隨冷著臉，目光彷彿能把人穿透了。

門子腿發軟，忙道：「小的再去稟告一下。」

「來人真這麼說？」等在客廳裡的鄧老夫人沉著臉，讓人瞧不出喜怒，站起來道：「去大門口。」

她並不是看不起人，無論三丫頭怎麼樣，人家能把人送回來，該有的謝意是不會少的。只是她原想著讓來人低調進府，省得引起四鄰八方的注意，不然三丫頭被男人送回來的消息傳揚開來，那名聲就更臭了。

對方這樣大張旗鼓，是什麼意思？鄧老夫人抬腳匆匆往外走，才到門口迎面撞上一個婦人。婦人二十八、九歲的模樣，穿了件豆綠色提花褙子，下著淺褐色馬面裙，顯得身姿窈窕，美麗動人。

「老夫人，是不是我的昭昭回來了？」婦人顯然是急匆匆趕來的，氣息急促，滿臉是淚，一把就揪住了鄧老夫人的衣袖不放。

鄧老夫人目光沉沉，從婦人揪著自己衣袖的那隻手上掃過。粗俗！

老太太不動聲色抽回手。「何氏，妳且莫急，三丫頭就在大門外，妳隨我——」話未說完，何氏已經一溜煙跑了。鄧老夫人嘴角抽了抽，又在心裡添了「無禮」二字。

何氏提著裙子一口氣跑到大門口，惹得一路上遇到的僕從側目亦不在意，剛剛站穩就問：「姑娘在哪兒呢？」

察覺四鄰八方躲在不遠處看熱鬧，門子擦了把冷汗，小聲道：「三姑娘在車上呢，大太太您——」

何氏繞過擋路的門子，奔到馬車前。

「夫人請留步！」兩名護衛跨步上前，擋住何氏不讓她靠近馬車。

兩名護衛面容普通，可眉眼間的煞氣能把人逼退三丈。

何氏大驚。「你們是誰？不是說把我女兒送回來了嗎？嘶——莫非是強盜，找上門來要贖金的？」

門子扶額。

馬車裡，李神醫眼神複雜問喬昭：「那真的是妳娘？」

他這擺著架子想替小丫頭撐場子呢，好昭告世人小丫頭是白鬍子神醫送回來的，這位當娘的居然嚷嚷強盜上門要贖金？這是生怕黎丫頭名聲太好吧？

喬昭一臉淡定頷首。「是親娘沒錯。」

小姑娘黎昭的記憶裡，一直很嫌棄這位出身不高的母親，認為是母親的出身害她被人瞧不起，對親娘一直冷冷淡淡的。喬昭站在旁觀者的角度梳理黎昭的記憶，卻看得出來何氏對女兒是真心疼愛的，就是……才智方面有些著急。

喬昭不由想到了自己的母親。她的母親是真正的大家貴女，幼時她感受最多的是母親的嚴厲，偶爾才流露出些許溫情，等她隨著祖父母常住後，那就更淡了。

「娘，我在呢。」李神醫攔著不讓喬昭掀起窗簾，她就在馬車裡說了一聲。

何氏一愣，哽咽道：「昭昭，我的昭昭啊——」她再也顧不得護衛們散發的寒氣，就要去掀車門簾。

喬昭聽了，心中輕嘆。她的母親啊，從來沒有像何氏這樣，喊「我的昭昭」。

「何氏，妳過來！」一個老婦人的聲音傳進馬車裡。「老身聽說先生送我孫女回來，萬分感激，還請先生入府一敘。」

四周靜了靜，就連四鄰八舍都探頭踮腳盯著那輛青帷馬車。

一名年輕常隨上前挑開車簾，從中走出一位老者。那老者瞧著有六、七十歲了，鬚髮皆白，腿腳卻很俐落，下車後以審視的目光打量著鄧老夫人。

看清老者模樣的瞬間，鄧老夫人大大鬆了口氣。太好了，這位先生夠老，老得足以堵住四鄰八舍的嘴！

很快又是人影一閃，從車裡跳出一個十四、五歲的粉衣丫鬟來，不卑不亢向鄭老夫人行禮。「婢子阿珠，給老夫人請安，給大夫人請安。」

阿珠行完禮，轉身伸出手。「姑娘，請下車。」

馬車裡先伸出一隻手，纖細白皙，猶如最水靈的青蔥把人的目光吸引過去。那隻手沉穩有力搭上阿珠的手，少女起身、邁步、下車，每一個姿態都從容優雅。

少女生得嬌柔，身形單薄如脆弱潔白的玉蘭花，彷彿被人輕輕一觸就會折斷，可她一身青色衣裙無端把天生的柔弱壓下去三分，有那麼一瞬間，倒讓人覺得那是一株挺拔的白楊，青翠、傲然，不畏任何風霜。有些習慣是融入骨子裡的，喬昭跟著名滿天下的喬拙先生學會了灑脫從容，可同時也受到了祖母與母親最嚴格的淑女教導。

她理了一下衣裙，疾走幾步，屈膝便要向鄧老夫人行禮，何氏從旁邊衝過來，一把將她抱住了。

「昭昭，我的好囡囡，娘還以為再也見不到妳了，嗚嗚嗚嗚——」何氏緊緊抱著喬昭，放聲大哭。

喬昭被何氏摟得死緊，勉強抬頭，對目瞪口呆的鄧老夫人露出個歉然的笑容。

鄧老夫人心頭升起一抹異樣。這個丫頭自小刁蠻任性，還學了很不好的攀高踩低的習氣，連自己親娘都看不起，曾幾何時有過這般嫻雅適度的姿態？她出身雖一般，可畢竟活了這麼大歲數，剛剛三丫頭下車疾走數步，別看步伐快，可行不露足，連垂下的珍珠耳墜都只是輕輕晃動，這樣的儀容她只在東府那位挑剔苛刻的老妯娌身上看到過，就連那位老妯娌精心教導的孫女都做不到這般自然，彷彿是把教養融到了骨子裡。

眼看何氏抱著喬昭大哭，很不像樣子，鄧老夫人把這些想法壓下，沉著臉冷聲道：「還杵在大門口幹什麼？還不快帶三丫頭進去。」說完又朝李神醫見禮。「讓老先生看笑話了，請老先生移步寒舍，老身已經命人薄備酒水，答謝老先生對那孽障的救命之恩。」

李神醫暗暗點頭。沒想到黎丫頭有個不著調的娘，當祖母的還算靠譜。

「不必了，我還有事，不便久留。」李神醫對喬昭招手，「丫頭過來。」

「娘——」喬昭提醒了一句。何氏萬分不捨鬆開手，哭得滿眼是淚。喬昭看不過去，抽出帕子遞給她。「娘先擦擦臉吧。」

何氏接過手帕，怔怔望著喬昭，忽然掩面大哭。「嚶嚶嚶——」

女兒居然拿帕子給她擦臉，不行了，女兒這麼懂事，一定是因為在外面遭了大罪。何氏越想越心疼，揪著帕子哭得更慘。

喬昭：「……」她錯了，她有罪！

不敢再刺激何氏，喬昭趕忙走向李神醫。

李神醫抬手，拍了拍喬昭的頭，轉而對鄧老夫人道：「老夫從人販子手中救下這丫頭，瞧著她很投眼緣，已經認了她當乾孫女，老夫人不介意吧？」

鄧老夫人一怔，忙道：「怎麼會，這是三丫頭的福氣。」

這老者氣勢不一般，連跟著的下人都不同尋常，可見是個有身分的。他能認三丫頭當乾孫女，三丫頭以後總算還有條活路。想到才回來的孫女，鄧老夫人一陣糟心。再怎麼不待見這個孫女，她也盼著家中子孫好好的。

喬昭同樣是頭一次聽李神醫這樣說，把詫異遮掩在眸底，心中一暖。她沒想到，李神醫會為她這般打算。是因為老人家在小姑娘黎昭的身上，看到了喬昭的影子嗎？只是這樣一想，長久以來把所有情緒都壓抑在心底的喬昭忽覺眼眶一熱，無聲落淚。

無論如何，「喬昭」沒有徹底消失在這世上，總會有些人記得她曾活過。

見她落淚，李神醫有些意外，很快就用笑容把詫異遮掩，抬手慈愛地拍拍她。「丫頭，等李爺爺忙完這陣子，就來看妳。到時候誰若欺負了妳，告訴爺爺。」

喬昭恢復平靜，對李神醫一福，一字一頓道：「昭昭知道了。」

李神醫眼睛一瞇。是他的錯覺嗎？黎丫頭與喬丫頭越發像了。

「那就這樣，爺爺先走了。」李神醫說著對鄧老夫人點頭道別。

鄧老夫人忙道：「老先生，您有事要走老身不敢攔，只是還請老先生留下姓名，也好讓我們知曉恩人身分。」

李神醫抬了抬下巴，傲然道：「老夫姓李，號珍鶴，貴府老爺既然是朝廷中人，應該知道老夫是誰。」

李神醫留下這句話，轉身大步上了馬車，早就等得心焦的護衛們立刻催動馬車，眨眼就消失在杏子胡同口。

馬車一路往西，忽地又往北，這樣來回兜了幾個大圈子才終於從一處巍峨府邸的角門悄悄駛入。一路駛到一個雅致幽靜的小院，這才停下來，請李神醫下車。

李神醫黑著臉走出來，左右四顧一番，盯著小院門口不動彈。

「先生──」

李神醫目光凌厲瞪那護衛一眼，怒問：「這是哪裡？」沒等人回答，自顧冷笑道：「別告訴我是什麼侍郎府，老夫計算著呢，從角門進來到這裡足足用了兩刻鐘，可沒哪個侍郎府能有這麼大！」

護衛們面面相覷，一時誰都不敢言語。主子以侍郎府的名義把老神醫誆來，這下是瞞不過去了。

「神醫果然慧眼。小王未能遠迎，還請神醫勿怪。」小院裡走出一位三十左右的男子，朝李神醫一揖。

男子衣袖上的四爪團龍紋讓李神醫覺得格外刺眼，他抖了抖眉毛。「睿親王？」

他好久沒與這些皇親貴冑打交道，不過對當今天子碩果僅存的兩位皇子還是有印象的。

皇五子封睿王，皇六子封沐王，兩位皇子年齡彷彿，不過皇五子睿王體弱，身形比沐王單薄許多。

「不知王爺請老夫來，所為何事？」

李神醫心生不妙的預感。做人果然不能貪心，他這是為了一株靈草把自己搭進去了。他就說一個小小的侍郎府怎麼會弄到那樣珍稀的靈草，奈何他急需，這才上了鉤。

李神醫的古怪脾氣睿王早就耳聞，堂堂親王身分亦不敢托大，忙道：「是小王身體不適，想請神醫調理一番。請神醫隨小王進屋再談。」

二人進了小院屋內，只留下睿王心腹，在李神醫不耐煩的眼神催促下，睿王吭吭哧哧開口：「小王多年來只生了兩子，陸續夭折，想請神醫替小王看看身體有無不妥……」

皇家子嗣！睿王一開口，李神醫頭就大了。

明康帝是個狂熱的道教信徒，整天想著長生不老永享江山，宮裡專門養了一群天師煉長壽丹。他站在醫者的角度只能冷笑，那些丹藥吃了別說長壽，不鬧出人命就是好的。也因此，明康帝身體並不好，生出的皇子底子差，十來個皇子活到成年的只有兩個，便是睿王和沐王。

明康帝一直未立太子，睿王和沐王年紀相仿，自然是暗中較著勁。睿王居長，按理說占據著優勢，可惜他身體孱弱，子嗣上如明康帝一樣艱難，到如今三十來歲的年紀，一兒半女都沒站住。所有人都清楚，明康帝不可能立一個沒有子嗣的皇子當太子。

李神醫一張臉黑如鍋底。這何止是捲入皇子奪嫡旋渦，他是站在正中央接受暴風雨的洗禮啊！李神醫轉身就走。

「神醫留步！」睿王深深一揖。「看在小王誠心相請的份上，請神醫替小王看一看吧。」

見李神醫不為所動，睿王跟了一句：「再者神醫進京沒有避人，此刻恐怕許多有心人已經知道您進了小王府邸。神醫若是這樣離去，安全上——」

李神醫腳步一頓，沉默好一會兒轉身，沒好氣道：「老夫就住這？」

睿王大喜，親自去攙扶李神醫。「神醫看中了哪裡，小王立刻命人收拾出來。」

李神醫長長嘆了口氣。掉進坑裡，想爬出來就難了。

滿城的百姓都去看凱旋而歸的北征軍，其他的街道上冷冷清清，坐落在皇城附近的錦鱗衛衙門更是門可羅雀。

江遠朝在衙門前站定，整理了一下玄色衣袍，抬腳往裡走。

「站住，錦鱗衛重地，閒雜人等不得亂闖！」門口錦鱗衛把他攔住。

江遠朝挑著嘴角輕笑。「閒雜人等？」

站在身後的屬下立刻上前一步，喝道：「小兔崽子吃了熊心豹子膽，連你們十三爺都不認識了！」

「什麼十三爺？」年輕的錦鱗衛還在嘀咕，另一個錦鱗衛跳起來。「哎呦，十三爺回來了，您快請進。」

江遠朝嘴角還掛著笑，眼底卻一片冰冷，邊往裡走邊問：「大都督在嗎？」

認出江遠朝的錦鱗衛恭敬彎著腰。「他老人家不在，今天來轉了一圈就回府了。」

回府？江遠朝琢磨了一下，問他：「今天是江大姑娘生辰？」

錦衣衛連連點頭。「十三爺您記性真好，大都督就是回府給大姑娘過生去了。」

江大姑娘江詩冉是錦鱗衛指揮使江堂的獨生女兒，錦鱗衛上下無人不知江大姑娘是江堂的掌上明珠。

江遠朝停下腳步，微微頷首。「你們自顧去忙，我先去江府拜見義父。」

等他帶著屬下轉身走了，年輕的錦鱗衛還伸著脖子去看，另一個錦衣衛拍了他一巴掌。「還看什麼呢？」

年輕的錦鱗衛才加入不久，一臉感嘆。「那就是十三太保之一的十三爺啊？真年輕。」

「以後眼睛放亮點，大都督最看重的就是十三爺。」

年輕的錦鱗衛心中犯嘀咕：大都督最看重十三爺，怎麼會把他打發出去好幾年？嘖嘖，大人們的心思真難懂。

江堂深得帝寵，府邸就坐落在皇城不遠處。江遠朝吩咐屬下去珍寶閣買了一套玩偶，拎著上門去。

「十三爺回來了！您稍等，小的這就進去通稟。」

看著門子轉進去報信，江遠朝勾了勾嘴角。以往他在京城，來江府從來不用等人通稟的。

不多時門子飛奔而來。「十三爺，老爺請您進去。」

江遠朝點點頭，抬腳往內走，遠遠看到江堂站在臺階上等候，快走幾步，到了近前單膝跪下。「不孝子十三回來了，給義父磕頭。」

若不是眼前的男人，幼年淪落街頭的他就算能活到現在，恐怕也如螻蟻一般艱難。對這位義父，他是真心敬愛的。

臺階上的男子五十出頭年紀，因為發福挺著個將軍肚，走過去親手把江遠朝扶起來，面容冷肅，眼底卻帶著笑。「回來了就好。」

二人相攜往裡走，從屋子裡飛奔出一位粉衣少女，臉上掛著明媚的笑，衝向江遠朝。「十三哥，你可終於回來了！」

江遠朝不著痕跡側側身子，避免與少女身體接觸，把提在手中的精美匣子舉到她面前。「還好趕得及冉冉生辰。」

江詩冉歡呼一聲把禮物接過，當著二人的面打開，看到裡面是一套做工精緻的玩偶，心中雖歡喜又忍不住抱怨：「十三哥，我已經十六歲了，又不是小女孩，你怎麼還送我這個？」

江遠朝莞爾一笑。「在十三哥心裡，自然是一直把冉冉當小姑娘疼的。」

說到這裡，不知為何，他腦海中驀地閃過一道人影。那明明才是一個真正的小姑娘，可他卻總是忘了這一點，大概是因為捨得拿仙人球扔冠軍侯的女子太稀有了吧。

江遠朝的話引起了江詩冉的不快，她跺跺腳，甩下一句「我才不是小姑娘」，扭身跑了。

江堂無奈又尷尬，搖搖頭道：「十三莫和那丫頭計較，她就是這個脾氣。」

「怎麼會。」江遠朝淡淡地笑，江詩冉的言行彷彿落入大海的雨滴，連一絲痕跡都沒留下。

江堂眼底有些失望，吩咐道：「隨我來書房。」

二人一前一後進了書房，江堂收起笑容，一臉嚴肅。「十三，你駐守嘉豐，喬家怎麼在你眼皮子底下遭了大火？那場火究竟是天災還是人禍？」

「是十三沒有做好，請義父責罰。」

江堂擺擺手，不耐煩地道：「別廢話，說正事。」

江堂毫不見外的態度讓江遠朝默默鬆了口氣。看來他離開幾年，人走茶涼雖然難免，義父對他卻沒怎麼變。

「義父，我認為喬家大火一定是人禍。」

「怎麼說？」

「喬家大火太過突然，我們沒有監控到可疑人物，不過倖存的喬公子行蹤頗為古怪。他沒有留下守孝，也沒有養傷，而是帶著幼妹去拜訪了幾家世交後離開了嘉豐。我認為他一定是知道些什麼。」父母家人皆喪生於大火中，倖存下來的喬公子還有心思拜訪世交，這顯然不正常。

「十三接到屬下消息，喬公子三日前已經進了京，在外家寇尚書府上住下來，日前他來京城的事兒還沒傳開。」

江堂點點頭，對江遠朝道：「繼續派人盯著。咱們打探的消息不一定事事向聖上稟報，但要做到心裡有數，以防什麼時候被人打個措手不及。」

「義父放心，十三知道。」

江堂一笑。「你做事我一貫放心。喬家的事不能再壓著了，也該向皇上稟告了。」迎上江遠朝詢問的目光，他解釋道：「冠軍侯回來了，他現在炙手可熱，妻子又為國捐軀，聖上要是對喬家的事一無所知，以後會發脾氣的。再者說，寇行則那老傢伙一直沒動靜，恐怕也是在等這個時候。」

江遠朝臉上掛著溫和的笑，卻只聽到了「為國捐軀」幾個字。這幾個字像是一把小刀子，戳得他心口又疼又悶。

「怎麼了？」江堂察覺到義子的異樣，開口詢問。

江遠朝回神，笑容極淡。「頭一次聽聞女子為國捐軀。」

江堂心生幾分古怪，可江遠朝已經恢復如常，起身恭敬道：「義父，十三連日趕路，身上髒汙，想回去沐浴更衣再來聽您教誨。」
「回去什麼，我早已經給你把院子收拾了出來，先住著。你那裡久不住人，好好修葺一番再去住。」
江遠朝從善如流應下來。
江堂笑道：「這下子冉冉該高興壞了。」
江遠朝牽了牽唇角，沒有接話。

臨街的茶樓上，池燦仰靠在椅背上，懶洋洋喝著茶。
樓下街道寬闊空蕩，隨著北征軍過去，夾道歡迎的老百姓們也跟著跑了，只留下滿地鮮花、香帕等物，被踩得一片狼藉，早已沒了最初的光鮮模樣。
「真沒想到，邵明淵那傢伙如此受歡迎。」
楊厚承噗嗤一樂。「難得看到拾曦吃味啊。」
池燦抬腳踹過去。「瞎說什麼，以後那些頭疼事被他分走大半，該謝謝他才是。」
一旁朱彥笑著提議：「說起來咱們好幾年沒和庭泉聚聚了。」
邵明淵，字庭泉。四人是少時就結成的好友，情分自然不同一般，不過邵明淵自從十四歲穿上戰袍，與這三人就鮮少相聚，天長日久另三人的情誼自然更深厚些。饒是如此，多年好友回京，他們還是興奮的。
楊厚承回憶了一下，道：「還是他大婚時聚過，咱們連鬧洞房都沒撈著，那傢伙就又跑去打仗了。哎，你們說庭泉他心裡好受嗎？他妻子——」說到這裡，三人都有些沉默。

最終還是池燦先開口：「怎麼不好受？你們沒見他今天多受人歡迎？以後公主貴女還不由著他挑。得了，別說這些掃興事，回來叫他出來喝酒。」

朱彥與楊厚承對視一眼，俱是一臉無奈。這傢伙又口不對心了，四人裡明明他與庭泉關係最好，今天一大早就巴巴趕過來，茶水灌了好幾壺。

池燦起身，慢悠悠往樓下走，走到半途轉身，揚著唇角問：「漫天花雨中我好像看到一只仙人球飛了過去，你們瞧見沒？」

「瞧見了，瞧見了，是黎丫頭扔過去的。」楊厚承眉飛色舞。

池燦與朱彥都盯著他看。這小子在興奮什麼？

「看來她病好了，準頭不錯。」池燦伸手向後擺了擺。「散了吧，各回各家。」

長容長公主府坐落於京城最繁華所在，占地頗廣，園子裡更是遍植奇花異草。花團錦簇中，一名豔光照人的婦人斜倚在竹榻上，一手枕腮，一手執著團扇有一下沒一下搖著。

腳邊一名黛衣男子半跪，替她輕輕捏腿，身前還有一名錦衣男子仔細剝著葡萄。錦衣男子手指修長，指甲修剪得乾淨整齊，熟練剝好一顆葡萄就湊到長容長公主唇邊。長容長公主就著錦衣男子的手把葡萄吃下，再把葡萄籽吐進他手心裡。

暖棚出來的葡萄沒什麼滋味，長容長公主吃了幾粒就擺擺手，對身側立著的一名面容清秀的女官道：「冬瑜，去叫那個誰過來。」

冬瑜會意，道一聲「是」，轉身走了。不多會兒領來一位婦人。

婦人穿著一襲淺金緞的褙子，頭梳雲髻，插了四對明晃晃的金釵，還有一支黃金步搖，端的是富麗堂皇，可她的臉色卻比金釵還黃，衰老得讓人估不準年紀。

婦人來到長容長公主面前直直跪下。「奴婢拜見殿下。」

長容長公主懶洋洋把團扇丟到一旁，抬著下巴慢悠悠道：「不是說過很多次，不用在我面前自稱奴婢。」

「來。」長公主對婦人招招手，等婦人跪著靠近，伸出白嫩赤足抬了抬她的下巴，明明語氣輕柔，那股不屑卻從骨子裡流露出來。「呵，我可沒有這樣的奴婢。」

腳步聲響起，女官冬瑜在長容長公主耳邊低聲道：「殿下，公子回來了。」

長容長公主遙遙看了走過來的池燦一眼，收回注意力，用赤足蹭了蹭婦人面頰。「擦乾淨了給我把鞋子穿好。」

婦人捧著長容長公主的玉足小心翼翼擦拭，彷彿對待稀世珍寶，環繞長公主的美男與婢女皆習以為常。

池燦已經走到近前，行禮。「母親。」他看了婦人一眼，心中說不清是什麼滋味。

那一年初見這個女人，他恨不得揮劍殺了她，卻被母親攔下了；而今他卻已經沒有任何感覺，甚至替她悲哀。綾羅綢緞，金銀珠寶，母親從沒在這些東西上虧待過她，可她生生比同齡女子老了不止十歲。

長容長公主隨意點點頭，並不理會池燦，用穿好鞋子的腳踢了踢婦人面頰，笑吟吟道：「怎麼樣，跟在我身邊，妳和妳那一雙兒女富貴榮華享之不盡，比跟著那個只能偷偷攢私房錢的短命鬼強多了吧？」

「是，是。」婦人不敢躲，連連點頭。

「所以說，女人眼皮子別那麼淺，不是每個人都有妳的好運氣。」長容長公主逗弄夠了，擺擺手，冬瑜立刻把婦人帶了下去。

長容長公主沒有命伺候她的美男退下，就那麼不以為意地看著池燦，開口道：「我收藏的喬先生的畫，你是不是動了？」

「沒有，我累了，回房去了。」池燦一臉木然。

「站住！」長容長公主推開替她捶腿的美男，長長大紅裙襬曳地而過，來到池燦面前。「說吧，是從誰那裡弄來的喬先生的畫？別以為都是喬先生的畫作，我便察覺不出了。」

池燦就這麼看著長容長公主。他的母親，自從父親過世之後，看向他的目光永遠是挑剔比慈愛要多。

池燦忽然間有些心灰意冷，一雙精緻的眸子彎起，笑嘻嘻道：「既然被母親發現了，那兒子就不瞞著了。您收藏的那幅畫被我弄壞了，所以又弄來一幅。對了，那其實不是喬先生的畫作，是我隨便找人畫的贗品。」

他臉上掛著漫不經心的笑，抬腳往前走，走了數步停下轉頭。「母親原來沒認出來啊，可見有些東西，遠沒有自己認為的那麼重要。」

等池燦的身影被玉蘭樹擋住，長容長公主收回目光，抬腳向書房走去。

公主府的人都知道，長公主的書房除了公子不允許其他人進入，女官冬瑜拍了拍手。「郎君們，可以回去了。」

花園裡或坐或跪的美男們站起來，由女官冬瑜領著規規矩矩走了。偌大的花園，轉瞬空蕩蕩沒了一絲人氣。

六 東西黎府

喬昭進了黎府青松堂，鄧老夫人在太師椅上坐下，臉一沉喝道：「孽障，還不給我跪下！」

喬昭還沒來得及反應，何氏就一把將她抱住，對鄧老夫人哭道：「老夫人，昭昭走失這麼多天，不知道吃了多少苦，春日地涼，可禁不住跪啊——」

鄧老夫人額角青筋直跳。面對這個愚鈍的兒媳，終於忍不住怒道：「三丫頭那惹禍的性子還不是由妳慣出來的，如今還有臉在我面前哭！三丫頭——」

老太太話沒說完，喬昭已經推開何氏跪了下來。她跪姿挺拔，雖然跪著卻一點不顯卑微，揚臉含笑。「祖母教訓得對，都是孫女任性，才給家裡惹來這樣大的麻煩。這些天孫女淪落在外，一直以為再也見不到您和母親了。祖母對晚輩慈愛，惹您傷心就是孫女的不孝了……」

鄧老夫人詫異挑了挑眉，瞧著跪在地上的小孫女，忽覺沒這麼心塞了。

她沉默片刻，開口道：「三丫頭遭了這番大難，反而懂事多了。何氏，妳不要連個孩子都不如。」

「媳婦就是心疼昭昭。」何氏訕訕道，滿心歡喜看了一眼跪在地上的女兒，又開始心疼她跪在冰涼的地板上。

「說說吧，今天送妳來的那位老者是什麼身分？」

何氏不由看向鄧老夫人。她以為老夫人最想問的是昭昭如何失蹤的，這些日子的遭遇又是如何，沒想到老夫人最先問這個。

喬昭卻暗自點頭。老夫人是個明白人，她如何失蹤、遭遇如何，這些都是已定的事實，而送她回來的人的身分，才會影響她之後的處境。

喬昭簡潔明瞭回道：「那位珍鶴先生姓李，是多年前當今聖上御口親封的神醫。」

「什麼？就是那位見百官免跪，聖上親口讚『神醫再世』的李神醫？」

珍鶴先生的名號她沒印象，可說起李神醫，那真是如雷貫耳。可以說，京城中他們這個圈子的人無人不知李神醫的事蹟，那是一針把太后從鬼門關拉回來的神仙中人。

「那人真是那位李神醫？」鄧老夫人難以淡定，忍不住再問一遍。

喬昭語氣平靜道：「他應該沒必要哄騙孫女。」

「說得是。」鄧老夫人點頭，這才細問起喬昭被拐的事。

喬昭自是隱去與池燦三人的相遇不提，以李神醫代之。

她口齒清晰，語速輕緩，音色如芬芳的蜜糖般嬌柔動聽，這樣把連日來的遭遇娓娓道來，屋內眾人聽得格外入神。等她講完，安靜了好一會兒鄧老夫人才反應過來，端起茶盞啜了一口，掩飾尷尬。剛剛居然有種聽話本子的心態，她一定是年紀太大了。

「咳咳。」鄧老夫人咳嗽兩聲。

這時穿著玫紅色比甲的大丫鬟青筠站在門口稟告道：「老夫人，東府來人了，請您帶著三姑娘過去。」

何氏立刻駭白了臉，連聲音都不敢出，祈求地看著鄧老夫人。

黎氏一族人丁興旺，不過在朝中做官的子弟很少，如今留在京城的恰好是親兄弟兩家。大老太爺一家住東府，大老太爺已經致仕，老夫人姓姜，乃是宗室女，有「鄉君」的封號，長子黎光硯現任刑部侍郎。

二老太爺年輕時就過世，留下兩個兒子是鄧老夫人一手拉扯大的，兩個兒子讀書厲害，先後中了進士。長子黎光文高中探花那一年一家子就進了京，在大老太爺的幫襯下安置在西府。

他們本就是一個家族出來的親兄弟，這麼些年西府一直得東府幫襯，由此可知，姜氏對西府的話語權是很大的。偏偏，姜氏又是最重名聲規矩的人。何氏只要這麼一想，腿就忍不住發軟，暗暗想，要是東府的老太婆處置她女兒，她就豁出去和她拚了。

在何氏強烈的哀求眼神下，鄧老夫人一臉淡定，抬抬眼皮朝大丫鬟青筠伸出手。「扶我去東府。」

眼看著鄧老夫人由大丫鬟扶著不急不緩往外走，寶貝女兒仍跪在地上，何氏大急，喊道：「老夫人——」

鄧老夫人回頭，撇了撇嘴角，看也不看跪在地上的喬昭，淡淡道：「三丫頭身子骨弱，被我罰了跪不是暈過去了嗎？何氏妳還不快把這孽障帶走，留在這裡裝盆景養眼啊？」

「啊？」何氏愣了愣，隨後才反應過來，大喜道：「是，是，兒媳這就帶昭昭回房去。」

東府與西府就隔著一個胡同，鄧老夫人很快到了那裡，不多時便被請進去。

姜老夫人一見鄧老夫人進來就皺了眉。「三丫頭呢？弟妹怎麼沒帶她一起來？」

鄧老夫人沉著臉，恨聲道：「那孽障不爭氣，我才罰她跪了一個時辰，她居然受不住暈過去了。我原本是要帶那孽障來向鄉君請罪的，現在只能自己來了。唉，鄉君可不要見怪。」

「暈過去了？」姜老夫人盯著鄧老夫人，她右眼瞳仁上蒙了一層白翳，這樣盯著人看，就讓人忍不住心裡發毛。

鄧老夫人年輕守寡，見過不少風浪，當然不受影響，肯定點頭。「是啊，暈過去了。」

姜老夫人冷笑一聲：「呵，我不管她是暈過去了還是死了，黎府是不能留她了。」她再次用那雙蒙了白翳的眼睛盯著鄧老夫人，嘴角緊繃，法令紋格外深刻。「弟妹，我知道妳心軟，可這種事姑息不得。三丫頭失蹤，要是沒傳揚出去，編一個病死的理由遮掩過去也就罷了，可偏偏當時沒瞞住，這段日子黎府名聲已經受了影響。當然，這些年來京城各個府上不是沒有走丟的孩子，若是女孩，當時帶累了家族名聲，時日久了人們也就淡忘了。可三丫頭千不該萬不該，又回來了！弟妹，她是妳孫女不假，可妳的孫女不止她一個。她活著回來，還當黎府的姑娘，以後別的姑娘怎麼嫁人？」

見鄧老夫人默不作聲，姜老夫人冷冷道：「只要她待在府上一天，別人就要非議一天，咱們黎府就會一直抬不起頭來。」

鄧老夫人還是不吭聲。姜老夫人有些詫異，挑了挑眉，用那隻正常的眼睛瞄著她。「弟妹，妳那麼多孫女，平日裡不是最不待見三丫頭，怎麼還捨不得了？妳若是狠不下心，我來出頭做這個惡人，無論如何三丫頭不能留！」

姜老夫人堅決的態度不出鄧老夫人所料，等她發完了火，鄧老夫人這才解釋道：「鄉君的苦心我明白，那孽障確實是給黎府丟臉了。不過事情也不像大家想得那麼糟，她雖被人販子拐了，半路上卻是被李神醫救回來的——」

「李神醫？」

「對，就是當今天子曾親口盛讚過的那位神醫。」

「這怎麼可能！」姜老夫人難以置信。

鄧老夫人笑了。「今天就是李神醫親自送三丫頭回來的，街坊們都看見了。」

「莫不是什麼人冒充的吧？」姜老夫人依然不信。

「要是冒充別人還有可能。鄉君您想，李神醫是什麼人物，要是敢冒充，還不立刻被那些無所不知的錦鱗衛大人們拿了去。」

人的名樹的影，明目張膽冒充名人，那是有風險的。姜老夫人顯然明白這個道理，滿臉的狠厲緩了緩。

鄧老夫人心下略鬆，語氣懇切：「您想啊，李神醫親自送三丫頭回來，咱們再把三丫頭送走，那不是讓神醫不快嘛。」

這是明晃晃懷疑神醫的人品。得罪一位神醫，極為不智。

姜老夫人身為宗室女，與那些皇親貴胄的交集遠比鄧老夫人要多，對李神醫當年在那些貴人們心中的地位認識更深刻。

她終於鬆了口：「即是這樣，先等等再說。以後三丫頭不必去學堂了，妳拘著她在院子裡少出來招人眼。」

就算三丫頭被神醫救回來，礙於神醫面子不能立刻處置，可世人眼睛是雪亮的，將來三丫頭是不能嫁人了。對一個注定嫁不出去的姑娘，在姜老夫人眼裡無異於廢棋一枚。

待鄧老夫人告辭，望著她離去的背影，姜老夫人搖頭冷笑。這個鄧氏還是護短得厲害，真是老糊塗！

鄧老夫人暫時穩住了姜老夫人，暗暗嘆了口氣，回到青松堂還沒喝上一口熱茶，就聽丫鬟來報：「老夫人，二太太求見。」

鄧老夫人皺了皺眉，才道：「請二太太進來。」

不多時，珠簾挑起，一位三十出頭的婦人走了進來。

二太太劉氏是鄧老夫人的次媳，三年前二老爺黎光書外放，她帶著一雙女兒留在了府中，素來是個嘴皮子俐落的。

她進來見過禮，親自倒了一杯茶遞給鄧老夫人，開口道：「老夫人，兒媳聽說三姑娘回來了，真是吃了一驚。」

「妳沒去雅和苑？」

「去了，大嫂說三姑娘不舒服，不方便見人呢。」說到「大嫂」兩個字，劉氏撇了撇嘴角。

西府的長媳何氏是續弦，年紀比她輕，腦子更是拎不清，劉氏心裡一直是看不上的。鄧老夫人知道劉氏的心態，不過續弦難當，何氏本人又不爭氣，她當婆母的不可能因為這個就替何氏出頭。咳咳，就何氏那性子，她沒跟著踩一腳真的是太寬容了。

「老夫人，您剛從東府回來吧？鄉君怎麼說？」劉氏過來顯然是打探消息的。

鄧老夫人一副聽不懂的樣子。「鄉君啊？她覺得三丫頭遇到貴人真是個有運氣的。」

「就這樣？」

鄧老夫人笑眯眯道：「呃，我知道妳當嬸子的關心三丫頭，心疼她受了罪。不過也不能太慣著那孽障了，送什麼人參燕窩啊。要是實在放心不下，回頭送點銀耳蜂乳之類的也就是了。」

劉氏一口氣差點沒喘上來。誰想送人參燕窩了？那賤丫頭清白名聲都沒了居然還敢回來，要是個有志氣且識趣的，就該悄悄投了河才乾淨！

平日裡鄧老夫人很看不慣三姑娘，劉氏萬萬沒想到黎三發生了這樣的事，老太太居然是這種態度。老太太該不會中邪了吧？

劉氏氣不過道：「老夫人，我心疼三姑娘不假，可我更心疼皎兒她們幾個啊。咱們府上的姑娘可一個都沒出嫁呢，三姑娘碰到那種事咱們府上還沒個說法，世人該怎麼看？」

劉氏說完，不見鄧老夫人回應，抬眼去看，就見鄧老夫人老神在在瞇著眼，喝完手中茶才看著她意味深長道：「劉氏啊，妳還年輕，不懂。世人的看法啊，變得太快了。」

世人的看法說重要也重要；說不重要，有的時候狗屁不如。鄧老夫人拉扯兩個兒子長大，比誰都明白，要是什麼都按照世人眼光來活，她早就活不下去了。

她是不喜歡三丫頭，可三丫頭還是個孩子，連萍水相逢的神醫都願意給三丫頭一條活路，難道她當親祖母的為了世人看法就要置三丫頭於死地嗎？今日她能為了世人看法要三丫頭的命，明日因為世人看法又會要誰的命？

「可是──」劉氏哪裡聽得進去，想要再說，卻聽到鄧老夫人那裡傳來清淺的呼吸聲。老太太居然迅速睡著了！

劉氏鐵青著臉，拂袖而去。

二太太劉氏才走，大老爺黎光文就回來了。

他一臉費解進了青松堂。「母親，把兒子從翰林院叫回來有何事？」

黎光文三十多歲，長身而立，人清如玉，一點瞧不出在官場上打滾過的痕跡。鄧老夫人每次見了長子這個模樣，又是歡喜又是嘆息。

長子讀書上天賦驚人，年紀輕輕就高中探花，進了前途無量的翰林院，加之相貌好，當年家中生計雖艱難，還是有不少富貴人家相中了他，這才有了伯府貴女杜氏的下嫁。

誰知長子根本不是當官的料，報到第一天就把上峰得罪了，有東府堂兄護著雖不至於丟官罷職，冷板凳卻坐穿。後來杜氏生兒子黎輝時難產而亡，若不是陰差陽錯娶了何氏當填房，說不定找媳婦都困難。但是在一位母親的眼裡，兒子沒有染上蠅營狗苟的習性，又覺寬慰。

大丫鬟青筠給黎光文上了茶，見他端起來喝了，鄧老夫人才道：「三丫頭回來了。」

黎光文一口茶就噴了出去。

鄧老夫人掃一眼抿著嘴偷笑的青筠，瞪他：「這麼激動像什麼樣子？」

黎光文依然一臉呆滯。鄧老夫人使了個眼色給青筠，青筠領著屋子裡伺候的丫鬟們退下。

「三丫頭是被大名鼎鼎的李神醫送回來的，我把你大伯娘想送她去家廟的心思擋了回去。不過呢，三丫頭閨譽是沒了，將來恐怕不好嫁人，你這當父親的有什麼想法？」

黎光文終於從震驚中回神，喃喃道：「養著唄。」

他怕老太太不放心，想了想補充道：「她娘有錢。」

鄧老夫人：「……」這兒子真實在！

聽長子這麼說，鄧老夫人知道發生不了什麼人倫慘劇，懶得瞧兒子那張沒用的俊臉，擺了擺手把人趕了。

等終於清靜了，鄧老夫人交代青筠：「去雅和苑對三姑娘說，這兩日不必來請安了，也不用去學堂，在屋子裡沒事抄抄佛經吧。」

青筠心知三姑娘這輩子就這樣了，想著她以往飛揚跋扈的性子，心中竟生不出憐憫，應了聲「是」就去雅和苑傳話。

京城居不易，西府住處緊張，除了唯一的孫輩男丁三公子黎輝滿了十二歲後另闢了住處，姑娘們都隨父母住。

黎光文從青松堂離開，回了雅和苑，往常慣例是直接去書房歇著的，這次卻直奔上屋去了。

東次間裡，何氏正摟著喬昭抹眼淚，一見黎光文來了，眼中喜色一閃，迎過去道：「老爺，昭昭回來了。」

黎光文目不斜視，徑直從她身邊走過去，來到喬昭面前。喬昭冷眼旁觀，見何氏面上難過之情一閃而逝，很快就恢復如常，心底就生了嘆息。

小姑娘黎昭的記憶裡，父親對母親如此漠視竟覺得理所當然。

「父親——」她起身給黎光文見禮。

黎光文頗有些意外，立在那裡靜了靜，命她起來，打量幾眼開口道：「回來就好，以後安分守己，莫再惹禍生事。」

「女兒省得。」這種場面話最好應對，喬昭自然不懼。

她看得出來，黎光文對這個女兒僅限於基本的父女天性，而沒有多出一分的喜愛。當然，梳理一下小姑娘黎昭以往是怎麼針對原配所出的一對兄姊，喬昭就一點不奇怪了。

黎光文顯然不習慣在這間屋子久留，略坐了坐，見妻女也不說話，就朝何氏微微頷首。「那我回房了。」

黎光文長住書房。

何氏有些慌。「老爺這就走了？」

她本以為女兒回來了老爺會有很多話說，正絞盡腦汁組織語言呢，沒想到人就要走了。不過是一愣神的工夫，黎光文已經走出門去。何氏怔怔望著他的背影，有些發呆。

喬昭見過的夫妻，或是如祖父祖母琴瑟和鳴，或是如父親母親相敬如賓，從不知道夫妻間還有這般冷淡如陌生人的。

她轉而想到自己。她嫁到靖安侯府兩年，說起來，與邵明淵才是真正的陌生人。不過這些已是前塵往事，連那一點點的惱怒都隨著那個長滿刺的仙人球丟出去消散大半。她所圖的，只是盡快見到長兄，如果那場大火有問題，便拚盡全力為父母家人報仇。

喬昭垂著眸子盯著自己纖細的手。無論是什麼皮囊，她依然是喬昭，受人恩惠願盡己所能兩不相欠的喬昭。而父母親人生她育她的恩德，又怎麼能因為換了副殼子就煙消雲散？

哪怕未來風雨如刀，她絕不懼。

「昭昭，妳怎麼了？」何氏見女兒表情呆呆，有些心慌。總覺得一個不留神，女兒就會不見了。

喬昭轉了轉清亮漆黑的眸子，笑得溫柔。「娘，我就是餓了。」

何氏怔了怔，眼睛忽然就濕了，她難以控制忙別過眼去，轉身道：「娘這就吩咐小廚房給妳準備好吃的去。」

她匆匆走出屋，站在院子裡深深吸了一口氣，抽出帕子悄悄拭淚。這麼多年，女兒從未對她這般溫和說過話。

「太太——」一位僕婦打扮的婦人輕輕喊了她一句。

何氏淚中帶笑。「方媽媽，我記得紅燒獅子頭是妳最拿手的一道菜，今兒下廚給昭昭做一次吧。」

方媽媽暗嘆一句「可憐天下父母心」。三姑娘自幼牛心左性，瞧不起母親的出身，更因著那些閒言碎語惱恨生母使了手段嫁進來當填房，從未對何氏有過好臉色。而何氏就這麼一個女兒，依然當明珠般捧著，可心裡哪有不難過的。

如今她冷眼瞧著，三姑娘出去遭了一次罪，倒是長進了，可這長進未免太遲了啊，三姑娘這麼大被拐了，這輩子已經完了。

「太太可別這麼說，只要三姑娘不嫌棄，老奴日日做給她吃才樂意。」

何氏心裡激動，親自去了小廚房盯著。

不一會兒丫鬟來主屋稟告：「三姑娘，青松堂的青筠姊姊過來了。」

青筠？喬昭接收了黎昭的記憶，如讀書般需要翻閱，尋思了一下才反應過來是鄧老夫人身邊的大丫鬟，在整個西府的主子面前都有幾分臉面，遂命丫鬟請她進來。

「青筠姊姊請坐。」喬昭並沒起身，言語卻很客氣。

青筠有些意外，多看了喬昭一眼，行禮道：「婢子不敢當，婢子是來替老夫人傳話的。」

喬昭面色平靜聽著青筠傳話。不請安，不去學堂，這是以後不許她出門了？

當今大梁風氣開放，女子出門不受限制，哪怕是未出閣的姑娘想上街，只要和長輩打聲招呼，帶上丫鬟婆子就可以了。喬昭性情沉靜，對參加各種宴會以及上街閒逛興趣不大，可她不能不出門。被圈養在家裡，又該如何與長兄相見？

「勞煩青筠姊姊向老夫人說一聲，我知道了，回頭把抄好的經書給她老人家送去。」

等青筠離去，屋子裡除了喬昭就只剩下了阿珠。她還沒回自己的住處，以前伺候黎昭的丫鬟沒到眼前來。

「阿珠，給我按按額頭。」

「噯。」阿珠應一聲，繞到喬昭身後。

喬昭轉頭問她：「會嗎？」

她抓過阿珠的手，點了點自己眉心。「先從印堂穴開始按，自上而下……對，注意力度……」

一套動作下來，喬昭問阿珠：「記住了嗎？」

一臉茫然的阿珠：「……」姑娘真會開玩笑！

丫鬟雖然笨了點兒（喬昭以自己為常識推斷），喬昭沒有急躁，抓著阿珠的手又演示了一遍，阿珠手心直冒汗。

「別緊張，不會可以慢慢學，並不難。」

聽到自家姑娘開始的話，阿珠鬆了口氣；聽完最後一句，汗出得更厲害了。

喬昭只得放棄。「先去淨手吧，回頭我再教妳。」

阿珠如蒙大赦去淨手，喬昭抬指揉了揉太陽穴。

事在人為，被圈養的狀態必須要改變。那麼，就先從抄佛經開始吧，佛誕日就要到了呢。

不多時，阿珠回來，發覺姑娘已經睡著了。少女靠著引枕閉目，修長的睫毛遮蔽下來，形成一排暗影，眉眼間顯出幾分倦怠來。

阿珠不由捏了捏手。姑娘這樣疲憊，剛剛還那樣耐心教她，她怎麼就這麼笨呢。阿珠下定決心要早早把那套按摩手法學會，輕手輕腳替喬昭蓋上薄被。

香氣傳了進來，緊跟著是何氏愉悅的聲音：「昭昭，飯好了，妳快點兒——」

看到屋子裡的情形，何氏聲音一頓。

喬昭已經睜開了眼睛。「飯已經好啦？我正餓得睡不著。」

何氏忙張羅著把飯菜擺好，親自夾了一筷子紅燒獅子頭放在喬昭碗裡，柔聲道：「昭昭快嘗嘗，這是方媽媽的拿手菜。」

「很好吃。」

喬昭吃了一口。肉質細嫩，醇香味濃，美妙的滋味在舌尖滑過，一直熨帖到胃裡去。

「喜歡就好，昭昭多吃點，妳瘦了好多。」見她喜歡，而不是如往日那般不屑一顧，何氏一顆心才算落了下來。

「娘也吃。」喬昭用公筷夾了半顆丸子放入何氏碗裡。

何氏一愣，酸澀的感覺又湧上眼眶。

母女二人吃了多少年來難得的一頓溫馨飯，喬昭帶著阿珠回到西跨院。

雅和苑的東跨院那邊住著大姑娘黎皎，大老爺黎光文原配所出的女兒，也是東西兩府年紀最長的姑娘，今年已經十六歲了。

西跨院早已重新收拾過，青石小路打掃得一塵不染，院中一株石榴樹已經綻了新芽，窗前一叢芭蕉鬱鬱蔥蔥。

三個丫鬟跑過來迎接。「姑娘回來了！」

兩個粗使丫鬟，一個叫石榴，一個叫秋藕，唯一的貼身丫鬟叫冰綠。喬昭記得，應該還有個丫鬟叫霜紅。

陪她前來的何氏解釋道：「霜紅那賤婢跟丟了妳，被我打發了。」

「那就讓阿珠頂上吧。」

何氏看阿珠一眼，不大放心。喬昭知道她擔心什麼，指著阿珠道：「她是李神醫送給我的。」

何氏頓時沒了意見。

「多謝姑娘。」阿珠對喬昭一拜，起身後目光與冰綠相對。冰綠輕蔑移開眼，從鼻孔哼了一聲。

「娘，您回去歇著吧。」

「那妳也早點休息，今天娘不讓那些人來煩妳。」何氏戀戀不捨離去。

喬昭知道這話指的是原配留下的那對兒女，大姑娘黎皎與三公子黎輝。

黎輝年初進了國子監讀書，西府的幾位姑娘則每日去東府女學，這個時候都沒下學。

喬昭總算知道黎大老爺為何對何氏如此冷淡了。黎光文對原配本就情深義重，留下的一雙兒女又優秀；而黎昭處處針對兄姊，何氏一心幫著女兒，對繼子繼女的不喜絲毫不加掩飾，能讓丈夫滿意才怪了。看來，這對夫婦關係惡劣，小姑娘黎昭是大助攻。

奔波多日，喬昭痛痛快快洗了個熱水澡，才躺到床上就睡了過去。

七　焉知非福

天漸漸暗下來，晚霞堆滿天，邵明淵出了宮門，只覺一身疲憊。親衛牽著馬過來，他翻身上馬，一路沉默到了青雀巷。

靖安侯府就坐落在青雀巷，曾經只是眾多勳貴府邸中普通的一座，而今因著邵明淵的存在，那琉璃瓦屋頂彷彿都比別處青翠些。

靖安侯府的大門早已打開，靖安侯世子邵景淵領著府中上下站在臺階上，遠遠瞧見來人，忙下了臺階迎上去。邵明淵翻身下馬，邵景淵已經走到近前。

「大哥。」

邵景淵拍拍邵明淵的肩膀。「二弟終於回來了，父親和母親都在裡面等著。」他掃了邵明淵雪白的披風一眼，沒有多言。

兄弟二人由侯府眾人簇擁著進去，直奔正堂。遙遙看見一名中年男子立在門口，形銷骨立，邵明淵快步上前，單膝跪地。「父親，不孝子回來了。」

靖安侯的面色有種過分的蒼白，他彎腰親自把邵明淵扶起，笑道：「回來就好，快進來——」話未說完，便劇烈咳嗽起來。

邵明淵眼底晝過一抹擔憂。父親多年前在北地重病，回京休養這些年依然不見起色，這次回來一看，寒毒竟越發重了。

眾人進了屋。邵明淵一眼就看到靖安侯夫人沈氏靜坐在太師椅上，聽到這番動靜眼皮也未抬。大嫂王氏立在她身側。

邵明淵走過去，跪下，純白披風如素白的雪，攤了一地。「明淵見過母親。」

沈氏目光從那純白披風上緩緩掃過，冷冷道：「多年不回，一回來就給我添晦氣。」

邵明淵保持著下跪的姿勢。親生母親苛刻的言語並沒有令他改變神色，半低著頭道：「是兒子不好。」

沈氏最見不得他這副模樣，把茶杯往一側高几上重重一放，冷聲道：「還不快去換了衣裳再來見我。」

「是。」邵明淵起身，平靜離去。

靖安侯面色微沉，當著長子夫婦的面不願落沈氏面子，可又心疼次子被如此對待，重重咳嗽一聲，問長媳王氏：「飯菜都準備好了？」

王氏忙道：「公爹放心，兒媳早已經吩咐下去了，是按著年節的例兒。」

沈氏冷哼一聲。「非年非節，按什麼年節的例兒？他再怎麼能耐，也只是府上二公子，還能翻天不成？」

這話王氏沒法接，只得默默不語。

靖安侯終於忍不住出聲。「沈氏，妳夠了，二郎好不容易回來，非要這樣說話？」

沈氏聲音立刻高了起來。「哪樣說話？侯爺說說我哪樣說話了？怎麼，二郎如今封了侯，這靖安侯府容不下他了，我連話都不能說了？」

靖安侯想發怒，可不知道想到什麼，又把火氣壓了下去，瞪靖安侯世子邵景淵一眼。「還不快去看看你三弟跑哪去了，不知道他二哥回來了嗎？」

邵景淵垂眸。「兒子這就去。」

王氏見此，心疼又不悅。公爹總是這樣，明明是婆母不喜二郎，公爹拿婆母沒法子，就把火氣撒到大郎身上去。一時之間，室內一片安靜。

邵明淵的回歸明明是件大喜事，可屋子內靖安侯府的主子們卻各有心思，氣氛微妙。

腳步聲響起，換上家常衣衫的邵明淵走進來。他穿了一件白袍，除了腰間繫著一塊墨玉別無裝飾，襯得眉眼越發冷凝。沈氏大怒，一只茶杯砸在邵明淵腳邊，摔得粉碎。

「逆子，你穿成這個樣子，是盼著我早死嗎？」

邵明淵望著發火的母親，心中嘆了一聲，解釋道：「母親忘了，兒子在守妻孝。」

此話一出，室內就是一靜。在大梁建國初，雖有妻子過世丈夫守孝一年的規矩，可這麼多年下來，這條規矩早已名存實亡，真正做到為妻守孝的男子寥寥無幾。相反，升官發財死老婆成了不少男人心照不宣的金科玉律。

忽然一陣凌亂的腳步聲響起，緊接著從門口衝進來一位少年。

少年十四、五歲的模樣，唇紅齒白，此時卻怒容滿面，一眼看到立在中間的邵明淵就衝了上去，對準他就是一拳，口中罵道：「混蛋，你殺了二嫂，你還好意思回來——」

原來衝進來的少年正是邵明淵的幼弟，邵惜淵。

邵惜淵的攻擊在邵明淵看來如幼兒學步，毫無威脅。他伸手抓住邵惜淵手腕，黑湛湛的眸子讓人看不出情緒，淡淡道：「我是不是混蛋，還輪不到你來教訓。」

他使了一點力氣把邵惜淵推開，邵惜淵一個踉蹌扶住立柱，沈氏立刻變了顏色。「邵明淵，你敢對你弟弟動手？」

她忙起身扶住邵惜淵，上上下下打量過，滿眼關切。「沒磕碰著吧？」

「沒有。」邵惜淵依然瞪著邵明淵，一臉倔強。

邵明淵沒有看他，對靖安侯說道：「父親，兒子今天面聖，已經向皇上請了一年長假。」

「一年長假？」靖安侯有些意外，靖安侯世子邵景淵更是不可思議望向邵明淵。

誰不知道二弟如今炙手可熱，趁著大勝的熱度在皇上面前多晃幾次，定然會更上一層。他居然請一年長假，就為了替妻子守孝？邵景淵看著邵明淵，只覺越發難以理解他了。

「這樣也好。」靖安侯反而很快接受了這個消息。

「喬氏……」邵明淵開口，平靜的神情頭一次有了變化。「喬氏的棺槨隨戰亡將士的棺槨一起，再過幾日便會入京，兒子明日出城去接她……等她出殯下葬，我想去嘉豐一趟，向岳丈岳母請罪。」

「人都死了，請罪還有什麼用？他們還敢殺了你不成？」邵惜淵反唇相譏，聲勢卻弱了下去。二嫂那樣好的人，二哥居然忍心殺了她，實在是不可原諒。對，他不能動搖，堅決不原諒！

邵明淵淡淡看了邵惜淵一眼，聲音沉沉：「若他們想要，我絕不吝惜。」

他說完，向靖安侯與沈氏請罪：「父親、母親，我想先回去休息一下。」

邵明淵出了門，等候在外的兩個親衛迎上來。「將軍——」

「邵知，明日去問一下，冠軍侯府什麼時候可以入住。」邵明淵對其中一人道。

邵知一愣，立刻道：「是。」

「邵良，那叛逆的情況盡快查明回稟。」

邵良肅容。「遵命。」

面對出生入死的屬下，邵明淵神情柔和許多，微微頷首道：「你們下去喝酒吧，不用跟著我。」他轉了身，大步離去。

邵知與邵良一直注視著邵明淵背影消失在花木間，才並肩往外走。他們兩個是自小陪著邵明淵長大的，征戰這麼多年，行走在外也能被人稱一聲「將軍」了，皆是五品武將。

二人往外走了一段距離，邵良忍不住道：「你說侯夫人怎麼就如此不待見咱們將軍呢？我記得小時候明明是世子調皮犯了錯，侯夫人卻把將軍的後背都打青了，還是我娘給將軍塗的藥。」

「誰知道呢？」邵知搖搖頭，嘆口氣道，「十個指頭伸出來還不一般齊呢，父母偏心也很正常，侯爺不是對將軍最好嗎？」

「反正我是想不通，咱們將軍無論各方面都是最出眾的，侯夫人那般對他，他從沒流露出一點怨言。」邵良忽然壓低了聲音，「咳咳，侯夫人該不會是眼瞎吧？」

邵知捶他一拳。「亂說什麼，被人聽見讓將軍難做。」

「是呢，不過還好，等冠軍侯府修葺好咱們就能搬過去，將軍就不必這般受氣了。」二人相攜著走遠。

邵明淵回到自己住處，推門而入，站在院子裡環顧，一切都很陌生。

他以往住在前院，後來常年征戰，連侯府都鮮少回來，這院子還是為了大婚收拾出來的，算起來，這是第二次踏入。

院中整潔依舊，顯然一直有人打理著，只是因為少了主人，沒有半點人氣。

邵明淵抬腳走到牆角，看到了一叢綠油油的薄荷。細嫩的薄荷葉散發出淡淡的清涼氣味，這樣一叢，若是到了夏日便能驅逐蚊蟲。他又移步，便看到了一掛金銀花搭在花架上，此時已經開花，金黃雪白，一蒂雙花，形影不離。

金銀花，又名鴛鴦藤。邵明淵彷彿看到了那個素芙蓉般的女子。她在這寂靜的院子裡住了兩年，素手纖纖，親手種下清涼驅蚊的薄荷，又栽下清熱解毒的鴛鴦藤。

她駐足凝望這掛鴛鴦藤時，可曾寂寞？她是個什麼樣的人呢？

邵明淵抬手，手指輕輕拂過花瓣。他的手常年握刀槍，老繭又厚又硬，很是粗糙，潔白的花瓣就落了下來。邵明淵忙收回手，垂眸看著落地的花瓣，嘴角牽起一抹苦笑。他這樣的人，本就不該娶妻的，害人害己，自作自受。

邵明淵靠著花架，抬頭望天。彼時夕陽剛剛落下去，燦爛的晚霞黯淡無光，無聲無息與人間告別。四周一片寂靜，只有幼蟲的低鳴聲，風吹過，便送來了薄荷清香。

邵明淵直起身，抬手拂去掉落肩頭的花瓣，抬腳往外走去。

這個時間，西府的幾位姑娘都下了學，回到府裡第一件事便是去青松堂給鄧老夫人請安，青松堂裡頓時熱鬧起來。

「今日是書法課吧？」鄧老夫人笑看著三個孫女。

三位姑娘中年紀最長的是大姑娘黎皎，剛滿十六歲，鴨蛋臉柳葉眉，很是端莊秀氣，也是鄧老夫人最喜歡的孫女。另外兩個姑娘都是二太太劉氏所出，穿黃衣的是四姑娘黎嫣，與黎昭同歲，穿粉衣的只有十歲出頭，是六姑娘黎嬋。

鄧老夫人一問，年紀最小的黎嬋就開了口：「是呢，剛剛換的書法先生，可嚴格呢，今天還打了我手心。」

她伸出白白嫩嫩的手給鄧老夫人看，手心處果然有紅痕。

鄧老夫人笑瞇瞇道：「證明六丫頭還不夠努力。新來的書法先生是鄉君親自請回來的，妳們好好跟著學，今年的佛誕日爭取也露一次臉。」

當今天子通道，太后卻信佛，是以京中無論道觀還是寺廟都很興盛。每年佛誕日，各府女眷都會帶足了香油錢以及抄好的佛經前往大福寺，參與浴佛等活動。那些佛經大多是由女眷們親自抄錄，不知從什麼時候起，就成了各家展示姑娘家書法的機會。原因無他，與大福寺同處一個山頭的還有一家疏影庵，裡面住著一位了卻紅塵的大長公主，論輩分當今天下還要稱一聲「姑姑」。每年佛誕日，大福寺的僧人會選出書法出眾的佛經，送到疏影庵去。每一年，哪家姑娘抄寫的佛經入了大福寺僧人的眼，並被送到那位大長公主面前，那可是大大的長臉。

「佛誕日馬上就要到了，臨時抱佛腳都晚了。」黎嬋撇撇嘴。

四姑娘黎嫣伸手擰了她臉蛋一下。「誰讓妳平時偷懶的。」

黎嬋笑嘻嘻往旁邊躲。「反正多我一個不多，少我一個不少，不是還有大姊與二姊嗎？」

黎嬋口中的「大姊」是指黎皎，「二姊」則是指東府的姑娘黎嬌。

東府有兩位姑娘，二姑娘黎嬌是嫡出，最得鄉君姜老夫人喜愛，可以說西府幾位姑娘去東府開設的女學，都是陪太子讀書。至於五姑娘黎姝，乃是庶出，不必多提。

「六妹又拿我說笑了。」黎皎溫婉笑道。

鄧老夫人就在一片和樂融融中開了口：「三丫頭回來了。」

室內一靜，針落可聞。

四姑娘黎嫣與六姑娘黎嬋不由去看黎皎。

最初的震驚過後，黎皎一臉驚喜。「三妹回來了？」她的手縮在淡紫色的衣袖裡，緊緊攥起。

「今天被人送回來的。」

「太好了，我還以為——」黎皎說到一半咬住唇，聲音哽咽。

黎嫣與黎嬋對視一眼，皆不作聲。

「好了，妳們三個都回去歇著吧。」

出了青松堂，黎皎問黎嫣姊妹：「四妹、六妹和我一起去看看三妹嗎？」

黎嫣下巴緊繃。「我們先回錦容苑給母親請安。」

「是呢，誰想去看她呀，被拐了居然還回來，丟死人了——」

「六妹！」黎嫣警告瞪了黎嬋一眼。

姊妹二人走至路口，與黎皎道別。

望著她們離去的背影，黎皎牽起嘴角，回到雅和苑先去給何氏請安，提出去看黎昭。何氏自是把人攔下了。「不必了，昭昭已經歇下了。」

「那女兒明日再去看她。」

黎皎回到東跨院，進屋後臉色才沉下來。

「我的姑娘，怎麼不高興了？」一位三十多歲的婦人把黎皎一把摟住。

婦人梳著光滑的髮髻，用一根碧玉釵別著，清爽又俐落。

「奶娘，我剛從祖母那裡過來，聽她說三姑娘回來了。妳把今天發生的事仔細給我說說。」

這樣的大事奶娘自然關注著，立刻事無鉅細講給黎皎聽。黎皎聽完，垂眸不語。

奶娘咬牙切齒。「那個害人精，怎麼不死在外面呢？她這麼一回來，坑害的還不是姑娘！」

黎皎忽然笑了。「奶娘，沒事兒，她回來也好。」

❧

翌日晨曦微露，邵明淵領著一隊親衛悄悄出了城。

當暖陽為整個京城盡情揮灑時，一件駭人的事傳得沸沸揚揚。

回老家守孝的前左僉都御史喬大人一家竟然遭了大火，只有出門訪友的喬公子僥倖活了下來，為了救幼妹還毀了容，而今正寄居在外家寇尚書府上。

喬大人雖因丁憂暫時告別了京都這個圈子，可他畢竟是堂堂正二品大員，更別提還是名滿天下的喬先生之子。一家人落得這樣的下場，京中不知多少人感嘆。更令人唏噓的是，喬大人唯一的嫡女、冠軍侯之妻的棺槨，隨著為國捐軀的將士們的棺槨一起，還在進京的路上。

喬家可真夠倒楣的，無數人這樣想著。

刑部尚書寇大人請旨徹查喬家大火一事，明康帝允諾，命欽差前往嘉豐查探。

就在喬家之事吸引了所有人視線時，長春伯府的人悄悄登了黎家的門，退了長春伯幼子與黎大姑娘的親事。

長春伯幼子與大姑娘黎皎的親事，還是黎皎的母親杜氏在世時定下來的，如今黎皎已經十六歲，眼看著就要嫁過去了，親事一退，頓時引起了軒然大波。

在國子監讀書的三公子黎輝得到信兒立刻請假回府，顧不得給鄧老夫人請安，直奔雅和苑東跨院。

東跨院裡，丫鬟們走路小心翼翼，牆角桃花悄然綻放。

黎輝衝了進去。「大姊，妳沒事吧？」

黎皎端坐著，眼圈泛紅，面色卻一派平靜，蹙眉問黎輝：「不是在讀書嗎？怎麼回來了？」

黎輝冷笑。「我就知道那禍害回來沒好事兒，一直讓青吉盯著呢，沒想到竟是這麼大的事兒。」

他說著忍不住抓住黎皎的手，恨聲道：「大姊，那禍害真是害死妳了！」

黎皎抬手拍拍黎輝手背。「別這樣，是我運氣不好，怪不了別人。」

「什麼怪不了別人，要不是她被拐走，咱們府上怎麼會成了京中的笑話？她要是不回來，大姊又怎麼會被退親？」黎輝越說越氣，跺跺腳撂下一句話，「我去找她。」

「三弟——」等黎輝跑遠了，黎皎彎了彎嘴角，起身理理衣裙，吩咐丫鬟：「走吧，過去看看。」

西跨院裡，喬昭抄完一疊佛經，命阿珠取來棋盤，正自己與自己下棋。

祖父說過，當妳深陷困頓，那麼就下棋吧。下棋可以使人平心靜氣，頭腦清明，不會稀里糊塗走錯了路。她左手與右手下，正到廝殺激烈之時，門忽然就被踹開了。喬昭捏著棋子的手一停，抬眸看向來人。

是一個很清秀的少年，滿面怒火燒得他眉眼濃麗起來。喬昭還沒來得及起身，怒火中燒的少年就衝過來。

阿珠一時被這突如其來闖進來的人嚇得反應不過來，冰綠卻駕輕就熟竄進他與喬昭之間，尖聲道：「幹什麼，幹什麼？哪有當哥哥的這麼闖進妹妹房間的？」

「賤婢，妳給我讓開！」黎輝怒喝。

「就不讓，讓開了讓你欺負我家姑娘啊！」冰綠挺了挺胸脯。

嗯，以往每當她這樣，三公子就面紅耳赤一邊涼快去了。只是這一次小丫鬟失策了，黎輝正處於狂怒之中，哪裡還顧忌這個，伸手就把她推到了一邊去。

冰綠愣了愣，隨後尖叫：「啊，不得了啦，三公子要殺人啦——」

「閉嘴！」黎輝厲喝。

冰綠捂著胸脯不理會黎輝的威脅，拿眼睛瞄著喬昭。主子看到了吧，人家才是忠心護主的貼心大丫鬟，被三公子襲胸都毫不退縮，您半道帶回來的阿珠是什麼鬼呀？瞧她那呆樣，還不如被責的霜紅呢！

喬昭居然瞬間懂了小丫鬟的心思，抿著唇笑道：「冰綠，去給三公子端茶。」

「噯！」冰綠響亮應了一聲，得意掃呆若木雞的阿珠一眼，扭身出去了。

被這麼一打岔，黎輝氣勢一緩，看向喬昭，就見她依然一手捏著棋子，唇角含笑，彷彿是毫無關係的陌生人旁觀著這場鬧劇。

黎輝大怒，大步走過去手一拂，把棋盤上黑白相間的棋子掃得七零八落，棋子連續落地發出叮叮噹當的清脆響聲。

脾氣可真大，喬昭默默想。

「黎昭，大姊被退親了，這下妳滿意了？」

喬昭初來乍到，消息不靈通，聽到這個消息愣了愣。

「妳少裝傻充愣！妳難道想不到嗎？妳這個樣子還回來一定會連累大姊她們。妳為什麼還要回來，怎麼不……」迎上喬昭平靜的目光，黎輝後面的話卡在了喉嚨裡。

妳怎麼不死在外面呢？有那麼一瞬間，少年這樣想。可他抓著的人手腕很纖細，彷彿脆弱的玉蘭花，只要稍微用力便會折斷了；她的臉上少了以往逢迎或蠻橫的表情，顯得乾乾淨淨，精緻漂亮。他後面的話，忽然就說不出口了。

「三弟，快放手！」黎皎追了過來，拉開黎輝，衝喬昭露出歉然的笑意。「三妹，妳不要怪他，他就是關心則亂——」

喬昭淡淡道：「我當然不怪，我知道他是關心大姊。」

黎皎深深看了喬昭一眼。少女眉目清晰，眼神清澈如一汪潭水，彷彿能把一切看通透。她莫名有些不安，勉強笑道：「三妹不怪就好，不然母親該怪罪了。」

看著這對姊弟，喬昭只覺疲憊。內宅裡的爭鬥，她沒有接觸過，如今冷眼看著，好似一場鬧劇：一心護姊的弟弟，大度隱忍的姊姊。

喬昭目光最終落在黎皎身上。

別的人對小姑娘黎昭態度如何，她都沒必要計較，只有這一位不同。小姑娘黎昭性情再不好，也有生存的權利，不該用一枝花朵般的命來還。她用了人家身子，與直接害她致死的人是不能握手言歡的。

「什麼母親？咱們的母親牌位供在祠堂裡呢。大姊，妳就是性子太好，才任由她們母女這般欺負。現在妳退了親，最滿意這個結果的就是她們母女了，誰還心疼妳將來怎麼辦啊？」黎輝聽了黎皎的話，火氣更大。

喬昭把手指捏著的那枚棋子丟入棋罐，發出「啪」的一聲脆響。

室內一靜，黎皎姊弟都看向她。

喬昭波瀾不驚笑道：「三哥說得不對，最滿意這個結果的不是我和母親，而是大姊。」

黎輝怒極。「黎昭，妳還要不要臉，居然說出這種幸災樂禍的話！」

喬昭一雙漂亮的眼睛微微睜大。

她的兄長溫潤如玉，庶妹活潑可愛，還真的沒有見過這一款，她分明在一本正經說話，硬說是幸災樂禍。

「大姑娘，三公子，請喝茶。」冰綠端著托盤進來上茶。

黎輝冷哼一聲不理會，黎皎接過茶杯，點頭致謝。

「我記得長春伯幼子是京城有名的紈絝子弟，十三歲時就整天上街調戲良家婦女了吧？對了，我想起來，有一次大姊還躲在假山旁哭鼻子呢。」

黎皎下意識握緊了杯子。

喬昭繼續道：「年初長春伯幼子去逛青樓，失手打死了不聽話的女校書，長春伯府雖然想壓下去這件事，最終還是被御史彈劾了治家不嚴。」

她笑了笑，看著黎皎。「這樣的人與大姊退了親，大姊不滿意嗎？」

「妳、妳怎麼知道？」黎皎羞得滿面通紅。任誰有這樣一位未婚夫婿，都不是什麼光彩事。

喬昭忍不住嘆息。她怎麼知道？有何氏那樣一位親娘，想不知道太難了。

每當這對姊弟發生什麼倒楣事，何氏第一時間就興沖沖告訴閨女，面對著不給好臉色的女兒，百折不撓湊近乎。

「妳這是什麼歪理，大姊被退了親，反而要敲鑼打鼓慶賀嗎？」

喬昭理所當然反問：「擺脫那樣一位人渣，難道不該敲鑼打鼓嗎？」

她移開目光，與黎皎對視，黑白分明的眸子有種讓人無所遁形的通透。

黎皎不自在地移開眼，拉了拉黎輝。「三弟，咱們走吧。」

「大姊，妳總是這般好性子！」

「三弟，不要再鬧了。三妹妳好好歇著，我先回了——」黎皎轉身快步離去，黎輝忙追了上去。

珠簾晃動，發出悅耳的響聲，餘音嫋嫋。

阿珠俯身撿著七零八落的棋子。

冰綠衝著珠簾呸了一聲。「姑娘就不該給他們上茶嘛，兩個人就欺負姑娘一個。」

「好了，幫著阿珠把棋子撿起來，我還要繼續下。」

「這怎麼繼續啊？」冰綠一臉茫然。

等阿珠把棋子都撿起來，喬昭從棋罐中拾起棋子，一枚枚落在棋盤上。

她不急不緩復盤，心中卻想著事情。

小姑娘黎昭被拐，當然不是那麼簡單。儘管黎昭留下來的記憶裡沒有任何異樣，可她站在旁觀者的角度，卻看出不少有意思的事來。

花朝節那日，黎昭原本不想出行，是無意中聽說固昌伯府的世子杜飛揚也會去玩，這才改了主意。

固昌伯府是黎皎的外家，杜飛揚正是她的舅家表兄。小姑娘黎昭為了見到那位世子，自然會放下平日對黎皎的不滿，緊緊跟著她。

大梁一年一度的花朝節熱鬧非凡，拐子們都盯準了這樣的節日。小姑娘黎昭嬌蠻有餘，聰慧不足，在那亂糟糟的街上一個不經意間跟丟了人，形單影隻，自然就成了拐子們下手的對象。有的時候，想要害死一個人多麼簡單，黎皎情急之下再把黎府三姑娘走丟的事叫嚷開來，就徹底絕了她回家的路。

退一萬步講，她如今頂著黎昭的身分回來，黎大姑娘趁機擺脫了那樣一門糟心親事，還贏得無數人憐惜，也是不虧的。

喬昭手下不停，心中琢磨著這些，只覺內宅彎彎繞繞，實在令人不寒而慄。

***

黎皎出了西跨院疾步往外走，心中驚濤駭浪。

是她的錯覺嗎？為什麼有種盤算的一切都被那丫頭看穿的感覺？

她壓根沒有想到一個被拐的女孩子還能完好無損回來。當然，就算回來她也不怕，能趁機擺脫了與長春伯府的親事同樣值得慶賀。

長春伯幼子明明是那樣的混帳，就因為是母親在世時訂下的親事，父親想要退親，外祖家不願，父親就妥協了。

這個一石二鳥的計畫她在心裡盤算了許久，明明天衣無縫，為何黎三會有那樣的眼神，好像看穿了一切？這不可能，黎三那樣的蠢貨，怎麼可能想得到這些？

黎皎想著心事往前走，不顧黎輝在後面追，險些與黎光文撞在一起。

黎光文伸手扶住她，一臉詫異。「皎兒，怎麼了？」

黎皎回神，迎上黎光文關切的目光，聲音不自覺哽咽：「父親——」

「這是怎麼回事兒？」

「我、我沒事，女兒先回去了。」黎皎匆匆一禮，疾步而去。

黎輝追了過來，被黎光文攔下。「你們從西跨院過來？你大姊怎麼了？」

黎輝臉色陰沉。「還不是黎昭，又欺負大姊！」

這樣的場景顯然已經發生過太多次了，黎光文下意識就蹙了眉，不悅道：「她又胡鬧了？」

黎輝冷哼一聲。

黎光文回過味來，打量著兒子。「你不是在國子監讀書嗎，怎麼會在家裡？」

西府兩房，孫輩統共就黎輝這麼一個孫子，養得性情自然有些驕縱。他氣呼呼道：「還不是聽說黎昭害大姊被退親，兒子不放心大姊，這才趕回來的。」

「呃……」黎光文頓了頓，囑咐道，「你們姊弟自小要好，你去勸勸你大姊，要她不必太傷心，塞翁失馬焉知非福。」

長女那門親事實在讓人不滿，如今退了，名聲雖然受些損失，可長遠來看未嘗不是一件好事。若不是固昌伯府攔著，他早就想退了。

許是這樣想，明明次女惹了這麼大的禍事，黎光文意外發覺竟然沒那麼生氣。

黎輝顯然也察覺了這一點，不滿道：「父親，三妹那裡就這麼算了？她再不收斂性子，以後還不一定連累多少人。」

黎光文臉一板。「嗯，為父是要去好好教導她一番。」指望何氏，那純粹是說笑。

黎輝這才氣順了些，行禮道：「父親，那兒子去勸大姊了。」

「嗯，去吧。」黎光文點點頭，抬腳走進了西跨院。

院子裡石榴樹上的綠芽更加繁盛，窗前芭蕉青翠欲滴，整個小院寧和雅致，只聞清脆的落子聲。

黎光文板著臉進去，就看到少女盤膝，一手執白，一手執黑，正在下棋。

自己與自己下棋？黎光文心中一動，一時忘了來意，對兩個丫鬟搖搖頭示意不得出聲，抬腳走了過去。

喬昭正下到妙處，沉吟良久落下一子，就聽一聲低喝：「好。」

她抬眸，便看到父親大人站在一旁，雙目閃著異彩緊盯棋盤。明明是三十多歲的人了，可眉宇間依然有種少年的清新。

人清如玉。

「父親——」

她欲起身見禮，被黎光文攔住。「來，繼續。」

他一屁股坐在喬昭對面，撿起白子沉吟起來。

時間一點點流逝，一局終了，黎光文起身，開懷大笑。「痛快，真是痛快！」

他渾身舒暢，含笑施施然離去，留下喬昭一臉莫名其妙。父親過來究竟是幹什麼的？

黎光文快要走到書房才猛然停下腳步，懊惱拍了拍腦袋。總覺得忘了一件很重要的事，終於想起來了，他還沒教訓成天惹禍的閨女呢！

黎光文頗有些糾結。現在返回去教訓吧，實在不像樣子，剛剛還下棋呢，他這麼正直的人怎麼能做出秋後算帳這麼沒品的事來？不回去教訓吧，那丫頭以後豈不更胡作非為了？

他猶豫了又猶豫，伸手推開了書房門。罷了，等下次再去吧，正好問問那丫頭棋藝怎麼如此高超。

黎光文的繼室何氏手中有大把銀子，因為總被人奚落出身，自覺連累女兒，漫天撒銀子請了先生來給黎昭開小灶，就盼著女兒琴棋書畫騎射都能壓過東西兩府的姑娘們。只可惜黎昭一直以來表現平平，尤其是騎射上更是一塌糊塗。用府中人私底下的話說，三姑娘是生了一副飛揚跋扈的脾氣，卻沒有可以飛揚跋扈的強壯身子。

黎光文印象裡，這個女兒一直很平庸，今天實在令人大吃一驚。

八　誰最滿意

黎輝追到了東跨院，安慰胞姊：「大姊，妳別往心裡去，黎昭就是那個樣子，她說話什麼時候好聽過？」

黎皎親手倒了一杯茶遞給弟弟，溫聲道：「我不會在意，若是在意，日子早就過不下去了。」

黎輝聽著心裡難受，伸手握住黎皎的手。「大姊，委屈妳了。我現在整日在國子監讀書，妳被人欺負了都不能及時幫妳。」

黎皎抽回手，正色道：「三弟，你如今讀書才是最要緊的事，別總惦記著我。你記著，只有你爭氣讀出書來，我以後才能不委屈。」

黎輝聽著又是心疼又是熱血澎湃，鄭重許諾道：「大姊妳放心，我一定會比父親還要早考中進士，將來誰都不能欺負了妳去。」

黎皎彎唇笑了，抬手替黎輝理理衣領，意味深長地道：「和父親比什麼？要比啊，就和大堂伯比。」

大堂伯就是東府的大老爺，鄉君姜老夫人的兒子，四十來歲已經爬到侍郎的位置，正三品高官。在講究熬資歷的大梁文官體系中，算得上年輕有為了。而姊弟二人的父親黎光文，金榜題名後進了翰林院，成為一名有「儲相」之稱的清貴翰林，十幾年過去，咳咳，還在翰林院蹲著編史書呢。

黎皎想起這些就心煩。她父親高中探花，迎娶貴女，偏偏是個棒槌性子，一手好牌打得稀爛，還不如外放知府的二叔。

「行了，你快回去讀書吧，耗在我這裡久了別人要說閒話的。」黎皎推了推黎輝。

黎輝頗不快。「咱們是一母同胞的姊弟，別人說什麼閒話。」

他這樣說著，還是聽話地站起身來，告辭離去。

等黎輝一走，黎皎才徹底放鬆，斜靠著床欄露出淡淡的笑意來。

無論如何，黎昭害她被退親，將來在府中更加惹人厭了。而她雖然有了退親的名聲，可畢竟不是自己犯了錯，將來耐心圖謀未必沒有好親事。退一萬步說，就算真的當一輩子老姑娘，也比嫁給那樣一個混帳強。

就是黎昭這次回來，好像有些不一樣了——黎皎正想著，一個丫鬟輕手輕腳走進來稟告：「姑娘，老爺已經從西跨院出來，回了書房。」

「哦，父親有什麼反應？」黎皎含笑問。

丫鬟一臉糾結，欲言又止。

「妳這是什麼表情？有話便說，還給我賣關子不成？」黎皎坐直身子，沉下臉，心中莫名生出幾分不妙預感。

「婢子不敢。老爺……老爺他是笑著出來的……」

「笑著？妳可看清了？是冷笑、苦笑，還是——」

「不是啊，老爺一臉傻笑，好像餓肚子的人見到了雞腿，受凍的人見到了棉衣。」丫鬟想了想，總算想出來合適的比喻。

「當真？」黎皎臉上笑意褪盡，忍不住扭頭望向窗外，窗外桃花吐蕊，春意盎然。

她就說，自從那死丫頭回來，處處透著邪性！

「姑娘……」

黎皎回神，鬆開死死攥著的手帕，面無表情道：「下去吧。」

丫鬟才出去不大會兒就又回轉。「姑娘，東府的二姑娘、五姑娘來了。」

黎皎忙坐直了身子，還沒等起身，一個穿水紅衫的少女就走了進來，少女身後跟著個黃裙少女，低眉順眼。

水紅衫少女正是二姑娘黎嬌，生得柳眉鳳眼，精神十足。

「大姊，我來看妳了。」黎嬌開口，嘴角彎到恰到好處的弧度。

黎皎不由豔羨。她這個堂妹，明明天性驕縱，擋不住人家命好，有一位當鄉君的祖母，從會走路起，坐立行走就接受著祖母嚴格的教導。她們西府的幾個姑娘頂多是沾光去東府女學，別的是不能奢想了。

黎皎想到此，就有些難過。她的母親是伯府貴女，若是還活著，說不定就能千方百計尋來宮中放出來的禮儀女官教她這些……

「大姊，我都聽說了，黎昭害妳被退了親事。妳且等著，我這就給妳出氣去！」

黎嬌撂下這幾句，直奔西跨院而去。

黎皎樂見其成，面上卻急切不安。「二妹，妳不必如此——」

貼身丫鬟春芳跟在黎皎身旁笑道：「還是二姑娘與姑娘要好。」

兩府這麼多姑娘，自家姑娘能與東府最貴重的姑娘交好，身為丫鬟也是與有榮焉，這話卻惹了黎皎不快。

她心中不禁冷笑，要好？若不是琴棋書畫騎射她樣樣表現得比黎嬌剛好差了那麼一點點，黎嬌會和她要好？

「不用跟著了，看好院子。」黎皎冷著臉交代一句，走了出去。

西跨院裡，黎昭收拾好棋局，正捧著茶盞交代阿珠事情：「妳初來乍到，刻意去和府中下人們交好別人只覺是人之常情，不會多心。這一百兩銀子回頭兌成碎銀子，不必心疼錢，盡快和門房、廚房這些消息靈通處的人打好關係。以後外面發生了什麼事，我希望能盡快知道。」

她不在乎今天哪個姑娘得了好料子，明日哪位太太發了脾氣，但外面的事她不能當聾子。

如果不出意外，兄長此時應該在外祖父府上。邵明淵昨日凱旋歸來，今天正是外祖父挑明喬家大火的最好時機。要是今天京城沒有任何動靜，她就該擔心兄長是否順利進京了。

喬昭擔心兄長，心中千迴百轉，一杯茶飲盡了都未發覺，依然捧起來喝。

外面傳來冰綠的聲音：「二姑娘，您別往裡闖啊，婢子去稟告姑娘。」

一個小丫鬟自然是攔不住二姑娘黎嬌的，或者說，冰綠很有幾分小智慧。大姑娘與自家姑娘是天生的對頭，當然要堅定護著姑娘；二姑娘在黎府姑娘中最貴重，連姑娘平時都要小意討好的，她若攔狠了，那就替姑娘樹敵了，於是黎嬌就這麼闖了進去。

她進去時喬昭正捧著空茶杯喝，聞聲抬眸往門口的方向睃了一眼，提起茶壺續茶。那樣閒適的姿態驟然刺痛了黎嬌的眼。她可從來不記得，黎三敢這般輕忽她。

黎嬌大步走過去，鳳眼高挑，居高臨下道：「黎三，這就是妳的規矩，見我來了自顧喝茶？」

喬昭把茶杯放下，大大方方笑了。「我以為二姊是不講這些規矩的人，原來是自己可以不講，要求別人講。」

黎嬌驀地瞪大了眼睛，不可思議瞪著喬昭。她是不是聽錯了，黎三敢這樣和她說話？後面跟過來的大姑娘黎皎更是一臉驚愕，她怎麼敢——

五姑娘黎姝低著頭，竭力讓自己沒有存在感。

「二姊喝茶吧。」喬昭親自斟了一杯茶，遞過去。

她神情平靜，語氣從容，可落在黎嬌眼裡，就是十足的挑釁。

年幼時不懂事，這些姊妹還有與她吵架的時候，隨著年紀漸長，這種情況早就絕跡了。也因此，黎嬌格外忍不得，劈手打向那隻伸過來的白白淨淨的手。

茶盞被打落，準確無誤砸在黎嬌的腳尖上。入骨的疼痛驟然襲來，黎嬌尖叫一聲，下意識跳腳，踩到濕滑的地板，「哧溜」一聲摔倒在地，一直滑到黎皎腳邊。

黎皎目瞪口呆。

黎嬌羞憤難當，厲聲道：「笨蛋，還不扶我起來！」

黎皎眼底畫過陰冷不快，忙彎腰把她拽了起來。

黎嬌的腳尖已經疼麻了，手心被碎瓷片劃破，火辣辣地疼。

她慘白著一張臉怒視喬昭。「妳故意的是不是？」

「是二姊打落的。」喬昭耐心給她解釋。

黎嬌更氣，抬手就向喬昭的臉扇去，喬昭側頭輕巧一躲，黎嬌被晃了一下，手打在屏風上，「啊」地尖叫出聲，喬昭伸手一扶，晃動的屏風才沒有倒地。

黎皎駭了一跳，忙去扶黎嬌。「二妹，妳怎麼啦？」

「疼——」黎嬌彎下腰去。

春日裡姑娘家的繡鞋輕軟，黎嬌今天穿著月白面的珍珠繡鞋，此時被茶盞砸到腳尖的那只繡鞋鞋面上，一片紅色已經氤氳開來。

黎皎眼底的快意險些忍不住流瀉出來，忙垂眸急聲道：「天啊，二妹妳的腳出血了，快去請大夫來！」

她扭頭才發現沒有丫鬟跟著，而黎嬌與黎姝過來同樣沒帶丫鬟。

此時五姑娘黎姝慘白著一張臉搖搖欲墜，顯然是指望不上了，黎皎對喬昭喊：「三妹，二妹受傷了，快命人請大夫來。」

她心中卻想：若是黎三這個時候犯渾不給請大夫，那就更有趣了。只可惜黎皎很快失望了，喬昭不疾不徐吩咐冰綠：「去青松堂告訴老夫人，二姑娘腳傷了，需要懂包紮的人過來處理一下，還要來個壯實的婆子把人背回去。」

「噯！」冰綠覺得今天太刺激了，應了一聲飛快跑了。

老天保佑她家姑娘別被東府的老夫人給吃了，那位鄉君最疼二姑娘了。

阿珠一言不發，拿了掃帚簸箕進來收拾，黎嬌厲聲道：「不許收拾，給我好好留著！」

她含恨瞪向喬昭。「妳想毀屍滅跡不成？」

阿珠停住動作，看向喬昭，她朝阿珠輕輕點頭。「先留著吧。」

阿珠心中擔憂，忍不住又看了喬昭一眼，見她神色平靜，心莫名安定了幾分，默默退至一旁。

青松堂裡，二太太劉氏正與鄧老夫人吐苦水。

「老夫人，我說得沒錯吧，三丫頭回來後咱們府上沒個態度，人家長春伯府立刻來退親了。唉，被三丫頭這麼一連累，別的姑娘們今後可怎麼辦吶——」

鄧老夫人眉毛動了動。

嗯，要說起來，三丫頭回來，唯一的好事就是這個了。這親事退得好啊，大丫頭眼看著就要嫁過去了，一想到清清白白的孫女要嫁給那麼一個小畜生，她多少個夜晚睡不著覺啊。這下好了，親事退了，還不必擔心固昌伯府有想法，兩全其美。

鄧老夫人美滋滋想著，伸手從果盤拿過一枚果子咬了一口。

老太太牙口好，「喀擦」一聲脆響，果子就被咬下去一小半。

劉氏忍耐地抽抽嘴角，一咬牙乾脆哭起來。「老夫人，兒媳還有兩個丫頭未出閣呢，今日您若是不給個說法，兒媳就——」

「弟妹就怎麼樣啊？」何氏抬腳走了進來，向鄧老夫人見過禮，直接就和劉氏對上了。「我就知道，我晚來一步弟妹就要把我閨女踩到泥溝裡去。難不成妳閨女是閨女，我閨女就是大風刮來的？還是上街買胭脂水粉白送的？」

她一通說完，扭頭對著鄧老夫人就哭了。「嚶嚶嚶，老夫人您可要替兒媳作主，哪有當嬸子的不依不饒要逼死侄女的？咱們家不是書香門第嘛，這麼不厚道的事兒，我可是開眼了——」

「何氏！」劉氏火氣騰地就上來了。哪有人說話這麼直白難聽的，土財主家的女兒就是粗俗。

「嚶嚶嚶，婆婆您聽聽，弟妹這麼不客氣叫我呢。我雖是繼室，那也是她大伯八抬大轎明媒正娶回來的——」

鄧老夫人瞥了劉氏一眼。劉氏被氣得險些翻白眼，心中不停勸自己：不跟土財主的女兒見識，要斯文，要懂禮！

「大嫂。」她忍耐地喊了一聲。

何氏立刻不哭了，響亮應道：「噯！」

鄧老夫人拿起果子，又咬了一口。她不生氣，要是真計較，早就被這兩個兒媳婦氣死了。

這時大丫鬟青筠領著冰綠匆匆進來，冰綠撲通一聲跪下來。「老夫人，二姑娘腳傷了。」

這話一出，鄧老夫人眼皮立刻一跳。

劉氏一看是冰綠，嘴角頓時翹了起來。「哎呀，這不是三姑娘身邊的冰綠嘛，二姑娘在三姑娘那裡嗎？好端端的腳怎麼會傷了？」

何氏跳起來。「老夫人，兒媳先去看看。」

鄧老夫人站起來，吩咐侍立一旁的婆子：「容媽媽，叫上桂媽媽去雅和苑。青筠，妳去一趟東府稟告鄉君。」

鄧老夫人交代完，一群人浩浩蕩蕩向喬昭住處去了。

一行人走到雅和苑的西跨院，才進院子，就聽到二姑娘黎嬌左一聲、右一聲的呻吟聲，一聲比一聲高。劉氏嘴角忍不住翹起來。「老夫人，您聽，二姑娘好像傷得不輕啊。」

鄧老夫人面不改色往前走。「傷勢如何，看過才知道。」

小丫鬟石榴看到這麼多主子過來，嚇得頭一縮，飛奔進屋子。「太太，姑娘，老夫人過來了。」

滿地的碎瓷片加上黎嬌的呻吟聲，讓何氏亂了陣腳，一聽小丫鬟稟告，騰地就跳了起來，結果不小心踩到一片碎瓷上，當即就呲了一下嘴，跌回椅子上。

她怕女兒嫌她沒用，咬緊牙關沒吭聲。

「娘踩到碎瓷片了？」喬昭很自然地蹲下來，伸手去掀何氏的裙襬。

何氏下意識往後一縮腳，慌忙道：「沒有，沒有——」

一雙柔軟微涼的手按住了她，聲音輕柔：「別動。」

喬昭伸出雙手托起何氏的右腳，看到鞋底有一道印子，所幸沒有穿透，便鬆了口氣，仰頭微笑道：「沒事兒。」

何氏好似被人點了穴，傻愣愣看著喬昭，眼睛緩緩濕了。

這時鄧老夫人正好走進來，看到室內情景不由納悶。「何氏，這是怎麼啦？」

何氏回過神來，暈乎乎笑道：「剛剛兒媳不小心踩到了碎瓷片，昭昭怕我傷著了，正給我看腳呢。老夫人，您看昭昭多懂事啊。」所以二姑娘受傷什麼的一定是她自作自受，老夫人一定要明鑑啊！

何氏一激動，眼淚刷地就下來了，還不忘含淚得意瞟了二太太劉氏一眼。

劉氏不屑撇了撇嘴，心中卻有些不是滋味。她的兩個閨女對她從來沒這麼仔細過。劉氏酸爽著瞥了起身的喬昭一眼，心道，這死丫頭咋還不恢復正常呢？她一點都不習慣！

再也不可能恢復「正常」的喬昭向來人見禮。「祖母，二嬸。」

鄧老夫人望著滿地的碎瓷片皺眉。「怎麼也不打掃乾淨？」

二姑娘黎嬌一聽，警告瞪了喬昭一眼。

喬昭微笑著實話實說：「二姊說要保留證據。」

鄧老夫人繞過地上狼藉，向坐在椅子上的黎嬌走去。「二丫頭腳受傷了？讓叔祖母看看。」

東府就黎嬌一個嫡女，取名一個「嬌」字，那是真正的嬌生慣養。此時她傷了腳，卻因怕疼不敢把鞋子取下來，便伸出受傷的手，可憐兮兮對鄧老夫人道：「叔祖母，您看，我不只傷了腳，連手也傷了，好疼，都是黎昭害的……」

少女白嫩嫩的手心一道淺淺的劃痕，血漬已經凝固。

鄧老夫人一看傷得不重，暗暗鬆了口氣，卻不知腳上的傷如何，吩咐道：「桂媽媽，給二姑娘看看腳。」

桂媽媽是老夫人的陪房，懂些粗淺的醫術。西府不是大富大貴的門戶，平時女眷們有個頭疼腦熱的小毛病，不值當請大夫，都是叫桂媽媽來看。

「噯。」桂媽媽應了一聲，走向黎嬌。

黎嬌一看走過來的婆子腳大手粗，心裡萬般嫌棄，皺眉縮縮腳，對鄧老夫人撒嬌道：「叔祖母，您告訴我祖母和我娘了嗎？我想讓董媽媽來看。」

這董媽媽說起來有些真本事。她的乾娘姓董，曾是宮中醫女，鄉君姜老夫人出嫁時，她的母親親自求了宮中貴人，把董醫女賞給她當陪嫁。董醫女在黎府一待二十來年，年紀大了認了府中一個丫鬟當乾閨女，把一身醫術教給了她，便是如今的董媽媽。董醫女去世後，董媽媽就接替了她在東府的位置。

當然，董醫女的醫術與太醫院的御醫們不能比，教出來的徒弟董媽媽醫術自然不可能太高明，但比起民間粗通醫理的婆子來，那是強多了。可董媽媽醫術再高明，普通腳傷桂媽媽還是足能對付的，聽二姑娘這麼說，心裡能高興才怪。

她立在一旁等著主子們定奪，面上看不出喜怒，心中卻冷哼了一聲：看把二姑娘能的，真以為自己是當公主的命！

鄧老夫人是敬著東府，可她不是能讓小孩子拿捏住的脾氣，更不會與一個小丫頭計較，遂笑著勸道：「嬌嬌啊，妳這腳上流血了，時間久了傷口與襪子黏在一起，再想弄開可就麻煩了。」

黎嬌臉色一白，想了想，不情不願地伸出受傷的腳。「那還是請桂媽媽看看吧。」

桂媽媽看向鄧老夫人，鄧老夫人朝她輕輕頷首，她便跪坐下來，小心翼翼褪去黎嬌的鞋子。

黎嬌吃痛，斥道：「輕點兒！」

「是，是，老奴會小心的——」桂媽媽心中惱怒，面上不動聲色，待拿起剪刀剪去被血漬黏住的羅襪時，掩在下面的小手指輕輕碰了一下露出來的傷口。

「啊，痛死了！」突如其來的疼痛加上剛剛與喬昭的置氣，讓黎嬌的憤怒瞬間到了頂點，頓時把姜老夫人的淑女教導忘到九霄雲外，抬腳就狠狠踹在了桂媽媽臉上，把桂媽媽踹了個跟頭。

突如其來的變故讓一直當作隱形人的五姑娘黎姝忍不住驚叫一聲，隨即死死捂住了嘴。

黎皎先是一愣，隨後快步走過去，俯下身來一臉焦急地問：「二妹，妳沒事吧？」

黎嬌抱著腿，柳眉倒豎，斥道：「毛手毛腳的東西！」

鄧老夫人臉色微冷，淡淡道：「容媽媽，還不快把桂媽媽扶起來，當心剪刀戳到手。」

容媽媽走過去把桂媽媽拉起來，桂媽媽誠惶誠恐向黎嬌請罪：「二姑娘恕罪，都是老奴粗手粗腳弄疼了您——」

屋子裡的下人再看向二姑娘黎嬌的眼神就有些變了。她們這些人平時有個小毛病捨不得請大夫，都是找桂媽媽瞧的。桂媽媽心好，手裡寬裕的丫鬟婆子給條手帕香囊，不寬裕的兩手空空，全不計較。丫鬟婆子們同時在想：嘖嘖，都說三姑娘性子差，如今看來，二姑娘才是真正的飛揚跋扈啊。

低頭請罪的桂媽媽眼底畫過一抹冷笑。這好名聲啊，豎起來難，倒下去只需要動動小手指而已，可惜高高在上的姑娘們不明白這個道理。

這時冰綠高聲喊道：「鄉君與大夫人來了——」

姜老夫人與兒媳伍氏匆匆進來，轉瞬小小的西跨院擠滿了人。

二姑娘黎嬌一看她們進來，立刻就哭了。「祖母，娘——」

伍氏打眼一看一地的碎瓷片，還有女兒比雪還白的小臉，立刻變了臉色，快步走到黎嬌身邊，喊道：「嬌嬌，快讓娘看看傷得怎麼樣。」

黎嬌把腳抬了抬。「好疼——」

伍氏一看到女兒白嫩嫩的小腳上鮮血淋漓，頓時倒吸了口冷氣，摟著黎嬌沉聲道：「董媽媽，還不快給二姑娘看看。」

一個頭梳圓髻的中年婦人走了過來，解下隨身背著的箱子，蹲下替黎嬌處理傷口。

黎嬌輕聲呼痛，伍氏攬著她柔聲哄著，一雙眼睛平靜中隱含凌厲，掃向何氏母女。在講究規矩的姜老夫人面前，伍氏心中再惱，也不打算先開口。

姜老夫人走過來，看了一眼黎嬌的傷勢，擰眉道：「腳上的傷口不淺，姑娘家留疤可不行。董媽媽，雲霜膏帶了沒？」

「帶了。」董媽媽一邊熟練給黎嬌處理傷口，一邊回道。

姜老夫人點點頭，緩步走至椅子旁坐下，這才不緊不慢開口：「二丫頭是怎麼傷的？」

「祖母，都是黎昭害的！」黎嬌忍不住喊。

聽到有可能留疤黎嬌心中更惱，一雙鳳眼瞪向喬昭，恨不得撲過去把她撕下一塊肉來。

姜老夫人瞥了黎嬌一眼，黎嬌頓時住口。在鄉君身邊養了這麼久，她當然知道姜老夫人的性子。姜老夫人收回目光，側頭看向鄧老夫人。「弟妹，事情經過妳可問清楚了？」

鄧老夫人笑笑。「我前腳才到，一來就命人先給二丫頭處理傷口呢，具體情況還沒問，鄉君後腳就到了。」

她說著，眼角餘光悄悄掃了喬昭一眼，暗道這個孽障真是一天不惹事就渾身不舒坦啊，說好的抄佛經呢？

「還沒問啊？」姜老夫人挑了挑眉，看向喬昭，「三丫頭，既然如此，妳就說說吧。」

何氏抓著喬昭的手一緊。

喬昭走到姜老夫人面前，屈膝行禮，隨後站起來，聲音輕緩開了口：「回稟伯祖母，事情是這樣的。剛才二姊闖進我的屋子，我見她火氣太大，就請她喝茶，誰知二姊沒接穩，茶杯就掉了下去，正好砸到她腳尖上──」

「妳胡說！祖母，她就是故意鬆手，茶杯才砸到我的腳，還害我摔了一跤，手按在碎瓷片上也給劃破了……」黎嬌說到最後，忍不住抽泣起來。

姜老夫人臉色頓時沉了下來。故意鬆手這種小動作，她可見多了。一般在妾室見禮時，主母有意為難，就常愛使這一招兒，真沒想到三丫頭小小年紀學來這些亂七八糟的手段。

姜老夫人沉著臉看向喬昭。少女站在正中間，承受著各色目光，一派平靜。姜老夫人厭煩之餘又有些疑惑。

三丫頭就是個窩裡橫的繡花枕頭，以往見了她就如老鼠見了貓，早嚇得戰戰兢兢了，今日是怎麼了？

喬昭這次回來沒有被處置，姜老夫人早就心中不快，此時看她更不順眼，沉著臉喝道：「三丫頭，今天當著這麼多長輩的面，事情到底如何妳給我實話實說。若是有半句謊話，就是妳祖母護著妳，我也饒不了妳！」

姜老夫人積威已久，如今冷著臉說出這番話，別說一直裝鴕鳥的五姑娘黎姝，就連黎皎都打了個哆嗦，緊張之餘心中無比快意。黎嬌受傷，黎昭挨訓，今兒個真是個好日子。

喬昭看了看姜老夫人，又去看鄧老夫人。

鄧老夫人很想嘆氣。還以為遭了一回罪這孽障懂點事了，沒想到依然爛泥扶不上牆，今天是該受點教訓了。

喬昭收回目光，一臉鄭重。「伯祖母，既然您這麼說，那我就實話實說不替二姊瞞著了。是我請她喝茶時，她劈手打落了我手中茶杯，這才被砸到腳的——」

「妳胡說，妳胡說！」黎嬌漲紅了臉喊。

喬昭輕瞥她一眼，神情平靜。「當時大姊和五妹也在，伯祖母可以問問她們。」

「大姊，五妹，妳們說啊，當時是不是她故意砸我？」黎嬌唯恐這二人說出實情，搶先問道。

黎皎與黎姝一時沒吭聲。

黎嬌舉著手哭。「祖母您看，我跌倒後手也被劃破了，好疼——」

姜老夫人面上不顯，實則心疼不已，不由睃了喬昭一眼。喬昭眼皮也沒抬，補充道：「二姊打落了茶杯，因為地滑摔倒又劃破了手，起身後惱羞成怒，揚手要打我耳光——」

「住口！」東府大夫人伍氏忍不住喊道，喊完忍怒對鄧老夫人道：「二嬸，三丫頭這樣敗壞嬌嬌名聲，您可要好好管教啊。」

「呃。」鄧老夫人應付了一聲。

看三丫頭的模樣不像說謊，要真如她所說，到底誰欠管教還不一定呢。

姜老夫人咳嗽一聲，提醒伍氏注意言行，轉而問黎皎二人：「大丫頭，五丫頭，當時妳們兩個都在場，她們兩個到底誰說得對？」

黎姝忍不住往後一縮，黎皎則暗暗咬牙。黎三這死丫頭居然拖她下水，既然如此，她就不客氣了。

「伯祖母，皎兒當時瞧著，好像是三妹沒拿穩——」

何氏怒吼：「黎皎，妳這黑心的，怎麼能誣陷妳三妹！」

喬昭忍不住扶額。當繼母的在長輩們面前如此搶白繼女，也就她這便宜娘親了。

「何氏，妳閉嘴！」鄧老夫人氣得直翻白眼。

黎嬌抿唇笑了，她就知道，她們兩個會站在她這邊。

姜老夫人瞥一眼何氏，追問：「那二丫頭有沒有揚手打三丫頭耳光？」

黎皎抿了抿唇，看向何氏，眼中隱藏著得意。何氏氣得胸脯起伏，剛要開口，就見喬昭朝她輕輕搖頭。

姜老夫人重重咳嗽一聲。「大丫頭，不必看別人，妳如實稟告就是。」

「是，伯祖母。」黎皎眼角餘光掃過喬昭，一字一頓道，「沒有，皎兒當時扶起二妹，就扶著她在椅子上坐下了。」

五姑娘黎姝豁然抬頭，隨後又猛然低下去。

黎皎心中輕笑。五妹那泥性子是不敢亂說的，當時的情景就只有她們幾個人知道，她站在黎嬌那一邊，誰能證明她撒謊？呵呵，屋子裡的丫鬟都是黎三身邊的，她們的話當然不作準。

確定了寶貝孫女受了傷還被冤枉，姜老夫人臉一沉。「三丫頭，妳還有什麼話說？」

姜老夫人右眼蒙了一層白翳，當她含怒盯著人時，目光陰森，讓人心裡發毛。

何氏再也受不了這種氣氛，衝過來護在喬昭身前，朝姜老夫人喊道：「鄉君，昭昭還小，不懂事，您要罰就罰我吧。」

喬昭站在何氏身後，雖然無奈何氏的莽撞，可看著她背在身後微微顫抖的手，心中便升不起埋怨了。

「何氏，妳教女不嚴的錯等會兒自會追究，現在妳且讓開。一個人犯了錯不被懲罰，那就不懂得疼，以後依然會照犯不誤。妳現在護著她，那是害了她。」姜老夫人義正辭嚴說道。

「鄉君說得對，這次我定會狠狠處置這孽障。」鄧老夫人繃著臉道。

姜老夫人陰森森的眼珠一轉，發出一聲冷笑：「弟妹，我看妳們都捨不得。這一次，三丫頭還是由我來管教吧。」

相處這麼多年，她還不瞭解這位老妯娌嘛，護短得很，哪怕再生小輩的氣也見不得旁人來教訓。今日她還非要插手不可，也讓這老妯娌心裡憋屈一下，有怒火正好發到這對不懂禮數的母女身上。

鄧老夫人被噎得一口氣上不來下不去，狠狠瞪了何氏一眼。

雖說兩府早已分家，可依然說不出兩個「黎」字。姜老夫人在族中頗有威望，要管教族中姑娘，族長以及族老們只有樂見其成的份，更何況兩家還是嫡親的兄弟。

「伯祖母說得對。」緊繃的氣氛中，喬昭開口，頓時把視線都吸引過去。她絲毫不緊張，一雙漂亮的眸子望著姜老夫人，滿是真誠。「一個人犯了錯不被懲罰，那就不懂得疼，以後依然會照犯不誤。」

她一字不差重複著姜老夫人的話，令眾人疑惑不已。

姜老夫人陰沉目光籠罩著喬昭，擠出一抹冷笑。「三丫頭能認識到這一點，還算有救。」

喬昭頗有些想笑。這位鄉君仗著身分越俎代庖，還真是毫不客氣。

見眾人注意力都放在她身上，喬昭忽然繞過何氏，往前走了幾步，然後停下來。「那時候我就是在這裡站著，二姊伸手打過來。」

黎嬌不由冷笑。「黎昭，都這個時候了妳還信口雌黃？我當時被大姊扶起來，手腳都疼得不行，哪裡還有力氣打妳？大姊，妳說是不是？」

黎嬌咄咄逼人的語氣令黎皎心中不快，可她們之間沒有本質的矛盾，她對黎嬌的不喜只是源於性格不合，而對黎昭的不喜，那是與生俱來。這個時候，黎皎不用猶豫就做出了選擇。「是的，當時我就是在這裡把二妹扶起來的，然後二妹就坐下了。」

為了增強可信度，她特意把當時的站位指了出來。

「大姊的意思是說，二妹根本沒過來？」喬昭心平氣和問。

少女平靜的語氣讓黎皎無端生出幾分危機感，可話說到這裡根本沒有回轉的可能，她也想不出眼前的少女還能翻出什麼風浪來，便心一橫道：「對，二妹坐下後我就一直守著她，我們怎麼可能過去？」

見局勢已定，黎嬌心中暢快，冷冷看著喬昭道：「三妹，妳把我害得這麼慘，當著長輩們的面認個錯就這麼難嗎？真是沒教養。」

這話一出，鄧老夫人臉上火辣辣地疼。

把閨女當眼珠子的何氏大怒，脫口而出：「誰沒教養？小丫頭片子說話這麼難聽，我看妳全家才沒教養！」

喬昭：「……」

從沒見過何氏這一款，一臉懵的喬姑娘心情格外複雜，就連黎皎都恨不得堵上這位繼母的嘴。全家沒教養，這不是連鄉君都罵進去了？要是鄉君一生氣，以後那些貴女圈子的宴會不再帶著西府的姑娘去，那可怎麼是好。

鄧老夫人生無可戀看了兒媳婦一眼。咳咳，雖然這話她覺得有那麼一點點道理，可妳別說出來啊。

姜老夫人臉都氣綠了。她沒教養？一個土財主家的女兒居然敢這麼說話？

姜老夫人長出一口氣。「弟妹，趁孩子還沒徹底長歪我可以管教一番，至於別的，妳看著辦吧。」

這是在說何氏已經無可救藥，她連理會都不屑於。

喬昭唯恐便宜娘親再說出什麼驚人的話來，高聲道：「我再問一遍，兩位姊姊真的一直沒過來？」

黎皎莫名有些不安，沒吭聲。

黎嬌則高聲道：「嗓門大妳就有理啊？再說一百遍也是這樣，我們沒過去，沒過去！」

喬昭忽然一笑，往旁邊側了側身子，露出一座牡丹花開的琉璃屏風來。

這年頭，姑娘家閨房裡的屏風大多是木頭鑲邊的各式繡屏，像喬昭屋子裡擺著的這種琉璃屏風並不多，特別是在黎府，那是獨一份，乃是何氏送給寶貝閨女的生日禮物。

琉璃屏風上花開正豔，色彩斑斕，眾人一時看不出端倪來，只覺喬昭這舉動莫名其妙。嗯，這些人觀察力都一般，喬姑娘默默想。

她乾脆伸手指出來。「伯祖母，祖母，妳們看，這裡有半個手印，還帶著血。」

這話一出，室內詭異一靜。

黎嬌猛然看過去，在琉璃屏風繽紛色彩的間隙裡，終於看到了半個模糊的血手印。

黎嬌死死咬住了嘴唇，黎皎臉上血色則褪了個乾乾淨淨。

她們咬定了說沒過去，那屏風上的血手印是從哪裡來的？兩個姑娘都不蠢，這個時候自然明白被人逮到了實實在在的證據。

突如其來被揭穿了謊言，二人一時有些發懵。站在角落裡的五姑娘黎姝則如第一次認識喬昭一般，悄悄瞪大眼睛瞄著她。她記得清清楚楚，二姊受傷後場面一直很混亂，沒有人把注意力放到一個小小屏風上，三姊怎麼會發現屏風上的手印？

她仔細回憶，猛然想了起來。二姊打三姊時，三姊躲開，二姊的手打在了屏風上，當時三姊順手扶了屏風一下。天，難道就那麼順手一扶，三姊就看到了，還挖坑讓大姊二姊主動跳進去？黎姝一雙眼瞪得更大，心裡只剩下了一個念頭：三姊好厲害，以後再也不敢說三姊壞話了。

沉默過後，姜老夫人極緩慢地看向親孫女黎嬌。

黎嬌垂死掙扎。「那也不能證明是我的，誰知道是什麼時候落下的——」

喬昭平靜打斷她的話。「每個人手上紋路都是不一樣的。」

這種常識居然不懂？喬姑娘心中吐槽。

黎嬌下意識低頭，去看受傷的右手。

「二姊，對不對？」

黎嬌一顆心沉了下去，可這麼多年她在姑娘們中是頭一份，從沒被逼到這麼憋屈的境地中，當下惱羞成怒道：「我不懂妳在說什麼。什麼每個人手上紋路都不一樣，從沒聽說過！」

喬昭被這姑娘的無理取鬧弄愣了，嘆道：「二姊不懂也很正常，畢竟人的資質有別。」

如果是她，被人打敗了就乾脆認輸，這樣子明明更難看，這麼淺顯的道理這姑娘不懂嗎？

「資質有別？妳、妳是說我笨？」黎嬌立刻反應過來，迎上喬昭「孺子可教」的眼神，大怒。「妳再說一遍——」

「住口！」姜老夫人喝道。

場面頓時一靜，黎嬌白著臉看向姜老夫人，軟語喊道：「祖母——」

她知道祖母雖然疼愛她，可要是在外面丟了臉，那是不會輕饒的。姜老夫人目光從黎嬌面上滑過，落在大姑娘黎皎面上。

黎皎站得筆直，身體緊繃，大氣都不敢喘。今天的事處處透著邪門，黎三是怎麼把她們兩個全繞進去的？不對，自從黎三回來，似乎就和以前大不一樣了，難道說人遭大難真的會變聰明？

姜老夫人一聲咳嗽讓黎皎打了個激靈，瞬間回過神來。

「弟妹，二丫頭……不懂事，我這就把她領回去好好教訓。」姜老夫人說出這句話，直比別人在她臉上扇了一巴掌還難受。

事情已經很明白不過，再追問下去就是自取其辱了。

鄧老夫人抖了抖眉毛。鬧了半天，敢情是二丫頭飛揚跋扈在先，冤枉人在後啊。

「還是鄉君看得明白，趁著孩子還沒長歪必須要好生管教啊。」鄧老夫人拉長了聲音道，把姜老夫人剛才的話原數奉還。

姜老夫人氣得手抖，偏偏被噎得一句話都說不出來，鄧老夫人卻不打算這麼算了。西府再沒地位，她也有兩個當官的兒子呢，莫非別人的孫女是寶，她的孫女就是草？

鄧老夫人使了個眼色給何氏。在兩位老夫人心中和棒槌差不多的何氏這一刻福至心靈，居然瞬間懂了婆婆的意思，附和道：「可不是嘛，鄉君您不知道，就在剛才桂媽媽給二姑娘脫鞋，還被二姑娘一腳踹了個跟頭呢。」

「真有此事？」這個時候姜老夫人顧不得計較何氏的態度，面色陰沉問黎嬌。

黎嬌嚇得臉發白，直往母親伍氏懷裡躲。

一直當壁花的桂媽媽慌忙賠罪：「都是老奴粗手粗腳，二姑娘教訓得對。」

看著請罪的桂媽媽，姜老夫人整個人都不好了，狠狠瞪伍氏母女一眼，再也沒臉待下去，豁然起身道：「回府。」

「老夫人，嬌嬌的腳——」

「死不了，讓人背回去。」

姜老夫人忍怒回到東府，把五姑娘黎姝打發回屋，一拍桌子。「混帳東西，給我跪下！」

老夫人的話黎嬌不敢不聽，忍痛從婆子背上爬下來，狼狽跪在地上。

伍氏看著心疼不已，忍不住喊道：「老夫人——」

姜老夫人怒火高漲。「伍氏，妳把女兒養成這個樣子，還敢替她求情不成？」

「兒媳不敢。」伍氏撲通一聲也跪下了。

這時大丫鬟上了茶，姜老夫人接過來啜了一口，茶水不冷不熱的溫度讓她心中稍稍舒坦了些。放下茶盞，居高臨下看著跪在地上的母女二人，緩緩開了口：「嬌嬌，我以前都是怎麼教妳的？」

黎嬌低著頭眼淚直掉。「祖母，我知道錯了。」

「那妳說說，錯在哪裡？」姜老夫人端起茶盞。

「我不該撒謊冤枉黎三，更不該管不住自己的脾氣，隨意對下人動手……」黎嬌一邊檢討一邊觀察姜老夫人神色，見老太太一隻眼睛白霧茫茫，另一隻眼睛目光森然，頓時說不下去了。

「錯！」

姜老夫人把茶盞往茶几上重重一放，瓷器與木桌相撞，發出「咚」的一聲響，彷彿鼓槌落在黎嬌心頭，讓她一顆心隨之一顫，更是驚懼。

「妳第一錯，錯在沒有那個腦子就不要隨意給人挖坑，既然挖了坑就務必把人埋好讓她再無翻身的機會，而不是搬起石頭砸自己的腳！第二錯，錯在用最粗魯的法子懲罰下人，還是當著眾人的面，妳是生怕傳不出去飛揚跋扈的惡名嗎？第三錯，錯在既然已經一敗塗地，沒有乾脆認輸反而胡攪蠻纏，把大家閨秀的氣度丟了個一乾二淨！」

黎嬌眼睛一眨不眨望著姜老夫人，聽得目瞪口呆。

「知道了嗎？」

「知道了。」

看著發懵的孫女，姜老夫人暗暗搖頭。

她這個孫女天生急性子，平時記著她的教導還能勉強擺出端莊嫻雅的樣子，一旦遇到事立刻就繃不住了。

真是爛泥——想到這裡姜老夫人立刻打住。她的孫女就算真的是爛泥也要調教成美玉，再怎麼樣也比西府的強！

「行了，伍氏，帶著嬌嬌下去吧。以後嬌嬌每天抄兩個時辰的佛經，修身養性。」

「老夫人，時間是不是——」

姜老夫人狠狠刮了伍氏一眼。「她是傷了腳，不是傷了手。佛誕日眼看就要到了，妳難道不希望她露臉？」

「是，兒媳知道了。」

伍氏帶著黎嬌退出去，黎嬌眼前陣陣發黑。兩個時辰，除去上學時間，她豈不是連沐浴的時間都沒了？

九　長者賞賜

雅和苑的西跨院裡，東府的人走後，立刻空蕩了不少。

黎皎暗自吸了口氣跪下來。「祖母，母親，是我一時豬油蒙了心，請妳們責罰。」

何氏忍不住罵：「妳小小年紀真是惡毒，紅口白牙幫著旁人汙蔑妳妹妹。」

黎皎渾身一顫，似是不堪重負，一張鵝蛋臉雪白雪白的，垂眸道：「是我今日心情太差，才一時想左了，母親生我的氣也是應該的。無論母親如何處置，我都不會有任何怨言。」

她說著，以額觸地，重重磕了一下。

「還不扶大姑娘起來。」鄧老夫人本來正生著氣，一見黎皎如此卻不忍心了。沒娘的孩子日子總是艱難些，老太太難免偏疼。

大丫鬟青筠忙把黎皎扶起，就見她額頭青了一片。

鄧老夫人目光落在那裡，嘆了口氣。「祖母知道妳被退了親，心裡不痛快才一時想岔了，以後再不可如此，尤其是幫著旁人踩一個府中的姊妹，更是要不得。」

當著眾人的面，鄧老夫人一番話說得黎皎面紅耳赤，訥訥道：「孫女記住了。」

見鄧老夫人神色緩和，她悄悄鬆了口氣。

鄧老夫人咳嗽一聲道：「以後每日下了學就認真抄佛經吧，今年佛誕日別再落在別人後面。」

往年她是不在乎這些的，可東府那位大嫂未免太過強勢了，不爭口氣磕得她牙疼，還真以為西府是軟柿子呢。

黎皎快步走到喬昭面前，伸手去拉她的手。「三妹，都是我不好，明知道妳被拐後吃了不少苦，我的事與妳比起來根本算不得什麼，還是忍不住遷怒妳，妳就原諒姊姊一時鬼迷心竅吧。」

「三丫頭——」鄧老夫人開了口。

喬昭抽出手，在黎皎手背上輕輕拍了拍。「沒關係。」

她談不上什麼原諒不原諒，而小姑娘黎昭恐怕是絕不會原諒的。受人滴水之恩當湧泉相報吶，那就來日方長好了。

喬昭抬眸。「祖母叫我？」

鄧老夫人一時忘了接話。她本以為這個孫女會抓著這一點不依不饒，非要她處置大丫頭，如今這丫頭這麼說，反而弄得她不好意思了，為什麼有一種惡祖母的感覺？

鄧老夫人莫名有些心塞，清了清喉嚨道：「昭昭啊，今天委屈妳了。祖母有一塊錦鯉戲蓮的端硯，還是妳祖父留下來的，回頭給妳送來，以後好好練字。」

黎皎猛然抬頭看向鄧老夫人，難掩心中震驚。

兩府的姊妹中，騎射功夫她自認不如黎嬌，論琴棋書畫沒人能越過她，平時不過是怕黎嬌嫉妒才收斂鋒芒罷了。祖母手中那塊端硯她中意很久了，還曾試探著討要過，當時祖母沒接話，她想著那是祖父留下來的遺物，祖母愛惜不願給人，只得作罷，沒想到祖母今天竟然給了黎昭。

看來祖母心中是認為黎昭很委屈的，這可真是不公平，平日裡她受了那麼多委屈，祖母已經習以為常，不過是略微維護她罷了；而黎昭就受這麼一次委屈，竟然這樣安撫她。

祖父的遺物，她不信黎三敢伸手！黎皎竭力保持著平靜，微笑去看喬昭。

喬昭朝鄧老夫人欠身，露出真切的歡喜。「那就多謝祖母了。」

黎皎瞪大了眼，她怎麼好意思就這麼收下？

此刻別說黎皎，就連何氏都有些無所適從，而二太太劉氏更是把一條帕子攪來攪去揉成了醃菜。

見喬昭痛快收下，鄧老夫人反而開懷不已，笑眯眯道：「那等一會兒就讓青筠給妳送來。行了，這滿地的碎瓷片趕緊收拾一下，咱們都散了吧。」

黎皎回到東跨院，對著雕花梳妝鏡端詳著額頭的一片烏青，心中氣苦，抄起桌面上的胭脂盒子便要摔下去，手剛抬起又放下了。

世上沒有不透風的牆，砸東西的事情傳出去太難聽。黎皎把胭脂盒子放下，伏在梳妝檯上哭了。要是母親還在，她絕不會受這些委屈，過這種日子……

「我的姑娘，這是怎麼了？」

「奶娘——」黎皎撲進了婦人懷裡。

婦人一看黎皎額頭的青紫，心疼不已，忙給春芳使了個眼色。春芳會意，抬腳就去找三公子了。

黎輝一聽黎皎受傷，急匆匆趕到東跨院，一見黎皎的模樣大怒。「大姊，妳額頭怎麼青了？」

黎皎不語，他冷笑。「我知道了，定然是黎昭害的，是不是？」

他轉身欲走，被黎皎拉住。「不是，這一次是我不好——」

黎輝哪裡聽得下去，扒開她的手直奔西跨院。

阿珠做事俐落，已經把屋子裡收拾得乾乾淨淨，好似什麼都沒發生過。

何氏一直沒走，正攬著喬昭說話。「昭昭啊，那硯臺妳怎麼就張口收下了？娘手裡有錢，妳想要什麼樣的娘都可以給妳買，那硯臺可是老夫人的寶貝，妳這麼痛快收下，娘擔心——」

喬昭笑笑。「娘不必多想。長者賜不敢辭，祖母不是講虛禮的人，她樂意給，我樂意收，這樣不是很好？」

「這樣啊，那就好。」女兒的話總是有道理的。

「三公子，您怎麼不等通報就往裡面闖啊？」屋外傳來冰綠的尖叫聲。

喬昭很想捂耳朵，心道這丫頭聲音真獨特。

何氏正欲站起來看個究竟，黎輝已經闖了進來。

看著盛怒的少年，喬昭默默想，黎府的姑娘和公子很喜歡闖人閨房啊。

「太太也在？」黎輝一怔。

何氏皺眉。「三郎，你這樣風風火火闖進你妹妹屋子，要幹什麼？」

黎輝全然不懼這位繼母，冷冷道：「太太在這裡正好，我倒是要問問，大姊怎麼會受傷的？黎三，是不是妳又欺負她了？」

何氏是個沉不住氣的，一聽大怒。「混帳，明明是那黑心的欺負昭昭！」

黎輝後退一步，冷笑。「真是顛倒黑白——」

何氏還要開口，被喬昭拉了一下。

「事情到底怎麼樣，三哥何不去找大姊問個清楚？」

黎輝怒極反笑。「哼，大姊心善，就算被欺負了還會為妳遮掩，我眼睛不瞎，瞧得清清楚楚呢。」

喬昭只覺來到黎府這兩日熱鬧極了，讓人心生倦煩。

她嘆了口氣，乾脆道：「大姊為何受傷，祖母很清楚，三哥去問祖母吧。我累了，就不招待三哥了。」不等黎輝有所反應，她便揚聲道：「冰綠，請三公子出去。」

「三公子，請吧。」幾次三番被人闖進來，冰綠一點好臉色都沒有，心道早知道當貼身丫鬟是個體力活，當初應該跟著三叔學胸口碎大石的，那樣看誰還能推開她亂闖。

黎輝不願和一個小丫鬟拉拉扯扯，又礙於何氏長輩的身分很多話不好說，冷笑一聲扭頭就走，直奔青松堂。

「祖母，大姊受了委屈只知道躲在屋子裡哭，您可要替她作主呀。」進了屋子，黎輝把所見說了一通，帶著幾分撒嬌的語氣請求。

鄧老夫人放下茶盞，看著眉清目秀的寶貝孫兒，神情頗為複雜。

「今天的事，確實是妳大姊做得不對。」

「祖母！」

面對唯一的寶貝孫子，鄧老夫人難得臉一板，問他：「輝兒，你是不是跑你三妹那裡興師問罪了？」

黎輝不服氣地抿著嘴不說話。

鄧老夫人搖搖頭。「輝兒，事情的來龍去脈你都弄清楚了？」

「有什麼不清楚的，大姊額頭紫青了一片——」

「那只是結果，原因呢？你可問了？就憑著以往的經驗，你就去找你三妹算帳，還跑來找祖母給你作主？」

黎輝握了握拳。

「輝兒，你也不小了，以後這樣沉不住氣可不行，咱們西府就你一個男孩，將來還指望你把這個家撐起來。」

黎輝冷靜了些。「祖母，我知道了，那今天究竟發生了什麼事？」

雅和苑發生的事涉及兩位姑娘的品格，著實不大光彩，鄧老夫人作為長輩本來不好多說的，可她瞧著孫子性子如此跳脫，便顧不得了，摒退了屋內伺候的丫鬟婆子把事情經過細細講了一遍。

鄧老夫人講完，問黎輝：「祖母說你沉不住氣，可有說錯？」

黎輝面紅耳赤，低頭道：「祖母教訓得沒錯，今日確實是我魯莽了。不過您不要怪大姊，她本來拉住我說是她不對的，是我沒聽進去——」

「你大姊心情不好，祖母能理解，這件事就算過去了。」鄧老夫人抬手摸摸黎輝的頭，滿是慈愛。「去吧，向你三妹賠個不是。她以往年紀小，性子驕縱些，這次回來祖母冷眼瞧著已懂事多了。你是當哥哥的，要大度些。」

他才不要當那個死丫頭的哥哥呢！黎輝這樣想著，還是應道：「是，孫兒這就去向三妹道歉。」一碼歸一碼，做錯了事，他認。

鄧老夫人老懷大慰，揚聲道：「青筠，東西收拾好了嗎？陪著三公子走一趟。」

黎輝一臉不解。

鄧老夫人含笑解釋道：「你三妹今日受了委屈，我把那方錦鯉戲蓮的端硯給了她，正好送過去。」

「祖父那方端硯？」黎輝驚呼。

「嗯。」

黎輝暈乎乎隨著青筠出去了，走到半路暗想：祖母把那方硯臺給了黎昭，父親知道嗎？

❦

喬昭才送走了何氏，就聽丫鬟稟告說三公子與青松堂的大丫鬟青筠一道來了。

居然沒有闖進來，看來老太太給他講明白了。

「請他們進來。」

片刻後黎輝走進來，迎上喬昭平靜的臉，頗為尷尬。

他目光遊移，挪到一旁，紅著臉道：「三妹……今天是我不對，誤會了妳，我……向妳道歉……」

喬昭斟了一杯茶，遞過去，淡淡笑道：「三哥誠心道歉，那麼我接受。」

素手纖纖，握著雨過天青色的冰紋茶杯，黎輝頭皮發麻。茶水裡該不會放了瀉藥吧？迎上喬昭黑葡萄般的眸子，黎輝一咬牙把茶杯接過，仰頭喝了。

道完了歉，黎輝頗不自在，放下茶杯匆匆走了。候在外間的青筠把硯臺交給喬昭，跟著離去。

喬昭長長舒了一口氣，這下子總算安靜了。

她打開包裹硯臺的軟布，露出一方光滑溫潤的硯來。瑩白的手指從硯上掠過，喬昭點點頭。摸起來是好硯，可見老夫人是用心補償受委屈的孫女的。想想何氏，再想想鄧老夫人，喬昭笑了。

黎府的生活似乎也沒那麼糟。

面對一方好硯，她來了興致，偏著頭敲了敲硯臺，聽它發出的聲音。

「姑娘，老爺來了。」

隨著冰綠的稟告，黎光文一腳踏了進來。

少女側著頭，調皮地輕敲硯臺，黎光文大驚。「快住手！」

他一個箭步衝過去，迎上喬昭錯愕的眼神，強忍著把硯臺劈手奪過來的衝動，板著臉教訓道：「老夫人賞妳的硯臺是難得的寶貝，怎麼能如此輕率對待？」

喬昭眨眨眼。她哪裡輕率了？她明明很負責的。

喬昭把硯臺放下來。

「輕點，輕點！」黎光文目不轉睛盯著喬昭的手，見她放好了，這才鬆了口氣，批評道，「怎麼能胡亂敲呢？」

喬昭好笑不已。「父親，我在聽音辨質。」

「聽音辨質？」黎光文擺明了不相信以往不學無術的女兒懂這個。

「是呀，端硯以木聲為上，瓦聲次之，金聲為下，祖母送我的這方硯臺是好硯呢。」

黎光文頗為驚奇看了喬昭一眼，忽然覺得閨女順眼不少。「當然是好硯，這是妳祖父用過的。當年——」當年他求了半天，母親都沒給他呢，如今居然給了他女兒……

黎光文心情頗複雜，看了硯臺一眼又一眼。好想要怎麼辦？

父親大人眼中的渴望太明顯，喬昭把硯臺推過去。「父親若是喜歡，就送給您吧。」

「不行不行。」黎光文連連搖頭，義正辭嚴道：「這是妳祖母賞給妳的，怎麼能轉贈他人？昭昭，以後妳定要勤加練字，才不辜負妳祖母的期待。」

「這樣啊，我知道了，以後定會物盡其用。」

黎光文欣慰點頭，盯著硯臺戀戀不捨。

喬昭嫣然一笑。「不如這樣，父親給我講個有趣的故事，我把硯臺借給父親把玩幾天，就當是女兒略盡孝心了。」

黎光文眼睛一亮，隨後又暗下去。「咳咳，為父哪裡會講故事。」

他這樣正經嚴肅的人，怎麼可能會看年輕人喜歡的話本子。

喬昭暗暗點頭。不會就好，她就知道這位父親大人會這麼說。

喬昭終於把真正的目的說出來。「那父親給我講講外面發生的趣事也可以呀。」

想要阿珠與府中下人們打成一片是需要時間的，可她現在迫切想知道外面的事情，那麼從在朝為官的黎大老爺這裡打探消息就是最好的選擇。她本來還想著再去找父親大人下一盤棋呢。

「外面的趣事？」黎光文皺眉想了想，嘆氣。「趣事沒有，倒是有一樁慘事。」

「什麼慘事？」喬昭一臉好奇，心卻揪緊了。

「喬先生妳知道吧？我記得以前妳娘還曾專門買來喬先生的字帖讓妳臨摹的。」喬先生書畫雙絕，就有書坊拓下他的字印成字帖售賣。

「嗯。」

「喬先生一家遭了大火，只有喬公子兄妹活了下來，如今正住在寇尚書府上呢。」

喬昭眼睛驟然濕潤。憂心多日，她終於得到了家人一星半點的消息。

「住在寇尚書府上啊——」喬昭喃喃道。

她果然沒有猜錯，大哥若是進京，定然會去找外祖父。也不知此時大哥是否已經得到了她身故的消息。

「今天寇尚書請旨徹查喬家大火究竟是天災還是人禍，聖上已經任命了欽差前去嘉豐查探。」見女兒聽得認真，黎光文樂得多講一些。

「任命了哪位大人當欽差？」喬昭脫口問。

黎光文含笑道：「正是妳東府的大伯父啊。」

喬昭手臂上瞬間泛起一層雞皮疙瘩。

皇上任命刑部官員為欽差大臣前去探查喬家失火一事乃在情理之中，而東府的大伯父黎光硯現任刑部侍郎，正是外祖父的下官。她由喬氏女變成了黎氏女，如今的親人負責去調查前身之事，這樣的巧合，只能說冥冥之中自有天意。

「昭昭，妳怎麼哭了？」黎光文講完，愕然發覺次女眼中隱有淚光閃動。

喬昭無法說出緣由，只得道：「父親講得好，我感動的。」

黎光文心肝一顫。居然這樣就被感動了，原來次女的要求這麼低。他忽然有些慚愧這些年來對次女的冷眼相待，就差拍著胸脯保證。「昭昭以後還想聽故事了，就來找為父。」

喬昭眼睛一亮，聲音是天生的嬌軟。「太好了，多謝父親。」

黎光文揣著硯臺飄飄然往外走時忍不住琢磨，真沒想到，他還有講故事的天賦。

待屋內清靜下來，喬昭抬腳去了西次間。

西次間布置成了書房，文房四寶一應俱全，臨窗還擺著一架古琴，已是落了灰塵。

她拿起擺放在書案上的一疊紙，紙上字跡清秀挺拔，格外乾淨漂亮，正是才抄寫一部分的佛經。

喬昭看了一眼，吩咐阿珠：「去取一個火盆來。」

冰綠快言快語：「姑娘，阿珠才來，哪裡知道火盆收在什麼地方，還是婢子去取吧。」

見主子點頭，冰綠瞟阿珠一眼，歡歡喜喜出去了。

喬昭並不在意。有人的地方就有紛爭，只要守住必要的底線，便無傷大雅。

不多時冰綠拿了個火盆過來，笑盈盈道：「之前是霜紅收起來的，險些忘了放在哪兒。」

阿珠默不作聲去了東稍間捧了燭臺回來。

冰綠撇嘴。「大白天的妳拿這個做什麼？」

阿珠一副老實巴交的模樣。「姑娘需要。」

「姑娘——」冰綠扭頭去看喬昭。

喬昭頗意外阿珠的細心，笑道：「我確實需要。」

此時是春日，她用到火盆，那麼必然是需要燭火的。

冰綠一聽，警惕瞪了阿珠一眼。這外來的心眼忒多，真是討厭！

阿珠淡定移開眼。

喬昭點燃蠟燭，把那疊紙湊到火舌上。

冰綠駭了一跳，撲過去搶救。「哎呀，姑娘，您這是做什麼呀？」

奈何火舌太厲害，一疊紙轉瞬燒起來，喬昭隨手丟進火盆裡，很快就燃成了灰。

冰綠心疼不已。「姑娘，您怎麼把好不容易抄寫的佛經燒啦？」

「寫得不滿意。」喬昭溫和解釋。

冰綠不可思議睜大了眼睛。「這還不滿意？姑娘，婢子覺得您寫得好極了。」她想了想道：

「比老爺的字還好看。」

「光好看是不成的。」喬昭冷眼瞧著火盆裡連火星都沒了，只剩下一堆灰燼，這才吩咐兩個丫鬟，「妳們收拾一下就出去吧，我在這裡抄幾篇佛經。」

「是。」

兩個丫鬟把書房收拾乾淨退出去，喬昭攤紙研磨，出了一會兒神，提筆寫起來。

一個個瀟灑飄逸的字如耀眼的花，依次在她筆下款款綻放，是與先前被燒掉的佛經全然不同的字體。

不知過了多久，喬昭放下筆，目光落在紙上，神情怔然。這是極像祖父的字呢，這樣一來，無論中途有什麼阻礙，她一定會如願見到那位大長公主的。

街上人聲喧囂，臨街的五福茶樓的雅間裡卻很清淨。池燦叫了一壺茶，臨窗而坐，自斟自飲。

不多時走廊裡響起腳步聲，片刻後楊厚承推門而入，大大咧咧在池燦對面坐下來，伸手拿起茶壺給自己倒了一杯茶，仰頭灌下。

「牛飲！」池燦嗤笑。

楊厚承全然不在意，把茶杯一放，嘆道：「又沒逮到姓邵的那傢伙，他今天一大早就出門了。」

池燦一聽就不樂意了，繃著臉道：「真是貴人事忙。」

楊厚承心中偷笑，沒約到人池公子生氣了。

不想見好友發飆，他忙解釋道：「可不是嘛，我問了侯府的下人，說他要去接亡妻的棺槨，這一去說不好要幾天才能回呢。哼，說走就走，也不知道給咱們傳個信兒。」

「嗯……這也是正事。」池燦聽了原因，彆彆扭扭道。

「是呢，我也這麼想。對了，怎麼不見子哲？」

提起這個池燦便笑了：「今天他妹妹生辰，他要留在府裡招待表兄弟們。」

楊厚承一聽，擠擠眼。「我看是表姊妹吧。」

三人是自小玩到大的朋友，當然知道朱五公子的煩惱，固昌伯府的那位表妹一直纏朱彥纏得緊。

想到朱彥此刻的處境，兩位損友毫無同情心，喝著茶水閒聊了一會兒便散了。

池燦一回到長容長公主府，小廝桃生就稟告道：「公子，冬瑜姑姑傳話說，長公主請您去一趟書房。」

「知道了。」

池燦換了一身家常衣裳，這才不緊不慢去了書房。

「母親喚兒子何事？」他說完，目光下移，落在長公主面前書案上攤開的那幅畫上。

長容長公主伸出手指輕輕點了點面前的畫。她的手指修長飽滿，塗著鮮紅的丹蔻，晃得池燦心頭煩悶。

長容長公主目光緩緩落在兒子面上，把他極力忍耐的神色盡收眼底，反而愉快地笑了。「燦兒，原來那日你沒有說謊，這幅畫果然是找人臨摹的。」

池燦露出驚訝的神色來。當日他帶著怒火說出那番話，母親明顯是不信的，今日又為何——

長容長公主手指輕點畫卷。「是作畫的紙。」

池燦瞬間明白過來。

是了，鴨戲圖是喬先生早年作品，若是真跡，收藏之人再愛惜紙張也不會如此新。

長容長公主再次開口：「我很好奇，臨摹此畫的是何人？」

池燦當然不會提及喬昭，懶洋洋道：「不知道，萍水相逢而已。」

長容長公主顯然不信兒子的話，塗得鮮豔的唇彎起冷笑。「萍水相逢，你會找他幫忙？」兒子的性格她瞭解，不是真正可信之人，他是不會開口相求的。

迎上長容長公主似笑非笑的眼神，池燦忽然有些惱，甩下一句，「母親不信就算了。」掉頭就走。他才沒有求人幫忙，是那丫頭上趕著才是。

盯著兒子消失在書房門口的衣角，長容長公主唇畔笑意收了起來，忽然揚手，「刺啦」一聲把面前的鴨戲圖撕了。

一直站在角落裡的女官冬瑜饒是見慣了長容長公主陰晴不定的性子，此刻亦忍不住驚呼：「殿下——」

書房外的長廊上，池燦腳步一頓，猛然回身重新走進書房。

他站在門口處，面罩寒冰盯著長容長公主手中斷了半截的畫，冷氣由內向外冒出來。緊跟在後的小廝桃生默默往後退了幾步裝死。

池燦一句話不說，就這麼直直望著長容長公主。他眉眼精緻如畫，盛怒時依然風采絕倫。

長容長公主見了只覺刺心，把那已經毀了的畫往他腳邊一丟，涼涼道：「既然是贗品，畫得再逼真我也不稀罕，燦兒應該明白。」

池燦站了一會兒，氣得雪白的臉漸漸有了些紅暈，彎腰撿起腳邊的畫，淡淡道：「是，兒子明白了。」

他捏緊了畫轉身便走，大力關門的聲音「匡噹」一聲傳來，震得屋內書案上的紫檀木雕花筆筒都顫了顫。

室內氣氛死寂，許久，女官冬瑜小心翼翼開口：「殿下，您這是何必呢？」偌大的長公主府，這樣的話只有冬瑜敢說。

長容長公主沉默良久，低垂的睫毛顫了顫，問道：「怎麼，妳替他抱不平了？」

「奴婢不敢，只是您明明很疼公子的……」又何必把母子關係弄得如此劍拔弩張？後面的話冬瑜沒敢說出口。

長容長公主意味索然擺擺手。「妳下去吧，我想一個人靜靜。」

冬瑜欠身行禮，出門後輕輕關上了房門。

池燦大步流星回到自己住處，抬手掃飛了邊几上的一只描金美人斛。

跟在後面的小廝桃生飛起，把價值不菲的美人斛抱在懷裡，暗暗鬆了口氣，輕手輕腳把搶救下來的寶貝放到離池燦最遠處，這才走回來，腆著臉笑道：「公子，您喝茶嗎？」

「不喝。」池燦抬腳走至桌案邊坐下，把一直攥在手中的畫平攤開來。

長公主撕起畫來毫不留情，這樣一幅幾可亂真的鴨戲圖放到外面千金難求，此刻卻四分五裂，猶如被五馬分屍了一般。

池燦一點點把撕成幾片的畫拼湊在一起，抬手輕輕撫了撫裂痕處。

桃生站在一邊，很明顯感覺到主子的不開心，悄悄嘆了口氣，開口道：「公子，您要是喜歡，小的去古玩市場尋一尋，說不準能碰上喬先生的真跡。」

「不必了。」池燦斷然拒絕，目光落在畫中斷橋處，深沉幽暗，令人看不透情緒。

桃生伸著脖子看毀壞的鴨戲圖，暗暗替主子抱不平。長公主未免太不近人情，主子不小心弄汙了喬先生的畫，唯恐長公主不開心，特意前往嘉豐求畫，結果畫求回來了，長公主毫不猶豫就給撕了。嘖嘖，哪有這麼喜怒不定的娘呢？桃生悄悄瞥了池燦一眼，心道：難怪主子脾氣也越發喜怒不定了，這是近墨者黑啊。

「可惜了。」池燦喃喃道。

桃生小心翼翼端詳著池燦的神色，提議道：「要不，您還找作這幅畫的先生再作一幅？」

「先生？」一直神情冰冷的池公子神色忽然有了變化，挑眉睇了桃生一眼。

那一眼，讓桃生忍不住腿發軟。公子，您這麼漂亮的眼睛實在不適合這樣看人啊！

至今依然抵擋不住自家主子美色的某小廝暈乎乎笑了。「公子告訴小的那位先生在哪裡，小的替您去辦。」

「你想去？」

桃生大力點頭表忠心。

「休想。」不知想到什麼，池燦突然笑了，目光觸及四分五裂的鴨戲圖笑意又忽地收起，神情總算緩和幾分，淡淡道，「取一個上好的匣子來。」

「噯。」能當上池公子的貼身小廝，這點眼色還是有的，桃生很快取來一個紫檀木的長匣子。

池燦最後看了鴨戲圖一眼，把畫裝進了匣子裡。

桃生攤手等著公子把匣子放入他手中，卻發現主子起身把匣子收了起來。

迎上小廝呆呆的表情，池燦臉一板。「此事不得對別人提。」說完，他頓了頓，補充道：「特別是朱五、楊二他們。」

桃生伸手放在嘴邊，做了個縫嘴的動作，大聲表決心：「小的死也不說。」

池燦：「……」

小廝這麼蠢，心情居然莫名好了點。嗯，以後或許有機會找那丫頭再畫一幅，誰讓畫毀了呢。

十 恩怨分明

京郊官道上，一位白衣青年縱馬馳騁，路兩旁的繁茂花木飛快向後退著，彷彿再美的景物都無法在他心頭稍作停留。

行至拐角，他忽然從馬背上縱身而起，抽中腰間長刀揮向某處。伴隨著白馬長嘶聲與刀劍相擊的清脆碰撞聲，樹旁轉出一位玄衣男子。

白袍青年一雙眸子黑湛湛如被高山雪水沁潤過的黑寶石，明亮乾淨，落在忽然冒出來的玄衣男子面上，問：「閣下是什麼人，從出了城門似乎就一直跟著在下？」

玄衣男子收回長劍，笑道：「閣下誤會了，在下只是路過，碰巧而已。」

白袍青年目光落在玄衣男子收回劍的手上，薄唇抿起，挑眉問道：「錦鱗衛？」

玄衣男子頗為意外，見白袍青年神色平靜，自知扯謊會落了下乘，乾脆光棍地笑了。「將軍好眼神，不知是如何認出在下的身分？」

「握刀的姿勢。」邵明淵目光平靜掃了玄衣男子腰間長劍一眼，「閣下雖然拿的是劍，但拔劍的角度和位置，最合適的武器只有一種——繡春刀。」

邵明淵說完，深深看玄衣男子一眼。「現在閣下能說明跟著在下的目的了吧？」

玄衣男子輕笑出聲。「在下江遠朝，江大都督手下排名十三。既然將軍認出了我的身分，怎麼還問這個問題？」

江遠朝剛剛回京，目前還沒去衙門，不過以後同在京城與邵明淵打照面在所難免，此刻再隱瞞身分沒有任何必要。

邵明淵微怔，隨後點頭。「是，在下多此一問了，告辭。」他說完縱身上馬，向江遠朝抱拳，竟是渾不在意的態度。

江遠朝同樣心中一動。

他一直以為這位大梁赫赫有名的將星凶狠有餘，機智不足，如今看來倒是錯了。僅僅通過拔劍的姿勢就能猜出他的身分，且對令人聞風喪膽的錦鱗衛的跟隨無動於衷，這足以說明此人智慧心胸都非常人可比。

這樣的人，居然沒能保住自己的妻子，這其中是否有什麼內情？

江遠朝想到那個生命之花已然凋零的女孩子，心頭酸澀，只恨北地是多年戰亂之處，錦鱗衛鞭長莫及，對她落入敵人手中的真相無法一探究竟了。

「將軍多慮了，在下其實是去郊遊。」見邵明淵策馬欲走，江遠朝笑著道。

「呃，春光正好，江大人好雅興。」邵明淵淡淡道。

眾所周知，錦鱗衛指揮使江堂手下的十三太保都隨他姓江。

江遠朝眉眼含笑，襯得他溫潤如玉。「春光正好，將軍也去郊遊嗎？」

從邵明淵的眼神他就可以看出來，這樣的人沒有被權力完全薰染，所以，面對殺妻一事是不可能不愧疚的吧？他就是想看他愧疚難受的樣子，誰讓他護不住他心動過的姑娘！

邵明淵的神色果然有了變化，彷彿是一顆小石子投入湖裡，打破了波瀾不驚的平靜，微皺的湖面顯出幾分柔軟與落寞。「在下去接妻子的棺槨回家。」

「呃，邵將軍的妻子是隨著陣亡將士的棺槨一同回來的吧？將軍真是情深義重。」江遠朝嘴角一直含著笑，瞭解的人知道這是十三爺慣常掛著的面具，不瞭解的人只會認為語出真心，誰要是當了真，那就是自取其辱了。

邵明淵以往並沒有和江遠朝打過交道，就是此刻，這人出現在他面前，說著這些奇奇怪怪的話，依然讓他想不明白緣由，但「情深義重」四個字彷彿一柄利刃，直直插在他心口上，疼痛，又恥辱。

他邵明淵救過千萬人，可從那一箭射出的那刻起，這一生注定活在地獄裡。

他輕輕牽起嘴角，露出極淺的笑容，望向對面含笑的江遠朝。「江大人說笑了，在下告辭。」

邵明淵一夾馬腹，早已不耐煩的白馬如離弦的箭，飛馳而去。耳畔的風呼呼作響，打在他的白袍上透骨冰涼，馬上的人卻渾然不覺，縱馬越奔越快。

他與喬氏，第一次見面便是兵臨城下，無路可選。他對她沒有男女之情，卻有夫妻之義。可他卻沒保護好她，甚至要親手取她性命。

邵明淵閉了閉眼，只覺呼吸艱難。

駿馬踩在路面一處低窪處，顛簸一下，觸動了他肋下新傷，疼痛蔓延開來，連多年征戰留下的無數舊傷都跟著痛起來。邵明淵握著韁繩的手指關節隱隱發白，克制著沒有一絲一毫顫抖。

他睜開眼，仰頭望了望天上如峰巒般接連起伏的雲，心道，要變天了。

每當變天，他的舊傷就會痛起來，精準無誤。有時邵明淵難免自嘲地想，能預料天氣變化，這也算受傷後的一個好處了，至少對敵時容易占據天時。

很快春雷驚醒，瓢潑的雨如瀑布傾灑下來，官道上來往的行人車馬紛紛尋地方躲避，只有一名白袍青年騎著白馬融入了雨幕中。

一輛精緻寬大的馬車停在路旁，由侍衛團團圍護。一隻纖纖玉手掀起車窗簾，如花面龐湊到窗戶觀望雨勢，正好白馬掠過，踩起的積水飛濺到她面上。

少女驚呼一聲，含怒望去，只看到一道白影一閃而逝。

「公主，您沒事吧？」車廂中的宮婢駭了一跳，忙拿起軟帕替少女擦拭。

少女生了一雙波光瀲灩的眸子，下頦弧度精緻，雙頰帶著淡淡的粉紅，端的是一位絕色美人。她此刻臉上沾著汙水，別說是男子，就連替她擦拭的宮婢見了，都忍不住要罵剛剛騎馬飛馳而過的人是個混帳。

此女正是明康帝的第九女，以美貌著稱的真真公主。

「龍影，剛剛過去的是什麼人？」真真公主長這麼大還沒遇到過這麼噁心的事兒，氣怒不已。那麼髒的泥水居然濺到她臉上，那人真是該死。

龍影是真真公主親衛，身手極好，剛剛那道白影在雨幕中一掠而過，依然把面容看了個大概。站在馬車旁的年輕男子走過來，低聲道：「回稟公主，屬下瞧著，似乎是剛剛凱旋回京的冠軍侯。」

「冠軍侯？」真真公主蹙眉，對這位如雷貫耳的將軍卻沒什麼印象。

她坐正身子，不悅道：「回來本宮倒是要瞧一瞧，這位冠軍侯是個什麼樣的人物，對本宮竟敢如此無禮。」

一旁的宮婢附和道：「就是，那人太過分了。」公主這麼美的人居然被他濺了一臉泥，是可忍孰不可忍。

「走吧。」真真公主冷聲道。

「殿下，是不是等雨勢小一些——」

真真公主抬了抬下巴。「不等了，本宮這個樣子，如何等得下去。」

精緻的馬車在雨幕中緩緩而動，艱難前行。

江遠朝躲在路旁茶棚裡避雨。

茶棚簡陋，有些地方漏雨，雨水就串成一串串珠簾，叮咚而落。他要了一壺熱茶不緊不慢喝著，凝望著越發大的雨幕出神。

已經被發現了蹤跡，他自然不必悄悄緊跟了。說起來，他並沒有完全騙那位邵將軍，這次出城確實只是私事。他就是想親眼看一看，她回來時是什麼樣子。

嗯，這場雨來得極好，凍死那個傢伙好了。

江遠朝無聲笑起來，目光落到漸漸駛近的一輛華蓋馬車上，眼神閃了閃。這又是什麼人物？馬車後跟著的侍衛可不簡單。

他正尋思，那輛馬車忽然在茶棚前停了下來。

「要一壺熱水。」馬車旁的侍衛冒雨走過來，把一塊碎銀子遞給茶博士，強調道，「要熱水，不要熱茶。」

茶博士一愣，接過碎銀子連連點頭。「好嘍，客官稍等。」

常年守著官道旁的茶棚，茶博士早已見慣了形形色色的貴人們，這樣的要求不算過分，以前還有人想在他這茶攤上買醬牛肉呢。

江遠朝不動聲色喝著茶，就見那年輕侍衛接過茶博士遞過的一只大肚白瓷壺轉回了馬車那裡，很快車窗伸出一隻纖細的手，把白瓷壺接了過去。

錦布窗簾落下，遮住了內裡風景。江遠朝收回了目光。年輕侍衛目光如電看了江遠朝一眼，隨即站在車窗旁低語幾句，因被雨聲阻隔，完全聽不真切。很快錦布窗簾掀起，一盆水從內潑出來，與大雨融在一起，那輛車再次緩緩啟動。

眼尾餘光掃到馬車不起眼處的一個標誌，江遠朝握著茶杯的手一頓，猜到了車內人的身分。

原來是那位美名在外的九公主。這位公主的一應用具上皆有鳶尾花作標記，還是數年前他從義妹江詩冉那裡得知的。

江詩冉是義父的掌上明珠，而義父是當今聖上最信任的奶兄，是以江詩冉與這位九公主算是手帕交。

果然在京城周邊，隨便遇到個人物都不簡單。江遠朝喝完最後一口茶，放下幾枚銅板步入了雨幕中。

看來是離開京城太久，許多人、事都已生疏。

雨中，江遠朝想了想，掉頭沿著來時的方向而去。

這場春雨聲勢不小，之後一連陰了十數日，佛誕節前一日，終於雨後初晴。

西跨院裡的那叢芭蕉青翠欲滴，迎著風慵懶地舒展著枝葉。

喬昭放下筆，起身踱步到窗前休息片刻，轉回去見書案上放著的佛經墨跡乾了，就吩咐冰綠道：「把這些裝好，給老夫人送過去。」

這些日子不用去請安，東西兩府的姑娘們亦無人前來挑釁，喬姑娘日子過得頗平靜，很快就抄好了一部經文。

「嗳。」冰綠瞧著抄好的經文滿心歡喜，抿嘴笑道，「姑娘，婢子敢說，京城裡所有姑娘加起來都沒您的字漂亮。這一回啊，您的經書一定能入了高僧們的法眼，被送到疏影庵去。」

「嗯，我也這麼覺得。」喬昭微笑。

冰綠張了張嘴。姑娘這種信心十足的語氣，真是讓人意外又爽！

「想什麼呢？」喬昭問。

冰綠回神，眉飛色舞道：「婢子想起以前的事了。那年姑娘臨摹了喬先生的字送給東府的大老爺當賀壽禮，結果被二姑娘笑。大姑娘嘴上不說，心裡肯定在得意，還有四姑娘、六姑娘，她們一個個的都看姑娘笑話呢。這下好了，姑娘如今終於練出來了，看誰還能笑話姑娘。」

「是，以後不會了。」喬昭感慨道，伸手捏了捏冰綠的臉，「快去吧，話真多。」

冰綠眨眨眼，臉頰騰地紅了。姑娘總是口不對心，明明喜歡她說話來著。

小丫鬟收拾好抄好的佛經，一扭身跑了。

她快步跑到青松堂，扶著廊柱微微氣喘。

青筠出門正好看到，問：「冰綠怎麼過來了？」

世上沒有不透風的牆，更何況那日大姑娘與二姑娘在三姑娘那裡鬧出的事本就有不少下人在場，雖然有關兩位姑娘的事沒有傳到外頭去，可府中下人之間早就悄悄傳開了。也因此，青筠隱隱覺得三姑娘不是往日表現得那麼簡單，對冰綠的態度就客氣了些。

冰綠不懂青筠心思，可這些日子在府中行走明顯覺得比以往順當，遂一直心情愉快，聞言笑盈盈道：「青筠姊姊，我們姑娘抄好了佛經，我給老夫人送來。」

「原來是這事，我替妳帶進去吧。」

冰綠忙搖頭。「我想親自呈給老夫人。」

她還想聽聽老夫人是怎麼誇讚她家姑娘的，回頭好說給姑娘聽呢，也讓姑娘高興高興。

青筠聽了有些不快，不過她知道冰綠這丫頭素來有些愣，不願與之計較，便道：「那妳隨我來吧。」

冰綠跟在青筠身後進去時，鄧老夫人正歪在美人榻上，一個眉清目秀的小丫鬟跪在腳邊給她捶腿。

「婢子見過老夫人。」在西府輩分最高的主子面前，冰綠老老實實見禮。

鄧老夫人睜開眼，一見是冰綠，眼皮子就一跳，提著心問道：「三姑娘又有什麼事兒？」

冰綠一聽替主子委屈起來。老夫人怎麼能用「又」呢？她家姑娘明明從來不惹事，都是事惹她！

冰綠把盛放經文的匣子高舉，脆生生道：「老夫人，我家姑娘抄好了經書，命婢子送來，請您過目。」

鄧老夫人頗為意外。她雖罰三丫頭閉門抄經書，可實在沒指望那丫頭能老老實實做到，特別是發生了被誣陷的事後就更沒想過了，沒想到三丫頭竟不聲不響抄好了？

老夫人給青筠使了個眼色，青筠從冰綠手中接過匣子，交給老夫人。

「嗯，回去跟三姑娘說，她這次做得不錯，我很高興。」

不管抄得怎麼樣，態度值得鼓勵。

「老夫人，您不看看嗎？」冰綠眼巴巴問道。

青筠不由瞪了冰綠一眼。沒規矩的小蹄子，竟敢如此與老夫人說話！

見小丫鬟一臉渴盼，鄧老夫人不由好笑，伸手打開匣子把抄好的經文取出來，隨手翻閱道：「我看看——」

老太太後面的話卡在嗓子眼裡，一雙平日裡經常半瞇的眼睛瞪得滾圓，好似見了鬼般。

青筠駭了一跳。「老夫人，您怎麼了？」

上了年紀的人說不準就因為某個由頭犯病了，到時候她這樣的貼身大丫鬟哪有好下場？

青筠狠狠剜了冰綠一眼，又氣又怒。「妳給老夫人看的什麼——」莫非三姑娘的字已經醜到把人嚇失魂的地步了？青筠目光落在鄧老夫人手中經文上，同樣失聲。

好一會兒，鄧老夫人才回過神來，望著冰綠的眼神頗為複雜。「冰綠，妳是不是裝錯了？」

怎麼把名滿天下的喬先生的字帖拿來了？

冰綠被問得一臉迷糊。「沒裝錯啊，姑娘寫好後婢子就直接裝起來了。」

鄧老夫人聽冰綠這麼一說，再看手中經文一眼，忍不住抬手揉揉眼。莫非是她年事已高，老眼昏花？

鄧老夫人雖養出來兩個金榜題名的兒子，可她並不是什麼才女，且守寡這麼多年獨自拉扯兒子們長大，更是缺了吟詩作對的那根弦，對於書畫一道並不精通。可喬先生的字她還是認得的，誰讓那位老先生太有名了呢？

「這麼說，這就是妳們姑娘寫的？」

冰綠點頭如小雞啄米。「是的，是的。」只是老夫人語氣怎麼有些不對勁兒？說好的表揚呢？

小丫鬟正尋思著，鄧老夫人已經起身。「去雅和苑。」

冰綠愣了愣。青筠瞥了她一眼，面帶譏笑。

三姑娘為了討好老夫人真是豁出去了，可也別把人當傻子哄啊，就連她一個丫鬟都能看出來這字漂亮得過分了，老夫人能看不出來？這樣明目張膽地弄虛作假，老夫人不惱才怪。

冰綠稀里糊塗隨著鄧老夫人回了雅和苑西跨院。

連日陰雨，今日好不容易見晴，喬昭抄完佛經了卻一事，於是走出房門在院子裡隨意溜達。

她走至牆根處，忽然蹲了下來，伸手觸摸石榴樹下的一株小小野植。

跟在身後的阿珠見那野植小巧肉厚，頗為好奇，不過她生性寡言，自然不會如冰綠一般開口問。

喬昭抬了頭，對阿珠笑道：「阿珠，去取花鏟來，我給它挪個地方。」

「噯。」阿珠沒有多問，應了一聲扭身進了屋子。

鄧老夫人走進院子時，正見到小孫女手握花鏟蹲在石榴樹下挖草。

老太太頓時忘了來意，走過去問喬昭：「三丫頭，妳這是在幹什麼？」

她倒是覺得這舉動沒什麼，要是被東府那位鄉君知道，該聲嘶力竭批判這丫頭舉止粗俗了。

喬昭仰起臉，笑著解釋：「我給它挪個地方，它被石榴樹擋著長不好。」

鄧老夫人不由樂了。「一株野草挪什麼地方，生在石榴樹下還委屈了它不成？」

喬昭已經把野植完整挖了出來，認真解釋道：「石榴好吃，它也很有用處。」

「那妳說說，它有什麼用處？」

「這是血山草，能止血鎮痛的。祖母您說，用處大不大？」

鄧老夫人頗為驚奇看了喬昭手中不起眼的野植一眼，更驚奇的是小孫女的見識，不由問道：「妳如何知道這個能止血鎮痛？」

「來京城的路上，李爺爺教我的。」喬昭平靜回答。

她從來沒打算偽裝成另外一個人。偽裝一時易，偽裝一生難，如果不能痛快做自己，那麼重新活過的意義何在呢？更何況，還有一個更實在的原因：要偽裝的人太蠢，這對喬姑娘來說難度略大。

很多事情如果往好的方向發展時，只要有個合適的理由便很容易被人接受。在大梁，懂得醫術的人受人尊敬，遠的不說，就是富貴人家府上養的粗通醫理的婆子，地位都不是尋常奴僕可比。

鄧老夫人心中驚奇，卻沒多想，感嘆道：「那位李神醫居然還教了妳這些。」

喬昭尋了向陽處重新把血山草種下，交代阿珠幾句，淨過手向鄧老夫人重新見禮。「祖母，您來這裡，是有什麼事要問我嗎？」

「呃——」鄧老夫人想起來意，一時有些尷尬。

祖孫二人剛剛還就一株野植愉快溝通過，現在就翻臉是不是不大好？

「咳咳。」鄧老夫人清了清喉嚨，伸手從青筠那裡拿過喬昭抄寫的經書，問她，「三丫頭啊，妳真愛和祖母開玩笑，怎麼把喬先生的字帖送過去了？」

喬昭眨眨眼。

看來是小姑娘黎昭的認識出現了偏差，這位老夫人於書畫一道並不精通。喬昭自然不會因為這個看輕了鄧老夫人，從她最開始學這些時祖父就教導過她，琴棋書畫不過是怡情養性而已，世間學問不可拘泥此道，若是為之走火入魔便落了下乘。

「祖母，喬先生不曾抄過佛經。」喬昭委婉道。

「所以？」這次換鄧老夫人眨眼。

「所以，這是孫女抄寫的啊，您不是送來祖父留下的端硯，鼓勵孫女努力練字嘛。」喬昭理所當然道。

鄧老夫人臉色頓時精彩絕倫。

別鬧，要是送一方硯臺就能寫出這樣的字來，那京城筆墨舖子裡的好硯臺早就被一搶而空了。

「祖母您聞，墨香猶在呢。」

鄧老夫人真的低頭嗅了嗅，淡淡的墨香令她不得不信小孫女的話，看向喬昭的眼神格外震驚。「三丫頭，妳什麼時候練出如此好字來？」

再敢說是因為她送硯臺，她可就急了。

喬昭覺得還是要給鄧老夫人一個更合理的解釋，一臉無辜道：「母親多年前就買來許多喬先生的字帖讓我臨摹。」

鄧老夫人嘴角抽了抽。這個她當然知道，可這丫頭的字一直不怎麼樣啊，不然那年為何因為這個遭了東府恥笑？難道三丫頭一直深藏不露？

「三丫頭，妳既然能寫這樣一手好字，以前為何沒有顯露出來？」鄧老夫人試探問道。

「呃，不是怕二姊生氣嘛，就和大姊一樣。」喬昭笑瞇瞇道。

以德報怨，何以報德？她從來是恩怨分明的脾氣，既然大姑娘、二姑娘冤枉起人來駕輕就熟，喬姑娘自然也不會眨一下眼睛。

這話鄧老夫人立時信了大半。

多年來東府一直強勢，鄧老夫人雖不是綿軟脾氣，可礙於兩個兒子的前程，加之唯一的孫子年紀尚小，自然不會與姜老夫人針尖對麥芒。

兩府姑娘中二丫頭是獨一份，被所有人捧著哄著。大丫頭琴棋書畫分明比二丫頭高明，可只要是露臉的時候定然比二丫頭稍遜一籌。鄧老夫人這些年瞧在心裡，對自幼喪母的大姑娘更是多了幾分憐惜。真沒想到啊，原來三丫頭也是如此。

老太太伸手拍了拍喬昭肩膀。「以後不必如此了，祖母願意看著妳們都長能耐。」

反正她的大兒子要蹲在翰林院編史書到老了，愛咋地咋地吧。

確定了小孫女寫得一手好字，鄧老夫人心情大好，更加覺得硯臺沒送錯。「昭昭，妳的佛經抄得極好，明天祖母會帶去大福寺的，想來佛祖定會感到妳的誠心。」

鄧老夫人離去後，冰綠皺眉。「姑娘，婢子怎麼覺得，老夫人的意思是明天要把您留下呢？」主子快說，是我會錯意了！

喬昭坐在阿珠搬來的小杌子上曬著太陽，聞言淡淡道：「妳沒感覺錯。」

冰綠肩膀垮了下來。

每逢佛誕日，京中富貴人家的女眷都會去大福寺觀禮，隨夫人們前去的姑娘們就能在寺中遊玩，那可是頂有意思的事，姑娘不能去多可惜啊。

「姑娘，您去年就因為生病沒去成，今年又不能去，多可惜啊。」

喬昭半抬著頭，陽光透過石榴葉的間隙灑落在她瑩白的面龐上，溫暖寧靜。

她目光落在小院子的圍牆上，稍微上移看著遠方，悠悠道：「會去的。」

冰綠一臉疑惑。

阿珠見主子神情安靜，忍不住解釋道：「姑娘的字好，抄寫的佛經一定會入了高僧們的眼，高僧把姑娘抄寫的佛經送去疏影庵，說不準那位師太就想見咱們姑娘了。」

冰綠一聽，輕哼一聲：「別以為妳聽別人說幾句閒話就好像什麼都知道了。我跟妳說，疏影庵那位師太多年來從未見過外人，頂多就是誰家姑娘的佛經抄得好傳出幾句讚許的話罷了。」

「她會見的。」

「怎麼可能——啊，姑娘！」冰綠一臉尷尬，頗為無措。

喬昭不以為意笑笑，肯定道：「她會見的。」

就算有人字比她寫得好，那位大長公主只要見到她抄寫的佛經，就只會見她。

小丫鬟冰綠有兩個原則：第一條，姑娘說的話一定是對的；第二條，如果覺得姑娘說的話不對，那一定是她理解不到位。

於是小丫鬟開始憧憬起來。「那太好了，到時候那些太太姑娘們都會對姑娘刮目相看的。哎呀，姑娘，您說到時候婢子是穿那件蔥綠色的衫子隨您出門呢，還是穿那件繡迎春花的桃紅色馬甲？」

見小丫鬟眉飛色舞的樣子，喬昭居然認真想了想，建議道：「妳皮膚白，穿那件蔥綠色的衫子挺好。」

冰綠不由捧住臉。姑娘說她白！哎呀，以前姑娘從沒這麼直白誇過她。

阿珠默默扭過臉，不忍直視。

冰綠忽然又擔心起來，踢了踢掉落在地的樹葉。「可是姑娘抄寫佛經又不能署上名字，到時候咱們府上所有姑娘抄寫的經書都會放在一個匣子裡送過去——啊，萬一有人搶了姑娘的名頭怎麼辦？」

大姑娘綿裡藏針，二姑娘見不得別人比她厲害，其他幾位姑娘也不見得是好人。冰綠越想越不放心。

「搶了名頭？」喬昭微怔，顯然沒想到有長輩們在場還會發生這樣離譜（不要臉）的事。

冰綠狠狠點頭。「是呀，明日姑娘又不能跟著去，萬一有人欺負姑娘不在場，冒名頂替呢？」

順著冰綠的思路想下去，喬昭嫣然一笑。

「去把妳的蔥綠色衫子翻出來吧，別人搶不去的。」

總有人不明白，這世上有些東西是搶不走的，誰若強搶，那便要倒楣了。

一聽主子這麼說，冰綠頓時放心了，脆生生應一聲「是」，扭身翻漂亮衣服去了。

院子裡只剩下喬昭與阿珠，喬昭笑笑。「阿珠，替我按按額頭吧。」

「是。」阿珠上前，動作輕緩嫻熟，早沒了初學時的窘迫慌亂。

「所以說，學到手的本領，才是最可靠的吧？」喬昭忽然睜開眼，笑看著上方的阿珠。

阿珠微怔，隨後恭敬笑了。「是。」所以她也不必胡亂替姑娘擔心了，姑娘說搶不去，那就一定搶不去的。

石榴樹的枝葉隨風輕晃，陽光彷彿更溫暖了一些，喬昭闔上眼，呼吸悠長，阿珠默默把動作放得更輕。

翌日一早，天還未大亮，整個黎府就處在一片熱鬧興奮中。

「大嫂，今天昭昭還不用過來請安啊？老夫人可真是疼她，不像嫣兒與嬋兒兩個天沒亮就被我拉起來，到現在她們眼睛還睜不開呢。」

路上遇到同去青松堂請安的二太太劉氏，聽她一開口，何氏就險些氣個半死。真當她是傻子聽不出來呢，不就是笑話她閨女被罰閉門思過出不了門嘛。

何氏目光落在劉氏身邊的四姑娘黎嫣與六姑娘黎嬋身上，笑笑。「嫣兒和嬋兒真能睡，跟我未出閣時養的貓似的。弟妹是沒見過，那隻貓從早睡到晚，一身膘老肥啦。」

無辜被波及戰火的黎嫣與黎嬋：「……」

四姑娘黎嫣腹誹：早就提醒過親娘，別跟棒槌似的大伯娘一般見識的。

六姑娘黎嬋則直接噘起嘴，跺腳道：「娘——」

幾人進了堂屋，給鄧老夫人請安。

何氏一眼就看到了坐在鄧老夫人手邊的大姑娘黎皎，忍不住翻了個白眼，心道死丫頭來得倒早。

鄧老夫人環視一眼，見劉氏母女穿戴妥帖，而何氏還是一副家常打扮，不由蹙眉。「何氏，怎麼還沒換衣裳？」

「老夫人，今年昭昭不去，兒媳就留下陪她吧。」何氏解釋道。

劉氏忍不住開口：「大嫂，去年您因為昭昭生病沒去這沒什麼好說，今年怎麼還不去呢？唉，昭昭被罰不能出門，其實老夫人也不忍心的。」所以妳這樣光明正大怪罪老夫人，賭氣不去，真的好嗎？

沒想到鄧老夫人居然點點頭，露出深以為然的表情。三丫頭寫得那樣一手好字，不能帶著去炫耀真是遺憾啊。

劉氏：「……」老太太今天中邪了吧？

見時辰已經不早，鄧老夫人開了口：「既然如此妳就留下吧，正好家中要留一個主事的。」

鄧老夫人說完頓了一下，改口：「不用妳操心什麼事，就好好陪著昭昭吧，她前些日子吃苦了。」讓何氏主事，她這一天都要提心吊膽。

鄧老夫人領著西府一行人在杏子胡同口與東府的姜老夫人等人會合，各自上了馬車往大福寺而去。

十一 花落誰家

大福寺坐落在西城終端的落霞山。

落霞山遍植楓樹，每到秋季楓葉如霞，一望無盡，落霞山由此得名。

晨曦中的大福寺被悠長的鐘聲喚醒，準備迎接即將蜂擁而至的香客們。今日來的善男信女，是京城最尊貴的一群人。四月初八這一日，大福寺只接待官宦人家與宗室勳貴，再來將會有長達半個月的廟會，才會向所有人開放。

黎府眾人趕到時，落霞山腳下已經停滿了馬車，姜老夫人下了車，率眾徒步爬臺階上山。正是一年中花開最熱鬧的時節，山路兩旁樹綠花紅，繽紛綺麗，三三兩兩的香客從山腳一直蜿蜒到山頂，綿綿不絕。置身其中，節日的濃郁氣氛撲面而來，黎府幾位姑娘興奮且矜持地悄悄打量著四周，如同此時上山的所有大家閨秀們一樣。

黎皎走在黎嬌身旁，低聲問她：「二妹腳還疼嗎？」

黎嬌眼底飛快閃過不悅之色，真是哪壺不開提哪壺。不過黎皎臉上的關心很真切，黎嬌想到祖母最近的敲打，嘴角彎成優雅的弧度，含笑回道：「多謝大姊關心。雖然還有些疼，但今天是佛祖誕辰，為了向佛祖替家人們祈福，我總是要來的。」

黎皎面上含笑聽著，心中則覺好笑。

也真是難為二妹了，明明是張揚火爆的性子，非被鄉君拘著學什麼名門貴女的作派，結果呢？平日裡還能裝個樣子，一遇到什麼事就現了原形，畫虎不成反類犬。

黎嬌不知黎皎心中所想，想起那日她的幫忙，雖然最終兩人都沒得到好，於情於理還是要有所表示，便語帶關切問道：「那日我們回去後，大姊沒事吧？」

「那日啊——」黎皎垂眸，聲音悠長中顯出幾分低落，「我向祖母他們磕頭請罪，還好祖母寬宏，不與我計較。不過二妹別替我擔心，這麼多年我早就適應了，不妨事的。」

聽黎皎這麼一說，黎嬌忽然有些不好意思了。

西府幾位姑娘中，她最看不起黎三，而這位堂姊則讓她不敢懈怠，唯恐一放鬆對自己的要求就被她超過了。但說到底，堂姊自幼沒了母親，又與黎三那樣的人做姊妹，也是個可憐的。

黎嬌心一軟，伸手握住黎皎的手，許諾道：「大姊，妳放心，總有一日我會狠狠教訓黎三一頓，給妳出氣。」

黎皎一直垂著眼，眸光落在對方那隻白嫩的手上，心中一陣反感。給她出氣？那天她分明是被殃及的池魚，若不是黎嬌太蠢，而她正好在場被牽扯進去，如何會裡外不是人？

黎皎這樣想著，面上卻不動聲色，輕輕捏了捏黎嬌的手。「二妹的心意我很感激，只是這些日子我冷眼瞧著，三妹變得和以往不大一樣了，咱們還是少招惹她吧，免得——」

黎嬌冷哼一聲，打斷黎皎的話。「大姊怕什麼？那天不過是她走了狗屎運，以後且瞧著吧。」

黎皎既不附和亦不反駁，只是微笑。這時後面傳來女孩子輕快的聲音：「皎表姊——」

黎皎與黎嬌同時回頭，一個穿綠衫的少女遙遙向黎皎招手，黎皎停住了腳步。

「固昌伯府的杜姑娘？」黎嬌不冷不熱地問。

「是她。」黎皎已經拾級而下迎過去，與綠衫少女握住手。「飛雪表妹，我還想著咱們會不會在寺中碰到呢，沒想到在這裡就遇見了。」

原來這穿綠衫的少女正是黎皎的舅家表妹，杜飛雪。

杜飛揚與杜飛雪是固昌伯的一對嫡出兒女，乃是龍鳳雙胎，自幼與黎皎關係極好。

「飛揚表弟呢？」

「哥哥去泰寧侯府尋朱表哥去了。」

「是朱世子吧？」黎皎心中不由豔羨。泰寧侯府是比她的外祖家固昌伯府更高貴的門第，那位朱世子她曾見過一面，端的是溫潤如玉。

黎皎不動聲色打量著杜飛雪，她今日穿了一件蔥綠色的衫子，料子是名貴的碧水紗，做工精緻，只可惜她膚色微黑，穿著並不顯出挑。黎皎心中酸澀，論相貌、論才情，她樣樣比這位表妹好，可就因為她沒了母親，便與表妹所在的貴女圈子失之交臂，平日裡還要依靠東府那位挑剔苛刻的老夫人才能參加一些宴會。這世上的事，可真是不公平。

「當然是朱世子呀，不然還能有誰？」提起表哥朱彥，杜飛雪眼睛都是亮的，微黑的膚色亦增了光彩。她不願與別的年輕姑娘多提心上人，哪怕是表姊也不行，遂轉了話題。「皎表姊，我聽說你們府上那位三姑娘回來了？」

「飛雪表妹也知道了？」

杜飛雪嗤笑一聲。「滿京城還有誰不知道呢？皎表姊妳不知道，那日祖母得知妳被退了親氣得飯都沒吃，祖父更是摔了筷子，連我父親都好幾天沉著臉呢。」

「是嗎？都是我不好，讓長輩們操心了。」

外祖父他們不高興，是因為失了與長春伯府拐著彎的姻親關係吧？黎皎冷淡地想。

「那也不怪妳，還不是黎三害的。」杜飛雪環顧一眼，冷笑。「她今天沒來？是了，遇到那樣的事，怎麼還有臉出門。」

杜飛雪挽住黎皎的手，笑盈盈道：「皎表姊，一想到以後再也見不到那種噁心人我就高興，等下咱們一道去舍豆結緣（注）吧。」

臺階上方的黎嬌終於不耐煩了，喊道：「大姊，杜姊姊，再不走長輩們該催了。」

「嗯，走了。」

通往大福寺的山路寬敞平緩，眾人並不吃力就登了上去。

大福寺山門大開，鐘鼓聲綿綿不絕，穿著黃色法衣的僧人們在空曠的露天淨地上緩緩而行，寺廟前的石獅顯得神聖莊嚴，準備浴佛的佛水散發著獨特的香味。

姑娘們對每年舉行一次的浴佛儀式興趣寥寥，更吸引她們的是在這天高地闊的落霞山上自由賞景談笑，而能令她們心甘回到長輩們身邊的，則是各家捐出去的佛經了。當著這麼多貴婦人的面，哪幾家佛經若是得到疏影庵那位大長公主的稱讚，那幾家的姑娘可就長臉了。

用過素齋，各府的太太姑娘們便在各個廳裡心照不宣地等待著。

「有些日子沒給鄉君請安，您瞧著越發精神了。」與鄉君姜老夫人說話的是李夫人，她的夫君同在刑部，是姜老夫人的兒子黎光硯的下屬。

「老了。」

「您可不老，我看二姑娘在您的教導下越發得體了，今年黎府幾位姑娘定會給您長臉的。」

「可不是，我記得去年鄉君府上姑娘抄寫的佛經就入了高僧的眼呢。」有人附和道。

注　又名「舍緣豆」，源自佛教，後漸成舊時北京的一種習俗，施捨豆子結緣。《燕京歲時記》記載：「四月八日，都人之好善者，敢青黃豆數升，宣佛號而拈之。拈畢煮熟，散之市人，謂之舍緣豆，預結來世緣也。」

姜老夫人矜持地笑笑，心道只可惜去年嬌嬌抄寫的佛經被送到疏影庵後，就沒了下文，反而是泰寧侯府上的朱七姑娘與禮部侍郎家的盧四姑娘得了疏影庵那位大長公主的幾句稱讚。那兩位姑娘傳出美名後，求親的門檻險些被踏破，朱七姑娘因為年紀尚小未定下來，盧四姑娘則被定給了當朝次輔許家的長孫。

坐在角落裡、與幾位素日相熟的姑娘們低聲談笑的黎皎，聞言暗暗握了握拳。去年她若是全力以赴，黎府送去疏影庵的佛經又怎麼會沒有激起一點水花？說到底還是黎嬌不爭氣。今年便好了，有祖母的支持，她不必再避黎嬌的風頭，她的字一定能入了那位大長公主的眼。黎皎沒有見過那位看破紅塵的大長公主，卻從小就聽聞那位公主曾有天下第一才女的美譽，令人心馳神往。

黎嬌聽了卻得意地抬了抬下巴。去年只有七、八家府上的佛經被送去疏影庵，其中就有一份是她的，就算沒得到那位大長公主的誇讚，也是值得稱道的。這一年來她埋頭苦練，不敢懈怠，今日定會更進一步的。別的府上的姑娘們聽了，同樣是心情各異。

這時卻傳來不和諧的聲音：「鄉君，怎麼不見府上三姑娘呢？我記得去年那孩子就沒來。」

姜老夫人所在的小廳裡有七、八位夫人，家中在外當官的男人都屬文官系統，素日在朝廷上的摩擦難免延續到後院來。說話的乃是大理寺卿之妻王氏，因夫君與刑部侍郎黎光硯有些過節，兩家的女眷在各種場合上難免針鋒相對。

姜老夫人一聽臉就沉了下來，心中暗恨黎三帶壞了黎府名聲，嘴上則不示弱。「這也是沒法子的事，送三丫頭回家的李神醫關照了，她身體弱，要多休養。」

李神醫進京的事已經傳遍了朝野，不知多少府上躍躍欲試，想要把這位神仙似的神醫請回家中看病，經過大家齊心協力，終於把李神醫的落腳點查探出來，居然是睿王府。得到這個消息時沐王正在用飯，當時就把飯桌給掀了。那些蠢蠢欲動的人家更是偃旗息鼓。都不是什麼立刻就死的病，還是老實等等再說吧。

李神醫雖沒有官職，亦無顯赫的背景，可他出神入化的醫術深入人心，誰都不願得罪這樣一位神醫。聽姜老夫人這麼一說，王夫人識趣地不再多提黎三姑娘被拐一事，可她又不甘心偃旗息鼓，眉眼一轉落在黎皎身上，抿唇笑道：「我還以為貴府大姑娘會留在府中與三姑娘作伴呢。」

姜老夫人一聽，險些氣歪了嘴。

黎皎才被退了親，這樣的場合她原本是想提醒西府的鄧老夫人把大丫頭留在府中的，免得帶出來被人笑話，奈何那日二丫頭害她在老妯娌面前栽了面子，這話自然就不好再提了，如今倒好，果然被人拿來說嘴了。

姜老夫人陰沉著臉一時沒有言語，廳內氣氛立刻尷尬起來。黎皎坐在角落裡半低著頭，只覺無數目光都落在她身上，只得死死咬住銀牙才不流露出異樣來。

眉眼靈活的李夫人打圓場道：「咦？真是奇怪，今年知客僧比往年來得晚許多呢。」

她這樣一說，廳內夫人們都覺得有些奇怪了，不由議論紛紛起來，姜老夫人與王夫人的過招就此揭過。之後各府太太們閒聊著，終於有守在門外的下人進來稟告說已經看見知客僧往這邊走了。夫人們面上不動聲色，心中頓時緊張起來。

這邊大大小小有十數個待客廳，也不知道知客僧會進哪幾間？

不只是姜老夫人所在的小廳，其他廳中的太太們同樣派了下人在門外觀望。腳步聲近了，又遠了，知客僧每走過一個廳門，廳內之人的臉色就不怎麼好看。

眼看著知客僧已經快走到盡頭了，各個廳中的夫人們有了同樣的疑問：奇怪，難不成今年入了高僧眼的人家正巧在一個廳裡？

「快去看看師父進了哪個廳。」馬上有下人回稟道：「進了明心廳了。」

其中一間待客廳裡，坐著泰寧侯府與固昌伯府的女眷，杜飛雪忍不住開口：「怎麼可能沒有顏表姊？」

被提到名字的少女十四、五歲模樣，生得雪膚花貌，氣質嫻雅，聞言淡淡道：「飛雪表妹別亂說，文無第一、武無第二，比我字寫得好的大有人在。」

杜飛雪聽了不服氣。「顏表姊就是謙虛，去年明明只有盧楚楚與妳不分上下，一同得了疏影庵的師太稱讚的，今年盧楚楚訂了親沒來，顏表姊的字就是咱們這些人中的頭一份，那明心廳——」

說到這裡杜飛雪一愣，叫道：「哎呀，我想起來了，皎表姊就在那裡呢。」

她說著扭了頭，央求固昌伯夫人朱氏：「娘，我想去那邊瞧瞧，說不準就是皎表姊拔了頭籌呢。」

這廳裡的人俱是好奇不已，朱氏想著兩家是姻親，女兒過去也不算什麼，便點頭應了。

杜飛雪大喜，拉住朱顏的手道：「顏表姊，咱們走吧。」

「我就不去啦——」

「顏表姊，妳就不好奇有誰的字比妳還好嗎？」

朱顏一聽，不由去看泰寧侯夫人，見母親對她點頭，這才隨杜飛雪去了。

明心廳裡，已是人心浮動。

按著慣例，每年會有五到十家的佛經被挑選出來送去疏影庵，而今這廳裡總共七、八家，難不成全入了高僧們的眼？哎呀，到底是自家姑娘厚積薄發還是高僧們老眼昏花啊？幾個頗有自知之明的夫人默默想。她們不由把目光投向姜老夫人。是了，黎府的二姑娘去年就被選上了，據說大姑娘的字也不錯。

知客僧向眾人見過禮，走到姜老夫人面前，語出驚人：「不知這冊經書是貴府哪位姑娘抄的，疏影庵的師太想見一見。」

知客僧走到姜老夫人面前的一瞬間，就把屋裡屋外的所有目光吸引到姜老夫人身上，她頓時生出一種飄然微醺的感覺，是以當目光落到知客僧手捧的經文時，一時沒有任何反應。

而後，當她從那短暫的美妙感覺中清醒，看清了佛經上的字體時，心中陡然一沉。這字體，既不是大姑娘黎皎的，亦不是嬌嬌的。

按著往年慣例，西府姑娘們的手抄經文會被裝在一個匣子裡送過來。

她近來右眼幾近失明，只靠左眼視物，哪裡有耐心一一翻閱，不過是重點看了大姑娘的，隨後草草掃了一眼放在黎皎下面的那本，依著經驗可以斷定是四丫頭的。

姜老夫人心念急轉。這手抄佛經出自黎府，大丫頭和二丫頭的她仔細看過，五丫頭的翻了一下，四丫頭的掃了一眼，那麼就只剩下了三丫頭和六丫頭。六丫頭年幼，絕無可能寫出這樣的字，不，就是滿京城又有誰能寫出這樣的字來？這分明，是喬先生再世啊！

姜老夫人用眼角餘光迅速掃了坐在身側的鄧老夫人一眼，捕捉到她嘴角的笑意，心中一頓。原來老妯娌對此心知肚明，那麼，就算再不可思議，只剩下了唯一的可能——三丫頭！

姜老夫人的沉默引起了知客僧的疑惑。「老夫人？」

姜老夫人迅速回神，面帶微笑道：「是我們二姑娘的。」

鄧老夫人劇烈咳嗽起來，強忍住震驚盯著姜老夫人。

她真沒想到，這位素來講規矩重禮儀的鄉君，會當著她的面做出李代桃僵的事來。

她先前只擔心佛經送到東府時，姜老夫人見了三丫頭的那本經文會動歪腦筋，特意把三丫頭的佛經壓在了最底下。姜老夫人眼神不好，除了一直和二丫頭不相上下的大丫頭，其他人的她是沒有耐心看的。萬萬沒想到啊，姜氏居然公然奪了三丫頭的風頭安在二丫頭頭上！

鄧老夫人險些氣炸了肺，剛要開口，就收到姜老夫人警告的眼神。

姜老夫人再次開口：「嬌嬌，還不過來。」

黎嬌迎著眾人欣羨讚許的目光施施然來到姜老夫人身邊，心中高興極了，又有種本該如此的感覺，直到她下意識掃了知客僧小心翼翼捧著的佛經一眼，這才愣住。

不對，這根本不是她寫的！

黎嬌半低著頭，旁人無法窺見她的驚駭，已是有人誇讚道：「鄉君，府上二姑娘真是沉穩，不愧是您親自教導出來的。」

姜老夫人一聽，就好似三伏天飲下了一盞冰鎮的烏梅湯那麼舒爽，一開始的那點猶豫早就拋到了九霄雲外去。她勞心勞力教養二丫頭，等的不就是這個嗎？擔心黎嬌失態露出端倪，姜老夫人悄悄掐了她一下。黎嬌一個激靈回神，心中雖困惑不已，面上卻恢復了平靜。

「請女施主隨貧僧走吧，疏影庵的無梅師太想見妳。」

室內的驚嘆聲此起彼伏，室外則響起凌亂的腳步聲。這一刻，黎嬌激動得險些暈了。

無梅師太便是那位大長公主，這麼多年從未見過外人，每年這時候對各府姑娘們最大的榮耀，不過是得到那位師太一、兩句稱讚罷了，而今天，無梅師太居然要見她！

黎嬌早已忘了追尋手抄經文的真正主人是誰，抬頭挺胸跟著知客僧出了門，沐浴著無數讚嘆目光往疏影庵去了。

明心廳裡頓時炸了鍋，其他廳中的夫人們按耐不住趕了過來，把小小的明心廳擠得密不透風。姜老夫人享受著眾人的追捧，神清氣爽；鄧老夫人則臉色沉沉，一言不發。

趁著姜老夫人去淨手的工夫，鄧老夫人跟過去，低聲責問：「鄉君，那本經文可不是二丫頭抄的吧？」

姜老夫人立刻左右四顧一眼，見無旁人才鬆了口氣，不慌不忙道：「是又如何，不是又如何？怎麼，弟妹要當眾說出來？」

鄧老夫人氣得手抖。原來這就是所謂的皇親貴冑，扯下那層高貴的皮，最是醜陋！事已至此，她又如何揭穿？那樣整個黎府的名聲都會毀於一旦。

姜老夫人瞧著鄧老夫人神色，了然一笑。她就知道，只要先下手為強，鄧氏就只能認了。想著以後低頭不見抬頭見，姜老夫人嘆了口氣。「弟妹啊，妳想想，三丫頭名聲已經完了，就算佛誕日上大出風頭又有什麼用？」

「所以就該把三丫頭應得的風光讓給別人？」

姜老夫人笑笑。「怎麼是別人呢？都是黎府的姑娘，二丫頭爭氣了，別的姊妹也會跟著沾光的。就說大丫頭吧，被人退了親以後想說門當戶對的不容易，但今日之後，誰不會讚一聲黎府好教養？長春伯府的幼子本就是個混帳的，將來大丫頭再說親也順當些。」

鄧老夫人聽得目瞪口呆，喃喃道：「這麼說，我還該說聲謝謝了？」

這樣的厚顏無恥，她今日領教了。

「一筆寫不出兩個『黎』字，弟妹應該也很清楚。」說到這裡，姜老夫人就語帶警告了。

鄧老夫人冷笑一聲，扭頭就走。二人先後回到廳中，姜老夫人立刻被夫人們團團圍住，就連鄧老夫人都得了幾聲稱讚，聽在耳裡，只覺諷刺。

待客廳外的長廊上站滿了年輕姑娘們。

杜飛雪拉著黎皎咬耳朵：「皎表姊，妳們府上那位二姑娘寫的字真有那麼好？」她手一轉，指向朱顏，「比顏表姊的字還好？」

泰寧侯府的姑娘黎皎是不願得罪的，可當著外人的面說自家姊妹不好亦不合適，便委婉道：「這我就不知了，平日裡瞧著二妹的字和我差不太多，想來是二妹藏拙了吧。」

藏拙？哼，就黎嬌那樣明明只有五分恨不得表現出十分來的貨色還知道藏拙？今日之事實在離奇，她可真是糊塗了。

大福寺裡，黎府的二姑娘手抄佛經得到了無梅師太青眼的消息，迅速傳遍了每個角落。往年這時人們就該散去的，可無梅師太破天荒見人，把所有人的心都勾了起來，夫人們杯中茶水續了一次又一次，誰都不提「走」這個字。

沒有了大福寺的熱鬧，通往疏影庵的小徑清幽寧靜，黎嬌跟著知客僧往前走，忽地有些緊張。知客僧的腳步聲很輕，連帶著黎嬌的呼吸聲也跟著輕起來。

有那麼一瞬間，她有些後悔。會不會被發現呢？黎嬌心情有些沉重。

大福寺的知客僧長年累月接待富貴人家的女眷，很有幾分眼色，見狀寬慰道：「小施主不必緊張，師太很和善的。」

「師父見過無梅師太？」

知客僧笑著搖頭。「貧僧沒有機緣得見，曾聽師叔提起過。這麼多年師太從不見外人，小施主能見到師太實是難得。」

聽知客僧這麼一說，黎嬌那點後悔頓時無影無蹤。

怕什麼？是祖母把她推出來的，看到手抄佛經的只有黎府與大福寺的人，只要她咬死了不說，那位師太如何會知道是冒名頂替的？她還沒聽說過因為書畫出眾就讓人當場提筆的，只要撐過這一刻，以後在京城貴女中就無人能越過她的風頭。黎嬌想著這些，暗暗給自己打氣。

知客僧在疏影庵門口住了腳，一位中年尼僧接過手抄佛經，領著黎嬌進了門。黎嬌難掩好奇，眼角餘光暗暗打量四周景色，心道疏影庵一行，以後她會有許多談資了，至少庵內景物外人就沒有見過。一路上黎嬌思緒紛紛，等她回過神來時，已經被尼僧帶到了無梅師太面前。

「這就是那位姑娘嗎？」無梅師太開口，聲音清冷，不沾一絲煙火氣。

「師伯，這就是抄寫這本佛經的黎二姑娘。」尼僧把那本手抄佛經恭恭敬敬呈給無梅師太。

無梅師太伸手接過，愛惜地摩挲著佛經，隨後對黎嬌笑笑。「小施主上前來。」

黎嬌一下子緊張起來，忙給無梅師太見禮。

無梅師太笑笑。「不必多禮，貧尼沒有想到，妳這樣小。」

她忽地指了指手中佛經，問黎嬌：「這是小施主手抄的？」

黎嬌心跳急促，鼓足勇氣吐出一個字：「是。」

無梅師太望著她，目中有她看不懂的情緒在流淌。室內無聲，黎嬌甚至有一種錯覺，面前這位師太、曾經的大長公主，會這樣長長久久看下去。她悄悄攥緊了拳，手心全是濕漉漉的汗水。

「雖是正書，卻難掩其疏放妍妙。」無梅師太喃喃道。世間能做到如此的，她只識得一人。

黎嬌在這樣的讚美下忍不住抬頭，大著膽子端詳無梅師太的樣貌。無梅師太眉眼冷凝，丰姿出眾，眼角細細的紋路給她平添了歲月的靜美，讓人瞧不出年齡來。無梅師太年輕時一定是萬裡挑一的美人，黎嬌忍不住感慨。公主之尊，風華絕代，這樣的人怎麼會落髮出家呢？

這樣的感慨中，黎嬌聽無梅師太問：「小施主，會背青蓮居士的《將進酒》嗎？」

「會的。」黎嬌忍不住微笑。這樣流傳千古的佳作，但凡讀書之人誰不會背？

「來。」無梅師太起身。

黎嬌隨之進了裡室。室內雪洞一般，只有一榻一案並數把椅子。

無梅師太指了指桌案。「小施主，貧尼想請妳給貧尼寫一篇《將進酒》，不知可否？」

黎嬌頓時愣住。

無梅師太目光淡淡望著她，平淡如水的目光下，卻有暗流淌過。

黎嬌臉上血色褪得乾乾淨淨，一張嬌美的臉比雪洞還白。

「我——」她張了口，可喉嚨中好似塞了棉花，後面的話一個字都說不出來。

無梅師太沒有出聲催促，可她的眼神太悠長，讓黎嬌深深意識到，她是不可能找理由推脫的。無梅師太之所以見她，就是想看她寫字，而不是見她後忽然生出讓她寫字的興趣。

在那樣的眼神下，黎嬌硬著頭皮提筆，筆尖遲遲不落，終於一滴墨把攤在桌案上的白紙暈染成一團黑。隨著墨落下的，還有她的冷汗。

無梅師太輕輕擰眉，忽地就明白了。

從黎嬌進來到現在，她一直平和的神情終於有了變化——冰雪迫人。

黎嬌執筆的手開始抖，到最後渾身抖若篩糠，再無書香貴女的半點氣度。

無梅師太失望地嘆口氣，吩咐侍立在外的尼僧：「靜翕，把這位小施主領出去吧，告訴大福寺的師侄，他們領錯了人。」

「是。」中年尼僧看一眼呆若木雞的黎嬌，暗暗搖頭。「女施主，走吧。」

黎嬌彷彿失了魂，渾渾噩噩跟著尼僧往外走，身後忽地傳來無梅師太的聲音：「靜翕，把對的人領來見我。」

靜翕渾身一震，恭聲道：「是。」

疏影庵的路很快就走到了盡頭，等候在外的知客僧迎上來。

靜翕皺眉。「師弟，這不是寫那本佛經的女施主，你們領錯人了。」

知客僧一臉震驚看了黎嬌一眼，那一眼讓她無地自容，忍不住往後退了一步。

「這……這真是想不到……」好一會兒，知客僧才擠出一句話來。

「師弟快些回去吧，師伯還等著呢。」

「等著？」極度震驚之下，知客僧反應慢了許多。

靜翕無奈解釋：「自然是等著師弟把真正抄寫佛經的女施主領過來。」

師伯這麼多年才見一次外人，結果出了這種紕漏，還真是讓人不快。

知客僧肅容保證：「師兄放心，這一次絕不會再領錯了。」

靜翕點點頭，轉身進了庵裡。

黎嬌心裡好似破了一個大洞，呼呼漏風，深一腳淺一腳彷彿走在冰天雪地裡。回去的路上，再無人出言寬慰，就連幽靜的山風似乎都停止了。

「黎二姑娘回來了——」寺內傳來陣陣騷動。

觸及黎嬌異樣的神態，眾人更是好奇，方便的直接去了姜老夫人所在待客廳，不方便的亦派出下人去打探消息。

知客僧領著黎嬌一進廳門，廳內頓時一靜，隨後歡聲笑語再次響起。

「哎呦，我們的二姑娘回來了，快過來，快過來。」李夫人笑著喊道。

旁邊的太太笑著打斷：「就妳嘴快，二姑娘就是來也該來鄉君身邊啊，咱們今天有福氣聽二姑娘講講庵裡的見識就該偷笑了。」

姜老夫人聽了難掩笑意，直到知客僧到了近前才察覺出不對勁來。

知客僧向姜老夫人見禮，念了一聲佛號。「老夫人，這其中恐怕出了什麼差錯，疏影庵的師太要見的並不是這位姑娘。」

此話一出，廳裡廳外，針落可聞。姜老夫人一張臉慢慢變了顏色。

廳內最初的靜默過後，陡然響起竊竊私語聲，好似無數隻蚊蟲在姜老夫人耳畔盤旋飛舞。她努力睜了睜眼，右眼迷霧重重，更生煩躁。

姜老夫人用那隻清明的左眼看向黎嬌。

黎嬌頭皮一炸，強自抑制住恐慌，磕磕巴巴解釋：「師太讓我……寫詩……」

她一雙漂亮的鳳眼睜得很大，滿是祈求與不安。是祖母讓她站出來的，祖母一定有辦法吧？

黎嬌的話讓室內一靜，隨後私語聲更大，已經能清晰聽到嗤笑聲。

姜老夫人太陽穴突突直跳，頭痛欲裂。這個蠢貨，這樣一說豈不坐實了冒名頂替被當場拆穿的名聲？

她咳嗽一聲，一臉嚴厲。「嬌嬌，祖母眼神不好，當時見那冊佛經放在最上面，就以為是妳的。妳這孩子，先前高僧問起，怎麼不留意一下就冒失跟著去了，竟鬧出這般笑話來！

黎嬌腦袋「嗡」了一聲。祖母在說什麼？她怎麼一點都聽不明白？什麼叫她沒留意？明明是祖母——

黎嬌下意識看向姜老夫人，就見一向慈愛的祖母眼中沒有一點溫度，冷得能結冰。她打了個哆嗦，恍惚明白了什麼。

「嬌嬌，妳可知錯了？」姜老夫人重重拍了拍桌子。

桌面上的茶杯震了震，發出不小的聲響。

黎嬌目光遊移，看到了鄧老夫人唏噓的神情，又撞見了西府二太太劉氏幸災樂禍的眼神。

周圍的議論聲嘈雜無比，黎嬌再也抵抗不住這種無形的沉重，膝蓋一軟跪了下來。「祖母，我……我錯了……」

姜老夫人心下一鬆。知道把事情攬下來，這丫頭總算懂事。

一直冷眼旁觀的鄧老夫人心中長嘆一聲。姜氏這樣一說，二丫頭的名聲以後就完了。在場的太太姑娘們又不是傻子，仔細一琢磨，誰相信二丫頭當時沒有留意啊，都會明白是二丫頭為了才名起了冒名頂替的心思，看向姜老夫人的目光更冷了。對一直當作掌上明珠的孫女都能如此，可想而知這人有多麼無情，以後且要小心些。

「阿彌陀佛——」當面鬧出這麼一齣戲，知客僧頗為尷尬，打斷了正準備教訓孫女的姜老夫人。「老夫人，不知那冊佛經是府上哪位姑娘寫的，疏影庵的師太還等著見她。」

廳內頓時安靜了，夫人們悄悄交換眼神。原來還真是某位黎姑娘寫的？到底是誰呢？難道說被無梅師太看中的佛經是她寫的，被伯祖母李代桃僵安在了黎嬌頭上？一定是這樣，她們不由看向角落裡的黎皎。黎皎眉眼低垂，一顆心急跳起來。

「皎表姊——」杜飛雪低聲喊，捏了捏黎皎的手。

比起交情淡淡的黎府二姑娘，她當然盼著好事落到自己表姊頭上。

姜老夫人有些尷尬。「這個老身還真說不好。老身近來老眼昏花，一隻眼睛已經看不見了。丫頭們的手抄經文收起來後只是匆匆掃了一眼，並沒細瞧，這才弄錯，讓各位見笑了。」

「哎呀，這也是難免的，鄉君就別往心裡去了。」李夫人忙打著圓場。

其他人雖沒多說，目光卻在黎嬌身上打轉。

黎嬌跪坐在地上，冰涼如水的地板刺得她透骨寒，淚水瞬間濕潤了眼眶。那些嘲笑的、輕蔑的眼神化作無數飛刀落在她身上，讓這個一直被捧在手心裡長大的女孩瞬間體無完膚。

鄧老夫人暗暗嘆了口氣，開口道：「師父可否把佛經給老身瞧一瞧？」

知客僧忙把佛經遞過去。

鄧老夫人早就心中有數，此刻不過是做個樣子，掃了一眼便道：「果然是弄混了，這是我們三姑娘的，當時我見她寫得好，特意放在了最上面送去東府。沒想到侄媳婦也是這般心思，想讓鄉君一眼就瞧見，誰知鄉君卻誤會了。剛剛鄉君說是二姑娘的，她一個小姑娘緊張之下哪裡能留意到呢？」

這話算是稍微挽救了一下黎嬌的名聲。

就算在場的夫人們心知肚明黎嬌當時起了不該有的心思，也不能由黎府坐實此事。姜老夫人心性薄涼，第一時間想的是撇清自己，鄧老夫人偏偏不想讓她如意。她有四個孫女呢，二姑娘的名聲壞了，其他女孩又能得什麼好？

姜老夫人愣了愣，礙於場面已經夠尷尬，遂不再言語，算是默認了她的說法。

黎嬌低著頭，眼淚落了下來。

「原來是貴府三姑娘寫的，不知這位小施主現在何處？」知客僧高聲問道。

廳內一片靜默，廳外卻響起陣陣議論，因為聲音太大，傳進裡面來。

「黎府三姑娘？那不是前些日子被拐走的那個嗎？」

「沒錯，後來不是被送回來了。對了，我聽說還是被李神醫送回來的呢。」

「不對啊，這位姑娘我曾見過，瞧著不像是能寫出好字的樣子。」

「呵呵，能不能寫出好字又不是可以瞧出來的……」

杜飛雪沉著臉道：「皎表姊，那年妳東府伯父生辰，黎三不是送過一幅字，我記得那字一點都上不了檯面呢。」

她特意抬高了聲音，頓時把人們注意力吸引過來。

黎皎站姿挺拔，溫和笑道：「或許是後來三妹刻苦練字，水準提高了吧。」

杜飛雪撇撇嘴。「才過去兩年就一下子提高這麼多？滿京城姑娘的字都不及她，還讓疏影庵的師太破例召見？」

在眾人的注視下，黎皎嘴角一直掛著溫和的笑。「許是三妹天資卓絕，近來懂事知道勤勉了，所以水準一日千里。」

黎昭若是天資卓絕，那才是見鬼了，不過在外人面前她是決計不說自家姊妹不是的。也不知那冊佛經是從哪裡來的，伯祖母忍不住攬在黎嬌頭上，祖母又想替黎昭攬過來。

杜飛雪見黎皎處處替黎三辯白，不由冷笑道：「她要是天資卓絕一日千里，那除非太陽打西邊出來。」

不少人暗暗點頭。知客僧聽在耳裡，心中直打鼓，這要是再弄錯了可就沒法交代了。

「老夫人？」

鄧老夫人絲毫不受眾人議論影響，老神在在道：「我們三丫頭今天沒來，不過既然是疏影庵的師太想見，那是她的造化，老身這就派人去接她。」

一旁的姜老夫人心中冷笑：她倒是要看看，三丫頭是有哪路神仙相助，能鼓搗出那樣一冊佛經來。

西府雅和苑。

青筠急匆匆而來，對迎上來的冰綠道：「快讓三姑娘收拾一下，老夫人命我來接她去大福寺。」

「啊？」

「啊什麼，快去啊！」青筠頗為無奈。

冰綠尖叫一聲，扭頭就跑，邊跑邊喊：「姑娘，咱們要去大福寺了！」

她可以穿著漂亮衣服去顯擺了！

青筠：「……」

冰綠跑進屋內，直接撲過來，激動得不能自已。「姑娘，您，您真是神了！青筠姊姊來了，說老夫人命她接您去大福寺。」

喬昭挽著雙丫髻，穿了一件青色繡白色忍冬花的對襟衫兒，下面是白色挑線裙，正是一副出門的打扮。

她站了起來，對冰綠頷首。「走吧。」

然後側頭交代阿珠：「照看好家裡。」

冰綠身上穿的是翻出來的那件水蔥衫兒，聞言喜滋滋扶住喬昭手臂，斜睨阿珠一眼，往外去了。

青筠一看喬昭主僕出來得這麼快頗為驚訝，不由細細打量著喬昭，見她一身素淨無比，雖覺不妥，可確實是外出打扮，便壓下心中詫異迎上來道：「三姑娘，老夫人命婢子來接您。」

喬昭點點頭，不露半點異色，由青筠領著往外走去。

走出黎府門口的一瞬間，她腳步微頓，仰頭望著碧青如洗的天空，微笑起來。

今天她走出了這一步，以後還會更努力的。喬昭，妳要加油啊，喬昭在心裡默默為自己打氣。

三人上了停在門口的青帷馬車，一路向著大福寺趕去。

車內，青筠按著鄧老夫人的示意，把寺中發生的事情仔細講給喬昭聽。當聽到黎嬌冒名頂替時，冰綠破口大罵：「呸，還是書香貴女呢，居然做出這樣的事來。」她撫了撫胸口，對喬昭道：「幸虧那位師太慧眼獨具，才沒被她糊弄過去。姑娘啊，咱們這次運氣不錯呢。」

只差那麼一點點，她就不能穿著漂亮的衫子陪姑娘去大福寺炫耀了。

「是，運氣不錯。」喬昭淡淡笑著。

她的運氣最近實在糟糕，可她更相信的，是事在人為。

青筠忍不住多看了喬昭一眼，心中疑惑更深。總覺得這位三姑娘越來越不一樣了，冰綠那丫頭沒腦子瞧不出端倪，可她冷眼瞧著，三姑娘對大福寺一行早就心中有數，不然又怎麼會提前換好了外出衣裳？

青筠掃了冰綠手邊的箱子一眼，那裡面慣常放著姑娘家外出時備用的衣裳首飾。她想了想，決定提醒一下這位讓她越發看不透的三姑娘。

「三姑娘，婢子斗膽說一句，您今天穿的衣裳太過素淨了一些。」

三姑娘生得清麗，尤其眉間一粒紅痣在這身衣裳的反襯下，給她平添了別樣的嬌豔，可一個姑娘家穿成這樣到底是會被人挑剔的。

喬昭頗為意外青筠的提醒，不過對別人的好意她從來都是妥善安放，便柔和笑道：「多謝妳的提醒，不過我覺得這樣穿更合適。」

她的父母家人慘遭橫禍，她卻不能光明正大守孝，只能這樣略表哀思了。

青筠誤以為喬昭認為這樣穿更好看，便笑著不再多言。

馬車終於停下來，喬昭在走進大福寺的瞬間就察覺無數目光落在她身上。

她沒有理會，信步往裡走，低低的議論聲飄過來。

「瞧見沒，那就是黎家三姑娘了，聽說啊，她被拐到南邊好些日子才回家。」

「嘖嘖，黎三姑娘原來生得這樣好，真是可惜了。」

「誰說不是呢，好在是被神醫送回來的，這才少了些閒話，不然啊，黎三姑娘恐怕早活不下去了。」

「那也夠丟人的。」

「丟人是丟人，不過人家寫得一手好字，要真是得了那位大長公主的青眼，那也算是有造化了。」

「呵呵，這可就不好說了，誰曉得那冊佛經是誰寫的，黎府這事兒啊，有點意思。」

喬昭就在這些風言風語中面不改色走進了待客廳。

她進去的一瞬間，時間好像有那麼一刻停滯，廳內無人言語。片刻後，鄧老夫人的聲音才響起：「昭昭，來祖母這裡。」

黎皎一雙眼，從喬昭進門到走到鄧老夫人身旁就沒眨過，一旁的杜飛雪更是瞪大了眼，喃喃道：「皎表妹，以往我怎麼沒覺著黎三這麼好看？」

她扭頭問一直安安靜靜的朱顏：「顏表妹，妳說是不是？」

出身泰寧侯府的朱顏與黎府姑娘不是一個圈子的，因著杜飛雪與黎皎的關係，倒是與黎昭見過幾次。

她目光追隨著喬昭，想了想道：「相由心生。」

黎三姑娘遭逢大難，許是心境有了變化，氣質變了，所以瞧著與以往不大一樣了。

杜飛雪聞言，不屑哼了一聲。

「祖母，伯祖母。」

姜老夫人不悅地抿緊了唇。好好的小姑娘穿成這樣子，真是晦氣，奈何東府剛剛丟了那麼大的臉，她不便多言，遂沒出聲。

鄧老夫人同樣愣了愣，但她對這些細枝末節向來看得透，就沒有多想，溫和對喬昭道：「想來路上青筠已經和妳說了，妳這就隨著師父去吧。」再多叮囑的話，當著屋裡屋外這麼多人的面卻不便說了。

喬昭卻好似明白鄧老夫人的擔憂，對她露出柔和的笑容。「祖母放心，孫女曉得的。」

那一瞬間，鄧老夫人居然真的心下一鬆，過後連自己都覺得奇怪。

她望著隨知客僧離去的小孫女背影，暗暗嘆了口氣。

但願這丫頭別出什麼差錯。為了事情順利，她特意叮囑青筠別叫大兒媳婦來添亂，她容易嘛。

十二　往年情事

疏影庵裡，無梅師太一直待在裡室沒有動彈，直到伺候她起居的靜翕稟報道：「師伯，黎三姑娘來了。」

無梅師太抬起頭，淡淡問向她見禮的少女：「妳是那冊手抄佛經真正的主人？」

漫長的修行歲月沒有讓無梅師太變得柔和無爭，她發問的這一刻，昔日公主的威嚴充斥著小小的靜室。

面對這樣一位身分特殊的人，喬昭從容依舊，平靜回答道：「經書是供奉給佛祖的，小女不敢當佛經的主人。如果師太問手抄佛經上的字誰能寫出，那麼正是小女無疑。」

她面帶微笑，自信無比。「請師太放心，這一次，不會錯了。」

無梅師太目光深深看著喬昭，良久，忽地笑了。

「來，把這首詩寫給貧尼看。」

喬昭看著攤在桌面上墨跡未乾的一幅字，心中默道：果然是青蓮居士那首《將進酒》，這位大長公主數十年如一日，對這首詩情有獨鍾啊。

她把紙張移開，平攤上新的，就著新磨的墨提筆落字，揮灑自如，一氣呵成。

一旁的無梅師太目光牢牢黏在喬昭寫的字上，已是癡了，喃喃念道：「君不見高堂明鏡悲白髮，朝如青絲暮成雪……朝如青絲暮成雪……」

喬昭收筆，看向無梅師太。

室內靜謐無聲，只聞窗外不知名的鳥叫聲，伴著初夏的風傳進來。

無梅師太回過神來，眼神複雜，盯著喬昭；喬昭神色平靜，任由她打量。

許久後，無梅師太終於開口：「妳的字，師承何人？」

喬昭心中嘆了口氣。她早就料到，只要那冊佛經被送到這位師太面前來，她一定會想見一見能寫出這手字的人，誰讓她用的是祖父的筆跡呢。雖然她的字比起祖父還欠些火候，風骨更是遠遠不及，可放眼天下，在「形」之一字上，應該沒有人比她的字更接近祖父了。

而無梅師太，曾經的公主殿下，正是因為當年苦戀祖父無果，才憤而出家的。

皇家公主多年前的密事世人不得而知，喬昭作為一個後輩之所以知道，卻是那一年來京城，因為調皮仿冒祖父的筆跡戲弄兄長，誆兄長前去大福寺與京城貴女們相親，兄長無意中丟失了信箋，不知怎麼到了無梅師太那裡。

那一年的佛誕日，整個大福寺都在尋覓信箋的主人。無梅師太對信箋的執著讓她感到奇怪，回嘉豐後偶然對祖母提及，祖母才告知了她這段往事。長輩情事不便多提，概括地說，就是一對堂姊妹同時愛上一位男子的故事罷了，有人終成眷屬，有人黯然銷魂。

這些年過去，喬昭的字比之當年的稚嫩更進一步，所以她才篤定這位大長公主一定會見她。其實喬昭是有些歉意的，她利用了別人的心結，不怎麼光彩，可如今她只得如此。

「小女並無師承，只是一直習練喬先生的字帖。」

無梅師太的目光依然落在紙張上，緩緩搖頭。「風神瀟落，天質自然，這樣的字豈是臨摹字帖就能練出來的？」

她猛然抬頭，盯著喬昭。「妳與喬拙是什麼關係？」

在無梅師太猛然爆發的氣勢下，喬昭面不改色，懇切道：「視為天人，心嚮往之，能有幸習練喬先生字帖，是小女最大的榮幸。」

無梅師太漸漸冷靜下來。她再次看了喬昭寫的字一眼，抬腳走到窗前。

窗外是一棵菩提樹，高大繁茂，把整個院落都遮蔽得陰涼幽靜。

「妳真是自己練出來的？」

「師太可否相信，有些人天生就驚才絕豔？」喬昭含笑問。

咳咳，她可沒有說自己，不過是小小誤導一下罷了。

「天生就驚才絕豔？」無梅師太腦海中忽然就閃過一道男子身影。

那人穿青衣，飲烈酒，能寫出天下最瀟灑的字，亦能作出最絢爛的畫，灑脫如風，彷彿沒有什麼能被他放在心上。偏偏，他對公主之尊的自己視而不見，卻鍾情於平庸無所長的堂妹。

這世上的事，可真是不公平。她恨過，怨過，質問過，哀求過，最終斬卻三千青絲隱居於疏影庵。數十年過去，心頭便只剩下淡淡的一點疼痛和長久的一點惦念。聽聞他的死訊，她也不過是枯坐了一夜，轉日便如常做早課了。

只是，她以為此生再也不得見那人的一點痕跡，今天卻見到了這樣一幅字。可以說，這手字已經得他八分真傳了。她剛剛就那麼看著那個小女孩寫字，彷彿就看到了那人在寫字一樣。

無梅師太轉過身，目光平靜看向喬昭，微微點頭。「小施主說得對，是有一些人生來便得天獨厚，資質遠超常人，是貧尼狹隘了。」

無梅師太說著走過來，聲音溫和問喬昭：「小施主可願每隔七日前來庵裡陪伴貧尼抄寫佛經？」

喬昭展顏一笑。「願意的。」

無梅師太笑起來，再問：「小施主叫什麼名字？」

「小女姓黎，單名一個『昭』字。」

「黎昭？可是賢者以其昭昭，使人昭昭的『昭』？」

喬昭垂眸。「正是賢者以其昭昭，使人昭昭的『昭』。」

無梅師太神情越發溫和，點點頭道：「去吧，七日後記得過來。靜翕，送黎姑娘出去。」

「是。」靜翕進來，深深看了喬昭一眼，客氣道：「黎三姑娘，請隨貧尼出去吧。」

「小女告辭。」

喬昭隨著尼僧靜翕往外走，無梅師太忽然開口：「靜翕，妳親自送黎姑娘到大福寺裡。」

靜翕腳步一頓，應道：「是。」

無梅師太這才闔上眼，不再看他們。

最開始弄錯了人？呵呵，這些魑魅魍魎的後宅小把戲，她當公主時見得多了，看來那孩子處境不怎麼好。既然那孩子願意陪她抄寫佛經，她舉手之勞給些方便也是應當。

靜翕領著喬昭走到疏影庵門口，知客僧迎上來，見她面帶微笑，心下鬆了口氣。「師兄，已經見過師伯了？」

「見過了，師伯命我送小施主出去。」

知客僧會錯了意，對喬昭道：「小施主，請隨貧僧來吧。」

靜翕打斷道：「師伯命我親自送小施主回大福寺，師弟領路吧。」

知客僧面露驚訝，不由去看喬昭，見她一副平平靜靜的模樣，心中更覺稀奇，只是嘴上不再多言，領著二人往大福寺去了。

長廊上，杜飛雪踮腳眺望，望了一會兒拉著黎皎道：「怎麼還沒回來呢？皎表姊，我可真想見見黎三灰頭土臉回來的樣子，一定比妳們二姑娘還難看。」

黎皎皺眉。「飛雪表妹，快別這樣說。」

今天這事一個鬧不好，黎府的名聲就徹底完了，覆巢之下焉有完卵？

杜飛雪卻不管這些，撇撇嘴道：「皎表姊，都什麼時候了，妳還向著黎三說話？」

二人正說著，忽然響起一陣騷動。

「黎三姑娘回來了！」

廳內夫人們竭力保持著優雅平靜，可耳朵卻豎了起來聽外面動靜。

年輕的姑娘們早已按耐不住，悄悄溜了出去，長廊上越發擁擠了。眾人看著知客僧不緊不慢走來，身旁還跟著一位中年女尼，更添好奇。

知客僧走進廳中，來到鄧老夫人面前。

鄧老夫人飛速掃了喬昭一眼，見她神色平靜，一直懸著的心一下子放下去了。

「師父——」

她才開口，知客僧就往旁邊側了側身子，介紹道：「老夫人，這位師兄是在無梅師太身邊的，師太特命師兄送黎三姑娘回來。」

靜翕對鄧老夫人雙手合十。「貧尼靜翕。」

鄧老夫人忙見禮。

廳內眾人目光驚疑，俱都落在靜翕身上。

黎三姑娘竟然是由侍候無梅師太的尼僧送回來的，這說明了什麼？原來那冊經文真是黎三姑娘抄的！天，黎三姑娘的字到底有多好，能讓無梅師太破格召見，還讓身邊人親自送回來？眾人好奇得撓心撓肺，只恨沒能看到那冊經文。

靜翕就在這樣的氣氛中開了口：「老夫人，師太很喜歡小施主的字，請小施主以後每隔七日前來疏影庵抄寫佛經，不知可否方便？」

大梁民風開放，女子出行不算什麼難事，更何況是被疏影庵的無梅師太請來抄寫佛經了。

鄧老夫人幾乎沒有猶豫，便道：「三丫頭的字能入了師太的眼，是她的造化，自然沒有什麼不方便的。」

一旁的姜老夫人看向喬昭的眼神陡然變了。

她是宗室女，別人可能不知道，她卻是清楚的，那位無梅師太，曾經的大長公主，是多麼地目下無塵，清高自傲。三丫頭的字居然能入她的眼？是，三丫頭那冊經文是抄得漂亮，放眼京城說不定都是頂尖的，可那位大長公主的字當初相當有名啊。或許，人總是會變的吧，比如眼前這個冷靜如常的丫頭。

按理說，黎府出了這樣一位才女是值得高興的事，可姜老夫人一想到先前丟的臉便高興不起來了。更何況黎三名節有損，就算闖出再大的才女名頭又如何？規矩人家依然不會娶這樣的人當媳婦。

這名頭要是落在黎府其他任何一位女孩身上就好了，姜老夫人再一次惋惜。

「貧尼告辭了。小施主，七日後見。」

隨著靜翕的離去，整個大福寺都熱鬧起來。

這可真是稀奇了，一個小姑娘的字居然能讓曾經的天下第一才女、有著公主之尊的無梅師太稀罕成這種程度，特意請她來抄佛經。

要知道疏影庵從不會放外人進去的，這些年來去過疏影庵的都是天下最尊貴的幾位女子。太后信佛，這兩年來疏影庵少了，可與疏影庵的來往就沒有斷過，據說前不久九公主還來庵裡為太后祈福呢。

在場的人不是宗室勳貴就是官宦女眷，向權力中心的靠攏幾乎是刻入骨子裡的，不然若只是一個毫無根基的放棄了公主身分的出家人，又怎麼會讓他們如此在意？

「老夫人啊，不知三姑娘師承何人？」夫人們圍著鄧老夫人紛紛問道。

姜老夫人心中頗惱火，這還是在外的場合裡頭一次把她撇下，圍著鄧氏說話。

「師承？咳咳，我們三丫頭沒有請名師，就是跟著家中姊妹一道上學罷了。不過她母親對她很上心，那些珍貴字帖書畫買了不少供她臨摹。」

眾人一聽暗暗翻了白眼。要是臨摹字帖就能有這般造化，那才是稀奇了。

見眾人顯然不信，鄧老夫人笑瞇瞇道：「想來是三丫頭在書畫上天賦異稟吧。」

天生的，別人羡慕不來。

眾人：「……」還有這麼自誇的？

不知何時溜進廳裡的杜飛雪實在忍不住了，脆生生道：「老夫人，三妹妹的字我是見過的，好像比之我皎表姊還差了一些呢。」

黎皎忙拉了拉她。杜飛雪是固昌伯府唯一的女孩兒，嬌蠻的性子在這個圈子中也是有名的。不過勳貴之女和書香門第的女孩不同，脾氣驕縱者並不罕見，是以這些夫人們皆不以為意，就連杜飛雪的母親朱氏亦只是警告地瞪了女兒一眼，並沒出口斥責。

比起小女孩的失禮，她們更好奇的是黎三姑娘的字。

一聽外人懷疑孫女水準，鄧老夫人登時不高興了，不過對方是個小姑娘，不好針鋒相對，老太太微微一笑，道：「杜姑娘沒聽說過『藏拙』嗎？我們三丫頭年紀還小，不願搶了姊姊們的風頭。」

這個「姊姊們」可就不單指黎府的姑娘們了。在場夫人們聽了，齊齊抽動嘴角。太可氣了，太囂張了，太不把她們這些嚴格教導女兒琴棋書畫的人當盤菜了。黎三姑娘的字要是不能讓她們心服口服，今天她們就住在大福寺不走了！

被擠到角落裡去的知客僧一臉無辜，心底哀嚎：可不能住下啊，這裡是和尚廟，住持會把他的腿打斷的。

夫人們頻頻向固昌伯夫人朱氏使眼色。

這一刻，朱氏心情頗為微妙。她還從沒因為女兒被外人這麼重視過，而原因竟然是希望她這個當娘的暗示女兒往前衝。朱氏鬥爭了那麼一小下，很快妥協了。罷了，誰讓她也撓心撓肺想看看黎三姑娘的字呢。

「飛雪，不要胡鬧。妳以前見過，並不代表黎三姑娘如今的水準，怎麼能因此懷疑人呢？還不向老夫人道歉。」

一聽母親這麼說，杜飛雪登時不服氣了，不過她還記得在夫人們面前不能表現得太嬌蠻，對鄧老夫人一禮道：「是飛雪心急了，請老夫人原諒則個。不過飛雪也是好奇黎三妹妹的字——」

她頓了頓，一拍手。「老夫人，不如這樣，您讓黎三妹妹寫一幅字啊，也讓我們都開開眼界，瞧一瞧能被無梅師太看中的字究竟有多好。」

一直默不作聲的喬昭瞥了朱氏一眼。

這位夫人，想來就是朱大哥的姑母了吧？她目光微移，落到另一位夫人身邊的女孩身上。那姑娘肌膚如雪，從內到外透出一股子寧靜來。

先前從長廊上走過時，她聽杜飛雪喊她「朱顏」，便一下子從記憶裡挖掘出一些資訊。這便是朱大哥的嫡親妹妹了。

朱顏似乎察覺到喬昭的目光，忽地抬眸，對她微微一笑。

喬昭微怔。居然有女孩子對她笑了？簡直不敢相信。

自從成了小姑娘黎昭，她還以為搶了所有姑娘的男人呢，讓她們這麼痛恨。這一刻，喬姑娘心情頗微妙。

朱顏同樣愣了愣。為什麼她覺得黎三姑娘瞬間發呆的樣子，那麼讓人想笑呢？

「昭昭。」鄧老夫人出聲，拉回了喬昭的注意力。

「祖母。」

鄧老夫人笑得一臉慈愛。「昭昭啊，妳可願意寫一幅字給在場的夫人姑娘們看看？」

喬昭平靜回道：「不願。」

此話一出，鄧老夫人有些意外，而在場眾人更是表情精彩。眾目睽睽之下這樣乾脆俐落回絕出風頭的機會，這姑娘也是少見了。

「三丫頭！」姜老夫人重重咳嗽一聲，語帶警告。

這丫頭究竟是怎麼想的？既然她真能寫出一手好字來，這個時候拿什麼喬？

「怎麼呢？」鄧老夫人卻神情不改，依然態度和煦。

「佛門不是炫耀之地。」喬昭回道。

她的目的已經達到，如何能夠再用祖父的字譁眾取寵？

喬昭不是很明白這些人的想法。她寫的字好與壞，關她們何事？反正，她們不可能想要自己的兒子娶她。

喬昭一句話堵得諸位夫人說不出話來，杜飛雪不甘心，反駁道：「黎三，妳這是推脫吧？妳不寫，如何能證明妳能寫出那樣好的字來？」

喬昭看著這姑娘直想嘆息，問她：「疏影庵的師太不能證明？」

一句話瞬間讓杜飛雪連聲都不敢出了，只得恨恨咬緊了唇瞪著她不語。

朱氏一看，忙給杜飛雪使了個眼色，把女兒拉到身後不再出頭。自家閨女遠不是黎三姑娘的對手，還是別衝上去徒增笑耳了。只是這黎三姑娘和以往給她的印象不大一樣啊，朱氏下意識看了黎皎一眼。

如此一來，她那位短命大姑子的女兒，以後的日子恐怕就沒那麼順遂了。

黎皎之母生前對朱氏這位弟妹還是頗多照顧的，朱氏對黎皎自然有些真情實意，不過也僅如此罷了，各家的日子還是自己過。

黎皎面上端著溫和的笑，心底早已翻了天。

黎三絕不可能寫出那樣的好字來，定然是她使了什麼心眼哄住了那位師太，不然現在讓她寫一幅字怎麼會如此推三阻四？呵呵，今日在大福寺黎三有正當理由堵住人口，那就來日方長好了，早晚有一天她要在眾人面前把她的皮給扒下來。

無論廳裡廳外的人們如何不甘心，到散場時依然沒能見到黎三姑娘的字，而因此，幾乎所有人都對這位黎府的三姑娘印象深刻起來。

十三　與之對視

回去的路上馬車一輛接一輛，在路上拉起了長龍，緩緩向前移動著，到了進城時，那速度就更慢了，宛如蝸牛在爬。

馬車裡的主子們等得心焦，紛紛派了下人前去打探。

不一會兒打探消息的下人們就紛紛回轉，擦一把被人群擠出來的汗道：「回稟太太，是冠軍侯領著將士們護送陣亡將士的棺槨進城，老百姓都在圍觀呢。」

夫人們一聽，掀開車簾往前看，一望無際的車龍讓人心生絕望。

她們在馬車中尚且坐得住，帶來的女兒孫女們卻受不了了，加之對年輕俊朗的冠軍侯格外嚮往，紛紛央求道：「母親（祖母），反正在車子裡也是乾等著，不如咱們棄車步行吧，正好表達一下對陣亡將士們的崇敬。」

夫人們心有靈犀地腹誹：看咱閨女（孫女），為了看那冠軍侯一眼，腦袋瓜都一下子活泛起來了，找的理由真好。於是紛紛允了姑娘們由丫鬟婆子護著棄車步行。

喬昭本來打定主意留在馬車裡慢慢等著的，可無意中聽到的一句話讓她改了想法。

「聽說將軍夫人的棺槨也在其中，將軍親自護著回來的。」

她的棺槨？邵明淵出城，去接她的棺槨回靖安侯府？這種感覺還真是一言難盡。

喬昭隨著黎府姑娘們在路旁停住，隨著百姓們一起等候。

遠處白茫茫一片漸漸近了，人們才看清是將士們穿著白衣緩緩前進。一輛輛無篷馬車載著陣亡英魂的棺槨，烏壓壓一片，沉重得令人窒息。道路兩旁的百姓們都安靜下來，誰也不說話，他們用最虔誠而哀慟的眼神，目送這些英雄進城。

漸漸的，有低泣聲在人群中響起。那些哭泣的人克制著，隱忍著，不願嚎啕大哭破壞此刻凝重的氣氛。這些棺槨裡，有哪位白髮蒼蒼的母親的兒郎？有哪位青春正艾的女子的夫婿？又有多少人的骸骨永遠留在了遙遠的北地？他們是兒子，是丈夫，是父親，可同時還是捍衛大梁百姓不受韃子鐵蹄踐踏的戰士。

多年前，凶殘的北齊人曾攻陷山海關，滿城百姓被北齊人肆意屠戮，女子的下場更是不忍目睹。時間能撫平很多東西，可還有一些東西是撫不去的。若有韃子進犯，願親手為家中兒郎披上戰袍，這是許多大梁百姓最樸素的想法。

路旁那麼多的百姓，他們平時或許會為雞毛蒜皮的小事大吵一架，可此刻，大家不約而同地保持沉默，用沉默來送這些陣亡將士們的英靈最後一程。

喬昭目光落在領頭的年輕男子身上。他沒有騎馬，而是走在一口黑漆棺槨旁。

沒有了那日進城的意氣風發，此刻的年輕將軍嘴唇乾裂，下頦冒出短短的青色鬍茬，就連那身白袍都成了灰黃色，滿身狼狽卻依然無損其出眾英姿。

無數年輕姑娘的視線或是含蓄或是毫無遮掩地黏在他身上。

喬昭卻越過他，緊緊盯著那口黑漆棺槨。那裡面，真的躺著她嗎？

居然有一天，她會站在路旁，與無數人一起目送盛放自己屍身的棺槨緩緩前行。這一刻，喬昭有些癡了。

無人知道她是她，這世間，她是何其孤獨；死而重生，她又是何其幸運。

喬昭想得出神，就在邵明淵即將走過的那一瞬間，身後忽然一股大力傳來，把她猛然推了出去。

喬昭措手不及，直接被推到路中央，眼看就要撞上去。邵明淵腳步一停，側身避開。

二人有那麼一瞬間，視線相觸。

邵明淵一雙黑湛湛的眸子微閃。這個小姑娘他那天見過，當時向他扔仙人球來著。

人群裡，江遠朝收起嘴角笑意。那個有趣的小姑娘怎麼會和冠軍侯對上了？

喬昭站穩身子，已經成為千萬人視線的焦點。

這種局面，換作任何一位年輕姑娘都該羞憤難當，可喬昭並不在意這些，她甚至趁機仔細看了邵明淵一眼。那人眼眸很黑，很乾淨，就像高山上的雪水消融，清冽透澈，直達人心。

喬昭想，她之前想錯了，手染鮮血的人不一定氣勢迫人，殺人不眨眼的大魔頭面對他保護的人，依然可以溫和似水。

「屍身不會壞嗎？」對視之下，喬昭鬼使神差問。

年輕的將軍徹底愣住了。他比眼前才十三歲的小姑娘高很多，半低著頭看她，眼中滿是困惑。現在的小姑娘考慮問題都這麼獨特了嗎？

喬昭問完，徹底清醒了，在對方的沉默下，咳嗽一聲，一本正經道：「我就是好奇，過來問一問——」

人群中無數年輕姑娘齊齊翻白眼。不帶這麼無恥的啊，邵將軍快把這小賤人罵下去！

邵明淵卻輕輕一笑，回答了喬昭的話：「不會，有千年寒冰鎮著。」

他唯一能做的，只是保她容顏不變，讓親人見上最後一面。

邵明淵隱隱感到肋下又開始作痛了，那是戰後為了去採千年寒冰，失足掛在懸崖尖石上落下的傷，沒想到被雪山寒毒所侵，竟是遲遲難好了。

「哦，那就好。」想到自己的屍身沒有腐敗，喬昭到底是覺得鬆了口氣，一個閃身鑽進了人群裡。

看著空蕩蕩的路中，邵明淵：「……」

所以剛剛那個小姑娘把他攔下，就是問有關屍身保存的問題？邵明淵面不改色，繼續往前走去。

人群中的江遠朝收回視線，落在喬昭身上。比起無趣的冠軍侯，他發覺還是這個小姑娘有意思多了。神醫的乾孫女？也不知道那位神醫是信口一說，還是當真的。

喬昭閃回人群裡，有了剛剛被人暗算的經歷，再不敢胡亂走神，保持著十二分警惕。

她敏銳察覺有道視線一直落在她身上，猛然看過去，正好撞進江遠朝收回不及的眼神。

那一瞬間，喬昭瞳孔一縮。是他？還真是巧了，又是嘉豐的故人。

有一年她出門替祖父採藥，無意間遇到此人受傷，隨手相贈了藥膏，後來又巧合碰到過幾次。要說起來，她只知道他叫「十三」，還不知道他真正的名字呢。

江遠朝同樣心裡一動。

這個小姑娘遠比他想像的要敏銳先不提，更有意思的是她剛剛看他的眼神。

她認識他！作為一名出色的錦鱗衛，江遠朝瞬間下了這個判斷。

他相信自己的直覺不會錯。剛剛小姑娘瞳孔縮了一下，這是意外見到認識之人的微妙表情變化，哪怕之後再怎麼掩飾，瞬間的自然流露是騙不了人的。

這可真是稀奇了，一個小小翰林的女兒，唯一走出京城是因為被拐賣到南邊，如何會認識他這個離開京城數年的錦鱗衛？還是說，他從嘉豐一路北上時無意間被這丫頭看見了？一時之間，處事遊刃有餘的江十三亦有些困惑了。

喬昭收回目光，轉身便走。

今天已經夠出風頭（丟人）了，不能再惹人注意。

喬昭剛才隨意閃躲進人群裡，已經與黎皎等人分開，如今也沒有費力尋找她們所在位置，乾脆掉頭往回走。還是回到祖母的馬車上靠譜些。

江遠朝見喬昭扭頭走了，抬腳跟了過去。

不過是個毫無威脅的小姑娘，勾起他心中疑惑，自然是要試探一番。

人們都站在道路兩旁隨著將士們往前移動，喬昭擠過那一段路便到了開闊之處，呼吸著新鮮的空氣不由鬆了口氣。

前方忽地籠罩下來陰影，她抬頭，便見一名身材高大的男子站在面前，正是剛剛意外見到的那人。

「小姑娘，咱們見過？」江遠朝雙手環抱胸前，笑著問。

喬昭微一挑眉，這人早就注意過她。

她穿戴雖素淨卻不寒酸，一名看似穩重的男子直截了當問出這句話，不過是不在意罷了。為何不在意？當然是知道她的出身不足以讓他在意，所以可以如此隨便。她臉上沒寫著名也沒寫著姓，會知道她的出身當然不可能是因為她剛剛攔住了冠軍侯，而是早就有所瞭解。以小姑娘黎昭的交際圈子，不可能與此人有交集，唯一的可能應該就是被拐後了。

難道說，這人也是剛剛北上進京，一路上留意到了他們一行人？那他豈不是知道了池燦等人的存在？

「小姑娘怎麼不說話？」

「敢問大叔貴姓？」

江遠朝嘴角笑意凝結，下意識抬手揉了揉鼻子。

大叔？他有那麼老嗎？還是說遠離了京城的富貴，一張臉太飽經風霜了？

「我姓江。」

「大叔姓江啊——」喬昭心思急轉。

他自稱十三，江十三……

喬昭瞬間想到了此人身分。姓江，排十三，看這沒事找事好奇心旺盛的樣子，十有八九是那位江大都督手下的十三太保之一。

原來是錦鱗衛啊。

喬昭頗有些自得。她這些日子一直騷擾父親大人果然沒白費功夫，憑著好記性已經對朝廷中比較重要的官員有了大致瞭解。用父親大人的話來說，皇上養了一條指哪咬哪的瘋狗，瘋狗又養了十三條狗崽子，最喜歡趴人門口盯著。

咳咳，她當時都沒敢聽完，終於深刻認識到父親大人以探花之才，為何會蹲在翰林院編了十幾年史書了，這要是被放出來，隨時是抄家滅門的節奏啊。不知東府那位伯府是給了父親上峰多少銀子，才讓那位上峰頂著給下屬穿小鞋的惡名一直壓著他沒挪窩？

「對，我姓江。」

「哦，沒見過，大叔再見。」喬昭扭頭便走。

說是故人，僅僅是認識而已，招惹上一名錦鱗衛的麻煩足以讓喬昭掉頭就走。

盯著喬昭匆匆離去的背影，有那麼一瞬間江遠朝想翻出一面鏡子，看看自己是不是生得面目可憎，能嚇跑人。

他人高腿長，幾步就追上身量還沒長開的少女。

看著攔在面前的人，喬昭不動聲色問：「大叔有事？」

江遠朝一陣牙疼，實在忍不住抗議：「小姑娘，若是妳願意，可以叫我江大哥。」

對上少女淡然如水的表情，他補充：「剛剛面對冠軍侯，沒聽妳叫他大叔啊。」

他和冠軍侯明明年紀彷彿，這不是歧視嗎？

叫邵明淵大叔？這個念頭讓喬昭頗不自在。無論是池燦還是面前的江十三，他們於曾經的她，不過是萍水相逢，可邵明淵不一樣，他——

喬昭想了想，啞然。她與邵明淵連萍水相逢都算不上，第一次見面就被人家一箭射死了……可那個人，到底是她名義上的夫君，她當了他兩年多的媳婦，「大叔」兩個字怎麼叫得出口？

喬昭腦海中閃過那人的樣子。

一身疲憊，滿面風塵，下巴上的青色鬍茬冒了出來，卻襯得臉更白，如雪玉一般清冷，可他眸子裡是有溫度的，讓人撞進去，會激起心底的柔軟來。

一位手染無數鮮血的將軍，卻有這樣矛盾的氣質……

「你們不一樣。」喬昭實話實說。

「如何不一樣？」江遠朝笑瞇瞇問。

就算那小子生得比他白一點兒，俊一點兒，就能這麼區別對待？現在的小姑娘未免太現實了，世風日下，人心不古。許是注意到這個小姑娘太久，終於與她面對面說話，連江遠朝自己都沒有察覺他比平時多了許多話。

喬昭眨眨眼。這人是在無理取鬧吧，她怎麼想的與他有什麼關係？果然錦鱗衛都是不能招惹的。

她退了一步，回道：「看他的姑娘太多，我喊他大叔，怕被繡花鞋砸死。」

江遠朝愣了愣，輕笑出聲。

他的聲音很溫和，笑聲也柔和，連帶著整個眉眼都是溫潤的，可只有這一刻才笑達眼底，就在剛才他對她說笑時，還如春夜的雨，細膩溫柔卻籠罩著春寒，大意的人便會在毫無防備中染上風寒。

喬昭本能地不喜歡這樣性情的人。她欣賞祖父那樣的男子，痛快地飲酒，高聲地笑，活得瀟瀟灑灑，坦坦蕩蕩。

「所以大叔，我可以走了嗎？」喬昭問。

「叫江大哥。」

「江大哥，我可以走了嗎？」喬昭從善如流。

這人比她大八、九歲的樣子，叫大叔明明不失禮，這樣執著稱呼也不知圖什麼。

「咱們真的沒見過？」江遠朝似笑非笑。

喬姑娘一臉嚴肅。「江大哥忒愛說笑，我這樣大門不出二門不邁的大家閨秀，從哪裡見過你呢？」

大門不出二門不邁？那先前被拐走的是誰啊？這小姑娘很有當錦鱗衛的潛質，撒起謊來面不改色心不跳。

喬昭笑看著江遠朝。有本事揭穿她啊，那她就要問問，他一路北上會留意到她一個小女孩是什麼目的了。

思及此處，喬昭忽然心中一動。

等等，池燦三人南下，純粹是貴公子們無聊之下的消遣，按理說不會引起錦鱗衛的注意。也就是說，江十三不是因為先注意到池燦他們才繼而注意到她。

那麼，他們四人當時哪方面引起了江十三的主意？喬昭再往深處想，便得到了一個答案——杏子林，喬家。

難道說，錦鱗衛的人一直盯著她家？喬昭不由抬眸看向江遠朝。那麼此人是不是知道一些那場大火的內幕？

喬昭心跳急促起來，當察覺江遠朝琢磨她的神色時，忽地展顏一笑。「不過咱們還是可以認識一下的。」

說不定有機會探探情況？

江遠朝：「……」現在的小姑娘都這樣不按常理出牌了嗎？他已經完全摸不透她的心思。

江遠朝錯愕之際，喬昭已經大大方方道：「我姓黎，乃是黎修撰之女，家裡排行三，住在西大街的杏子胡同裡。」

反正這些資訊此人恐怕早已爛熟於胸，她沒有任何遮掩的必要。

江遠朝後退一步，心生警惕。小姑娘對他說這麼詳細做什麼？他又沒打算去府上提親。

「不知江大哥家住何處呢？」

江遠朝臉色微變，咳嗽一聲道：「咳咳，我忽然想起還有急事，就先告辭了。」

說罷一個抱拳，邁開大長腿轉身就走，三兩下就不見了蹤影。

留在原地的喬昭眼中浮現一抹笑意。居然被嚇跑了？她搖搖頭，轉身走了。

江遠朝回到樹底下，一臉嚴肅對兩位等候的屬下道：「走吧。」

兩位下屬面色古怪。

「怎麼了？」

「大人，剛才——」

「剛才的事不得對旁人提及。」江遠朝臉色一冷。回到京城不比在嘉豐時自由，有些事情還是謹慎為妙，那個小姑娘，他暫時不想讓她進入那些人的視線。

她到底在哪兒見過他呢？江遠朝一邊琢磨一邊往前走。

兩名下屬對視一眼。先前開口的人低聲道：「是不是我眼花了，我怎麼覺著剛才人人是被那位姑娘嚇跑的呢？」

另一人深以為然點點頭。

江遠朝忽地腳步一停，轉頭冷厲掃向說話的屬下。

那人腿肚子一哆嗦，飛奔過去道：「大人恕罪，我胡說的。」

另一人追過來，慶幸剛剛沒有開口，急慌慌在上峰面前表現道：「就是，胡說什麼實話呢？」

江遠朝：「……」他眼瞎，弄了這麼兩個貨當心腹。

「滾！」

惱羞成怒的江大人拂袖而去。

喬昭回到馬車上，鄧老夫人笑容可親地問：「怎麼回來了？」

「人太多，怕再丟了就見不到祖母了。」喬昭真心實意地道。

要是再被拐一次，她可不見得能這樣順利脫身了。

鄧老夫人年輕守寡，堅硬了大半輩子，哪裡聽過這麼暖心的話，當下就心一軟。唉，她當祖母的居然還因為這孩子被拐而氣悶過，嫌她惹禍連累家裡，實在是不該啊。

鄧老夫人一把摟過喬昭，拍著她道：「昭昭啊，別怕，都過去了。」

都過去了。

有些事情過去了，有些事情過不去。無論如何，她能以黎昭的身分醒過來，都該慶幸。

喬昭靠在鄧老夫人懷裡，心中一暖。

「祖母，我不怕的。」她坐直身子，對著鄧老夫人笑。

十三歲的少女芳華初綻，可依然帶著稚嫩。鄧老夫人就這麼近距離看著小孫女波瀾不驚的笑容，那些蠻橫的、粗俗的、刻薄的影子似乎一下子遠去了。她從來沒與這孩子認真計較過，卻沒有想過有一天，這孩子會變得這樣好。真的是出乎她意料得好呢，哪怕那些高門貴婦們因為被拐一事，永遠不會把這孩子當成媳婦人選，她依然這樣認為。

「昭昭啊，以後妳可以出門了，不過東府的女學還是不要去了。」

喬昭沒有露出任何異色，平靜地道：「祖母，我還是想去上學的。」

鄧老夫人以為她不明白，解釋道：「今天妳雖大大長了臉，可黎嬌卻毀了名聲，以後妳若是再去東府女學，怕會刺了別人的眼。」

喬昭笑道：「祖母說的我明白，不過我相信鄉君寬宏大量，不會為難我一個小姑娘的。」

東府，她是不得不去的。

她的外祖父是刑部尚書，東府那位大老爺則是刑部侍郎，也就是說，黎府與寇尚書府是同一個社交圈子的，她想自然而然接近外祖父一家，將來能與兄長常見面，就不能斷了與東府往來。只要她與西府姊妹們一道去女學，日後東府要出席什麼場合需要帶著姑娘們，就不會獨獨撇下她。更何況，那位堂伯前往嘉豐去查喬家失火一事，等他回來，她更是迫切想見上一見。

喬昭太明白鄉君姜老夫人那種人了，死要面子活受罪。今天黎嬌出了大醜，姜老夫人同樣沒臉，然而不管心中多麼遷怒她，只要她不行差踏錯，姜老夫人在大面上就不會做得太難看。想想那些對她不厚道的人，心裡恨不得她滾得遠遠的卻又無可奈何，只得忍受她天天在眼前晃的樣子，喬昭覺得還是滿開心的。

鄉君寬宏大量？鄧老夫人嘴角一抽。這孩子，說什麼反話呢？

「昭昭，聽祖母的話，我看妳書法水準如此高超，想來其他方面亦不差，東府女學實不必去了。」

喬昭嘆了口氣。看來有一位真心為晚輩著想的祖母，有時候也很為難。

「可是孫女還是想與姊妹們一起，將來等姊妹們出閣了，再想有這樣的日子卻不能了。」

鄧老夫人張了張嘴，最終點頭。「罷了，妳既然願意，那就去吧。」

「多謝祖母。」喬昭抿唇笑了。

她算是摸清了，這位祖母吃軟不吃硬。

又過了一會兒工夫，黎皎返回了馬車。因何氏沒有來，西府一共用了兩輛馬車，一輛坐著二房劉氏母女，一輛坐著鄧老夫人與大房的兩位姑娘。

「皎兒怎麼也回來了？」鄧老夫人頗為意外。

「都是一口口棺材，瞧著怪滲人的，還不如回來多陪陪祖母。」黎皎有些意外喬昭的存在，賣乖道。

喬昭垂著眸，微不可察翹了翹嘴角。

這位大姊平日裡一副長姊風範，表現得隱忍懂事，可有些事上實在是拎不清的。英魂回歸故里，居然說瞧著滲人？要是她這樣說，她的祖母定會一記眼刀掃來，罰她頭頂茶碗睡覺；現在的祖母，亦不是糊塗人。

喬昭想得不錯，鄧老夫人果然沉下臉，訓道：「不得胡說！」

老太太突如其來的變臉讓黎皎大為震驚，一時間連疑問的話都忘了說。

「祖母年紀大了，喜歡清靜，不用妳急忙忙趕回來陪著。倒是那些陣亡的將士們，便是祖母這把老骨頭親自去送，亦不為過。」

黎皎一張臉陡然漲紅，恨不得找條地縫鑽進去。她居然又一次在黎三面前丟了臉，更重要的是，面對祖母的責備只能啞口無言。

這口悶氣黎皎實在難以下嚥，忍了又忍才道：「是孫女錯了。」

祖母同樣的問題，黎三是怎麼回答的？她真想知道。

黎皎自小掩飾慣了，認起錯來很是誠懇，鄧老夫人便不忍多加斥責，點點頭道：「真的知道錯在哪裡就好。」

老太太看向窗外，嘆道：「沒有那些保家衛國的將士們，妳們以為有這般舒坦的日子過？」

鄧老夫人扭頭問黎皎：「皎兒，妳知道咱們老家在何處吧？」

「知道，在河渝縣。」黎皎回道。

她是女孩，沒機會跟著長輩們回老家祭祖，但老家在什麼地方還是記得清清楚楚的。

「嗯。」鄧老夫人點了點頭，看了喬昭一眼，對姊妹二人道：「河渝縣緊挨著山海關。幾十年前，我也是妳們這般年紀，正趕上山海關被韃子攻破了……我有一位手帕交，外祖家在山海關城，那時正巧隨著母親去了外祖家，就趕上了那一場浩劫……後來，逃回河渝的只有她一個貼身丫鬟。我到現在還記得，那丫鬟叫小蝶。妳們可知道我那位手帕交怎麼樣了嗎？」

黎皎遲疑著，搖了搖頭；喬昭卻挺直了脊背，沉默不語。

她知道的，她見過。甚至在明知她是邵明淵的妻子時，那些虜獲她的韃子還想當即凌辱她。貧瘠的北地養成了北齊人彪悍的性格，偏偏女人稀少，也因此，當他們面對年輕秀美的大梁女子時，腦海中那根名為理智的弦根本就失去了作用。最後，是他們的頭領親手斬殺了兩個管教不住的士兵才震住了其他人，暫且保住了她的清白。

她永遠都忘不了，那個頭領大笑著對手下們說，若是姓邵的殺神不退兵，他就在城牆上當場把她賞給他們，讓大梁那些兔崽子們親眼瞧一瞧，他們北齊人是如何占有他們大梁女人的——被他們當作神一般崇拜的將軍的女人。就算燕城被大梁人奪回，也要讓這份恥辱永遠刻在大梁人臉上。

鄧老夫人收回目光，緩緩道：「當那些韃子進了鄰家肆虐時，她與表姊妹們一起吊死在後院的樹上，就像河渝每逢冬季家家戶戶醃臘魚一樣，一條條掛在上面。」

迎上鄧老夫人沉沉的眼神，黎皎打了個寒戰。

這些年來，大梁的禮教已經很鬆散了，鮮少再聽說哪家的姑娘因為名節有失就丟了性命的。遠的不提，就說她身邊坐著的這個，被拐走好些日子才回家，不也好端端的嘛。

像一條條醃魚一般掛在樹上……只要這麼一想，黎皎就不寒而慄，甚至有種想吐的感覺。

她不由看了喬昭一眼。喬昭坐在鄧老夫人另一側，眉眼冷凝，神色重重。

黎皎心中嗤笑。黎三為了討好祖母可真是不遺餘力啊，表現出這副感同身受的模樣不覺得可笑嗎？

鄧老夫人顯然很欣慰喬昭的理解，抬手拍了拍她，唏噓道：「年紀大些的是自己吊上去的，年紀小些的是父兄掛上去的。花朵般的女孩子掛成一排，就這麼沒了。」

她掃了一眼面色發白的黎皎，嘆息道：「妳們不要覺得家人殘忍，要知道一旦落入那些禽獸般的北齊人手裡，那才是生不如死。」

「後來呢？」喬昭問。

她的後來，是一睜眼遠在繁華祥和的南方，別人的後來又如何？

「後來啊——後來幸虧咱大梁的將士們浴血奮戰，才趕走了那些豺狼。如若不然，山海關之後便是河渝縣，要是讓那些北齊人打進河渝，現在恐怕就沒有妳們了。」

鄧老夫人掃了兩個孫女一眼，語氣鄭重：「一寸山河一寸血，妳們記著，沒有那些馬革裹屍還的將士們，就沒有咱們的好日子，以後決不許用那般輕浮的語氣議論他們。」

「是，孫女知道了。」這一刻，黎皎與喬昭異口同聲。

接下來是片刻的沉默。

黎皎不知道在這般的氣氛下該說些什麼。喬昭開口問：「祖母，我聽說北齊人作戰驍勇，如狼似虎，當年大梁將士把他們趕出山海關很艱難吧？」

鄧老夫人點頭。「何止是艱難，當年的慘況就不與妳們小女孩細說了。不過幸好有天縱英才的鎮遠侯在，才力挽狂瀾。」

「鎮遠侯？」

鄧老夫人卻一下子不說了，端起茶杯喝了一口，緩緩道：「行了，都是些陳芝麻爛穀子的事，不提也罷。」

喬昭眸光微閃。

鎮遠侯的名字有些熟悉，她好像聽祖父提起過。

「祖母，鎮遠侯如今還健在嗎？孫女似乎沒有聽說過京城哪家勳貴有此封號。」

鄧老夫人臉色微變。

黎皎今天處處落於下風，此時察言觀色，語重心長道：「三妹，這些往事祖母不想再提，妳就不要再問了。」

「喔。」喬昭平靜應了，望著鄧老夫人的眼神頗遺憾。

鄧老夫人頓時心一軟，忍不住說了句：「不在了，鎮遠侯一家早在二十年前就被滿門抄斬了……」

黎皎臉色一白。喬昭同樣一驚。

滿門抄斬？

她想起來了。那時她還年幼，無意中聽到了祖父與祖母的對話。

祖母問祖父，為何要給昭昭定下靖安侯府這門親事？一個是清貴門第，一個是武將之家，兩家成為姻親根本就不合適。祖父說，靖安侯為人端方，他的兒子錯不了，昭昭嫁給他會幸福美滿的。

祖母說，武將與文臣不同。文臣惹了君主厭惡，頂多是貶為平民，武將要是惹了君主猜忌，那就是抄家滅門的下場，比如那鎮遠侯……

喬昭微闔雙眸，腦海中梳理的資訊越發清晰起來。

鎮遠侯啊，那是如現在的邵明淵一樣的人物，他是如何招致滅門慘禍的呢？不知為何，想想鎮遠侯的下場，再想想邵明淵的如日中天，喬昭心情有些沉重。無論如何，她不願見到與韃子浴血奮戰的人物落得那般下場。

見鄧老夫人顯然不願多提，喬昭識趣地沒有再問，決定等回府後問一問父親大人好了。

這時，馬車外響起二太太劉氏的聲音：「老夫人，兒媳可以進來嗎？有要緊事向您稟告。」

「進來吧。」提起往事的鄧老夫人心情低落下去，淡淡道。

隨後就是一陣響動，隨著車門簾掀起湧進來一陣風，劉氏快言快語道：「老夫人，三姑娘──」

見到坐在鄧老夫人身側的喬昭，劉氏後面的話嚥了下去，嘴張了張，擠出一抹笑容。「原來三姑娘回來了啊──」

跟著她一同進來的六姑娘黎嬋嘟起了嘴，湊到鄧老夫人身邊把喬昭擠到一旁。「祖母，三姊太過分了，大庭廣眾之下衝到那位年輕英俊的冠軍侯面前不說，離開後也不回去找我們，害得母親帶著我們一通好找呢。」

「嬋兒，不得亂說。」劉氏喝止了黎嬋，忙看了喬昭一眼。

喬昭冷眼旁觀，意外發現這位向來與何氏針尖對麥芒的二嬸，看向她的眼神竟然有幾分慌亂和忌憚，這可有些稀奇了。喬昭挑了挑眉。

劉氏急忙收回目光，臉色更難看了，暗暗掐了黎嬋一下。這個死丫頭啊，真是讓她操碎了心！一路上她千叮嚀萬囑咐她們姊妹倆，以後不得和三姑娘再過不去，嬋兒竟一個字都沒聽進去。

黎三自從回了府，就跟有神仙保佑似的，誰招惹她誰倒楣。先前大姑娘與二姑娘聯起手來誣陷她被當場揭穿，弄了個灰頭土臉，她已經不止一次聽聞府中下人對大姑娘的議論。今天就更絕了，鄉君在滿城貴夫人面前丟了臉，二姑娘的名聲更是徹底毀了。招惹黎三的後果，是一次比一次嚴重啊。

劉氏是相當懂得見風使舵的，既然風浪太猛，她可不能讓自家閨女衝上去惹禍上身。

「三姑娘啊，別和妳六妹計較，她年紀小，不懂事。」劉氏滿臉堆笑道。

黎皎一雙眼睛都快瞪出來了，二嬸今天怎麼了？

劉氏看也不看黎皎一眼，轉而對鄧老夫人道：「當時人太多，擠得厲害，三姑娘是被擠出去的。我還擔心再走散了，既然人回來了就好，我這當嬸嬸的也可以放心了。」

黎皎：「……」她確定，二嬸中邪了。

真是該死，黎三當街勾搭冠軍侯的醜事，她本來還想尋機會對祖母說說的。

喬昭牽了牽唇角。當時把她推出去的人，是哪個呢？

這種小把戲喬昭其實不怎麼在意。把她推出去又如何？出醜嗎？

她不以為意，旁人怎麼想又有什麼影響？有被拐的事在前面頂著，這對喬姑娘來說根本不算事兒。只是，誰下的黑手，喬昭還是要搞清楚的。喬姑娘向來不喜歡不明不白的。

喬昭心中琢磨著。當時六姑娘黎嬋擠在她左前側，四姑娘黎嫣緊緊拉著她。二姑娘黎嬌因為在大福寺丟了臉，被鄉君拘著沒有下馬車，身為庶女的五姑娘黎姝自然不敢獨自出來晃。那麼在她後面的就只剩下黎皎、固昌伯府的杜飛雪，泰寧侯府的七姑娘朱顏，以及一些幾乎沒有交集的閨秀們。

當時那股推力來自右後方——

人群擁擠混亂，既然是被推出來的，那麼就不可能是與小姑娘黎昭毫不相干的人。當時，喬昭眼看著盛放自己屍身的棺槨緩緩而來，失神之下並沒有留意到黎皎幾人的站位，不過那股推力的方向是由下自上的，這說明了一點，推她的人身量應該不高。喬昭心中自然而然想到一個人——杜飛雪。

泰寧侯府的七姑娘朱顏個子高挑，黎皎也比身量還未長開的黎昭高，只有杜飛雪生得小巧玲瓏。

這個答案讓喬昭有些無奈，小姑娘黎昭真是廣結仇啊。等等——

以往黎昭傾慕杜飛雪的胞兄杜飛揚，可那位固昌伯世子對她一直冷眼以待，杜飛雪每次見了她不過是冷嘲熱諷幾句罷了。從人性上講，當一個人覺得另一個人毫無威脅時，不會採取更激烈的舉動，可今天在大福寺裡黎嬌出了醜，與杜飛雪關係親密的黎皎沒有任何損失，那就不存在替表姊出氣一說。

是什麼讓杜飛雪下這種黑手呢？

喬昭回憶了一下小姑娘黎昭對杜飛雪的粗略印象，心中已經有數。原來是因為她今天入了疏影庵那位師太的眼，擔心才女的名頭會被心上人看重……

喬昭翹了翹嘴角。朱大哥有這樣的傾慕者，不曉得心情如何？

被喬昭同情的朱彥，此刻正與才回到府中的妹妹朱顏一邊下棋一邊閒談。

「正趕上陣亡的將士棺槨進城，沒被擠著吧？」

朱顏淡淡笑著。「多謝五哥擔心，並沒有。」

朱彥素來心細，打量著妹妹的神色不由笑了。「七妹，我怎麼覺著妳今天心情很不錯？讓五哥猜猜，是不是今年妳手抄的佛經又得了疏影庵師太的稱讚了？」

「也沒有。」朱顏笑道。

這一次，輪到朱彥意外了。

「七妹的字都沒入了無梅師太的眼？那五哥就好奇，今天是哪幾家的姑娘得此殊榮了，並且能令七妹心服口服。」

若不是心服口服，七妹心情不會這樣輕快。

朱顏嫣然一笑。「五哥肯定想不到，今年只有一位姑娘的字入了無梅師太的眼。那位姑娘不只是得了稱讚，還被無梅師太召見了。」

「竟有這樣的事？」朱彥捏著棋子遲遲不落下，來了興趣，追問：「是誰家姑娘？」

朱顏掩唇一笑，打趣道：「五哥這樣追問一位姑娘，就不怕我多想呀？」

朱彥一怔，隨後抬手，扣起手指輕輕敲了敲朱顏光潔的額頭。「別拿五哥打趣。」

「那我就不告訴五哥了，五哥有本事自己猜猜看啊。」

朱顏只有在兄長面前才流露出女孩子的活潑來。朱彥配合地想了想，心中忽然一動，難道會是——

「五哥，想到了嗎？」朱彥的異樣引來朱顏的追問。

朱彥深深看朱顏一眼，問她：「那位姑娘，是不是姓黎？」

朱顏驀地睜大了眼，脫口而出：「五哥怎麼知道？」

他怎麼知道？他當然知道。

要是京城閨秀中有一人的書畫能遠勝七妹，甚至引來疏影庵無梅師太的破格召見，那麼只有一個人能做到，那個臨摹喬先生畫作簡直逆天的被拐少女黎三。能以假亂真臨摹喬先生的鴨戲圖，能閉著眼下棋贏過池燦，如今又憑書法讓無梅師太召見，他忽然開始期待小姑娘的琴音了。

「五哥，你究竟是怎麼猜到的？」朱顏定定看了兄長一眼，落下一子，篤定道：「你們見過。」

朱彥咳嗽幾聲。糟糕了，忘了妹妹也是個人精。

「這個——」可憐好人朱大哥君子端方，從來沒說過瞎話，此時面對著妹妹的追問冷汗都要流下來了。

南下途中的事說不得，說了黎三姑娘的名節就徹底毀了。情急之下，他一股腦推到了好友身上去。「我聽拾曦說的。」

至於池公子如何知道，那就不關他的事了，反正以妹妹的品性，是不會去找當事人追問的。朱公子很為自己的機智得意了一下。

朱顏看兄長一眼，手一伸端起棋盤，走了。留下朱彥想了半天，才後知後覺意識到：這是說瞎話被當場拆穿了？

❦

喬昭隨著鄧老夫人才踏進西府門口，何氏便衝上來，一把攬住她哭道：「昭昭，嚇死娘了，我以為妳又丟了！正召集人手準備出門尋妳呢。」

鄧老夫人看著跟在何氏身後的一大群丫鬟婆子，太陽穴突突直跳。她就說，甩下大兒媳婦在府裡是明智的。

喬昭移眼，看向跟在何氏身邊的冰綠，冰綠縮了縮脖子，旋即眉開眼笑。姑娘順順當當回來，她就算被罵也認了。

等回到西跨院，喬昭才說：「就不知道回馬車看看？」

冰綠吐了吐舌頭。「我以為姑娘絕對不會回馬車的。」

「嗯？」

「姑娘和冠軍侯搭上話了，那是冠軍侯耶！」

「所以呢？」

「所以婢子就跟著冠軍侯走了……」

喬昭忍了忍，問：「妳以為我跟著冠軍侯走了？」

「不是……」冰綠忽地雙手捧臉，「婢子沒想到冠軍侯那麼好看，哎呀，他和姑娘說話的樣子還那麼溫和——」

要是姑娘能嫁給冠軍侯就好了，她家姑娘貌美如花、才高八斗，與冠軍侯最相配了。她就是想多看一眼，替姑娘把把關。

一貫淡然的喬姑娘難得臉色發黑。所以她是自作多情了，她的貼身丫鬟純粹是因為邵明淵長得好看，就跟著人家走了。

她就知道，每次與姓邵的見面，都會不愉快！

喬昭把冰綠打發出去，由阿珠替她按捏頭部，整個人漸漸鬆弛下來。

總算是得到了走出家門的自由，接下來，她要想辦法見兄長一面。

大哥他，到底怎麼樣了？

室內很安靜，漸漸傳來清淺悠長的呼吸聲。阿珠放下手，取了一張薄毯蓋在喬昭身上，輕手輕腳走出房門。

有的時候，她覺得姑娘有種說不出的疲憊，卻不知從何而起。阿珠站在廊蕪下，抬頭望天。初夏的天總是乾淨的，一澄如洗，彷彿所有陰霾都不可能長久的停留。院子裡的石榴樹結了零零散散的花苞，說不定什麼時候就會開得熱鬧起來。

阿珠伸出雙手，陽光把她的指尖照得通透。所以，她可以努力做得更好一些，讓姑娘少些疲憊。

冰綠冷哼一聲，丟給阿珠一個白眼，扭身走了。她要去賄賂廚房裡的廚子，做桃花糕給姑娘吃，姑娘吃了桃花糕美貌如花，定比阿珠那小蹄子胡亂按捏幾下強多了。

青松堂裡，鄧老夫人仔細聽了大丫鬟青筠的稟告，眼神微閃。

「妳去三姑娘那裡時，三姑娘就已經穿戴好了？」

「是，就連冰綠都換好了衣裳，婢子在西跨院沒站一會兒就出門了。」

鄧老夫人點點頭，示意青筠退下。

屋子裡只剩下鄧老夫人與心腹容媽媽。

鄧老夫人開口道：「看來三丫頭比我想得還聰明，對大福寺的事早就胸有成竹了。」

容媽媽笑道：「姑娘家聰明些是好事呢，老夫人就能少操些心。」

鄧老夫人點頭。「真正聰明確實是件好事。」

要是只懂些小聰明，那還是愚鈍些好了。比如東府那位鄉君，改不了宗室那些人見到好東西就要搶過來的習性，最後只會出醜，還帶累了孫女，可憐二丫頭那孩子了。

在鄧老夫人想來，不管平日裡黎嬌有什麼小心思，佛誕日那種場合下都不敢做出明搶的事來，這一遭，小姑娘確實是被那位當祖母的鄉君給坑了。

東府馥君苑裡，黎嬌白著臉講完在大福寺的遭遇，伍氏豁然起身，臉色鐵青道：「豈有此理，我去找老夫人——」

心腹婆子忙把伍氏攔住。「太太，您可不能衝動，老夫人再怎麼樣也是您的婆母——」

伍氏氣得手都抖了，在女兒面前素來穩重大方的人，此刻連聲音都帶了哽咽：「婆母就能為所欲為了？哪有這樣當祖母的，她，她這是毀了我兒啊！」

伍氏跌坐回床榻上，攬住黎嬌哭起來。

黎嬌從沒見過母親這個樣子，嚇得反而忘了哭，胡亂安慰道：「娘，您別哭……祖母一定會補償我的，對，一定會的……」

想到大福寺發生的一切，對黎嬌來說就是一場惡夢。她下意識縮了縮身子，躲在伍氏懷裡，彷彿這樣就能把那些嘲笑的、輕蔑的，她長這麼大都沒見過的各色目光遮擋在外。

「傻丫頭——」

當著滿京城貴夫人們的面被毀掉的名聲，要拿什麼來補償？她的女兒，被那老虔婆徹底毀了啊。伍氏眼中閃過強烈的恨意，心腹婆子看在眼裡都有些心裡發毛。

伍氏拿帕子擦了擦眼，恢復了以往的穩重，把黎嬌從懷中拉出來道：「嬌嬌，莫哭了，無論如何，妳祖母是為了妳打算才這麼做的，以後妳對祖母依然要好好孝順。」

京城熱鬧多，近來先拘著嬌嬌少出門，等過上兩年人們淡忘了此事，再費心給她尋一門靠譜的婆家就是了，哪怕嫁到外地去也無妨。

想到這裡伍氏就是一陣心疼。她當心肝寶貝養大的女兒，何曾想過要嫁到京外去？都是那老虔婆，以後總有要她還的那一天！

「嗯，女兒知道。」

祖母一開始是為了她好的，要不是無梅師太命她當場寫字，又怎麼會露了餡？那些太太姑娘嘲笑她的眼神，她這輩子都忘不了，她明明從沒想過冒名頂替的事。是了，要不是黎三為了風光抄寫了那樣一部經文，根本不會發生今天的事。

祖母的權威不敢反抗，母親教她不要怪祖母，黎嬌心中委屈無處可訴，瞬間找到一個發洩口——都是黎三害的，自從她被拐後回府，就沒有過好事。她怎麼不死在外面呢！

「娘，我想去西府。」她要找黎三算帳去，憑什麼讓黎三踩著她的臉風光無限？

伍氏看著女兒憤怒的神情，心中了然，搖頭道：「不必去西府了，妳以後少出門，這樣人們才能慢慢忘了今天的事。」

「娘，我只是想去西府——」

「娘知道妳為何想去西府，只是嬌嬌啊，這事怨不著別人，更何況西府還有妳叔祖母在呢，今非昔比，她不會容妳放肆的。」

要是鄧老夫人像往常那樣禮讓東府，三姑娘那冊佛經就不會被送出去了。

「以後待在府中好生學習女兒家該學的東西，等將來妳出閣，持家有道，恭順公婆，再生幾個兒子，這些事就算不得什麼了。」

黎嬌垂眸聽著，一顆心卻涼了。母親的意思是以後都不讓她出門了？黎府的姑娘中最該被禁足的明明是黎三，她被拐丟了名節，就該遠遠打發到莊子上自生自滅，為何到頭來被禁足的成了她？

「嬌嬌，娘說的妳可明白了？」

「女兒知道了。」黎嬌始終沒有抬頭。

十四　梳理線索

今日的京城，因為陣亡將士們的棺槨進城，少了平日的喧囂浮躁，多了幾分凝重低沉。

邵明淵回到靖安侯府，洗去一身疲憊，等到夜深人靜時才叫來邵良、邵知問話。

「將軍，冠軍侯府還要一段日子才能入住。」邵知回稟。

邵明淵輕輕頷首，看向邵良，嗓音沙啞：「那叛逆的情況，可查到什麼線索？」

「將軍，蘇駱峰是孤兒出身，早已沒有了任何親人，屬下跑遍了他出生的村子都沒有得到任何有用的資訊，只知道他是十二歲那年進了北定城混生活，後來因為打架厲害，機緣巧合混進了衛所。」

「這麼說，線索斷了？」

邵良半低著頭，一臉慚愧。

邵知狠狠啐了一口，罵道：「那個混蛋，為什麼要這樣害將軍！」

蘇駱峰，北征軍副將之一，雖算不上將軍的嫡系，可這些年來跟隨將軍奮勇殺敵，早就成了跟他們生死與共的兄弟。

到現在邵良依然想不通，為何那日蘇駱峰會拿了代表將軍身分的權杖把他誆騙回去，從而把護送將軍夫人的隊伍引上另一條路，然後讓早已埋伏好的北齊人把將軍夫人擄了去。

「他這是叛國！」邵良抬手打了自己一巴掌，不敢看邵明淵的眼睛。「將軍，都是我混蛋，要不是我上了當，夫人就不會——」

別人只看到了將軍大勝封侯的風光，可他們這些最親近的人才能看到將軍的痛苦。將軍其實是很希望戰爭結束，與將軍夫人過上普通人的生活吧？

他永遠忘不了，每當戰事稍緩的閒暇時間，將軍就會坐下來，伴著北地屋簷垂下的冰凌和窗外一望無際的皚皚白雪，一筆一畫寫著家書。只可惜一封封家書寄出去，將軍從沒收到過回信。

將軍夫人心裡定然是怨將軍的。所以在突然接到消息、將軍夫人已經北上將要到達之際，他才主動請纓前去迎接。他要在夫人面前多多替將軍說好話，希望夫人能原諒將軍成婚兩年不能歸，可最終——

邵良緩緩跪了下來，聲音嘶啞：「將軍，都是我的錯——」

邵明淵彎腰把他扶起，好一會兒才道：「不是你的錯，只有千日做賊沒有千日防賊的道理。蘇駱峰多年來毫無異樣，可身上卻有仿造權杖，可見其處心積慮已久。」

邵明淵閉了眼，腦海中閃過與蘇駱峰交集的畫面。

雪地裡，蘇駱峰扶著受傷的他走了整整一夜終於安全回營；廝殺時，蘇駱峰縱身而起，替戰友擋住致命襲擊；篝火旁，蘇駱峰眉眼溫和，借著火光讀著家書……

邵明淵猛然睜開了眼。

「邵良，明日你前往北定城繼續追查，就查北定城的青樓畫舫，可有蘇駱峰熟識的姑娘。」

「將軍？」邵良頗為驚訝。

邵明淵眉宇間是掩不住的疲憊，可眼神卻是雪亮的，他聲音低啞，給邵良解釋：「我曾看到過蘇駱峰讀信，當時他說是家書。既然他是孤兒，何來家書？十有八九那信是相好女子寄來的，甚至——」邵明淵頓了頓，接著道：「甚至有可能是以青樓女子為幌子，傳遞什麼消息。」

到現在，邵明淵依然不相信蘇駱峰是通敵那麼簡單。蘇駱峰在他手下征戰已經數年，應該很瞭解他的性格。在那種情況下，他除了親手射殺自己的妻子，一方面不讓北齊軍的威脅影響大梁軍士氣，另一方面不讓妻子受盡侮辱慘死，根本不會有別的選擇。那麼蘇駱峰蟄伏多年只為了此舉，就很值得玩味了。

邵明淵大步走到桌案前，桌上擺著一副草圖。「你們來看。」

邵知與邵良圍過去。

邵明淵指點著圖紙。「邵良，你是在隊伍即將到達這個山岔口之前讓蘇駱峰誆騙回營的。到達山岔口之後，蘇駱峰就領著不熟悉北地地形的隊伍轉去了這裡，然後就遇到了埋伏。那些北齊人目的明確，擄走……擄走夫人後就迅速撤退，除了蘇駱峰與他帶去的士兵出現部分死傷，其他人都無大礙。」

邵知與邵良頻頻點頭。

聽邵明淵聲音沙啞得厲害，邵良倒了一杯茶遞給他。「將軍，先喝杯茶吧。」

邵明淵接過茶水一飲而盡，隨手把茶杯放置一旁，指向圖上某處。「可是後來派去的斥候調查到，在隊伍原本的必經之路，這裡，同樣埋伏著韃子。」

「會不會是韃子為了確保萬無一失？」邵良問。

「剛開始我也有這般想法，後來覺得不大對勁。斥候從埋伏處的印記推斷出韃子的數目遠比你帶去的士兵少。如果當時沒有蘇駱峰，你按著既定路線走，就算遇到這群韃子也不足為懼。」

當時，他接到傳信，母親憐喬氏獨守兩年，送她來北地與他相聚。更出乎意料的是，當接到傳信時喬氏已經快要到了，那時正值兩軍對戰最關鍵的時候，為了喬氏安全，他特命最信任的屬下邵良前去迎接，甚至讓他帶走數百人的護衛隊，卻沒想到蘇駱峰的叛變。

「你們覺得，出現這種情況最大的可能是什麼？」

邵良與邵知面面相覷。

「我思量良久，覺得出現兩撥韃子有一種可能，就是給他們通風報信的不是一撥人，得到消息的韃子亦不屬同一首領。」

北齊韃子同樣派系林立，為了搶功出現互不知情的情況是很有可能的。

「什麼？除了蘇駱峰還有別人？」

邵明淵神情冷凝，眸光湛湛。「只有這樣才能解釋，為何原定路線埋伏的韃子數量不及邵良帶去的護衛隊。因為另一撥報信的人錯估了護衛隊的人數。他們一開始沒有想到我會派那麼多人去接喬氏。甚至……沒有想到我會派人去接！」

喬氏到達北地的時間實在是太微妙了，正是兩軍全力以赴，幾乎騰不出兵力來的時候。

「陪夫人出京北上的有侯府護衛、部分羽林軍和遠威鏢局的人。邵知，你悄悄尋那些人問問，看蘇駱峰接手隊伍後有什麼異常。」

邵知心中一沉。將軍的意思，下黑手的除了蘇駱峰，還有一撥很可能是來自……

邵明淵抬手，輕輕揉了揉眉角，露出淺淡疲憊的笑容。「你們分頭去查吧，真相沒有查清楚之前，不必胡亂猜疑。」

儘管，他心中的猜疑已經瘋狂長成草，纏得他痛徹心扉，可他依然想得到一個明確的答案。

「是。」邵知與邵良齊齊抱拳。

邵明淵背靠椅背闔目片刻，睜開眼來見邵知與邵良依舊站在面前，一副欲言又止的樣子，便問道：「還有什麼事？」

邵知給邵良使了個眼色，邵良搖搖頭，示意他開口。

邵明淵輕蹙眉頭。「回了京，你們兩個怎麼學得婆婆媽媽了？有什麼事儘管說吧。」

手染鮮血無數，甚至最後染上的是妻子的熱血，他還有什麼不能背負的？

邵知被推出來，暗暗吸了口氣，終於開口：「將軍，您恐怕還不知道，嘉豐喬家大火，只逃出了喬公子與幼妹——」輕響聲傳來，邵明淵直接按斷了椅子扶手。

「將軍——」

邵明淵低著頭，好一會兒才抬起來，一張臉比冷玉還白。「喬家大火？」

「是，您出城那天傳出來的消息。嘉豐喬家因為一場大火沒了，皇上派了欽差前去調查究竟是天災還是人禍。」邵知回道。

「喬公子如今……是不是住在寇尚書府上？」

「將軍猜得不錯，喬公子與幼妹如今正住在寇尚書府上，只是——」

「說。」邵明淵薄唇微啟。

「外面都在傳言，喬公子為了救幼妹毀了容。」

毀了容，那不是相貌醜陋那麼簡單，而是失去了科舉的資格，這對讀書人來說是最殘酷的事，等於漫長的寒窗苦讀都化作虛無，再沒有魚躍龍門的機會。

「將軍，您……節哀……」邵知小心翼翼地勸。

他們比誰都清楚，將軍親手射殺了夫人，被心中愧疚折磨許久，如今再聽到這種噩耗，定然是極難受的。邵知向邵良使了個眼色。平日裡鬼機靈，這個時候怎麼成了鋸嘴葫蘆？

邵良強扯出一臉笑容。「將軍，要不要喝酒？屬下才去鼎鼎有名的春風樓買了兩罈——」

邵明淵擺擺手，露出清淺的笑。「我無事，你們下去吧。」

邵知與邵良對視一眼，只得默默退下。

屋內空曠下來，燭火搖曳，燈罩漸漸暗了下去。邵明淵坐在斷了扶手的椅子上良久，忽地伸出手遮住了臉。他許久不曾動，直到室內徹底黑下來，才起身躺到床榻上。京都的夜要比北地的夜熱鬧許多，此刻能隱約聽到低低的蟲鳴聲，像是纏綿低婉的小夜曲，催人入眠。

邵明淵翻了一個身，過了片刻又翻到另一個方向。肋下的傷又開始隱隱作痛，他伸手按了按不見效，便隨它去了。曾有人問，上了戰場的人，是不是就習慣了殺戮？他不知道別人如何，可他從不曾習慣過，只是，不得不舉起刀劍。就好似身上大大小小的傷口，就算舊傷好了添新傷，他依然會疼的。沒有人會習慣痛苦，只是……習慣了忍耐。

邵明淵想，明天他要去寇尚書府，見一見那位舅兄。有了這個念頭，他慢慢睡著了。

喬昭是被黎光文催起來的。

天剛濛濛亮，喬昭睡眼惺忪，問等在外間精神抖擻的父親大人：「父親，這麼早有什麼事？」

黎光文一臉興奮。「昭昭，為父聽說妳寫得一手好字，昨天得到了無梅師太的召見？」

都怪昨天下衙後跑去書齋翻看話本子入了迷，等回府後用過晚飯，無意間聽聞了女兒的驚人之舉已經太晚，不便過去，只得捱到了今早。

「嗯。」總算達到了第一步目標，喬昭一下子鬆懈下來，就覺得睡不夠，直到此時依然有些迷糊。

「聽妳祖母說，妳的字和喬先生如出一轍？」

喬昭這才醒了神，淡淡道：「祖母謬讚了，女兒臨摹喬先生的字只得其形，風骨還相差甚遠。」

黎光文搖搖頭。「昭昭不可過謙，妳的字既然能入了無梅師太的眼，那定然是極好的。來來來，咱們移步書房，讓為父看一看。」

他說著，從衣袖裡掏出一個布包，獻寶道：「為父把借妳的這方端硯都帶來了。」

喬昭抬手，無奈揉了揉眉，問黎光文：「父親，今天莫非是休沐日？」

「休沐日？不是啊。」黎光文不假思索道。

「喔。」喬昭看看窗外天色，很是疑惑。「這個時辰了，您不該上衙嗎？」

黎光文點點頭。「是該去上衙了，不過我請假了。」

「父親今天有事？」既然有事要請假，那一大清早跑她這裡來幹嘛啊？

黎光文被問得一怔，理直氣壯道：「是有事啊，不是來看昭昭的字嘛。」

喬姑娘：「……」這樣也會請假，理由是不是太任性了點兒？

改天一定要提醒母親一下，給父親的上峰送點禮，務必讓父親大人編史書到致仕。

黎光文催促著喬昭到了西次間，親自研墨，邊磨邊道：「這方硯臺可真是上品，下墨快，發墨細膩，就連研墨都是一種享受，只有好字才能配得起它啊。」

喬昭牽了牽唇角。原來她要是寫不出一手好字，父親大人打算一直「借」下去了。

在黎光文的殷切目光下，喬昭沉吟片刻，提筆寫下一副對聯：

風聲雨聲讀書聲　聲聲入耳

家事國事天下事　事事關心

「好字！」黎光文眼放亮光，擊掌稱讚，接著又是一拍手。「好聯！」

這聯當然不是喬昭創的，可配合著這手瀟灑至極的字，無端就讓人精神一振。

黎光文已是癡了，喃喃念了數遍，心潮起伏。「為父決定了，以後定要力求上進，為國為民做些事情，方不負我兒寫下此聯。」

喬昭大吃一驚。別啊，她錯了還不行嘛。

「咳咳，父親，其實……女兒此聯是寫給自己的，不是寫給您的。」

「呃？」黎光文從心潮澎湃中冷靜下來，眼中滿是讚嘆。「昭昭，為父沒有想到妳能寫出如此好字，嗯，就是與喬先生的字其實並不大像。」

「是女兒還不夠努力。」這副對聯，才是屬於她的字。

「不，不，不，已經很好了。」黎光文眼睛依然盯著那副對聯不放，感慨道：「是太好了。」他這麼大年紀的時候可寫不出這樣的字來。

「喬先生的字自然是極好的，可書法一道臨摹到後來，必須要有自己的風骨才算有成。昭昭，妳這手字已經不見匠氣，若是再練下去，不出十年便可自成大家。」

喬昭笑笑。「多謝父親鼓勵。」

黎光文忽然很有成就感，謙虛道：「為父的鼓勵雖然很重要，但更重要的還是妳的勤奮，以後要保持住。對了，昭昭說此聯是寫給自己的，莫非我兒還知道關心天下事了？」

「這都是因為聽您講故事聽多了，父親講的故事格外有趣。」喬昭眨眨眼。

嗯，與父親大人相處，她越發得心應手了。

「咳咳，這樣啊。」黎光文嘴角大大翹了起來。他就說，經常去書齋翻閱話本子是有成效的。

「對了，父親，我昨日聽祖母講起往事，她老人家提及一位將軍，可惜記不大清楚了，父親能給我講講嗎？」

「是哪位將軍？」

喬昭忍笑看著黎光文躍躍欲試的表情，道：「好像是鎮遠侯，曾領兵擊退過攻占山海關的韃子。」

黎光文立刻收起了嘴角笑意。

「父親——」

黎光文沒有理會喬昭，背著手在小小的書房裡來回踱步。他轉了好幾個圈，才道：「那位侯爺，被滿門抄斬了。」

「為何呢？」

「為何？」黎光文又開始轉圈了，身體不小心碰到桌角，疼得直皺眉頭，礙於在女兒面前不好丟了臉面，強忍著道：「首輔蘭山參他謀逆。」

「謀逆啊——」喬昭輕嘆，這可真是天大的罪名。

黎光文卻忽然激動起來。「什麼謀逆，分明是鳥盡弓藏，兔死狗烹！我看是皇上修道修糊塗了——」

「咳咳咳——」喬昭咳嗽起來。

「昭昭怎麼了？」

喬昭半抬起頭，艱難微笑。「父親，您還是給我講講外面的趣事吧。」

再講下去，她就要去天牢裡聽故事了。

黎光文似乎也反應過來，呆呆點頭。「哦，對，為父還是給妳講講外面的趣事吧。話說昨日冠軍侯率領護送陣亡將士棺槨的隊伍進城，有個小姑娘色迷心竅、膽大包天，見冠軍侯長得俊，眾目睽睽之下竟然衝了上去把冠軍侯攔下了……」

喬昭：「……」她還是去天牢裡聽故事好了。

總算打發走黎光文，沒過多久冰綠又進來稟告：「姑娘，三公子來了。」

喬昭有些疑惑。自從那次黎輝找她彆彆扭扭道了歉，之後就沒怎麼打過照面，今天找她又有什麼事？她仔細想了想。難道說東府的黎嬌受了氣，他也要出頭？

「請三公子進來。」

黎輝一腳邁進書房，對上喬昭淡然如水的目光反而紅了臉。

「三哥今天不去國子監嗎？」

「要去的，等一下就走。」

「那三哥過來有事？」

黎輝打量了書房一眼，見裡面並無懸掛的字畫等物，眼底閃過失望，微紅著臉道：「我聽說三妹寫得一手好字，昨天得到了無梅師太的召見？」

喬昭心情頗微妙。不愧是父子倆啊，問話都是一樣的，接下來該不會是提出看她寫字吧？

見喬昭只笑不語，黎輝硬著頭皮開了口：「三妹的字能入了無梅師太的眼，可見是極好的，不知為兄能否看一看？」

看著站在面前的半大少年紅著臉一本正經自稱「為兄」，喬昭頗無奈，可讓她再提筆寫一遍是不能的，於是道：「我剛剛寫了一幅字，被父親帶走了，三哥若是想看，不如去父親那裡看吧。」

「哦，這樣啊——」黎輝飛快看了喬昭一眼，點頭，「那我去了。」

他轉了身往外走，走到門口突然停下，扭頭撂下一句「三妹再見」，這才匆匆跑了。

冰綠一臉莫名其妙，嘀咕道：「三公子怎麼規矩起來了？」害她都沒派上用場呢。

阿珠端著托盤走進來。「姑娘，用碗百合粥吧。」

冰綠拍拍額頭。「對了，姑娘，今天是您去東府女學的日子，婢子昨晚上就給您收拾好了書箱，這就去給您拿過來。」

見冰綠飛快跑了，阿珠湊在喬昭耳邊低聲道：「姑娘，婢子從採買的婆子那裡聽說，昨天進城的陣亡將士們的棺槨被天子獲准葬入西陵，冠軍侯的夫人被追封為超品的侯夫人……」她不明白姑娘讓她多打聽城裡發生的大事有什麼用處，但既然是姑娘吩咐的，那她就會好好做。

喬昭點點頭，示意知道了。

阿珠性子溫和，見人三分笑，看來已經漸漸打入了下人圈子中。至於冠軍侯的亡妻是否得到追封，對她來說，沒有半點意義。

「辛苦了。」

「姑娘，您的書箱。」冰綠快步走進來，見阿珠緊挨著喬昭站著，輕哼一聲，上前俐落把她擠到一邊去。

「姑娘，二姑娘昨天倒了大楣，定然會憋了一肚子火，您今天一定要小心些。」

「二姑娘會尋我麻煩？」喬昭不由笑了。

那姑娘，真是越挫越勇。

「何止是尋麻煩啊，依婢子看，至少要和您拚了呀。」冰綠快言快語道。

喬昭被逗得撲哧一笑。

冰綠呆了呆，忽然捂住臉。

「嗯？」喬昭挑眉。

「哎呀，姑娘，您剛剛笑起來真好看。」冰綠拍了拍臉，罕有地嘆了口氣，「您好久都沒這樣笑啦。」

這些日子姑娘的笑容太淡了，讓她看著，總像隔了一層什麼。

「這樣啊。」喬昭側頭看向阿珠。「阿珠，讓妳準備的荷包弄好了嗎？」

「好了。」阿珠從袖中翻出一個素面荷包來。

喬昭伸手接過來，打開看了看，隨手繫在腰間。

冰綠撇撇嘴。「這麼醜的荷包，也好意思拿給姑娘戴。」

哪裡醜了？喬昭不由低下頭，看了看腰間新綴的荷包。

「這是姑娘做的。」阿珠面無表情提醒。

冰綠：「……」混蛋阿珠，為什麼不早點說！

小丫鬟再次看了荷包一眼，努力想找出一些溢美之詞，找了許久，覺得還是直接向姑娘道歉好了。

多少年來難得做一次女紅，居然被冰綠嫌棄了？喬昭忽然有些心塞，站起來淡淡道：「該去青松堂請安了。」

直到她走出去數步，冰綠才猛然找到了荷包優點，喊道：「姑娘，布不錯。」

喬昭一時沒聽懂。

冰綠解釋道：「婢子是說，做荷包的布料不錯，姑娘眼光真好。」

「哈哈哈。」一貫沉穩的阿珠忍不住笑起來。

喬姑娘黑著臉捏捏荷包，大步流星走了出去。

黎光文回到書房直接就把掛在牆上的一幅字摘了下來，伸手比畫一下，尋來材料準備親手把閨女寫的字裱好掛上去。他才把用到的材料擺好，書房門就響了起來。

「誰？」

「父親，是我。」

黎光文起身，走到門口一把拉開房門。

「輝兒？今天沒到國子監放假的日子吧？這個時候了你怎麼還沒走？」

黎輝險些忍不住翻白眼。今天還不是休沐日呢，您不是乾脆都沒上衙嘛。

「父親，我聽說三妹給您寫了一幅字，兒子也想瞧瞧。」

黎光文頓時把兒子晚上學的事給拋到了九霄雲外去，一副找到知音的表情。「來來來，為父正尋思著讓你有空多向你三妹學習呢。」

「這是三妹寫的？」黎輝走進書房，眼睛險些黏上去。

黎光文忙把兒子拉開。「離遠點，看壞了怎麼辦？」

看能看壞了？這是親爹啊！黎輝忿忿想。

「三妹的筆跡，和以往大相徑庭。」

黎光文眼中滿是讚嘆，依依不捨離開閨女寫的字，看向兒子。「你三妹進步真快，輝兒，你該努力了。」

「兒子覺得，這樣的字非一時之功。」

「不錯，所以你該時時努力才是。」

黎輝嚥下一口悶氣，直言道：「您不覺得，三妹進步太快了些？」

黎光文再次看向那幅字，沉吟片刻，嚴肅點了點頭。「是，為父忘了，這其中還有天賦的差別。」

黎輝：「……」他確定了，這絕對不是親爹，有這麼埋汰人的嘛。

見兒子神色鬱鬱，黎光文長嘆一聲，搖搖頭道：「輝兒要努力提高自身，不能嫉妒你三妹。為父仔細想了想，你三妹這些年低調藏拙，真的是不容易啊。」

黎輝嘴角抽了抽，要是站在面前的不是親爹，他拳頭早就上去了。為什麼差不多的意思，由父親大人說出來，就很想抽人呢？

「兒子告退。」

「咦，不好好欣賞一下你三妹的這幅字嗎？」

「兒子該上學去了。」

黎輝快步走了出去，吐出一口濁氣。父親大人這麼多年居然能一直留在翰林院編書，真是為難他的上峰了。

藏拙？黎輝琢磨著這個詞，想到東府的二姑娘黎嬌，嘴角溢出一抹冷笑。

那位堂妹吃相可真夠難看的，連他在國子監上課都能聽說了她的光榮事蹟。要是這樣說來，三妹或許這些年還真在藏拙呢，不然還不被那位鬧翻了天。

黎輝忍不住望向西跨院的方向。也不知三妹今天會不會去東府女學——

想到這裡，黎輝猛然搖頭。他真是中邪了，三妹去不去關他何事，他才不關心呢。少年頭也不回往外走去。

十五　以彼之道

喬昭用過百合粥，帶著冰綠前去青松堂給鄧老夫人請安，正好遇到了劉氏母女三人。

「二嬸。」喬昭見過禮，朝四姑娘黎嫣與六姑娘黎嬋輕輕頷首。

想到母親的叮囑，黎嫣擠出一抹笑。「三姊。」

黎嬋抿著嘴不吭聲，被劉氏在背後悄悄掐了一下，這才不情不願打了招呼。

「昭昭，這是準備去學堂了？」劉氏頗有些沒話找話說。

喬昭笑笑。「是，耽誤了這些日子，也該撿起來了。」

劉氏連連點頭。「說的是，妳兩個妹妹才疏學淺，以後還要妳這當姊姊的多教導。」

喬昭頗詫異，迎上劉氏含笑的眼神，忽地明白了。劉氏這是在示好，喬姑娘頗有些意外。她這是收拾了東府的祖孫，順帶把這位平日裡不把母親放在眼裡的二嬸恐嚇住了？

喬昭看了劉氏一眼。這位二嬸精明伶俐，不像是被嚇大的啊。這其實是個聰明人呢，在何氏面前無禮，說到底是不把何氏放在眼裡罷了。人，要想讓人在意，果然還是要靠自己。

「二嬸客氣了，我是姊姊，如果兩位妹妹願意，自然會盡量關照。」喬昭大大方方道。

「嫣兒、嬋兒，還不謝過妳們三姊。」

「多謝三姊。」黎嫣明顯沒有劉氏熱絡，黎嬋乾脆低下頭沒吭聲。

一行人到了青松堂。

何氏見喬昭進來頗驚訝。「昭昭，娘還以為妳不過來呢。」

劉氏輕輕抬了抬唇角。這個妯娌但凡有她閨女一分能耐，她就拿正眼看她，瞧瞧這是說的什麼蠢話。東府那位老鄉君確實是老眼昏花了，她可不相信每一次都能詭異脫身、並讓得罪她的人倒楣的三丫頭，僅憑了運氣。三丫頭確實和以前不一樣了，或者說，以往三丫頭偽裝得太好，她們都沒看清。

「有些日子沒給祖母請安，實在慚愧，想著一早趕過來的，沒想到娘來得更早。」喬昭含笑道。一句話便襯托得何氏對鄧老夫人格外恭順。

何氏猶自不覺，劉氏卻暗暗嘆氣。有個好閨女，可真是不一樣啊。

「三妹是要去女學嗎？」黎皎忽地開了口，語帶關切。「三妹，我覺得妳還是再休息幾日吧，二妹這幾日心情一定不大好——」

喬昭語氣淡淡。「二姊心情不好是該多休息，我心情不錯。」

別人心情不好，讓她遷就，這是什麼道理？

黎皎抿了抿唇，她是真不懂還是裝傻啊？

「昭昭，妳可想好了？」鄧老夫人沉默了一會兒，問。喬昭點頭。

「那便好，妳們早些去吧，姊妹間和睦相處，少生是非。」

有了鄧老夫人發話，西府四位姑娘一同趕去東府。

東府女學幾位姑娘都是來慣了的，只有喬昭從某種意義上說是頭一次過來，遂對四周景物多加留意著。她瞥見假山旁紅影一閃，黎嬌氣勢洶洶迎面走來。

「黎昭，妳居然敢來！」

見喬昭無動於衷，黎嬌上前一步，嘴唇氣得發抖。「妳以為是在大福寺嗎？這是東府，妳憑什麼像沒事人似地過來？」
喬昭暗暗搖頭。都說人從書裡乖，黎二姑娘這麼蠢一定是讀書太少的緣故。唉，按理說她是不該歧視的。
「我確實沒發生什麼事。呃，大姊說二姊心情不好，我還以為二姊不來呢。」
黎嬌猛然看向黎皎。「妳、妳這麼說？」
居然連一個沒娘的都敢背地裡笑話她了，真是豈有此理！
黎皎難以置信看喬昭一眼，她怎麼能如此光明正大把戰火燒向她這一邊？
「二姑娘。」一個十七、八歲的丫鬟低聲喊了一句。
黎嬌深吸口氣，強迫自己冷靜下來。
母親把身邊的大丫鬟都派給她了，她不能再讓母親擔心。
「很好，那妳可要好好學了。」黎嬌當先走進了學堂。
趕巧這日先上的是書法課，教書法的先生是位鬚髮皆白的老者，他微駝著背走進來，目光便落在了喬昭身上。「老夫聽說，昨日三姑娘在大福寺大放異彩？」
喬昭規矩行禮。「先生謬讚。」
書法先生沉著臉，語氣生硬：「觀其字識其人，要想練出一首好字，心境、天賦、勤奮缺一不可，三姑娘寫首小詩讓老夫看看吧。」
面前的人占了師者名分，喬昭很是恭敬應了聲「是」，對投在她身上的數道目光毫不在意，提筆寫下一首小詩。行雲流水，柔而不俗，比之那冊手抄佛經上的字多了幾分婉約。
黎嬌一直緊緊盯著喬昭落筆，一見紙上的字，早忘了評鑑優劣，脫口而出道：「妳騙人，這筆跡和手抄佛經上的不一樣，原來那冊佛經也不是妳寫的！」

喬昭看其一眼，不發一言，提筆蘸墨，旋即又在紙上寫下同一首小詩，可字跡已與剛剛寫下的迥然不同。黎嬌驀地瞪大了眼。這，這才是那冊手抄佛經上的字跡！黎三莫非是有神仙相助，什麼時候能寫出兩種全然不同的筆跡來？

喬昭擱下毛筆，語氣平靜問：「二姊，昨日在大福寺裡，伯祖母說妳未曾留意佛經上的字跡，才稀里糊塗跟著知客僧去見了無梅師太。可二姊既然未曾留意，又如何知道我先寫下的小詩與佛經上的字跡不同？」喬昭一句話把黎嬌問得啞口無言，臉瞬間成了豬肝色。

四姑娘黎嫣看在眼裡，暗自心驚，母親說得果然不錯，自從三姊回了府，誰和她過不去就要倒楣的。她目光遊移，無意間與五姑娘黎姝對上。姊妹二人那一刻竟有種心有靈犀的感覺，眼神閃了閃，同時錯開眼睛。四姊（五妹）也發現了，三姊好可怕！

「妳、妳在胡亂說什麼呀——」黎嬌羞惱不已，想起母親警告，一下子沒了氣勢。冷靜，她剛剛出了醜，不能再和黎三硬來！

「我從不胡說，二姊以後也不要胡說才好。」喬昭淡淡警告，心想，這姑娘真是記吃不記打啊。

書法先生是個老舉人，多少有些文人意氣，琢磨出喬昭那話的意思來，整堂課上再沒正眼瞧過黎嬌，把二姑娘臊得淚花一直在眼睛裡打轉。

姜老夫人頗重視女學，喬昭等人要學一整日，午飯一直都是留在東府用，飯廳是在學堂旁特意闢出來的。等到了午時，姊妹六人團團圍坐，少了以往的隨意談笑，氣氛頗為尷尬，直到飯菜端上來黎嫣等人才暗暗鬆了口氣。

因是在女學用飯，就圖了方便，姑娘們分盒而食。每位姑娘面前都擺著一個雕紅漆食盒，裡面放了素燴三鮮丸、糟銀魚、清蒸肉末蛋、水晶蝦仁等數樣下飯菜，主食是銀絲花卷，並一碗紅棗梗米粥。東府的吃食向來要比西府精緻豐盛。

喬昭淨過手端起粥碗，忽地又放下了，掃過面前飯菜，拿起手邊水杯默默喝了一口。黎嬌暗暗捏緊了手，指節隱隱發白。

其他人見喬昭如此，一時之間皆沒動筷子。

「三妹怎麼不吃？」黎皎問。

「胃痛。」

黎皎擺出關切的模樣。「三妹什麼時候添了胃疼的毛病？以前從不曾聽妳提起過啊。」

從沒提起？喬昭笑了笑。

她沒有扯謊，小姑娘黎昭確實有胃痛的毛病，以黎昭的性子自然不會向視作天生對頭的長姊提起。好在她回黎府這些日子作息規律，又配了些藥吃，漸漸把胃痛的毛病養好了。

只是今天，面前的飯菜吃不得。

黎嬌冷笑一聲。「胃疼？我看三妹是恨不得與東府畫清界限吧？三妹有多大的火氣都發在我身上好了，擺出這種姿態豈不是讓長輩們寒心。」

喬昭淡淡看了黎嬌一眼。原來學堂上的偃旗息鼓，是有這頓飯等著她呢。

喬昭垂下眼簾，看著擺在面前的紅漆雕花食盒，飯菜的香味很是勾人。這算是鴻門宴了吧，就是規格小了點。

穿青色比甲的丫鬟上來，把一只盛放殘食的喜鵲登梅圓盤放在桌子中間，對姑娘們屈膝一禮，默默退下。喬昭不動聲色，躲在桌下的腳抬起，輕輕踢了青衣丫鬟小腿一下。

青衣丫鬟一個趔趄，條件反射下急忙扶住桌角，桌角處剛好放著喬昭先前飲過一口的水杯。水杯掉在地上摔得粉碎，伴隨著青衣丫鬟的驚呼聲，頓時把所有人視線吸引過來。

「賤婢，毛手毛腳的像什麼樣子！」黎嬌柳眉倒豎。

西府的姑娘們自然是不吭聲的。

青衣丫鬟慌忙跪下請罪：「婢子該死，請姑娘饒恕。」

剛剛好像有人輕輕碰到了她的腿，可在場的全是主子，她一個小丫鬟如何把這個理由說出來？再者說，剛剛碰的那一下其實很輕，應該是無意的，只不過她莫名其妙腿肚子麻了一下，這才沒站穩，這就更無法怨到別人了，說出來反而要惹幾位姑娘不快。

青衣丫鬟自認倒楣，連連請罪。

府上人都說二姑娘從昨日回來心情差極了，她一下子撞上來，真是流年不利啊。

心裡本就窩著火，遇到這種事黎嬌確實相當不快，正要發火之際一眼瞥見面色平靜的喬昭，頓時把火氣忍了下去，冷聲道：「還不收拾好了趕緊下去。」

青衣丫鬟如蒙大赦，迅速收拾完飛快退了下去。

黎皎這才開口道：「二妹不要生氣了，咱們快吃飯吧，不然該涼了。」

「不用妳當好人。」黎嬌冷聲道。先前在背後說她的帳還沒算呢，竟敢在她面前指手畫腳了，什麼叫不要她生氣，好像這些人裡就她最容不得下人一樣。

黎皎被噎得臉一紅，忍著怒氣垂下眼簾，拿起勺子喝了一口紅棗粥。

眼看著姊妹們陸續吃起來，只有喬昭依然不動筷子，黎嬌心裡越發氣悶。

黎三那份飯，她是趁課間休息的時候悄悄吩咐人下了料的，誰想黎三居然胃疼不吃。難道她知道了？不可能！黎三課間的時候分明在出神，除非能掐會算，不然如何會得知她的打算？

「看來我們東府的飯菜是真讓三妹瞧不上了，既然如此，以後三妹還是自帶好了。」

就算她不吃躲過一劫又如何？要是有骨氣以後就都別吃，吃自帶的冷飯吧。一想到等寒冬臘月的時候眾姊妹圍坐一團吃著熱氣騰騰的飯菜，喬昭只能喝白水吃冷飯，黎嬌心情又好了不少。

「二姊說笑了，一粥一飯當思來之不易，何況這樣豐盛的佳餚。」喬昭說著拿起一個銀絲卷，語氣淡淡問黎嬌：「我胃痛，二姊也會因此生氣嗎？」

黎嬌立時被堵得說不出話來，死死捏著筷子，最終冷哼道：「隨便妳，愛吃不吃。」

因為惱羞成怒，黎嬌憋著一口氣，吃得竟比往常還快些，快吃完時忽地皺眉看向五姑娘黎姝。「妳又是怎麼回事兒？」

黎姝不料她這樣低調還引來黎嬌注意，下意識捏緊了手中銀絲卷，訥訥道：「我……我也胃疼……」

雖然不知道三姊為何只吃花卷不吃菜，但跟著三姊行事就對了。

四姑娘黎嫣低頭看了看吃了大半的飯菜，忽然覺得胃也疼了。一時沒抵住美食的誘惑，真是大意了。她趕忙拉了胞妹黎嬋一下，暗示她少吃點。

黎嬋鼓著腮幫子一臉無辜。「四姊拉我幹嘛？」

黎嫣頗尷尬，輕咳一聲道：「少吃點，沒聽伯娘那天說妳胖了。」

黎嬋嘴一癟，頓時吃不下去了。

眾人用過午飯，小憩片刻後回到學堂裡。

下午是琴藝課，教琴的先生曾在宮中當樂師，雖是位還不到三十歲的年輕男子，口碑卻是極好的，姜老夫人費了不少心才請過來，十天來授課一次。

一身青袍的琴藝先生正試著琴音，黎皎忽地捂住了肚子。

肚子脹痛越來越厲害，黎皎咬著下唇，輕輕按住腹部。

怎麼回事？莫非是吃壞了肚子？

面對著年輕俊美的琴藝先生，要去淨房這種話，她一個姑娘家是打死也說不出口的。

黎皎忍得辛苦，腹痛如絞，每一刻都無比煎熬，一顆顆冷汗直往下滴，直到不雅的聲音響起，臉色頓時慘白。

完了，這聲音是她發出來的？

正羞憤欲絕之際，黎嬌已經站了起來，面色通紅，連話都未說一句就捂著肚子衝了出去。

二妹？黎皎錯愕了一瞬間，立刻站了起來，匆匆對琴藝先生道：「先生，二妹許是不舒服，學生去瞧一瞧——」

等不及琴藝先生應允，向來穩重溫婉的大姑娘就匆匆追了出去，留下雲裡霧裡的琴藝先生看向其他幾位女學生。

三姑娘與五姑娘毫無異樣，四姑娘鐵青著一張臉，六姑娘淚眼汪汪，一副糾結痛苦的表情。

今天這些學生是怎麼了？想到先前那不雅的聲音，琴藝先生忽地了然，學生們這是吃壞了肚子？

年輕的琴藝先生跟著尷尬起來，忙道：「既然二姑娘不舒服，今天的課就上到這裡吧。」

琴藝先生抱著琴匆匆走了。

他這一走，六姑娘黎嬋立刻站了起來，甩下一句「我去淨房」，旋即就消失在門口。

四姑娘黎嫣對喬昭勉強一笑。「我去看看。」

轉眼間，琴房內只剩下喬昭與五姑娘黎姝。

喬昭神色淡淡，低頭隨手撥弄了一下琴弦。五姑娘黎姝暗暗吞了吞口水，鼓起勇氣喊道：「三姊。」

喬昭側頭，唇邊掛著淺淡笑意。「嗯？」

迎上她波瀾不驚的目光，黎姝忽地忘了該說什麼。難道要問三姊，為何大姊她們都吃壞了肚子，獨獨她們兩個沒事？她可是跟著三姊行事，只吃了銀絲花卷的，這豈不是說三姊早就知道那些飯菜有問題？五姑娘黎姝越想越糊塗了。

三姊如何得知飯菜有問題？是無意中發現有人往飯菜了放了東西？這應該不可能，西府的姊妹一早過來就都沒離開過學堂，難道說是用飯時被三姊察覺的？這更不可思議了，三姊當時明明一口沒吃。

東府女學的小廚房因是專給姑娘們設的，素來仔細，不可能出現用了變質食物的情況，要是有人吩咐廚子往飯菜裡下藥，那個人非二姊莫屬，可偏偏二姊吃得比誰都多。

「五妹喊我有事？」喬姑娘聲音溫和。

黎姝聽在耳裡，卻好似一個驚雷乍響，猛然回過神來。不想了不想了，管它是怎麼回事，反正以後跟著三姊混就對了。

素來謹小慎微的少女，小心翼翼揚起一抹討好的笑。「我是想告訴三姊，今天三姊戴的頭花真好看。」

喬昭啞然失笑。

她髮間只簪了一朵玉蘭花，白中透綠，再素淨不過了，何來好看一說？

黎府幾位姑娘中，唯一庶女出身的五姑娘倒是個心思細膩的。這樣的人，懂得明哲保身，自然不會冒冒失失找她麻煩。

喬昭便露出真切的笑來。「五妹慧眼。」

她不再多說，收回目光落在面前的古琴上。

黎姝心中一動，三姊果然是知道的。

琴房裡安安靜靜，喬昭素手輕抬，隨意彈奏起來。她沒有依著任何譜子來，微垂眼簾信手彈著，黎姝卻漸漸聽癡了，彷彿看到屋簷下精緻的籠子裡鳥兒輕輕揮動著翅膀跳來跳去，調皮地躲避著旁人的逗弄，終於籠子打開，鳥兒一飛沖天，越飛越高，越飛越高，直到再也看不見，只剩下碧藍的天與潔白的雲，年年依舊，任人仰望。

直到幾個丫鬟婆子湧進門來，琴音才戛然而止。

黎姝一看領頭的婆子，臉色不由發白，是嫡母身邊的王媽媽！

王媽媽走過來對喬昭草草行了一個禮。「三姑娘、五姑娘，二姑娘幾人吃壞了肚子，驚動了夫人，夫人請您二位過去問話。」

「問話？」王媽媽表現得很急，喬姑娘卻不疾不徐，反問了一句。

王媽媽本來不覺得自己的話有什麼不妥當，被喬昭這麼一反問，忽地就有些心虛。夫人交代了，對西府姑娘要客氣些，免得再引來什麼閒話。

她忙乾笑道：「是夫人請二位姑娘過去瞭解一下情況，其他幾位姑娘現在都不方便。」

她口中說著「二位姑娘」，自始至終沒有看黎姝一眼。

黎姝向來有自知之明，連不平之氣都生不出。

「既然是伯母想瞭解一下情況，王媽媽帶路吧。」喬昭這才施施然起身。

王媽媽暗暗扯了扯嘴角。也不知夫人幹嘛對西府的這麼客氣，明明這些年西府都是仰東府鼻息的。哼，三姑娘現在擺什麼架子，等會兒就要倒楣了。

學堂一側有供姑娘們午休的地方，喬昭被王媽媽領到那裡，就見丫鬟婆子們進進出出，裡間隱約可聽到女孩子的抽泣聲。

伍氏等在廳裡，一旁坐著四姑娘黎嫣與六姑娘黎嬋。

一見喬昭進來，黎嫣條件反射站了起來，還不忘把毫無所覺的黎嬋拉起來，對喬昭見禮。「三姊。」

喬昭點頭還禮，對著伍氏輕輕一福。「大伯母。」

伍氏掃了神情緊繃的黎嫣一眼，心道：能在大福寺一鳴驚人，這位三姑娘果然沒有那麼簡單，連四姑娘都曉得厲害了。

「昭昭啊，伯母叫妳來，就是想瞭解一下情況，好端端的妳二姊她們幾個怎麼鬧起肚子來？」伍氏說著看了看黎嫣姊妹。「剛剛我問了嫣兒和嬋兒，她們兩個午飯吃得少，這才沒什麼事，妳大姊和二姊卻泄個不停，剛剛喝下湯藥才止住了。」

喬昭沉吟片刻，一本正經回道：「那應該是大姊和二姊吃得多吧。」

跟在喬昭身後進來的五姑娘黎姝忙把頭垂得更低，這才藏住笑意。

伍氏險些維持不住當家主母的風度，暗暗吸了口氣才道：「這個伯母自然明白。」

這不是廢話嘛，有問題的東西誰吃得多自然就反應大！

喬昭眨眨眼。「那大伯母是想問我怎麼沒事嗎？」她看了看黎嫣姊妹，笑笑。「我還以為四妹和六妹對您講了。我沒事，是因為我沒吃。」

伍氏：「……」這死丫頭要是在她手底下過活，早弄死了。

冷眼瞧著嫡母難得吃癟，五姑娘黎姝眼中笑意一閃而逝。三姊可真是厲害啊，幾句話就讓嫡母拳頭都打在了棉花上。

「大伯母還想瞭解什麼？昭定然知無不言，言無不盡。」

看著神色從容的少女，伍氏忽然就問不下去了。

還能問什麼？她一個當伯母的，還是隔了一房的，總不能直接問：莫非妳看出了飯菜有問題才不吃？黎三又不是傻子，就算真看出來也不會承認啊。

伍氏短暫沉默，喬昭卻道：「看來是我們中午用的飯菜有問題，大伯娘沒有找人檢驗一下嗎？」她好意提醒道：「大姊與二姊的飯菜雖吃得乾乾淨淨，但我一點都沒吃，正好可以用來檢查呢。」

「董媽媽正在檢查。伯母是想著三姑娘要是察覺了什麼不妥的地方，可以提醒我一聲，免得董媽媽那邊不知道什麼時候查出根由來，耽誤了妳大姊與二姊的治療。」

伍氏話音才落，董媽媽就走了進來，附在伍氏耳邊輕輕說了幾句，伍氏神色驟然一變。董媽媽竟然從倒入潲水桶的飯菜中檢查出了瀉藥的成分。

「大伯母，二姊她們腹瀉的根由查出來了嗎？」喬昭從容不迫發問。

伍氏心中懊惱不已。

當時嬌嬌與大姑娘泄得厲害，連話都說不了，她問過四姑娘與六姑娘，知道三姑娘沒有吃，直覺認為是這丫頭搞鬼，關心則亂之下，這才急忙把人叫來問個究竟。可偏偏，飯菜居然被下了瀉藥，那只能是東府的人所為。

莫非是這丫頭買通了東府下人？伍氏立刻否定了這個猜測。東府下人要是能輕易被西府一個小丫頭買通，那她這當家主母就不必做了。

難道說——想到某種可能，伍氏臉色有些難看，強笑著對喬昭解釋道：「已經查出來了，是那道水晶蝦仁用的蝦子不新鮮了。」

「原來是蝦子不新鮮啊，那是小廚房的人失職了。」

一個廚子，做出飯菜供人果腹享用才是本分，既然聽二姑娘吩咐做出這些亂七八糟的事，自然該承擔後果。喬昭是很贊成「有因才有果」這句話的，總不能害人成功後可以得到好處，害人失敗就拍拍屁股沒事了吧？

小廚房失職，何嘗不是當家主母的無能？伍氏被埋汰得窩火至極，忍怒道：「三姑娘放心，回頭伯母定然狠狠處置那些不開眼的。」

喬昭沒接這話，淡淡笑道：「大伯母有所不知，當時二姊一直怪我不吃菜呢。」

伍氏心中一緊。

這丫頭果然是鬼靈精，已經開始猜疑嬌嬌了，還當面威脅她。想到女兒如今的名聲，哪裡還禁得起新的風波，伍氏忍下所有火氣，擺出親切的笑臉。「昭昭別和妳二姊計較，她呀，見不得浪費食物。」

「難怪二姊吃得一乾二淨。」

伍氏已是恨不得把耳刮子呼到喬昭臉上去了。這是笑話她閨女蠢，搬起石頭砸自己的腳吧？別以為她聽不出來。

喬昭莞爾。她就喜歡看恨不得弄死她的人，偏偏無可奈何的樣子。

「大伯母——」

伍氏心中嘔血，可還要哄著眼前這個祖宗，忍氣笑道：「我聽四姑娘說昭昭胃痛，現在好些了嗎？」

「多謝大伯母關心，自然是好多了。」

「那就好。」伍氏點點頭，揚聲道：「王媽媽，拿著我的對牌去庫房取些血燕給三姑娘帶回去。」

在眾人詫異的目光下，東府這位當家主母笑得格外親切。「這血燕是好東西，昭昭每天吃上一盞好好養養腸胃。」

「長者賜不敢辭，昭昭就卻之不恭了。」

伍氏微鬆口氣。收下血燕，這是不打算鬧騰了吧？

「只是血燕貴重，侄女怕把腸胃養嬌貴了，萬一吃完了卻買不起了——」

敲詐，這是赤裸裸的敲詐！伍氏一口氣險些上不來，心中滴血道：「昭昭不必擔心這個，伯母這裡還有，吃完了儘管來拿就是了。」

心滿意足的喬昭帶著一大包血燕打道回府，留下伍氏心疼好久沒緩過來。

「夫人——」王媽媽忍不住喊了一聲。

伍氏掃了王媽媽一眼，猛然站了起來，大步流星走進了安置黎嬌的房間。

黎嬌喝過湯藥已經恢復了些元氣，一見伍氏進來便哭道：「娘，女兒今天在學堂太丟人了，以後再也不去學琴了，嚶嚶嚶——」

「住口！」伍氏再也忍不住怒火，厲聲喝止。

黎嬌一愣。

伍氏惱怒交加。「嬌嬌，妳給我如實坦白，那飯菜中的瀉藥是怎麼回事兒？」

「瀉藥……什麼瀉藥？」黎嬌慌亂掩飾。

伍氏嘆了口氣。「嬌嬌，妳是我身上掉下來的肉，怎麼想的娘還不清楚嗎？這裡沒有第三個人，來龍去脈還不給我講清楚！」

在伍氏的逼視下，飽受腹瀉折磨的黎嬌終於哭了出來。「娘，我也不知道是怎麼回事啊，我明明吩咐廚房的人在黎三那份飯菜裡下藥，誰知怎麼所有飯菜都有問題啊。」

她猛然抬頭，拽住伍氏衣袖。「一定是廚房那幫蠢貨聽岔了，這才害得我出醜。娘，您一定要好好發落他們。」

「妳給我住口！」伍氏氣得手抖，直接撥開黎嬌的手。

「娘——」黎嬌愣住。

「那些混帳我自會處置，至於妳，太讓娘失望了！我不是反覆叮囑過妳，如今不比從前，不能再惹是生非，妳卻一個字都聽不進去，居然吩咐小廚房給黎三下藥！」

黎嬌依然不服氣。「是那些人沒有把事情辦好。要是只有黎三一人腹瀉，完全可以說是她腸胃不好或者不知在哪裡吃了不乾淨的東西，如何會怪到咱們頭上呢？」黎嬌越說越不甘心，掩面哭道：「娘，老天才不公平，怎麼讓黎三有這麼好的運氣，偏偏在那個時候胃痛吃不下東西呢？」

伍氏任由黎嬌哭著，等她漸漸安靜下來，才恨鐵不成鋼點了點她額頭。「嬌嬌，到這個時候妳還以為黎三只是因為運氣嗎？」

黎嬌怔住。不是因為運氣，那是因為什麼？

「黎三總不能看得出飯菜被下了藥吧？」黎嬌喃喃道。

這話把伍氏問住了。能看出飯菜被下了藥？這怎麼可能。可要是讓她如女兒一般相信黎三憑的是運氣，那更是笑話。

「對了，娘，黎姝也一口沒吃。」

伍氏眯了眯眼，吩咐站在外頭的人。「叫五姑娘過來。」

片刻後珠簾輕響，黎姝進來後給二人問過好，規規矩矩站著。

「今兒個中午用飯的時候，妳也如三姑娘一般胃疼？」

「是。」

伍氏打量著謹小慎微的庶女，忽地冷了臉。

「五丫頭，妳給我說實話，中午好端端為何不吃菜？」

黎姝渾身一顫，立刻跪了起來，頭垂得低低的。「母親明鑑，女兒自來胃口不好，今兒起晚了，喝了幾口溫涼不熱的湯水，到了學堂就胃疼起來。」

伍氏牽了牽唇角。

這個庶女自幼身體弱倒是真的。柳姨娘生黎姝時早產了些日子，黎姝先天有些不足，柳姨娘又傷了身子，這也是她能容忍她們母女至今的原因。

或許真是巧合這麼簡單？

「娘——」自己出了醜受了罪，庶妹卻好端端的，黎嬌氣不過，拉了拉伍氏衣袖。

伍氏回過神，掃黎姝一眼，淡淡道：「妳們姊妹應該同進同退才對，今兒妳沒照顧好妳二姊，按理是該罰的，只是既然身體不舒服，就免了妳這一遭。下去吧，以後記著我的話。」

黎姝始終沒有抬頭，恭恭敬敬道：「是，女兒記下了。」

等她悄無聲息退出去，這才鬆了口氣。

入眼是一片樹綠花紅，黎姝眼底畫過一絲哀傷，旋即又成了那個謹小慎微的五姑娘。

若不是二姊壞了名聲，需要低調做人，她就算知道那飯菜有毒也是要笑著吃下去的，否則當時全身而退，事後嫡母和二姊也饒不了她。當一個庶女，怎麼就這麼難呢？

屋子裡只剩下伍氏母女二人，說話又隨便起來。

伍氏再次叮囑女兒：「嬌嬌，不管如何，這樣的事以後不許再做了。」

「娘，黎三那樣得意，處處和女兒過不去，莫非就這麼算了？」

伍氏恨鐵不成鋼點了點黎嬌額頭。「此一時彼一時，黎三前有李神醫認作乾孫女，後有無梅師太青睞，妳們又不是一個府的姑娘，非要和她扛上有什麼好處？嬌嬌，妳若是不聽娘的話，那以後女學就不必去了。」

不去女學？這怎麼行！

黎嬌當下服了軟。「好了，娘，我知道了，以後不理她就是了。」

伍氏這才滿意點了點頭。

錦容苑裡，四姑娘黎嫣一回去，就把學堂發生的事一五一十對二太太劉氏說了，劉氏聽得瞠目結舌。

黎嫣感慨萬分。「娘，您說得對，最近誰招惹三姊都會倒楣的。」

劉氏彎了彎唇。「娘怎麼會害妳們呢？」

她說著特意看了小女兒黎嬋一眼。「嬋兒，這一點妳就要向妳姊姊學著，以後不可逞一時之快了。」

黎嬋似懂非懂點點頭，好奇問道：「可女兒還是想不明白，三姊怎麼知道飯菜不能吃呢？」

「這個啊——」劉氏被問住了。

這麼邪門的事，她也想不明白啊。

「咳咳，總之以後不要和三姑娘起爭執就對了。」

黎嫣與黎嬋齊齊點頭。

十六 無悔於心

喬昭才踏進雅和苑，何氏就迎了上來，上上下下打量女兒一眼，把她拉入懷裡。「我的昭昭，今天在學堂沒有受委屈吧？」

「沒有的。」何氏眼中流露的關切讓喬昭心中一暖，含笑回道。

「沒有就好，娘還一直擔心妳呢。昭昭啊，要是真有人欺負了妳，不要委屈自個兒，一定要告訴娘呀，娘替妳作主。」何氏就差拍著胸脯向女兒保證了。

跟在喬昭身後的冰綠撲哧一笑。「太太，您放心吧，咱們姑娘才沒有受委屈呢。倒是大姑娘、二姑娘她們幾個，因為吃壞了肚子丟了好大的人，婢子當時就忍不住樂了，伺候二姑娘的含珠差點和婢子打起來。」幾位姑娘去學堂各自帶了一個丫鬟，姑娘們上課時就歇在休息室裡。

何氏聽得目放異彩。「真的？」

「當然是真的。」冰綠快言快語，倒竹筒般把事情經過講了一遍。

小丫鬟講得繪聲繪色，就像說書一般精彩，聽到最後何氏大笑起來。「可真是老天開眼，讓那些嘴爛心毒的遭了報應。」

「可不是呢，咱們姑娘心眼好，就一點事都沒有。」冰綠捂著嘴咯咯笑起來。

何氏越看冰綠越舒心，問道：「冰綠，妳說伺候二姑娘的含珠差點與妳打起來？可有吃虧？」

冰綠一聽，挺了挺胸脯。「太太多慮了，婢子怎麼能給姑娘丟人呢？」哼，要不是當時伺候四姑娘與六姑娘的兩個小丫鬟攔著，她非把那小蹄子的臉抓花不可。

「少惹事。」喬昭忽地開了口。

姑娘的話必須要聽，冰綠當下沒了氣勢，老老實實道：「是。」

喬昭頷首，又道：「不過要是被人欺負到頭上來，也不必忍著。」

「姑娘？」小丫鬟瞬間神采飛揚。

「把握好分寸就是了。」

「噯！」冰綠脆生生應了下來。

主僕二人回了西跨院，冰綠依然興奮不減，雖一直看阿珠不順眼，可實在找不到其他適合的暢聊物件，還是眉飛色舞對阿珠說了，最後不忘炫耀道：「姑娘願意帶著我，妳就算不願也是無法的，誰讓我才是伺候了姑娘多年的心腹呢。不過妳只要好好伺候姑娘，以後發生什麼好玩的事兒我還是會告訴妳的。」

「那就多謝了。」阿珠面色平靜道。

冰綠終於心滿意足，扭身出去了。

阿珠把泡好的茶奉給喬昭，喬昭接過來喝了一口，才道：「有沒有聽來什麼新鮮事兒？」

喬昭不在西跨院的這段時間，阿珠自然沒有守在院子裡，而是跑到大廚房與婆子們閒聊磕牙去了。廚房裡的下人消息靈通，議論的不是府中八卦，便是城裡發生的新鮮事兒。阿珠性子溫和，善於傾聽，出手又大方，早與那些人處好了關係。

喬昭本是隨口一問，沒想到阿珠還真聽來一件事：冠軍侯一大早去了寇尚書府上。

喬昭當即坐直身子，收起了隨意。「冠軍侯去了寇尚書府上？後來呢？」

他去外祖父家是……報喪嗎？邵明淵一定會與兄長見面的，只要一想到這個可能，喬昭就有些難以淡定了。

阿珠卻被問住了，搖搖頭道：「婢子只聽來這些，還是因為那些婆子們打賭，冠軍侯去尚書府會不會被打出來呢。」

「不會。」喬昭恢復了冷靜從容。

迎上阿珠疑問的眼神，她解釋道：「冠軍侯射殺妻子喬氏，是為了家國大義，寇尚書身為朝廷重臣，是不會為難冠軍侯的。」

她這樣冷靜分析著親人們面對她被夫君親手射殺後的反應，心中說不出是什麼滋味。

外祖父定然是不會怪罪邵明淵的，那麼，哥哥呢？喬昭一時想癡了，再沒言語。

阿珠悄悄退了下去。

寇尚書府上。

因為寇老尚書父子一早上朝去了，聽聞冠軍侯前來拜見，招待他的是老夫人薛氏和長媳毛氏。

邵明淵穿著半新不舊的白袍，見到薛老夫人當即一撩袍角，單膝跪了下去。「外孫婿明淵見過外祖母，見過舅母。」

眉眼清俊的年輕人，收斂了睥睨縱橫的殺伐之氣，就好似飽讀詩書的世家貴公子，恭恭敬敬跪在長輩面前。

薛老夫人長久沉默著，跪在地上的年輕人亦無半點焦躁之色，更無青年封侯的志得意滿，時間一點點過去，保持著跪姿紋絲不動。

屋子裡伺候的年輕丫鬟們，忍不住頻頻看向這位清俊無雙的年輕侯爺。這是她們表姑娘的夫君呢，生得可真俊，又有天大的本事，只可惜，她們的表姑娘沒有福氣……

「罷了，侯爺起來吧。」薛老夫人終於開口。

邵明淵沒有動。「明淵自知罪孽深重，不敢求外祖母原諒，懇請外祖母允許明淵見舅兄一面。」

「侯爺想見喬墨？」

「是，內子棺槨已經安置在靖安侯府中，明淵想親口告訴舅兄此事。」

「喬墨他——」薛老夫人張嘴欲言，最終搖搖頭，嘆道：「罷了，慶媽媽，領侯爺去見表少爺。」

一個四、五十歲的婆子走過來。「侯爺請隨老奴來。」

邵明淵向薛老夫人磕了一個頭，這才起身隨著慶媽媽出去。

他才走，屏風後就轉出一個綠衣少女來。

「青嵐。」毛氏皺起眉。

綠衣少女正是毛氏的次女，寇青嵐。

寇青嵐顯然不怕毛氏的訓斥，轉身伸手一拉，又從屏風後拉出一個藍裙少女來。藍裙少女年紀比寇青嵐略長，被她這樣拉出來，面色緋紅，嗔她一眼道：「二妹，妳快鬆手。」

寇青嵐笑盈盈道：「大姊妳別惱，我鬆手就是了。」

等她鬆了手，藍裙少女向薛老夫人與毛氏盈盈一福。「祖母，娘。」

毛氏嘆口氣。「梓墨，妳怎麼也跟著妳妹妹胡鬧？」

沒等寇梓墨開口，寇青嵐就搶著道：「娘，您別怪大姊啊，是我很好奇那位戰無不勝的冠軍侯長什麼樣子，這才拉著大姊來看的。」

少女聲若黃鸝，說起目的來毫不掩飾，倒是讓毛氏無奈起來，只得轉頭對薛老夫人道：「老夫人，都是兒媳慣壞了這兩個丫頭——」

薛老夫人搖搖頭，道：「她們正是好奇的年紀，想見一見那位大名鼎鼎的侯爺也不足為奇。」她說完，看著兩個孫女，面色沉下來。「只是以後再不可如此了。妳們表姊雖已不在，可他名頭上還是妳們的表姊夫，一旦傳揚出去，該讓人說咱們尚書府沒有規矩了。」

寇青嵐吐吐舌頭。「孫女知錯啦，孫女就只是好奇而已。」

薛老夫人看毛氏一眼。「毛氏，帶著她們下去吧。」

毛氏明白薛老夫人的意思。冠軍侯如今尚在府中，任由姑娘們亂跑確實不合適，只不過……想到剛剛跪在薛老夫人面前的年輕將軍，再看一眼如花似玉的兩個女兒，毛氏心中一動。

這位冠軍侯，比她想像的更懂禮，才二十出頭就已封侯拜相，將來前途更是不可限量，說起來，實在是難得良婿。

公公眼看要致仕了，夫君又一直不上不下，到時候兩個女兒的親事就高不成低不就了。毛氏存了這個念頭，領著兩個女兒回院子後，就派了下人去安置表公子的住處探聽動靜。

邵明淵被慶媽媽領到尚書府西北角的一處院落裡。

這處名為「聽風居」的院子很偏僻，幽靜得只能聽到竹葉的沙沙聲。

慶媽媽停下腳步，恭敬道：「侯爺請稍等片刻，表公子不大方便見人，老奴先進去請示一下。」

「有勞。」邵明淵站在院子裡靜靜等著。

片刻後，有動靜傳來，邵明淵抬眸望去，就見曾有過一面之緣的喬家玉郎大步走了過來。走來的年輕男子白衣墨髮，渾身上下只有這兩個顏色，看其風姿只覺風華無雙，可當目光落到他的左臉時，立刻讓人生出面對猙獰惡鬼的恐懼。

饒是已經見過表公子這般模樣，慶媽媽依然低頭垂眼，不敢再看，心道：表公子毀了容，形如惡鬼，為何不遮掩一下呢？

轉眼間喬墨已經在邵明淵面前站定。他的一雙眼睛依然明亮如初，漆黑幽靜，這樣望過來，邵明淵眼前忽地就閃過一雙相似的眸子。

他的妻子喬氏，站在城牆上與他遙遙對視，目光便是這樣的清澈寧靜。

那時，他不敢再多看一眼，卻不知僅有的那一眼，已經鐫刻於心，永不敢忘。

「舅兄——」邵明淵率先開了口，聲音低啞。

那雙幽靜的眼忽地有了變化，男子的聲音清涼似水，如風吹過竹林。「邵明淵？」

「是。」

「我的妹夫，我大妹的夫君，邵明淵？」

「是我。」邵明淵一字一頓吐出，幾乎要站立不住，可他只能也必須筆直地站著，承受這世上與喬氏最親近的親人簡單又沉重的責問。

「你沒有保護好我妹妹。」

「對。」

「我問你，你射殺了我妹妹，可曾後悔？」

邵明淵沉默片刻，答：「不悔。」

重來一次，他依然只能那樣選擇。

雖不悔，卻有愧，愧疚終生！只是這樣的話，他沒有資格對喬氏的親人說。

「很好。」喬墨揚起手中劍，對著邵明淵心口刺去。

邵明淵挺拔如松，一動未動。

慶媽媽駭然喊道：「表公子，不能啊——」

長劍到了邵明淵心口處，喬墨面色微變，往上移了幾分。

鋒利的劍沒入邵明淵肩頭，隨著喬墨把劍拔起，鮮血頃刻湧出來，把他的白袍染紅。

喬墨清幽的眸子染上慍怒，聲音更冷。「為什麼不躲？」

邵明淵沒有開口。

「是料定了我不會殺你？」

喬墨握緊了手中長劍，在邵明淵的沉默中，忽地把染血的劍擲到地上，怒意勃發。「邵明淵，當時你射出那一箭，是不是就料定了世人只會讚你不徇私情，大仁大義？料定了哪怕是你妻子的親人，亦只能選擇原諒你？」

喬墨的話擲地有聲，一聲聲砸過來。肩頭的痛讓邵明淵臉色蒼白起來，他卻沒有一絲一毫表露。

在這樣的質問下，邵明淵終於開了口。「我沒有。」

「沒有什麼？」

「沒有想世人如何看我，亦沒有想妻子的親人是否會原諒我。」邵明淵垂眸，聲音寂寥，「我什麼都沒有想。」

他沒有解釋更多，喬墨看過來，他回視，眼眸黑湛，坦蕩無邊。

兩個男人目光交會良久。

喬墨勃發的怒氣低了下來。「你走吧。」

「喬氏將會停靈七七四十九日，舅兄要不要去見她最後一面？」

喬墨搖搖頭。「不必了，想來大妹也不願我看到她身後的樣子。她出殯那日，我會去的。」

「舅兄，明淵告辭。」邵明淵抱拳行禮，轉了身往外走。

「邵明淵。」喬墨在他身後喊。

邵明淵停下，轉過身來，態度恭敬。「舅兄還有何事？」

喬墨目光落在他染血的肩頭。「把傷口包紮一下吧。」

邵明淵一怔，從善如流點頭。「好。」

這點傷他不在意，但他如今正是人人矚目之際，傳出被舅兄刺傷的消息，恐給舅兄惹麻煩。

邵明淵跟著喬墨進了堂屋。

慶媽媽唯恐再出什麼事，趕忙去給薛老夫人報信去了。

喬墨毀了容，形容恐怖，聽風居裡只有一個小廝伺候。

邵明淵毋須避嫌，婉拒了小廝的幫忙，撕下白袍衣角單手熟練包紮好傷口，換上小廝遞過來的素衣，面色平靜走了出去。

喬墨看著一身素衣俊逸出塵的男子，輕嘆一聲，問他：「邵明淵，你可知道我妹妹的閨名？」

邵明淵薄唇輕抿。

他在北地征戰時被急召回京與喬氏女成親，大婚那日又因韃子突襲深入大梁腹地匆匆北上，又如何能得知喬氏的閨名。他也曾寫過家書，含蓄問起，可一封封家信如石沉大海，喬氏沒有回過他隻言片語。

「你記住，她單名一個『昭』字，是賢者以其昭昭，使人昭昭的『昭』。」

喬昭——邵明淵在心中喃喃念著這個名字，對喬墨頷首。「我記住了。」

「記住就好。」喬墨輕輕笑了笑，心中無限哀傷。

他承認，邵明淵是個很出色的男子，若不是造化弄人，與妹妹會是很般配的一對，可以後，這個男人終究會娶新的妻子，與別的女子相濡以沫，白首偕老。

這樣一想，到底是意難平。

喬墨閉了閉眼，目光堅定望著邵明淵：「邵明淵，我妹妹是個好姑娘，你不能忘了。」

邵明淵只覺心頭一痛，彷彿被小錘在心頭突兀敲了一下，鄭重道：「永不敢忘。」

他當然知道她是個好姑娘。

那日她站在城牆上，明明落入豺狼虎豹之口，卻沒有一絲一毫的狼狽與畏懼，就像他手下最勇敢的戰士。他親手殺了這樣一個好姑娘，殺了他的妻子，也殺了他過上平淡溫馨日子的可能。

邵明淵喉嚨灼燒得厲害，嗓音更低啞。「明淵此生，只會有喬昭一個妻子，請舅兄放心。」

他抱拳再次一禮，轉身大步離去。

喬墨張了張嘴。

他不是這個意思。邵明淵又是什麼意思？

什麼叫此生只有大妹一個妻子？莫非，他願為大妹守身，終生不再娶妻？喬墨只覺這個猜測格外離奇，可偏偏離去那人的言行讓他又相信幾分。

喬墨站在臺階上，任由微風吹拂著已毀的面容，良久喃喃自語：「這又是何必呢？」

他轉了身欲要進屋，身後女童聲音響起：「大哥——」

喬墨回過神來，望著跑過來的女童露出溫和的笑容。「晚晚，怎麼這時候過來了？」

女童八、九歲模樣，生得甜美可人，稚氣未脫，正是喬墨的幼妹喬晚。

「大哥，我聽說邵明淵來找你了，是不是？」
「你應該叫姊夫。」
「什麼姊夫，他才不是我姊夫呢！他人呢？」喬晚左右張望。
「剛走。」
「我去找他！」喬晚撂下一句話，生怕兄長阻攔，提著裙角飛快跑了。
喬墨抬腳欲追，想到尚書府的下人見到他時驚駭欲絕的模樣，轉身進屋去取冪蘺。
喬晚跑得飛快，遙遙見到一個陌生頎長的男子身影，當即大喊道：「站住！」
邵明淵腳步一頓，回過身來。
跑過來的女童剛到邵明淵腰際，仰著頭問：「你是邵明淵？」
邵明淵半蹲下來，語氣溫和。「我是。」
「壞人，你殺了我姊姊，我要替姊姊報仇！」喬晚雙目圓睜，掄起拳頭照著眼前的大個子打去。
好巧不巧，這一拳正好打在邵明淵受傷的肩頭，鮮血立刻浸濕了衣料。素色衣衫，血跡本就顯眼，瞬間便在大個子肩頭綻開一朵血花，喬晚收回拳頭呆了呆。
她一拳頭就把傳說中戰無不勝的大將軍打流血了？
喬晚低頭看了看自己的手。手背上有一抹殷紅的血跡。小姑娘眼前一陣眩暈，搖搖欲墜。糟糕了，她暈血的！
喬晚打了一個轉，暈乎乎往地上栽去，被一雙有力的大手半途扶住。
邵明淵抬頭，吩咐愣在路邊的婆子。「把表姑娘背著。」
那婆子正是毛氏派來打探情況的，知曉眼前男子的身分，自是不敢不從，忙把喬晚背了起來。邵明淵直起身，示意婆子跟他走，走到半路便遇到了喬墨。

「舅兄，令妹不知為何暈倒了。」

喬墨一眼看到邵明淵肩頭血跡，心中了然。

「不必擔心，她暈血。」

邵明淵呆了呆。早知如此，他躲開就是了。

「你的傷要不要——」

「不必麻煩了，只出了一點血，遮掩一下就是。」邵明淵取出一方潔白的帕子按在肩頭，與喬墨道別後向著薛老夫人待客的地方行去，途中卻遇到慶媽媽陪著薛老夫人匆匆趕來。

薛老夫人的目光在邵明淵身上打了個轉，暗暗鬆口氣。邵明淵向薛老夫人見禮。

薛老夫人這才看到他塞在肩頭的那方帕子，面色微變問：「侯爺受傷了？」

要是傳出冠軍侯在尚書府受傷的消息，那尚書府就要受人詬病了。世人只願看到英雄捨身就義，何曾願看英雄的親人委屈不甘？邵明淵可以一箭殺了昭昭，喬墨卻絕不能舉劍對準邵明淵。

「外祖母請放心，不礙事的。」

「都是喬墨衝動了，還請侯爺原諒則個。」

「是舅兄大度，沒有和明淵計較。」

「侯爺還是上過藥，在寒舍用過飯再回吧。」

在薛老夫人面前，邵明淵一直半低著頭，態度恭敬。「外祖母不要擔心，只是一點小傷，血早已止住了。明淵還有別的事，就不叨擾了。」

那時在堂廳，屏風後面是有人的，自然瞞不過他的耳朵。

他雖相信尚書府家風清白，府上姑娘不會有失禮之舉，但他更願意把一切可能杜絕在萌芽未生之時。

見邵明淵堅持，薛老夫人只得由他去了。

另一邊，毛氏聽了婆子回稟，端起茶盞抿了一口，饒有興致道：「表公子傷了侯爺，侯爺一點沒有怪罪？」

婆子連連點頭。「是呢，豈止是沒有怪罪，老奴瞧著侯爺簡直是打不還手罵不張口。」

毛氏垂眸，把玩著手中玉件，喃喃道：「這麼說，侯爺對表公子很是愧疚了？」

不是冷血無情的人，那就更理想了。只要不像靖安侯府一樣腦子抽風把兒媳婦送到北地去，結果造成那樣的局面，冠軍侯應該不會虧待自己的妻子。

「把大姑娘叫來。」毛氏思量完，吩咐侍立一旁的丫鬟。

丫鬟出去一會兒返回來，回稟道：「夫人，大姑娘不在院子裡，二姑娘說大姑娘去後花園散步了。」

後花園散步？毛氏臉色微變，聲音揚起來：「去後花園找。」

那個不省心的丫頭，什麼去後花園散步，定然是去找喬墨了。

聽風居裡，喬晚幽幽醒來。

「大哥？」小姑娘俐落爬起來，茫然四顧。「那個壞人呢？」

喬墨伸手摸摸喬晚腦袋。「大哥說過了，以後不許這麼叫。」

「可他殺了姊姊，我才不想叫他姊夫。」小姑娘委屈起來。

她與姊姊相處不多，可每次姊姊進京，都會給她帶嘉豐有趣的小玩意來，還手把手教她畫鴨。姊姊還會彈好聽的曲子，會吹塤（注）……

這樣好的姊姊，卻被那個大個子殺了，他一定是極壞的！

小姑娘仰著頭，拽著兄長衣袖一臉自得。「大哥，那個壞人才沒有你們說得那麼厲害，我剛剛一拳就打得他出血了。」

喬墨頗為無奈看著幼妹，心中卻想起大妹來。

和天真活潑的小妹不同，大妹自幼早慧，面對一些尋常女孩子會驚慌失措的事總是淡然自若，彷彿什麼都不會讓她亂了心，但偶爾，面對著他們這些親人，亦會流露出調皮的一面來。

那年她進京，模仿祖父筆跡寫了一封信誆他去大福寺，他雖看出是大妹的手筆，不忍讓她失望還是去了。

此刻想起那一日的遭遇，喬公子依然心有餘悸。

他平時面對女孩子疏遠有禮，並不覺得如何，可有了那日的遭遇才明白，原來一個女孩子不可怕，可怕的是一群女孩子！他狼狽而逃，險些連鞋子都掉了，被躲在一旁看熱鬧的大妹笑了好久。喬墨彷彿看到那個慧黠無雙的女孩子對他調皮淺笑的樣子，嘴角忍不住彎起來。

喬晚看愣了，伸手在喬墨面前搖了搖，傻傻道：「大哥，你笑了。」

自從家中遭了大火，她再也沒看到過大哥的笑容。特別是知道大姊死訊的那一天，她悄悄看到，大哥默默坐了一晚上，飯菜都沒有動過。

「大哥，你想到姊姊了嗎？」

每次姊姊進京，大哥的笑容會比往常要多。

有時她會有小小的吃味，不過她知道，姊姊與大哥才是一母同胞的兄妹，而且年紀相仿，都比她懂得許多東西。

喬墨回過神來，抬手輕輕撫了撫幼妹軟軟的髮，低喃道：「是啊。」他想大妹，想父母親人，想那個再也回不去的家。

喬晚依偎在喬墨身旁，嘆道：「我也想姊姊了。」

尚書府再好，都不是他們的家呀。

「表哥——」屋外傳來年輕姑娘的聲音。

喬墨牽著喬晚走出去。寇梓墨站在院中，神情不安。

喬墨走下臺階站定，神情溫和。「大表妹找我有事嗎？」

他的左臉燒傷恐怖，足以讓膽小的姑娘家驚聲尖叫，可他依然神色淡淡立在院中，彷彿絲毫不受毀容的影響。

寇梓墨的目光同樣是溫柔的，沒有半點異樣，見到喬墨瞬間，不安的神色轉為柔和。「我聽說冠軍侯來見表哥了，所以來看一看。」

她語帶關切，說話時耳根微紅，神情卻是坦然的。

「侯爺已經走了，沒有什麼事。」

「那就好，那我就先回去了。」寇梓墨向喬晚伸出手。「晚表妹，妳二表姊尋了些花樣子給我，妳要不要去瞧瞧？」

「好呀。」喬晚鬆開喬墨的手。「大哥，那我先去大表姊那裡啦。」

「去吧，記得午休。」喬墨溫聲叮囑。

注 一種吹奏樂器，狀似陶笛。

他與喬晚雖是兄妹，住在一個院子裡依然是於理不合的，喬晚另有住處。

喬晚對喬墨搖搖手，跟著寇梓墨回了其住處，二人才進門，就見毛氏等在那裡。

「娘，您怎麼來了？」寇梓墨有些意外。

毛氏掃喬晚一眼，對正朝寇梓墨使眼色的寇青嵐道：「青嵐，帶妳晚表妹去花園子裡玩玩。」

寇青嵐對寇梓墨做了個愛莫能助的表情，向喬晚伸出手。「晚表妹，跟二表姊去花園玩吧，現在有蝴蝶了，咱們撲蝶好不好？」

喬晚默默把手遞過去，輕聲道：「好。」

她覺得不好、不開心，可是能不去嗎？乖巧跟著寇青嵐離去的小姑娘，難過地想，要是家還在就好了。

等屋子裡沒了旁人，毛氏看著女兒問：「梓墨，妳又去聽風居了？」

「是。」寇梓墨沒有否認。

毛氏依然是柔聲細語的。「梓墨，娘不是說過，妳如今也大了，再不是小時候。這樣隨隨便便去見妳表哥，怎麼也不避嫌呢？」

寇梓墨低垂著眼簾，淡淡道：「女兒只是去看一看表哥有沒有事，既沒有進他的屋，也沒多說一句，這樣也不行嗎？」

避嫌？以前，母親領著她和青嵐去喬府做客時怎麼沒囑咐她要避嫌？不過是姑父一家遭了難，表哥毀了容，所以才要避嫌了吧？寇梓墨心思通透，想得明明白白，偏偏面對的是親生母親，只能自嘲笑了笑。

毛氏沉默了一下，開口：「梓墨，妳可是怪我？」

「怎麼會，女兒不敢。」

「不怪就好。妳要知道，喬家如今不同了，妳表哥又傷了臉——」

「所以去看一下情況也不可以了嗎？」寇梓墨終於忍不住搶白一句。

毛氏臉色冷下來。「喬墨是妳父親嫡親的外甥，我們當長輩的自會照顧好他們兄妹，這些不是妳們姑娘家該操心的。」

寇梓墨緊抿朱唇，沒有吭聲。

毛氏揮了揮手，打發寇梓墨出去後長長嘆了口氣。

長女因為名字裡和喬家玉郎一樣有個「墨」字，自小沒少被兩府長輩們拿來打趣。喬先生是名滿天下的大儒，喬大人官居要職，喬公子一表人才，喬家老夫人更是出身皇族，身為母親，她自是對這對小兒女的事樂見其成。

只是一場大火，她不得不重新考慮了。想著長女執拗的脾氣，毛氏對冠軍侯的那點想法暫且沒提。據說冠軍侯請假一年為妻守孝，此事來日方長好了。

寇梓墨直接去了花園，遙遙見妹妹寇青嵐帶著喬晚在撲蝶，倚著樹默默站著。寇青嵐看到她，把撲到的蝴蝶送給喬晚，吩咐丫鬟帶著表姑娘玩，提著裙角快步走過來。

「大姊，母親說妳了？」

「沒有。」

「沒有就好。」

姊妹二人一起站在榕樹下，好一會兒寇青嵐輕聲問：「大姊，妳見到表哥，不怕呀？」

大姊膽子明明很小的。

寇梓墨理了理衣襬，淡淡道：「有什麼可怕的，表哥不還是表哥嗎？」

「可是不一樣了啊，表哥的臉——」

寇梓墨轉頭看向寇青嵐。「那妹妹怕不拍？」

「我？」寇青嵐怔了怔，隨後甜甜一笑。「我當然不怕呀，表哥還像以前那樣溫和呢。」

「所以我也不怕啊。」寇梓墨淡淡笑著，看喬晚因為一直撲不到蝴蝶沮喪地丟了團扇，向著她們走來，笑意更深。

「可是——」寇青嵐見喬晚走近，止住話題，悄悄嘆了口氣。

表哥就算毀了容依然是很好的，她當然不怕，可姊姊不一樣啊，姊姊一直想……

喬晚已經走到近前，姊妹二人默契地不再提及喬墨，領著小表妹看花樣子去了。

邵明淵出了尚書府，牽著馬才轉了一個彎，忽地停下來，用腳尖挑起地上石子往上一甩，石子便閃電般往某處飛射而去。

低低的呼痛聲傳來，邵明淵大步流星走過去，居高臨下看著跌坐在地上的年輕男子。

年輕男子眉眼普通，一副短打扮相，旁邊放著擔子，胭脂水粉、針頭線腦之類的小玩意琳琅滿目，正是一個走街串巷的貨郎。

「哎呦，你這人，怎麼走路呢？腳上長鉤子啊？」年輕男子一邊起身一邊埋怨。

邵明淵抬腳輕輕一踢，眉眼尋常的年輕男子「撲通」一聲又栽倒了。

「你，你——」

邵明淵半蹲下來，一字一頓道：「回去告訴你們主子，我不喜歡身後跟著尾巴，再有下次，就不是踢腿這麼簡單了。」

邵明淵目光落下去，年輕男子條件反射捂住了褲襠。

邵明淵：「……」錦鱗衛平時都是踹這裡懲罰屬下的？

年輕男子訕訕鬆開手，想了想不能落了錦鱗衛威風，擺出狠厲的表情道：「邵將軍，你是要和我們錦鱗衛過不去嗎？」

錦鱗衛是當今天子耳目，想監視什麼人，被監視的哪有置喙的道理？

邵明淵眸光清冷，站起來淡淡道：「替我回去問問你們大人，確定要和我邵明淵過不去嗎？」

撂下這句話，邵明淵翻身上馬，頭也不回走了。

馬蹄聲噠噠地響，望著蔚藍天空，邵明淵疲倦笑了笑。

等他走遠了，年輕男子爬起來，在無數條巷子裡走走繞繞，回了錦鱗衛衙門向江遠朝報告。

「大人，那個冠軍侯太囂張了，他居然敢威脅咱們錦鱗衛。您放心，下一次屬下扮成要飯的，絕對不會被他發現的——」

「不必了。」

「大人？」

江遠朝牽了牽唇角。「以後不必跟著他了。」

年輕男子還想說什麼，江遠朝看他一眼道：「邵明淵不是你以往跟蹤的那些酒囊飯袋，以後不必去丟人現眼了。」

「喔。」年輕男子不甘心應著。

這時另一個年輕的錦鱗衛走進來，低聲道：「大人，前不久您讓屬下查的事情已經有眉目了。」

江遠朝點點頭，看了先前的年輕男子一眼，年輕男子忙跑過去把門關上了。

江遠朝忍了忍，解釋：「江鶴，我的意思，是讓你出去。」

江鶴哀怨看江遠朝一眼，一邊往外走一邊嘀咕道：「不帶這樣的啊，大人越來越偏心了，安排我去跟著冠軍侯那個殺神，卻安排江霖去北定城的青樓廝混。」

江遠朝在他身後淡淡解釋：「因為江霖長得比你俊。」

江鶴：「……」這年頭上青樓也看臉了？

受到嚴重傷害的年輕人忿忿關上了門，眼不見心不煩。

「說吧。」

「大人，屬下探查到，江五爺之所以被大都督惱了，是因為他與北定城一位叫鶯鶯的青樓女子有些牽扯。」

「青樓女子？」

「是，那位青樓女子前不久已經死了，說是染了不好的病，人死後連夜被扔到了亂葬崗。不過——」

「不過什麼？」

江霖聲音放得更低。「屬下無意中發現，好像還有另外的人在打聽那位青樓女子的事。」

江遠朝收斂了嘴角笑意，終於嚴肅起來。「是嗎？」

事情好像越來越有意思了。

江遠朝腦海中閃過江五的樣子。

瘦高的個子，眉眼深邃，鼻子帶起一個弧度，正是俗稱的鷹鉤鼻，他要是看著人時，不需要如何，足以讓人喪膽。這樣一個人，會與一名青樓女子有牽扯？甚至為此惹惱了義父？

江遠朝半點不相信這種說辭。

「再去盯著，有情況速速回稟。」

「是。」江霖應道，轉身推門走出去，就見江鶴站在門口。

「滾進來。」江遠朝淡淡道。

江鶴趕忙進來，江遠朝挑眉道：「要是沒有說得過去的理由，自己去領罰。」

江鶴縮了縮脖子，低聲道：「大人，屬下想起來一件事，冠軍侯從尚書府出來，好像受了傷。」

「受傷了？」

「是，他肩頭塞著手帕，靠近了，屬下能聞到淡淡的血腥味。」

「嗯，這個消息不錯。」江遠朝眉目舒展起來。

江鶴來了精神，摩拳擦掌。「大人，咱們怎麼對付那小子？」

江遠朝看了一眼蠢貨屬下，恨鐵不成鋼。「對付什麼？知道冠軍侯受傷就能對付他了？你以為他讓你帶話是為了什麼？」

邵明淵敢那麼說，當然是不懼他們錦鱗衛。

錦鱗衛是皇上的手眼，皇上沒起動冠軍侯的心思，錦鱗衛只會蟄伏不動。邵明淵確實不是個只知打仗的武夫。

「那——」江鶴啞口無言，心想，既然大人覺得冠軍侯受傷的消息沒什麼用，怎麼說是好消息呢？

江遠朝一眼看出屬下所想，抬了抬眼皮道：「純粹高興，不行嗎？」

「行，行。」江鶴欲哭無淚退了出去，仰頭望天。

大人自從進了京，想法越來越古怪了。大概，是到了娶媳婦的年紀？

少了聒噪的屬下，室內安靜下來，江遠朝雙手交叉放在腦後，仰躺著望著屋頂。

是喬公子傷了邵明淵？失策，早知道他親自去盯梢了，看看邵明淵怎麼被喬公子痛扁的。

江遠朝坐直了身子，修長手指沾上茶水，在辦公的桌案上一筆一畫寫下一行日期，他的字不算好。他是被義父收養後才開始識字的，作為一名錦鱗衛，識字已經足矣。他的字在一眾兄弟中已經是出類拔萃，只是，依舊遠遠比不上那些世家公子，甚至，連邵明淵也比不上。

不，是他忽視了，邵明淵本就是勳貴子弟，原可以做個清貴的公子哥，是那些赫赫戰功讓人下意識忘了他原本的身分，只記得戰無不勝的冠軍侯。所以說，他與他們，一直是兩個世界的人。

江遠朝這樣想著，心底的苦澀猶如蔓草，肆意生長起來。

如果當初認識她的時候，他不是臭名昭彰的錦鱗衛，或者她不是清貴門第的姑娘，會不會有所不同呢？

至少，她不會死。

江遠朝嘴角含著沒有溫度的笑，抬手輕輕把桌案上的水跡抹去。

那一天，是她出殯的日子，他要去看她。

十七　廟會巧遇

雅和苑的西跨院。

院中的石榴樹已經開了數朵火紅奪目的石榴花，一隻翠鳥棲在枝頭，聽到動靜急忙忙撲稜著翅膀飛走了，只剩下被踩的枝條一顫一顫的，弄落了新開的花朵。

冰綠腳步輕快穿過院中青石小路，直接進了屋子。「姑娘呀，好消息！」

喬昭自從阿珠那裡得知邵明淵去了尚書府，很可能要與兄長對上，心中就難以平靜，盤腿坐在美人榻上打譜以求靜心。

聽到冰綠的話，喬昭把手中棋子放回棋罐，淡笑著問：「有什麼好消息？」

冰綠走過來，得意掃安靜立在喬昭身後的阿珠一眼，歡快笑著。「還不是二姑娘鬧肚子的事唄，如今都傳到咱們西府來了，大家都知道二姑娘在琴房沒憋住，當著琴藝先生的面掩肚狂奔。」說到這裡冰綠皺皺眉，大為遺憾道：「就是大姑娘當時掩飾得好，明明和二姑娘一樣吃壞了肚子，卻沒落下話柄來。」

「這就是好消息啊？」喬昭笑笑。

小丫鬟眉飛色舞。「當然是好消息啊，這樣一來，二姑娘怎麼還有臉再上琴藝課？姑娘您瞧著吧，以後二姑娘定然不會再出現在琴房了。說不定啊，二姑娘鬧了這次笑話，以後見到您都要繞道走。您說，這不算好消息嗎？」

喬昭抬手，捏了捏冰綠臉蛋，溫和笑著。「這只是個無關緊要的消息。」

「啊？」冰綠怔了怔，忍不住辯駁：「怎麼無關緊要呢？二姑娘丟一次臉是多解氣的事呀。」

兩府的姑娘們從小到大，哪個不讓著二姑娘。

「二姑娘不是才丟過更大的臉嗎？」阿珠面無表情提醒道。

冰綠張了張嘴，沒話說了。她恨恨瞪了阿珠一眼，心道：要妳提醒啊，要妳提醒啊，討厭！

一面對這個小丫鬟，喬昭心情莫名就好一些，笑道：「冰綠，去幫我端一盞蜜水來吧。」

一聽姑娘吩咐了，冰綠立刻收起腹誹，脆生生道：「好勒。」

冰綠扭身出去，室內重新安靜下來。阿珠依舊安安靜靜。

喬昭忽然抬眼，含笑望著阿珠。「阿珠，會下棋嗎？」

阿珠一怔，好一會兒應道：「以前學過一點，下得並不好。」

喬昭示意她在對面坐下來。「並不難，來，我教妳。」

阿珠：「……」上次姑娘教那套按摩手法時也說不難，她足足苦練了七、八天才勉強記住步驟。

冰綠端著蜜水進來時，就見她家姑娘與阿珠相對而坐，正溫聲細語指點阿珠下棋。冰綠立在門口，忽地有些心酸，姑娘居然教阿珠下棋，都沒教她。不過姑娘當然是沒有錯的，一定是阿珠這小蹄子給姑娘灌了迷魂湯，想把姑娘從她這裡搶過去。這樣下去不行，她第一丫鬟的地位就保不住了。

冰綠端著蜜水蹬蹬蹬走過來，大聲道：「姑娘，請喝水。」

喬昭放下棋子，把蜜水接過來。

冰綠趁機請求道：「姑娘，您也教婢子下棋唄。」

「會一點嗎？」

「會的！象飛四方營四角，馬行一步一尖衝。炮須隔子打一子，車行直路任西東。」小丫鬟鏗鏘有力答道。

阿珠低頭看了看棋盤，這是圍棋吧？

果如小丫鬟冰綠所言，接下來數日，黎嬌都以病了為由，躲在屋子裡沒有去女學，四姑娘等人見識到喬昭的厲害不敢作亂，大姑娘黎皎暫時也算安分，喬昭的日子一下子風平浪靜起來。

她每日按時給長輩們請安，去學堂，聽父親大人講故事，閒暇時教丫鬟下棋，日子竟不算難熬，很快就到了去疏影庵的日子。

一大清早，喬昭就穿戴妥當，端坐在梳妝鏡前由阿珠替她梳頭。

小姑娘不用梳複雜的髮式，阿珠熟練挽好雙丫髻，從妝奩裡撿起一朵紅寶珠花往髮髻上比了比，就見喬昭眉毛抬了抬。阿珠心思細膩，見狀識趣把紅寶珠花放了回去。

這時冰綠跑進來，因為跑動臉蛋紅撲撲的，捧著一簇丁香花問喬昭：「姑娘，好看嗎？」

一串串紫白色的小花猶帶著露珠，素雅清香。

喬昭便道：「好看。」

冰綠聞言露出大大的笑臉，挑出兩串最新鮮的丁香簪到了喬昭髮髻上。鏡中的少女眉若遠山，鴉青的髮髻上圍繞著紫白色的小花，配著眉間一點紅痣，瞬間鮮妍起來。

阿珠等著喬昭吩咐。喬昭頷首：「就這樣吧。」

青鳥不傳雲外信，丁香空結雨中愁。這百結花，倒是道盡了她當前處境。

冰綠拽了拽身上的桃紅色比甲。「姑娘，婢子今天穿這身好看嗎？」

年輕的女孩子穿上這樣鮮亮的顏色總是好看的，喬昭點頭，由衷讚道：「很好看。」

冰綠鬆口氣。「姑娘覺得好看就好，一想到要去疏影庵，婢子都不知道穿什麼好了。」

喬昭一邊往外走，一邊聽小丫鬟在身邊嘰嘰喳喳地說著，絲毫沒有不耐之色。

主僕二人進了雅和苑主屋，先去給何氏請安。何氏早就等在那裡，見到喬昭眼睛一亮，起身迎過去拉住她的手。「昭昭，昨夜睡好了沒？」

「睡得很好。」喬昭目光落在何氏眼下青影上，眸光微閃。

何氏不好意思道：「一想著妳今天要去疏影庵，娘一夜沒睡，一時激動我的昭昭要去見無梅師太，一時又擔心妳不小心惹得師太不快。」

喬昭聽得心下微暖，反手握了握何氏的手，寬慰道：「娘且放心，我不是已經見過師太了嗎？」

「喔，對啊，昭昭已經見過了。」何氏回過味來，拉著喬昭往外走。「咱們趕緊去向老夫人請安吧。」

母女二人走出屋子，就見黎光文立在院中。

晨曦下，一身家常青色袍子的黎光文長身而立，周身彷彿籠罩著光暈，讓何氏依稀覺得這十幾年的歲月，好似不曾在這個男人身上流淌過，他依然是她第一眼看到的樣子。

「老……老爺，今天沒上衙啊？」一見到黎光文，何氏所有的張牙舞爪皆不見了影子，只剩下語無倫次。

黎光文沉默片刻說：「今天休沐。」

他目光越過何氏，直接落在喬昭身上。

昭昭要是個兒子就好了，那樣他就能一直帶在身邊了，什麼時候下棋或看她寫字都方便。可惜是個女兒，白白便宜了何氏。黎光文頗不滿掃了何氏一眼。

「呃，休沐啊，休沐好……」何氏一緊張，更是不知在說什麼。

喬昭委實聽不下去了，問黎光文：「父親有事？」

「喔，為父聽說妳今天要去拜見無梅師太？」

「是的。」

黎光文點點頭，一臉嚴肅安慰女兒：「別緊張，無梅師太以前雖然是公主之尊，但現在出家了，不管世人怎麼看，她就是個出家人。」

喬昭笑了。「女兒知道，我不緊張。」

不緊張？黎光文張張嘴，來之前準備好的一肚子說辭忽然沒了去處。閨女這麼說，還讓不讓當父親的好好安慰人了？

喬昭靜靜看著他，怎麼覺得父親大人在緊張？

「不緊張就好，那為父出門了。」那天聽汲古書齋的夥計說，今天書齋會推出新的話本子，他正好去搶購一本。

黎光文也沒理會何氏，對喬昭說完這句話轉身走到門口，似是想到什麼，停下來轉身，鄭重道：「昭昭，在疏影庵要是待得不自在，以後就別去了。」

他不指望靠著女兒往上爬，在翰林院編史書沒事蹺個班挺舒服的。雖然俸祿微薄了點，平時手頭不寬裕，好在他除了偶爾買些話本子也沒什麼大花銷，至於何氏，她有錢，不用他養，他也養不起。

喬昭愣了愣，抿唇笑了。「女兒省得了。」

黎光文這才徹底放下心來，施施然走了。

何氏立在那裡，好一會兒沒言語。喬昭伸手覆上何氏的手。「娘，我們去青松堂吧。」

父母之間的事，貿然插手並不合適。兩個同樣心地良善的人，不一定就適合在一起，比如眼前的何氏與黎光文，比如曾經的大長公主與祖父。情之一字，還真是讓人煩惱倍增啊，從未對任何男子動過心的喬姑娘感嘆著。

鄧老夫人早就等著喬昭過來，一見她進門就上下打量一番，見她穿著依然素淨，只有髮間的丁香花一抹鮮亮色彩，倒是把整個人襯得越發清麗。嗯，三丫頭相貌隨了何氏，在東西兩府的丫頭中是最出挑的，小姑娘這樣穿雖素淨過了頭兒，竟難得地合適。鄧老夫人暗自給孫女開脫著，掃了一眼緊跟其後的冰綠，不由樂了。這丫鬟一身桃紅倒是喜慶。

「都準備好了？」鄧老夫人對喬昭招招手，喬昭見過禮走過去。

「準備好了。」

其實完全沒有什麼可準備的，人去了就是了。所以說，滿府上下，其實只有她不緊張嗎？如何氏和黎光文一樣，鄧老夫人拉著喬昭叮囑了幾句，這才催她出門。

這時青筠走進來，稟告道：「老夫人，東府鄉君派人來說，已經給三姑娘準備好了馬車。」

鄧老夫人收起嘴角笑意，淡淡道：「給東府的人回話，就說是我說的，三姑娘已經出門了。」西府難道沒有馬車嗎？哼，馬車是西府的，孫女也是西府的，東府那位天性涼薄的老鄉君，以後最好離西府要多遠有多遠！

喬昭就這樣坐著西府的小馬車出了門，往大福寺的方向去了。

疏影庵位置特殊，要想去那裡，就要穿行大福寺。距離佛誕日只過了七日，大福寺前的廟會還沒結束，那裡人聲鼎沸，格外熱鬧。

喬昭到了時，早有知客僧等在那裡，把主僕二人送至偏僻側門，由一名小沙彌領著前往疏影庵。小沙彌只有六、七歲的樣子，一雙黑白分明的大眼睛骨碌轉著，很是活潑。

「女施主，妳是要去見無梅師太嗎？」

「是的。」喬昭低頭含笑回他。

小沙彌眼睛亮了亮，聲音軟糯，晃著頭道：「女施主真是厲害極了。」

冰綠捂嘴笑。「小和尚，你說說，我們姑娘哪裡厲害啦？」

小沙彌騰地紅了臉，鼓著腮幫子道：「就是厲害，疏影庵的師太小僧都沒見過呢。」

冰綠被逗得格格直笑。「你才多大的人呀，沒見過的東西多了。我問你，雞腿你見過嗎？豬蹄見過嗎？」

小沙彌快被氣哭了，大聲道：「我見過雞，也見過豬！」

有一次跟著師兄下山，他還見過小鴨子呢。

「這有什麼稀奇的，師太比這些難見多了——」小沙彌猛然止住話頭，紅著臉喊道：「靜翕師伯。」

尼僧靜翕伸手摸了摸小沙彌光溜溜的頭，朝喬昭雙手合十。「小施主來了，師太在靜室等您。」她說著平靜看了冰綠一眼，提醒道：「只是師太喜靜，其他人最好留在外面。」

喬昭還禮，囑咐冰綠：「妳就在外面等我吧，若是覺得無趣，去逛逛廟會也可以。」

冰綠眼睛一亮。「姑娘，婢子真的可以去逛廟會？」

「自然是真的，錢袋子不是在妳身上嗎？只是要注意安全。」喬昭溫聲叮囑著。

「噯。」冰綠歡歡喜喜應了。

靜翕露出淡淡的笑容。這位黎三姑娘對下人倒是和善，可見是個有靈性的，也難怪被師伯看入了眼。

喬昭跟著靜翕去了上次寫《將進酒》的靜室，就見無梅師太在禪椅上盤膝而坐，聽到動靜才睜開眼來。

「見過師太。」

無梅師太對靜翕點點頭，靜翕悄無聲息退了出去。

「來了。」無梅師太這才開口。

她目光落在喬昭髮髻間纏繞的丁香花上，忽地問道：「妳喜歡丁香？」

喬昭看向無梅師太。

無梅師太目光淡淡的，語氣也淡淡：「丁香喻千愁，小姑娘家喜歡此花，並非樂事。」

她年輕時，亦是喜歡丁香的。

樓上黃昏欲望休，玉梯橫絕月中鉤。芭蕉不展丁香結，同向春風各自愁。

她無數次月下樓前徘徊輾轉，卻從未等到那個想見的人。最終，不過是青燈古佛相伴而已。

無梅師太看著喬昭。眼前這個小姑娘，多麼像她年輕的時候，一樣的才華出眾，自信驕傲，偏偏，處境還遠不及曾經的她。

站在無梅師太面前，喬昭絲毫沒有旁人那種高山仰止的壓力，笑著回道：「說不上喜不喜歡，侍女採來，我瞧著新鮮，就戴了。」她見無梅師太凝眉不語，接著道：「丁香結愁，寒梅傲骨，在我看來，只是人們賦予它們的意義而已，實則代表不了什麼。」

就如琴棋書畫，世人以此作為衡量人才華的標準，祖父卻說：怡情養性耳。所以，她從不認為自己是什麼才女。

無梅師太頗為意外喬昭的說辭，定定看了她許久，輕聲道：「小施主的看法，和我曾經認識的一位故人相似。」

事關祖父，喬昭一時不好接話。

「若是他以前見到小施主，定然會喜歡的。」見喬昭不語，無梅師太失了談及這個話題的興致，拿出一本《妙法蓮華經》讓她抄寫。

喬昭端坐於桌前，提筆不疾不徐抄寫經文，小半日過去，竟是一字未錯，坐姿不改。

無梅師太漸漸看得出神。

這時靜翕進來請示：「師伯，九公主過來了。」

無梅師太眼皮也未抬，淡淡道：「讓她回去吧。」

靜翕遲疑了一下，恭敬退了出去。

真真公主正等在庵門口，聽了靜翕傳話，不由詫異。「師太不見我？靜翕師父，師太此時在做什麼？」

今天不是什麼特殊的日子，師太為何會不見她？

出家人不打誑語，靜翕遲疑了一下道：「師太正在見客。」

「既然師太在見客，那我改日再來。」

真真公主帶著宮婢往回走，要說多麼失望是談不上的，比起陪伴那位師太禮佛，她其實對眼前的廟會更感興趣，只是心中略有奇怪。師太常見的不過三、兩人，如今正在見的是哪個？

行至大福寺側門，真真公主命宮婢去向在門前玩耍的小沙彌打聽。

「玄景小師父，你可知道有誰去了疏影庵？」宮婢問。

「知道呀，是兩個女施主。」

「什麼樣的女施主，小師父能不能形容一下？」

玄景絞著手指有些為難。「小僧不知道怎麼形容。」

宮婢頗為好笑。這小沙彌自幼長在大福寺，恐怕連美醜都分不清。

她抬了抬手，問：「比我是高是矮？是胖是瘦？是年長還是年幼？」

玄景眼睛亮晶晶的，快言快語道：「比妳矮，比妳瘦，比妳年幼。」小沙彌舉一反三，補充一句：「比妳美。」

宮婢一張俏臉刷地黑了，這小和尚胡說八道什麼呢！

宮婢冷著臉回到真真公主身邊，低聲道：「殿下，去疏影庵的是兩位年輕女子。」

「年輕女子？」真真公主一聽，頓時沒了去意，冷笑道：「那本宮倒是要瞧瞧，究竟是什麼人了。」

真真公主立在不遠處的樹下等候，不多時就見一名穿桃紅比甲的小丫鬟哼著小曲走過來。小丫鬟走起路來一顛一顛的，滿心的歡快似乎要溢出來，兩隻手被各式吃食占滿了。

冰綠一見玄景，便笑了。「小師父，來，我給你帶了好吃的。」

玄景跑過去，吞著口水搖頭。「不能要的。」

「能的，好吃呢。」冰綠不由分說，把一串糖葫蘆塞到小沙彌手裡。

小沙彌眨了眨眼，張開嘴小心翼翼咬下半個糖葫蘆，甜甜的滋味讓小沙彌瞬間笑瞇了眼，可忽然一張臉皺起來，張嘴吐出一顆白牙。

小沙彌愣了愣，抽抽搭搭哭起來。「就說不能要的。」

「哎呀，牙掉啦？」冰綠驚訝眨眨眼，隨後咯咯笑起來。「沒事的，這樣還省事了。張嘴我瞧瞧，掉的是上面的還是下面的呀？我告訴你呀，要是上面的牙掉了就要扔到床底下去，要是下面的牙掉了就要扔到屋頂上呢。」

小沙彌自顧哭著。「師兄說得對，不該胡亂要施主東西的，尤其是女施主——」

冰綠笑個不停。「說話漏風，你還哭——」

忽覺肩膀被人拍了一下，她立刻轉過身，見一名身材高大的年輕男子站在身後，登時惱了，一手叉腰罵道：「你這人懂不懂規矩，不知道男女授受不親啊？」

「姑娘，我們主子有話問妳。」真真公主的親衛龍影面無表情道。

他自認態度已經算好，冰綠卻不吃這一套，冷笑道：「你們主子又不是我主子，她想問就問啊——哎，你放開，混蛋，你放開！」

冰綠衣領直接被人提起來，拎去不遠處的樹下，氣得她腿一抬，直接踹到了龍影命根子上。

龍影：「……」痛死了怎麼辦？

可憐的公主親衛不能在人前丟了臉面，只得硬挺著，臉都綠了，咬著牙道：「主子，人帶過來了。」

「你放手！」冰綠恨恨地喊。

龍影綠著臉一鬆手，冰綠直接跌坐到了地上。

聽到她的呼痛聲，龍影雙手環抱胸前，心中暗爽，小丫頭片子，哥摔不死妳。

冰綠面對著黎府三公子時都恨不得胸口碎大石的，長這麼大何曾受過這種委屈，當即就一個鯉魚打滾站起來，伸手照著龍影臉上撓去。

龍影比她高出不少，她只得一邊跳一邊撓，口中還不忘罵道：「王八蛋，不要臉，看著本姑娘長得美就想劫色啊？來人啊，有人光天化日之下非禮啦，大福寺的高僧們救命啊——」

小沙彌捂著嘴忘了哭，真真公主更是目瞪口呆。這就是無梅師太今天見的客人？說好的出家人不打誑語呢？靜翕師父一定是騙她的，她不信。

身為公主親衛，龍影一貫沉穩，從沒想過與一個小丫鬟一般見識，可此刻聽著小丫鬟的胡言亂語，他完全傻了眼，一伸手就把那張胡說八道的嘴給捂住了。這時從側門閃出兩個僧人，各拿一把掃帚，高高舉著冷喝道：「佛門淨地，登徒子速速住手。」

「唔唔唔——」冰綠被堵住了嘴，依舊鍥而不捨鬧騰。

被兩位舉著大掃帚的掃地僧圍住，龍影臉色鐵青。好想殺人滅口！

「荒唐，都給本宮住手。」真真公主終於回過神來，氣得一張如花美顏緋紅一片。

龍影對真真公主唯命是從，聞言立刻鬆了手。

冰綠這才看清真真公主的模樣，愣愣道：「小娘子生得好漂亮。」

真真公主：「……」嗯，這小丫鬟雖然粗俗無禮，勝在眼光不錯。

「只是一場誤會，師父們請退下吧。」

「原來是您。」兩位掃地僧認出了真真公主，放下掃帚雙手合十一禮，隨後撿起掃帚告退。其中一人經過小沙彌身邊時，還不忘把小沙彌拖走了。

真真公主目光重新放回冰綠身上，抬了抬下巴，矜持問道：「妳的主子是什麼身分？」

一個小丫鬟當然不會是無梅師太的客人，想必此刻師太見的就是她的主子了。放眼京城，哪家貴女值得師太接見？冰綠雖性子潑辣急躁，此刻卻已瞧出問話的少女來歷不凡，可隨便一個人問她家姑娘的來歷，身為一個合格的大丫鬟當然是不能說的。

小丫鬟保持著呆呆的表情，裝傻充愣。「長這麼大第一次見小娘子這樣的美人兒，簡直把我美暈了——」話音落，她白眼一翻，軟軟倒了下去。

站在冰綠身旁的龍影伸出兩根手指抵住她的後背不讓人倒下去，忿忿道：「殿下，這小丫頭裝暈。」

真真公主臉色一冷，斜睨著龍影問：「你的意思是說，本公主不能把人美暈？」

龍影：「……」女人為何都是這樣的？他已看破紅塵，不知道大福寺收不收留。

「行了，把這小丫鬟放一邊吧，且等等看。」真真公主自覺不必與一個小丫鬟糾纏，由著宮婢把一塊軟毯攤在樹下青石上，施施然坐了下來。

已經是這個時候了，想來那人不久就能出來，師太又不會管飯。

真真公主掐著這個點來疏影庵，其實是在宮中無趣奔著廟會來的，只不過對無梅師太的客人起了好奇心，乾脆廟會也不逛了，坐等到底。

兩刻鐘過去，冰綠裝不下去，呻吟一聲醒過來。

見那女子不再看她，小丫鬟暗暗鬆了口氣，眼珠一轉看到落了一地的零食，頓時心疼起來。都是這殺千刀的登徒子，害她千辛萬苦給姑娘買的零嘴兒全都糟蹋了。

「哼。」冰綠白了站在樹下紋絲不動的龍影一眼，從懷中摸出一個油紙包來。

她這一聲冷哼，頓時把真真公主等人的注意力吸引過來。就見小丫鬟拿帕子擦擦手，隨後小心翼翼揭開油紙包，露出一塊色澤香濃的醬牛肉。冰綠撕下一塊牛肉，自顧吃起來。

小丫鬟吃得香甜，真真公主頓覺腹中空空，有些難受，抬眸看了宮婢一眼。

宮婢會意，走過去居高臨下道：「此處是佛門淨地，妳怎麼能在這裡吃肉？」

冰綠悄悄撇了撇嘴，真是多管閒事！

她把油紙包往宮婢面前一伸，解釋道：「姊姊看清楚了，這是素牛肉，豆腐做的勒。」

宮婢沒了話說，默默走回去。

真真公主做不出從一個陌生丫鬟手裡搶吃食的事來，偏偏肚子餓時眼前有這麼一個人大口吃肉委實難受，心中更是把疏影庵那位不明身分的客人惱得不行。

氣死她了，師太居然真的管飯了！

「主子，要不咱們先去廟會吃點東西？」宮婢提議。

說好的逛廟會吃民間美食呢？公主騙人。

「不去，就在這等著。」真真公主執拗勁上來了。

去吃東西萬一被那人溜了怎麼辦？

「那奴婢去買來——」

「不許！」

這下子無人敢說話了。

又是一個時辰過去，冰綠吃飽喝足，甚至還靠著大樹打了個盹。

真真公主餓得頭暈眼花，險些撐不住之際，終於看見一位青衫白裙的少女款款走來。

可算把妳等到了！

真真公主抬著下巴站在路邊，打量著走來的少女，心道：也不怎麼樣嘛，穿得跟大蔥似的。

冰綠飛奔過去。「姑娘，您總算出來了。」

「逛完了？」喬昭抄了大半日佛經，手有些疼了，一邊輕輕捏著手一邊問。

冰綠擠擠眼，低聲道：「姑娘，路邊那個很漂亮的小娘子好像是等您的。」

喬昭聞言，抬眸看過去。

路邊站著的少女十五、六歲的模樣，端的是少見的好顏色，那股盛氣凌人的勁頭比之顏色更勝三分。喬昭目光下移，落在少女袖口的鳶尾花上。

原來是九公主。

她的祖母出身皇族，偶爾會對她提及宗室的事。她記性好，陸陸續續知道一些，之所以對九公主印象深刻，乃是因為九公主的母妃出身很特別。

九公主的母妃麗嬪，原是池燦的母親長容長公主府上的舞姬，曾經名動京城的美人兒。

喬昭抬腳走過去，大大方方欠身行禮。「臣女見過公主殿下。」

「妳認識我？」真真公主意外挑眉。

「曾聽人說，九公主純孝，時常來疏影庵替太后祈福，是以臣女斗膽猜測。」喬昭直起身來解釋。

真真公主咬了咬唇。這人真是狡猾，以為上來就誇她，她就不生氣了嘛？

「我讓妳起身了嗎？」見面前的少女身姿挺拔如一株青松，真真公主越發不悅。莫非以為入了師太的眼，就能把她這位公主不放在眼裡了？

喬昭心頭嗟嘆一聲，原來佛門清淨之地，依然難得清淨。

「公主的意思，是不許臣女起身嗎？」喬昭平靜反問。

大梁的當朝公主可不如她的姑姑、姑祖母們尊貴。

明康帝早早死了皇后就沒再立后，整日沉迷修道長生，別說公主了，就連僅剩的兩個皇子都不怎麼見。大臣們勳貴們誰都不傻，這樣不靠譜的皇上，就算家中子弟得了公主又如何？皇上連皇子都撒手不管，還能顧著駙馬不成？更何況幾位公主無一嫡出，母妃出身都不高，說起來徒有公主尊榮罷了。這位九公主還是入了太后的眼，又美名在外，才不同起來。

喬昭當然不是看輕九公主，只是她自有傲骨，在非正式場合自認舉止毫無失禮之處，又如何會怕了公主的挑剔。

喬昭一句話把真真公主問住了。她一臉薄怒看著眼前不卑不亢的少女，真切意識到，這不是宮中那些打罵隨意的奴婢，哪怕以公主之尊，傳揚出欺辱臣女的名聲依然不好聽。這感覺讓真真公主有些惱的同時，又有那麼一點新鮮。

「本宮什麼時候有這個意思？妳不要無理取鬧！」

喬昭失笑，莞爾道：「是臣女無理取鬧。那麼，臣女可以走了嗎？」

當然是不能走的，可要這麼說，這無禮的丫頭是不是又該問她：公主不許臣女離開嗎？

真真公主咬著唇，只覺從沒見過這樣奸詐大膽的女孩子，乾脆避而不答，直接問道：「師太為何見妳？」

為了見妳，竟連本公主都不見？

「臣女來替師太抄寫佛經。」既然這位九公主時常來疏影庵，以後免不了見面，喬昭便坦然相告。

「師太讓妳抄寫佛經？」真真公主上下打量喬昭一眼，語氣挑剔，「瞧著沒什麼特別的嘛。」

喬昭懶於打嘴上官司，再次屈膝一禮，道：「殿下，臣女告辭了。」

頂著真真公主冷冷的目光，喬姑娘輕盈起身，對冰綠微微點頭，施施然走了。

「殿下──」宮婢小心翼翼喊了一聲。

這可是大福寺，不是宮裡，公主一定要忍住啊。

九公主能在公主們中脫穎而出，入了皇太后的眼，自然不是毫無城府，她暗吸一口氣把怒火忍下去，繃緊下巴道：「跟著她們。」

讓那個奸詐的丫頭氣得忘了問她出身了！

冰綠回頭瞄了一眼，低聲對喬昭道：「姑娘，那位公主跟著您呢。」

竟然是公主啊，她家姑娘連公主都不怕，她越來越崇拜她家姑娘了。

主僕二人沿著山路逐級而下，冰綠伸手一指，聲音興奮起來。「姑娘，您瞧，廟會還沒散呢，現在沒有那麼多人了，要不要去逛逛？」

「不必理會。」

喬昭沉吟片刻，頷首：「也好，去逛逛吧。」

這是她回到黎府後真正意義上的第一次出門，就這麼回去確實有些不甘心。

喬昭遙遙望了一眼寇尚書府所在方向，收回目光，被冰綠拉著向廟會走去。說是人群散了不少，其實依然熱鬧非常，演扁擔戲的、耍中幡的、扭秧歌的、踩高蹺的，每一處都圍滿了人，還有套圈的、吹糖人的、賣糖葫蘆的……

走在喧囂的人群裡，喬昭被這種世俗的熱鬧給迷住了。在喬姑娘眼裡，哪怕是小攤上做工粗糙的猴子面具，都要比深宅大院嬌養的花草來得生動。

「姑娘，咱們去看變戲法吧，那邊有個變戲法的，可神啦！」

冰綠把喬昭拉過去，就見人群圍著一名妙齡女子，那女子面前擺著一口大鍋，鍋裡已是熱油沸騰。

一個十來歲的女童舉著簸箕從圍觀人群面前走過，邊走邊喊：「我姊姊得了仙人點化，雙手不懼熱油，下面將要表演油鍋取錢，請各位爺爺奶奶、大伯大媽、叔叔嬸嬸、哥哥姊姊捧個場嘍——」

女童走了一圈，簸箕裡叮叮噹噹落了不少銅錢，到了喬昭這裡，冰綠一臉興奮，趕忙把一枚銅錢丟進去。

見那女童嘩啦一聲把簸箕中的銅錢全都倒進油鍋裡，妙齡女子張開雙手給眾人看，朗聲道：

「請各位看好了。」

她說完，手伸進沸騰的油鍋，在人們的倒抽冷氣聲中抓起一把銅錢，接著如是幾次，很快把沉在鍋底的銅錢全都撈了出來。

「好！」叫好聲此起彼伏。

「太神了，太神了。」離開時，冰綠依然感慨不已，拉著喬昭衣袖問道：「姑娘，您說那位姑娘真的得了仙人點化嗎？」

喬昭笑道：「仙人點化不一定有，只是一些偏門技巧罷了。」

「什麼偏門技巧？」一男一女異口同聲問道。

冰綠扭頭一看，呆了，拚命扯著喬昭衣袖。「姑娘，好俊的郎君，啊啊啊，好俊——」

池燦站在杏樹下，聽到這話側頭對朱彥與楊厚承說：「那丫頭不怎麼樣，她的丫鬟眼光倒是不錯。」

語罷，他轉頭看向喬昭，一雙漂亮的眸子瞇起來。

池公子矜持立在杏花樹下等喬昭過來打招呼，真真公主卻在最初的錯愕後走了過來。

「表哥。」在池燦面前，真真公主身為公主的優越感全然沒有，一想到母妃是人家府上家奴，只有心塞的份兒。

「我還以為是誰，原來是公主殿下。」池燦顯然是不想和真真公主多說的，眼睛一直看著喬昭。

真真公主誤解了他的意思，抬抬下巴對喬昭道：「妳過來一下。」

池燦睃了真真公主一眼，這公主架子，擺得真讓人膩歪。

喬昭看到池燦三人，同樣生出人生何處不相逢的感慨，理了理裙襬走過來，向三人福了福。

未等她開口，真真公主便道：「行這些虛禮作甚？妳且給我們說說，剛才的油鍋取錢是怎麼回事兒？若不是仙人點化，那是用了什麼偏門技巧？」

池燦勉強聽完，再也懶得忍耐，對喬昭矜持頷首道：「跟我走。」

喬昭：「……」多日不見，這人行事還是這般肆意。

真真公主頓時瞪大了一雙美眸。

她沒聽錯吧？對女子全然沒有過好臉色的池表哥竟然對一個黃毛丫頭說跟他走？她看了一眼波瀾不驚的少女，不乏惡意地想：是了，定然是這丫頭的蠢樣惹了表哥不快，表哥想教訓她呢。

見喬昭沒有反應，池燦不高興了，精緻唇角牽起，懶懶道：「愣著幹什麼？我們請妳吃茶。」

他說著，悄悄踢了楊厚承一下，楊厚承暗暗翻了個白眼。想請人家喝茶就直說嘛，非要把他和朱彥扯上做什麼？

不過再見到喬昭，楊厚承還是很高興的，礙於真真公主在一旁，不好流露出相識的樣子，遂笑著打哈哈道：「是呀，小娘子，哥哥們請妳喝茶去。」

池燦與朱彥：「……」這種調戲良家婦女的語氣，好想打死他怎麼辦？

楊厚承也呆了呆。他其實不想這麼說的，可這種明明認識又要裝不認識的情況，他這麼老實的人完全不知道該這麼應對啊，一不小心就跑偏了。

「咳咳，我是說，哥哥們沒有惡意，就是想與妳一起喝茶——」

「閉嘴。」池燦忍無可忍，伸手拍了楊厚承一巴掌。

朱彥溫和望著喬昭，含笑解圍：「姑娘勿怪，是我們很好奇妳剛剛說的事，這裡人來人往不便多言，是以想請妳移步茶樓，方便我們請教一二。」

池燦順了口氣。嗯，幸虧還有一個好友會說人話。

「還不走嗎？」當著外人（真真公主）的面，池公子的忍耐已是到了極點，斜睨喬昭一眼，轉身便走。

好歹是救命恩人，喬姑娘只思考了一瞬間，便抬腳跟了上去，礙於某人陰晴不定的性子，直接走在了朱彥這邊。

池燦眼角餘光掃了掃，冷哼一聲，他吃人不成？

真真公主眼看著幾人依次從她眼前走過，震驚之餘有些發懵，抬腳跟了上去。

池燦腳步一頓，轉頭：「沒喊妳。」

真真公主一張臉騰地紅了，又氣又羞之下，雙眼含了淚花，死死忍著才沒有當眾落下來。

她與池燦是表兄妹，就算談不上青梅竹馬，可也不必這麼絕情吧？她竟然還不如一個不知從哪裡冒出來的黃毛丫頭有臉面。她好歹是皇家公主，這丫頭到底是什麼人？先是讓師太破格召見，甚至還留了飯，然後遇到池燦三人，還被邀請去喝茶。不管是什麼原因，她從沒聽聞池燦他們這個小圈子容納過別人，更別提還是女子！等等，前不久偷看的話本子裡有隻狐妖就能這般蠱惑人心。

「妖女，妳給我站住！」真真公主冷喝一聲。

池燦三人頓時站住了，齊齊扭頭，一臉奇怪看過來。

被喊作「妖女」的喬姑娘往前走出好一段才轉過身來，詫異問：「你們停下做什麼？」

池燦三人：「……」對呀，真真公主喊妖女，他們幹嘛停下來？

「妳有病吧？」池燦挑眉問。

真真公主本來不是這麼魯莽的人，可一樁接一樁匪夷所思的事讓她懵了圈，咬著唇指著喬昭道：「不是我有病，表哥，是她有問題。」

池燦乾脆轉過身子，手中金漆摺扇搖了搖，問：「她有什麼問題？」

朱彥收了笑意，平靜看著真真公主，楊厚承更是瞪大了眼，來回打量著喬昭。「什麼問題啊？沒看出來呀。」當公主就能亂說話？

池燦收起摺扇敲了敲楊厚承的腦袋，低聲道：「別亂看。」

他就是想聽聽油鍋取錢的內幕而已，不知道的還以為他們三個想做什麼呢。

真真公主抿了抿唇，問：「你們難道沒有察覺她很邪門嗎？你們才見了一面就想請她喝茶了。我聽說有些會邪術的人，就有這樣的本領。」

池燦嗤笑一聲，朱彥與楊厚承對視一眼，俱都笑了。

什麼見了一面，他們與黎姑娘可是朝夕相處了好多天的。不過要說那丫頭邪門嘛，還真的有點兒，就沒見過這麼能耐的小姑娘啊。

「你們笑什麼？」雖然沒人言語，真真公主卻感覺到被深深嘲笑了，加重語氣道，「你們不要不以為然，她真的有問題——」

「夠了。」池燦徹底沒了耐心，冷冷道：「我們的事，就不勞公主操心了。」

池燦說完轉身便走，朱彥卻有些遲疑。

畢竟是尊貴的公主，鬧得太難看池燦倒是不在乎，他與楊厚承卻不好擔待了。更何況——

他擔憂地看了不言不語的少女一眼，心道：拾曦這般落公主的面子，將來黎三姑娘可就不好過了。

他看著喬昭一臉平靜的樣子，又有些想笑。真是皇上不急太監急，瞧黎三姑娘這副模樣，全然不像害怕的樣子。

喬昭似是察覺朱彥所思，抬眸對他輕輕點頭，而後走到真真公主面前，邀請道：「殿下若是有興趣聽聽，不如一起去喝茶？」

喬昭並不想把關係弄得太僵。這位公主雖有些架子，實則並沒對她做出什麼惡事，至於小姑娘家的鬥嘴，不值得計較。更何況，有九公主一起去喝茶，還方便些。

「我才——」真真公主話才出口，急急咬了一下舌尖，矜持道：「既然妳誠心邀請，本宮就給妳一個面子。」

被甩下實在太丟人了，況且她實在很想知道普通人從油鍋中取錢，是如何做到安然無恙的，弄不明白她今晚會睡不著的。

池燦面罩寒霜横了喬昭一眼，對真真公主冷笑道：「她邀請的不算。」

他俊眉修長，眼波瀲灩，明明是惱怒的樣子，卻美得無法無天。

喬昭再看真真公主一眼，嘆口氣。兩個明明都是玉一般的人兒，怎麼就不能好好相處呢？

真真公主畢竟有著公主的自尊，聽池燦說得這般無情，再也受不住，抬著下巴道：「本宮原就不想去的，告辭。」

真真公主說完，深深看喬昭一眼，緊繃唇角拂袖而去。

「還不快走？」池燦睇了喬昭一眼，轉身便走。

朱彥笑意溫和。「黎姑娘，請吧。」

「咦，妳怎麼知道我家姑娘姓黎？」冰綠提出疑問，忽地興奮起來，扯扯喬昭衣袖道：「姑娘，肯定是那天妳出名了。」

「嗯？」喬姑娘一臉莫名其妙，終於確認她這個丫鬟一見到美人兒就腦子發暈，腿發軟。

冰綠以為喬昭忘了，眉飛色舞提醒道：「就是冠軍侯進城那天啊，您不是差點撞他身上去嘛。」

真是沒想到啊，她家姑娘不僅和俊美威風的冠軍侯有緣，還和這位好看極了的公子有緣，啊啊，她該挑哪個好呢？不，是她家姑娘該挑哪個好呢？

看著冰綠雙眼放光的樣子，喬姑娘罕見地臉一熱。有這麼一個花癡的丫鬟，是她管教不嚴。

池燦倏地停下來，楊厚承措手不及，撞到了他後背。

「怎麼了？」

池燦沒理會楊厚承的疑問，大步走到喬昭面前，擰眉問：「妳差點撞到冠軍侯身上？為什麼？」

難不成這丫頭也想攀上邵明淵那根高枝？

「怎麼，幾日不見，學會這一招了？」一想到眼前的丫頭對著別人投懷送抱，池公子就格外惱怒起來，一張口便把毒舌的本事發揮得淋漓盡致。

當初乘船北上，他撿的這棵白菜分明被糟老頭子一拱就跟著走了，難不成他的魅力既及不上一個糟老頭，又及不上邵明淵那個只會打仗的傢伙？

冰綠眨眨眼，識趣地捂住了嘴。她剛剛是不是說錯話了？等等！這位好看極了的郎君剛剛說「幾日不見」，那他和姑娘豈不是早就認識？啊啊啊，原來是她家姑娘的愛慕者。

小丫鬟果斷下了結論。

「拾曦——」朱彥聽不過去，喊了一聲。

黎姑娘雖說和尋常女子有些不同，可到底是位姑娘家，哪能如此說話。

喬昭確實有些惱了。雖說救命之恩她願盡己所能償還，卻不包括尊嚴。

喬姑娘牽唇笑了笑，聲音軟糯甜美，說的話卻足以讓聽者驚掉下巴。「池大哥放心，我保證什麼招都不會對你使。」

池燦一張俊臉更黑了。所以說明明是他撿了白菜，這棵白菜卻看哪個都比他重要？

朱彥與楊厚承對視一眼，同時笑出聲來。果然無論哪一次打交道，拾曦都被這丫頭剋得死死的。

喬昭屈膝一禮。「池大哥若是不想聽什麼偏門技巧了，我便告辭了。」

見喬昭起身後真的轉身便走，池燦險些氣死，揚聲喊道：「妳給我站住！」

他大步繞到喬昭面前，挑眉道：「我什麼時候這樣說過？再不快走，妳想拖到本公子管晚飯的時候啊？」

「走啦，走啦。」楊厚承忙打圓場。

把少女冷凝無波的神色收入眼底，朱彥暗暗嘆口氣。拾曦若是想用對待尋常姑娘的態度對待黎姑娘，那就大錯特錯了。

他想起三人相聚時，無意中提及黎三姑娘的字入了疏影庵無梅師太的眼，師太請她不時前來疏影庵陪伴禮佛的事，拾曦自從十歲過後明明從不來廟會這些地方的，今天前往靖安侯府喬氏靈前拜過，陪著庭泉待了一會兒出來後，竟罕見地提議來大福寺逛逛。

好友或許還不自知，他卻看出些苗頭來——拾曦對黎姑娘是不同的。或許還談不上傾慕，但至少，黎姑娘在拾曦心裡很特別。朱彥深深看了喬昭一眼，心想，黎姑娘還這般小，拾曦這彆扭的性子恐怕會越弄越糟。

十八　同病相憐

一行人總算進了茶樓，選了個清淨雅室坐下來，楊厚承笑呵呵道：「黎姑娘，沒想到今天在這見到妳，真是巧了。」

「啊。」冰綠忍不住喊出聲，忙捂住了嘴。證實了，果然是認識的。

楊厚承這才仔細看了冰綠一眼，表情一呆。「這不是那個丫鬟啊？」大意了，只怪他忘了看臉，一心以為跟著小丫頭的丫鬟是朱彥買來的那個，難怪覺得異常聒噪。

喬昭抽了抽嘴角道：「無妨，她是我的心腹丫鬟冰綠。」

冰綠一聽姑娘這樣介紹她，頓時心情飛揚。她就說，她才是姑娘的第一丫鬟嘛。小丫鬟全然忘了她家姑娘統共兩個貼身丫鬟而已。

楊厚承放下心來，問道：「黎姑娘，妳這些日子——」

池燦突然咳嗽幾聲，打斷了楊厚承的話。「以前的事不必多提。黎姑娘，還是請妳說說油鍋取錢的事吧。」

在這人來人往的地方，有些話還是不提為好。

楊厚承反應過來，連連點頭。「對，對，還是說這個吧。」

「其實很簡單，那鍋中看起來是滾燙的油，其實只有上面一層是油，下面是醋。」

「那又如何？」楊厚承想不明白，追問。

喬昭淡淡一笑。「三位大哥沒進過廚房，想來是沒留意過的。醋沸騰時並不熱，僅相當於溫水罷了，人的手伸進去自然毫髮無傷。」

「原來如此。」楊厚承大為嘆服，「黎姑娘，妳懂得真多。」

池燦揚了揚眉。「不知從什麼雜書上看來的旁門左道，說得好像妳進過廚房似的。」

「我進過的。」喬昭淡淡道。

「我家姑娘進過的。」冰綠反駁道。只不過差點把廚房燒了而已。

冰綠想到的，是以前小姑娘黎昭進廚房的壯舉。

她家姑娘偶然聽大姑娘提起固昌伯府的世子杜飛揚喜吃叉燒鹿脯，跑到大廚房鼓搗了一整天，結果燒出一鍋黑炭來，最後油鍋起火，險些把廚房給燒了。

冰綠一想到那日的混亂，就忍不住替自家姑娘嘆氣。結果顯而易見，叉燒鹿脯沒做出來，姑娘被老夫人教訓一番不說，更是成了東西兩府的笑柄，後來不知怎麼還傳到固昌伯府去了。打從那日起，姑娘只要靠近廚房三丈之內，廚房的丫鬟婆子們就跟防賊似的。

冰綠想想就心疼。她家姑娘這樣水靈的一個人兒，為那勞什子世子洗手做羹湯，不但沒得到隻言片語的感謝不說，居然還被人笑話了，真是豈有此理。

「真進過？」池燦頗意外。

楊厚承同樣驚奇不已。「不是吧，黎姑娘，妳這個年紀就開始學廚藝了？」

他的姊妹們都是及笄後才開始學管家和廚藝的。

管家要仔細教導，至於廚藝，其實只要學會一、兩道拿手菜就足夠了。他們這些人家的女孩兒又不用操勞家務，學會做幾道菜不過是錦上添花而已。

「池大哥不信便罷了。」喬昭不以為意地道。

「黎姑娘，妳會做什麼拿手菜啊？」楊厚承好奇追問。

這丫頭是要上天不成？這也會那也會，還給不給正常人留活路了？

朱彥卻笑了。黎姑娘若說會，那定然是會的，恐怕還會做得很好。這樣一想，他心中一動，還真有些想嘗嘗眼前小姑娘的手藝了，或許，同樣出人意料呢。

池燦顯然也動了心，雖沒開口，一雙耳朵卻輕輕動了動。

一聽眼前三位俊俏郎君居然懷疑她家姑娘，護主心切的小丫鬟唯恐主子露了怯，急忙道：「我家姑娘會做叉燒鹿脯。」

喬昭顯然也有關於叉燒鹿脯的慘痛記憶，聞言險些被口水嗆了，一貫淡然的喬姑娘表情扭曲了一下。有這樣一位堅決維護主子到底的丫鬟，可真是榮幸。

「叉燒鹿脯？」出聲的是池燦。他雙眸似是藏了天上的星，璀璨明亮，又含著常人難懂的情愫。

他的母親，也會做叉燒鹿脯。那一年，母親帶著年幼的他南下遊玩，結果卻被肅王餘孽堵在了凌臺山。當時保護他們的侍衛們全都喪命，母親帶著他躲進迷宮般的地下溶洞裡。他們被圍困了五天五夜，進山遊玩時隨身帶著的吃食陸續吃光，只剩下好存放的叉燒鹿脯，母親一點一點餵給他吃。

那是他這輩子吃過最好吃的叉燒鹿脯。

後來，鹿脯也吃光了，可是救援的官兵還沒有來，母親……陷入回憶裡的池燦臉色漸漸發白。母親劃破了手腕，不顧他的哭泣和害怕，把鮮血餵給他喝。

他永遠忘不了，母親一次次劃破手腕，傷口流過血又止，止住了又流。他喝著母親的血，終於等到了援軍——那是他一輩子忘不掉的夢魘，和感恩。可後來，父親死了，外室找上門來，曾經寧願流盡自身鮮血也要護著他活下來的母親，卻再沒給他做過叉燒鹿脯。

池燦收回思緒，連鮮妍的唇都蒼白起來。

那樣愛過他的母親，這些年來哪怕舉著無形的刀刃在他心頭劃過一刀又一刀，他依然升不起怨恨來。只是，他似乎已經忘記叉燒鹿脯的味道了。

「妳會做叉燒鹿脯？」

喬昭覺得此刻的池燦有些怪怪的，想了想點頭。「會的。」

「這道菜挺好。」池燦說著，看了喬昭一眼。

見她沒什麼反應，池公子不悅地皺起眉。沒良心的丫頭，說什麼救命之恩無以為報，將來要重謝的，結果一幅畫就以為兩清了？休想。

池燦清了清喉嚨，冷哼一聲。「黎三，不知妳有沒有聽過一句話？」

「什麼話？」喬昭放下茶杯，心想，只顧著閒聊，茶水都涼了，有損口感。

朱彥和楊厚承也被好友的問題勾起了好奇心。

「救命之恩當湧泉相報，若是無以為報——」他定定看了面色平靜的喬昭一眼，頓住。

冰綠福至心靈，脫口而出：「願以身相許？」

池燦和喬昭同時一滯。冰綠卻大驚，看著自家姑娘捂住了嘴。「天啊，姑娘，您什麼時候救了這位公子啊？」

朱彥與楊厚承怔住，隨後再也忍不住，放聲大笑起來。果然是有其主必有其僕。

二人同情看向臉色鐵青的好友，一人伸出一隻手，在他肩頭重重拍了拍，異口同聲道：「拾曦啊——」

「閉嘴！」

一貫溫和的朱公子全然止不住笑意，楊厚承更是無視警告，捶桌大笑不止。

池燦黑著臉看著朱彥，一字一頓道：「子哲，你小時候不小心瞧見婆子小解，偷偷問我為什麼你是站著婆子是蹲著的事，你忘了？」

朱彥笑意頓收，匆忙看喬昭一眼，以拳抵唇，劇烈咳嗽起來。

「哈哈哈，子哲，你還有這麼蠢的時候？」楊厚承笑得直不起身來。

池燦一雙漂亮的眸子瞇起，斜睨著楊厚承不緊不慢道：「楊二啊，你十二歲那年去子哲家裡玩，攛掇我和你一起看顏妹妹洗澡來著——」

楊厚承騰地跳起來，伸手去捂池燦的嘴。

朱彥伸手搭在楊厚承肩膀上，面無表情問：「還有這事？」

冷眼旁觀的喬姑娘：「……」也不知等下她會被哪個滅口？

楊厚承雙腿打顫，對朱彥討好笑道：「沒，沒——」他想說沒這回事，毒舌狀態正好的池公子直接甩過去一句話：「不承認？我還記得有件事——」

「沒看成。」楊厚承拚死說了出來，嘿嘿乾笑道：「子哲啊，你別生氣，我發誓，只是好奇，純粹好奇，重點是沒看成呀——」

素來溫潤如玉的好人朱大哥，當著喬姑娘的面揪住了楊厚承衣領，冷冷道：「楊二，我認為咱們應該找個地方好好談談了。」居然偷看他妹妹洗澡？這就找個地方把這混蛋埋了去。

楊厚承直到被拖出門還在喊冤：「不帶這樣的啊，就算看成又怎麼樣啊，你妹妹那時候才七歲——」

「匡噹」一聲關門響，室內才恢復了安靜。

喬昭與池燦對視，目光波瀾不驚，彷彿剛剛什麼事都沒發生。

這人的無理取鬧，早在那年她就領教過了。祖父那樣的人都被逼得沒法子，最後拿一幅鴨戲圖才把人打發走。

池燦不悅地睇起了眼。明明是十三、四歲的小姑娘，為何總是擺出一副看透一切的樣子來，他瞧著一點都不順眼。

「黎三——」池燦忽地身子前傾，緩緩道：「那幅畫又毀了。」

「池大哥想要我再畫一幅？」喬昭心想，難怪要請她吃茶呢，原來聽油鍋取錢的故事是假，要她再畫一幅鴨戲圖才是目的。

「不是。」許是被喬昭永遠冷靜淡然的樣子激起了逆反心，池燦否認道。

少女淡然的眉眼有了變化。她眨了眨眼，看著近在咫尺的男子，罕有地露出疑惑來。她的眼睛大而柔美，平日裡清澈如泉水，而此刻裡面閃耀著詫異的光，讓池燦無端想到林間乍然見到生人的小鹿。這丫頭的氣質與樣貌還真是有些違和呢，池燦心道。

不知為何，池公子心情忽然好了些，彎唇笑道：「畫既然又毀了，那便罷了，改成別的吧。」

「改成什麼？」

池燦伸手，輕輕敲了敲桌面，不緊不慢道：「下一次，給我做一道叉燒鹿脯嘗嘗。」

嗯，像小鹿的人做鹿脯，一想就覺得期待。

喬昭詫異片刻，才點頭應下：「好。」

池燦雙手撐桌，站了起來，施施然道：「那我也告辭了。」

他轉身走出兩步，轉頭睇了冰綠一眼，對喬昭道：「記著，這只是救命之恩的一點利息，不算妳說的『重謝』。」

喬昭站起來，平靜問道：「池大哥想要什麼重謝，還是說清楚，我也好有個準備。」

「準備？」池燦淺笑起來，「不用準備，我目前還沒想好，等想到了再找妳要。黎姑娘不是賴帳的人吧？」

「救命之恩自是不敢賴，只要池大哥提的要求在我力所能及的範圍內。」

池燦深深看喬昭一眼，頷首。「這是自然。」

他轉了身，揚了揚手大步走了出去。

「好了，我們也走吧。」喬昭理了理裙襬，抬腳走出數步發現身後沒有動靜轉過頭來，疑惑喊道：「冰綠？」

捧著臉蛋的冰綠這才醒過神來，撲過來尖叫。「姑娘，您看到沒，剛剛那位池公子笑起來真美，簡直，簡直讓我喘不過氣來了！」

喬昭抬手，拍了拍冰綠肩頭。「冷靜，有話回到馬車上再說。」

冰綠捂著嘴拚命點頭，直到主僕二人回到停靠在山腳的馬車上，這才繼續先前的激動，抓著喬昭衣袖追問：「姑娘，什麼救命之恩啊，什麼畫啊，什麼收利息啊？」

消息太多太勁爆，她有點受不住啊。

「這些，統統都不能說。」喬昭笑瞇瞇道。

「啊？」小丫鬟一口氣險些沒上來，撫著胸口哀求，「姑娘，看在婢子忠心勇猛的份上，總要說點什麼吧，要不您說說那位好看得不得了的池公子是誰家的啊？」

「他的母親是長容長公主。」

冰綠倒抽口涼氣。「皇親國戚啊。」小丫鬟琢磨了一下，連連搖頭。「完了，完了。」

「嗯？」

冰綠看了看左手，又看了看右手，雙手一攤道：「完全難以選擇啊，要皇親貴胄的池美人當姑爺呢，還是要俊美威風的冠軍侯當姑爺呢？」

喬昭：「……」她沉默片刻，抬手捏了捏冰綠臉蛋，聲音冷靜無波：「醒醒，別作夢了。」

小姑娘黎昭的身分與這二人風馬牛不相及，至於喬昭，早已死了。這一世，為人婦已不是她所期待。她想要做的事太多了，哪有時間用來嫁人呢？

喬姑娘透過馬車窗往外看了一眼，窗外天高地闊，秀麗無邊。

她收回目光斜倚著靠枕，心想，希望池燦所要的「重謝」，是她給得起的才好。

池燦三人找了個偏僻地方群毆一頓，各自散了。

池燦揉著發青的眼角一邊往長公主府中走，一邊忿忿想，兩個混蛋，說好的打人不打臉呢？

他才進門，小廝桃生便迎上來。「公子──」

看到自家公子狼狽模樣，桃生倒抽了口冷氣，氣憤道：「公子，誰幹的？小的替您出氣去。就算打也不能打臉啊。」

迎上主子殺人的眼神，桃生自知失言，頭一縮乾笑道：「小的是說，誰那麼不開眼，居然敢打公子──」

池燦伸手把小廝拎到一邊，繃著臉大步往內走。

桃生忙追了上去，這才想起正事來。「公子，冠軍侯派人過來說，他在西大街的春風樓等你。」

「冠軍侯？什麼時候的事？」

「有一陣子了，小的說您不在府中，傳信的人說冠軍侯先去春風樓等著，請您什麼時候回來就過去。」

春風樓是京城有名的酒肆，地方不大，也不是坐落在最繁華之處，卻勝在打烊晚，所售的酒夠味道。

「備馬。」

桃生蹬蹬蹬跑進去，片刻就把池燦常騎的青驄馬牽出來。

池燦這才氣順了些，心道，這麼蠢的小廝總算沒白養，偶爾還是懂一回眉眼高低的。

他接過韁繩翻身上馬，吩咐道：「你就不用跟去了，去跟冬瑜姑姑說一聲，今天我晚點回。」

「小的知道了。」桃生嘴上答應著，心中默默傷感。

公子自從南邊一行，越來越不願意帶著他了。

池燦可不管小廝的哀怨，馬蹄輕揚，在人漸稀少的大街上飛奔，沒用太久便趕到了春風樓。

春風樓前一青一白兩張酒旗迎風招展，青色酒旗上龍飛鳳舞寫著「春風」二字，白色酒旗上則畫著一個大大的酒壺。酒肆門大開，兩個打扮俐落的小二一左一右站著迎客。

池燦翻身下馬，一個小二迎上來接過韁繩，笑著道：「公子來了，請上二樓雅室。」

如池燦這些時而來喝酒的貴公子，這些成精的夥計都是識得的。

池燦被小二領上樓去，沿著走廊走到盡頭，進了邵明淵訂好的雅室。見池燦走進來，獨坐在靠窗位置的邵明淵站了起來。

邵明淵目光在池燦右眼角處微凝。

池燦頗覺丟人，抬手按了按，解釋道：「不小心磕了一下。」

邵明淵劍眉輕揚。「不是被楊二打的？我記得他打人時喜歡用左手。」

被人打還是磕碰的區別，很明顯啊。

池燦惱得額角青筋直跳，他忘了，眼前這傢伙才是打仗的行家。

池燦大步走過去，伸手打了邵明淵一拳。「多久沒滾回京城了，記性這麼好幹嘛？」

邵明淵眉擰起來。

看他面上痛苦一閃而逝，池燦一驚，隨後目光落在剛才拳落之處，琢磨了一下問道：「有傷？」

邵明淵按著肩頭苦笑。「本來已經結痂了。」

池燦跨步在邵明淵對面坐了下來，不好意思笑笑，疑惑挑了挑眉。「誰傷的？」

未等邵明淵回答，他伸出食指在面前擺了擺。「別說是戰場上落下的，從北地一路到京城這都多久了，外傷早該好俐落了。」

邵明淵眸微垂，想了想直言道：「被舅兄刺了一劍。」

「舅兄？」池燦伸手拿起白瓷酒壺，替二人各倒了一杯酒。

酒液是淺碧色，醇香襲人，正是春風樓的招牌「醉春風」。

池燦把酒壺放下，反應過來。「前不久京中盛傳被大火毀容的那位喬公子？」

邵明淵失笑，反問道：「不然我還有哪位舅兄？」

「喬墨真的毀容了？」

邵明淵點點頭。

「該不是因此，他也想在你臉上劃兩刀吧？結果手一滑砍肩膀上了。」

邵明淵肅容。「別開玩笑。」他掃過好友的臉，淡淡道：「如果是那樣，也該砍你才是。」

池燦被噎得啞口無言，端起酒杯喝了一口，才道：「約在這見面有什麼事啊？在我家等著不就行了。」

早上他們三個去靖安侯府祭拜，四人短短說了幾句，當時好友並沒有多說什麼。

邵明淵修長的手指捏著酒杯，平靜道：「家有喪事，還是不去府上叨擾了。」

池燦想了想，舉杯一飲而盡，輕笑道：「說得也是，還是在外面自在些。」

對池燦與長容長公主這些年僵持的關係，邵明淵是清楚的，他心頭隱隱生出同病相憐的自嘲，開口道：「我是有件事想請你幫忙。」

「先說說是什麼事。」池燦來了興趣，他還以為這位好友除了打仗無欲無求呢。

邵明淵目光盯著手中酒杯，杯中碧波微晃，好似盛滿了春日的湖水。

「我聽聞有位神醫目前住在睿王府中。」

「對，就是那位李神醫，當年曾經救治過太后的。前不久睿王把這位神醫請進京城，不知怎麼就鬧得人盡皆知了。」池燦心知是因為什麼緣故，李神醫進京的事才沒瞞住，可那段同舟北上的過往到底不便多提。

「拾曦，你知道以我如今的身分，去睿王府登門拜訪並不合適。我想托你去一趟睿王府，幫我把李神醫請出來，讓我能與他私下一敘。」邵明淵點名了所托之事。

「你想見李神醫啊？」池燦想了想，點頭，「那我試試吧。」

他自是理解邵明淵的顧慮。

歷朝歷代，皇子與重臣有所接觸都是天子的大忌，更別提邵明淵這般手握重兵、聲望無雙的武將，他去睿王府的消息一旦傳出去，睿王就要先哭暈了，那是絕對會被皇帝老子變著花樣修理的節奏。

「多謝了。」邵明淵舉杯，沾了沾唇。

池燦似是又想到什麼，補充道：「不過提前說明白啊，我去睿王府沒問題，能不能把那位李神醫請出來就難說了。」

「嗯？」

「那老傢伙脾氣古怪得很。」

邵明淵笑笑。「我聽說李神醫從南邊而來，途中還從人拐子手裡救下了一位官家姑娘並認作了乾孫女，這樣看來，倒是一位仁心慈愛的老者。」

「呵呵，你們要是真的有機會見面，你就能領教了。」

「無論如何，先見上一面就好。」

「什麼時候？」

「越快越好。」

池燦點點頭。「那行，明早我就去睿王府走一趟。」

作為長公主之子，池燦與睿王是姑表兄弟，平時見個面是很尋常的事，就連無孔不入的錦鱗衛都懶得上心。

談完了正事，二人之間的氣氛更加放鬆。

邵明淵便問：「拾曦，你和楊二怎麼打了起來？」

他們四人自小是玩慣了的，後來他雖鮮少在京中，幾人情誼並沒淡下來，池燦他們三人就更要好了，吵吵鬧鬧雖常見，下手這麼重卻罕有。

「何止是楊二啊，還有子哲。真沒想到，他平時挺規矩死板一個人，揍起人來還挺有勁。」

池燦覺得被朱彥踹的那一腳開始隱隱作痛了。

「究竟為了何事？」邵明淵越發疑惑。

一想到緣由，池燦忍不住微笑起來。

他生得好，性子卻不大好，鮮少有這樣溫柔含笑的樣子，竟讓旁觀的人瞧出幾分繾綣多情的味道來。邵明淵便心生感慨，看樣子，好友說不定已經有了心上人。

池燦一見邵明淵那表情便氣不打一處來，翻了個白眼道：「胡想什麼呢？就是把他們兩個小時候的糗事抖落出來，他們惱羞成怒而已。」

「向何人抖落？」邵明淵一針見血問道。

三個好友整天斯混在一處，要是抖落早就抖落了，也不會等到今天，那麼必然是有一個特別的人在場。或許，那便是拾曦的心上人。

邵明淵的敏銳讓池燦如被踩到尾巴的貓，瞬間毛都炸了起來。「庭泉，我說你一個武夫，心眼這麼多作甚？」

邵明淵舉杯，把杯中酒飲盡。酒入口醇厚，落入腹中卻辛辣起來，彷彿有一團火在腹中燒。他淡笑著說：「只當武夫，是打不贏仗的。」

「是碰巧遇到個不開眼的。行了，別說這些無聊的了，今天從你們府上離開後子哲還說，瞧著你們府上喪事辦得有些忙亂，要不要我們從家裡找幾個管事的人過去幫忙？」

池燦嘴上說得委婉，心中卻在嘆氣。

說起來，他的母親因為對父親有心結變得偏激，對他的態度時好時壞，可邵明淵的母親就更奇怪了，親生的兒子跟上街買胭脂水粉時送的添頭似的，他家喪事辦得忙亂，分明是那位侯夫人不盡心啊。

二人一想到各自的母親，情緒俱都有些低落。

邵明淵的手不同於那些執筆撫琴的貴公子們修長白皙，而是骨節分明，指腹覆有一層厚厚的繭。他輕輕摩挲著手中酒杯道：「不必了，我還忙得過來。」

池燦冷笑。「別死撐，頂不住了就說話。」
他就知道這傢伙是個愚孝的，不願做出從其他府上請管事婆子打靖安侯夫人臉面的事來。
邵明淵並不介意池燦的態度，把酒杯往桌面上一放站了起來。「知道了，真頂不住會和你們說的。」
「庭泉，我說你怎麼就──」畢竟是好友的母親，池燦沒有說下去。
邵明淵修眉挑起，反問：「拾曦又是為何──」
二人皆沒有說完後面的話，卻彼此心知肚明。
池燦想問邵明淵為何對那樣苛刻他的母親恭順有加，邵明淵反問池燦為何對喜怒無常的長容長公主忍耐頗多。
多年未在一起暢談過的兩位兒時好友對視著，池燦率先開口：「你不懂，我永遠不會怪我娘……」
那段往事是旁人無從知曉的祕密，他會傷心，會懷念，卻不會怨恨。
邵明淵伸手拍拍好友的肩頭，無奈道：「彼此彼此吧。」
池燦沒了話說，心道，這便是家家有本難念的經吧，靖安侯府瞧著光鮮，誰知內裡如何呢？
「那就這樣，明天我去幫你問問，你等消息就是。等你府上喪事辦完了，咱們再好好聚聚。」
二人碰了最後一杯酒，各自回府。

十九　來借一人

翌日一早，天竟飄起了雨。

初夏的雨細密如針，連綿下個不停，池燦撐起一把青色竹傘，步行去了坐落於長容長公主府不遠處的睿王府。

「池公子，您怎麼來了？」守門人一見是池燦，立刻堆笑迎上來，往後看看道：「怎麼都沒帶個小廝給您撐傘呢？瞧您半個肩頭都濕了一片——」

池燦睇他一眼，淡淡道：「囉嗦。」

守門人毫不介意，連連笑著。「您快請裡面歇著，小的報信去。」

「去吧。」池燦把傘收起，交給了侍者。

一處幽靜小院裡，一身常服的睿王客客氣氣請教李神醫：「神醫，今天不用針灸了嗎？」

李神醫掀了掀眼皮。「不用了，我不是開了一副藥方，從今晚起王爺照著藥方泡澡就可以了，只要堅持藥浴一年便可養好，到時自會不愁子嗣。」

睿王大喜，對著李神醫恭恭敬敬一揖。「多謝神醫妙手回春，神醫恩德，小王定會銘記於心——」

李神醫擺擺手，睜開眼這才深深看了睿王一眼，吐出兩個字：「不過——」

睿王一聽，小心肝就抖了抖。這世間的事，往往壞在「不過」二字上。

果然就聽李神醫慢悠悠道：「不過王爺可要記住了，這一年內，絕對不能近女色，否則——」

「否則怎樣？」

「前功盡棄，悔之晚矣。」

睿王當下臉色就是一白。

一年之內不能近女色？他是個正常男人，正值盛年，之前為了開枝散葉，王府更是養了不少如花似玉的姬妾，要真是一年不碰女人，可真是……

李神醫察其神情，冷笑。「王爺若是做不到，這藥浴現在就不必泡了。」

睿王忙回神，連連道：「做得到，做得到。」

李神醫這才氣順了些，開口道：「既然如此——」

他話未說完，就有下人在門外道：「王爺，池公子過來了。」

表弟？

睿王向李神醫道別：「神醫，您先歇著，小王先去見客了，回頭再來請教。」

「王爺自便。」李神醫想了想，辭行的話還是等睿王見過客再說吧。

睿王辭別李神醫回到主院，走進待客花廳，一見到長身玉立的池燦便笑了。「表弟怎麼下雨的天過來了？」

「王爺。」池燦行了個禮。

睿王快步走過去，拉著池燦坐下來。「咱們表兄弟之間還講這些客套作甚？喊我表兄就是了。」

父皇自從沉迷修道就鮮少見他和沐王，反倒是太后與長容姑姑偶爾能見父皇一面。在太子名分未定的當下，睿王面對長容長公主的獨子池燦，確實不敢太過托大。

「禮不可廢，還是叫王爺順口。」池燦淡笑道。

不只是順口，關鍵是踏實。

睿王和沐王兩位皇子年齡相當，將來那個位置鹿死誰手還很難說，無論與哪一位走得太近或得罪了都不明智。池燦脾氣雖不怎麼樣，這方面卻拎得清，面對睿王與沐王不偏不倚，全當普通親戚處著。

「王爺，我今天過來，是找你借人來了。」

「借人？」睿王一聽便笑了，「表弟太見外了，看中了哪個，表哥給你送到府上去就是了。」

池燦臉黑了黑，合著這位表兄以為他看上某個姬妾找樂子來了。這位以後要真繼位了，也是個昏君吶。他就算是好色的人，能看上親王的姬妾嗎？呸呸，他真是氣糊塗了，什麼好色，他每次照照鏡子，見到再美的女子都提不起興致來了。

為防再從睿王口中聽到什麼離譜的話，池燦忙道：「我是來借神醫的。」

睿王一聽就變了臉色，失聲道：「神醫？」

「嗯。」池燦只覺好笑。

明明全京城都知道李神醫在睿王這了，睿王還裝什麼糊塗啊。

「王爺捨不得啊？」見睿王不語，想著好友的託付，池燦將了一軍。

「怎麼會？」睿王訕笑著，「不知表弟借神醫，哦，不，要把神醫請走多久？」

被李神醫知道他們用「借」這個字，那就麻煩了。

池燦沉吟了一下，決定對睿王把實情吐露一二，壓低聲音道：「其實是冠軍侯想見神醫。」

睿王一聽是冠軍侯，神情立刻不一樣了。

居然是冠軍侯！他深深看了池燦一眼，心中感嘆不已。他怎麼忘了，這位表弟還是冠軍侯的髮小。這豈不是說，只要與這位表弟打好關係，就等於間接拉攏了冠軍侯，還能不引起父皇的猜忌與大臣們的非議……

睿王一瞬間想到這些，神情緩和下來，溫和笑道：「冠軍侯為國為民征戰多年，定然受過不少傷，想見神醫本王當然沒有二話。」

睿王說完，吩咐人去請李神醫。

去意已生的李神醫已經收拾好小包袱，一聽睿王有請，也沒猶豫，拎著小包袱就去了。

「神醫這是做什麼？」睿王一見李神醫拎著小包袱，立刻傻了眼。

只知道李神醫妙手回春，沒聽說這位神醫還能未卜先知啊。

李神醫卻沒回答睿王的話，一雙不大的眼睛倏地一閃，死死盯著睿王身旁的池燦。

睿王忙介紹道：「神醫，這位是小王的表弟。」

「呵，沒想到還挺有來頭啊。」李神醫意味深長道。

池燦瞧著李神醫就氣不打一處來。這糟老頭子，當時毫不客氣就把他撿的白菜搶走了。

睿王趁人不注意，悄悄踢了池燦一下，心道，表弟又抽風了，這是求人的態度嗎？

池燦想著有求於人，把火氣壓下去，見禮道：「神醫——」

「等等！」李神醫喊了一聲。

池燦與睿王皆看著他。

李神醫提了提手中小包袱。「王爺，你的身體前期調理已經完了，之後只需要按著我的藥方照做就是了。老夫在王府住了這麼久，也該告辭了。」

李神醫說完，得意瞟黑了臉的池燦一眼，轉身便走，心想，一看這樣子，這炸毛小子就是有求於他。呵呵，好不容易擺脫這爛攤子，他可不會犯傻再跳進去了。

「神醫留步，神醫留步！」睿王追上去，攔住李神醫去路，「小王的身體尚未徹底養好，實是離不開神醫啊。」

說什麼一年內不近女色就能養好，現在放這位神醫走了，等一年後萬一沒好，他找誰哭去？

「王爺離不開的是藥浴，不是老夫。」李神醫一臉不高興。

還真是不見兔子不撒鷹了，要不說皇室中人都不是什麼好東西呢。

他看了池燦一眼，心中補充：包括這小子！

「都離不開，都離不開。」睿王為了子嗣，在李神醫面前是一點脾氣都沒了。

池燦看得詫異，暗想睿王究竟得了什麼病，對這糟老頭子如此低三下四？

「神醫，咱們又見面了。」池燦瞧出來李神醫不願意理會他，乾脆先發制人。

李神醫眉一挑。這小子是什麼意思？莫非是想當著睿王的面把南邊的事抖出來？

池燦見李神醫神情有異，彎了彎唇角，頗有深意道：「說來也是緣分，當初神醫從我這裡帶走——」

「等等。」李神醫驟然打斷池燦的話，迎上對方似笑非笑的眼神，險些破口大罵。

這小子是混蛋啊，居然用那丫頭的名聲威脅他。李神醫狠狠吸了一口氣。真是氣死他了，明明最開始那丫頭是跟著這小混蛋的，現在反而拿來威脅他？哼，他是會被威脅住的人嘛。

「神醫莫非忘了，當時那丫——」

「你找我有什麼事？」被徹底威脅住的某神醫迅速問道。

池燦嘴角笑意更深，賭對了！

他就說，以這糟老頭子的可恨脾氣，能收那丫頭當乾孫女，足以說明那丫頭在這老頭子心中的地位是不同的。

聽得雲裡霧裡的睿王忍不住問：「神醫，表弟，你們真的認識啊？」

「不認識。」二人異口同聲道。

睿王：「……」當本王傻啊！

「只是與神醫有過一面之緣。神醫，咱們不如去外面說吧。」

李神醫恨得咬牙，忍怒點點頭。要不是因為覺得黎丫頭像喬丫頭，他才不操這個心。這小子簡直是無恥、卑鄙、不要臉！

「要走就快點兒。」李神醫翻了個白眼，甩甩袖子，先一步邁出去。

「神醫留步。」睿王追上去，趁李神醫不注意之際，伸手把他手中小包袱奪下來，笑瞇瞇道：「小包袱怪沉的，小王幫您提著吧。」

池燦暗暗撇了撇嘴。幾天不見，睿王臉皮更厚了。

李神醫被池燦氣得心中窩火，懶得與睿王計較，擺擺手道：「老夫先與這位公子出去聊聊。」

池燦與李神醫走出房門，就見十數名侍衛立在院中，黑壓壓站了幾排，眼巴巴望著他們鴉雀無聲。

池燦轉身問：「王爺，這是何意？」

李神醫冷哼一聲。

睿王解釋道：「表弟有所不知，神醫前些日子出了一次門，遇到好幾樁事故。如今出門還是多帶些人，小心為妙。」

若不是想見神醫的是冠軍侯，他是絕對不會讓神醫出門的。

「原來如此。」池燦一聽就不想再多問，任由那些侍衛跟著出了門。

外面雨勢漸大，如水晶珠簾掛在天地間，一眼望不到盡頭，只聽見瓦簷上的滴答聲還有雨滴落在地面上的叮咚聲。

李神醫一腳踩進水窪裡，咒罵一聲：「這鬼天氣。」

「去哪兒說？」他扭頭問。

池燦指指停靠在角落裡的馬車。「西大街的春風樓，神醫先上馬車吧。」

雨中行走確實惱人，李神醫二話不說爬進馬車，把濕漉漉的鞋子一甩。池燦皺皺眉，跟著鑽進去。

馬車尚算寬敞，不過裡面坐著兩個互相看不順眼的人，就覺得格外逼仄起來。李神醫挪挪屁股，心想，當初和黎丫頭坐了那麼久馬車，也不覺得擠啊。

他看池燦一眼，冷笑。看來還是這小子太討厭了。

「小子，你也是名門公子，用一位小姑娘的名譽來要脅老夫，不覺得可恥嗎？尤其那丫頭還和你有幾分交情。」

池燦連忙擺手。「神醫可別誤會，我和那丫頭才沒交情呢。」

他掃李神醫一眼，嘴角噙笑。「就算有情，也是那丫頭對我有，我對她絕對沒有。」

誰先在意誰就輸了，他可不能讓這糟老頭子搶占上風。

李神醫氣個倒仰，惡狠狠問：「找老夫到底有什麼破事？」

「神醫稍安勿躁，等咱們到了春風樓慢慢說。想來您在睿王府也悶得慌，哪有在酒肆裡喝酒自在。」

「這麼久，老夫唯一聽到一句人話！」李神醫毫不客氣道。

池燦彎了彎唇，不予理會。對失敗者，他一直很寬容的。

雨中行人稀少，街道空蕩，只聞馬蹄聲噠噠作響。

春風樓前的青白酒旗被雨打得沒了精神，站在門口的夥計也百無聊賴。這樣一輛馬車跟著數十位侍衛在門口停下，兩位夥計立刻來了精神把客人迎進去。

池燦帶著李神醫進了一間雅室，把侍衛們留在外面，這才道明來意。

「你說誰想見老夫？」李神醫掏了掏耳朵。

「冠軍侯。」見李神醫神情有異，池燦心中一沉。

這糟老頭子該不會又犯軸脾氣吧？好在他已經給邵明淵傳了信，想來人不久就到了。

這樣一想，池燦頓時輕鬆起來，雙手懷抱胸前，笑瞇瞇問：「神醫是不是不想見？」

不想見也沒用，以他的身手攔住這老頭子是毫無問題的。

李神醫神色古怪得很，一拍桌子道：「想啊，太想了，那小子在哪兒呢？」

眼前小子的威脅和挑釁，李神醫在聽到要見的是冠軍侯時，立時就全不在意了。冠軍侯？不就是害了喬丫頭的那個小混蛋嗎？他正愁沒機會折騰一下那小混蛋呢，沒想到居然送上門來了。

「應該快到了。」

李神醫哼笑一聲，沉著臉給自己倒了一杯茶，啜上一口，閉目養神起來。

池燦百無聊賴用手指輕輕敲打著桌面。

就在李神醫昏昏欲睡時，走廊上響起腳步聲，他立刻睜開眼，便看到一位身材頎長的年輕人走進來。年輕高大的男子把雨披解下遞給緊跟其後的侍衛，侍衛悄無聲息退了出去，站在門外守著。儘管用了雨具，邵明淵的袍角依然被打濕了，濕髮結成一縷一縷的，順著臉頰往下滴水。

池燦站了起來。「騎馬過來的？」

「嗯。」邵明淵目光越過池燦，落在裡面四平八穩坐著的老者身上，大步走到其面前，抱拳問好，「明淵見過神醫。」

李神醫抬抬眼皮，一臉嫌棄。「你這一身的水都甩到老夫臉上了。」

邵明淵一怔。眼前素未謀面的神醫，對他有意見？

作為常年手握重兵的一方主將，邵明淵當然不是任人揉搓的性子，他笑了笑，溫聲道：「神醫玩笑了，明淵別的都做得不好，只有一身力氣尚控制不錯，斷然不會把雨水濺到您臉上，您大可放心。」

「少吹牛。」李神醫直接抹了一把嘴，趁機吐了口唾沫在手上，攤開來在邵明淵面前晃了晃。「沒濺到我臉上，會這麼濕？」

一旁的池燦直接翻了個白眼，冷笑道：「哪片雲彩下的雨還冒白沫啊？」

李神醫臉一黑，伸手一指池燦，對邵明淵道：「是不是有事求老夫幫忙？想讓老夫幫忙可以，你先讓這小子出去。」兩個小混蛋果然是臭味相投！

看出李神醫不是按常理出牌的人，邵明淵果斷看向池燦。「拾曦——」

「行，橋還沒過呢，你就拆橋。」池燦伸手拍邵明淵一掌，大步流星出去了。

他出了門，就見邵明淵帶來的侍衛瞧了他一眼，不由怒了，喝道：「再看小爺把你眼睛摳出來！」

侍衛默默垂下眼，心道，又打不過我。

池燦幾步走到外面，憑欄而立望著樓下街景。

雨似乎更大了，串成的珠簾沒有間斷，遠遠看起來猶如瀑布傾瀉而下，大街上幾乎看不到一個人影。

他好奇又嘆息。也不知道庭泉因為什麼事要見神醫，這樣大的雨騎著馬就過來了。哦，昨天他肩膀上被他打裂開的傷口不要化膿才好。

見池燦出去了，李神醫更加放鬆，仰靠在椅背上不緊不慢道：「說吧，是不是想讓老夫給你看病？」

雅室內。

他上下打量站在面前的年輕人一眼，冷笑：「也難怪呢，就你這一身毛病，不好好治的話恐怕要夭壽呢。」

邵明淵低垂著眼，神情沒有半點變化，客氣道明所請：「明淵想請神醫替我舅兄看一看——」

李神醫直接打斷邵明淵的話：「為著七大姑八大姨也來找老夫？你舅兄是哪個啊？不看！」

要是這小子求醫，他正好可以好好刁難刁難，替喬丫頭出口氣。至於別人，都是什麼阿貓阿狗啊，他才沒有這個閒工夫。

「只要神醫答應替我舅兄看一看，神醫想提什麼要求都可以講。」

「我說你舅兄算哪根——等等！」李神醫猛然住口，神情古怪，「你的舅兄，是哪個？」

「明淵只有一位舅兄，乃是已故的僉都御史喬大人之子，喬墨。」

「已故，什麼已故？你小子快給老夫說清楚！」李神醫心裡咯噔一聲，直接雙手撐桌站了起來。

邵明淵神情沉重，解釋道：「明淵岳家遭了大火，一家老小只逃出了舅兄及其幼妹，如今正住在寇尚書府上。」

李神醫倒抽口冷氣，跌坐回椅子上，久久不能回神。邵明淵同樣沉默著。

室外的雨嘩嘩地下，雨點接連不斷打在窗櫺上，讓聽的人心煩意亂。

李神醫終於回過神來，深深看了邵明淵一眼，問：「喬墨怎麼了？受傷了？」

邵明淵點點頭：「嗯，我舅兄傷了臉。」

傷了臉？李神醫面色微變。他是醫者，且是見識過傷患無數的醫者，太清楚被火燒傷後的人有多麼恐怖了。

「什麼時候的事？」

「有兩個多月了，前不久傳回京城，如今已是人盡皆知。」

兩個多月？那時候他正好在南邊，竟然不曾留意。該死的睿王，居然把外面的事瞞得死死的，他就說一進了王府和坐牢無異。

李神醫一下子把睿王怪罪上了，全然忘了人家壓根不知道他與喬家的淵源，又如何會特意把這事巴巴告訴他。

「這麼說，你想請我替喬墨治臉上燒傷？」李神醫睇邵明淵一眼，心道，沒想到這小子還有點良心，就是不知道願意付出多大代價了。

他且要試試他的誠意。

「這樣吧，想讓我替他治傷也未嘗不可，你得答應我幾個條件。」李神醫慢條斯理道。

邵明淵眸光深沉，溫和道：「神醫請提。」

他看得出來，這位神醫恐怕與岳家有舊，或許他不答應什麼條件，神醫也會替舅兄醫治的，但他不願冒這個風險，這是他唯一能對舅兄盡的一點心意。

「第一，你去對睿王說，老夫不要在睿王府住了，我的來去睿王不得干涉；第二，老夫在京城這段時間你要負責我的安全。至於第三嘛，暫且還沒想好，老夫以後再討要。如何，這些你可答應？」

「好。」邵明淵一口應了下來。這麼沒難度？

李神醫毫無形象把腳蹺了起來，懶洋洋道：「這樣吧，老夫現在就打算去見一個人，你打扮成侍衛，陪老夫去。」

當初把黎丫頭送回家，說好了忙完手上的事就去看她的，擇日不如撞日，那便今天吧。有冠軍侯在，正好不用身後跟著一串煩人的侍衛。

邵明淵頗意外，卻沒有多說，揚聲喊道：「葉落，進來一下。」

站在門外的侍衛推門而入。「將軍。」

「過來。」

忠心耿耿的侍衛走過來。「將軍有何吩咐？」

在他們這些人心裡，將軍一直是將軍，而不是什麼侯爺。

「把衣服脫下來。」

「啊？」葉落傻了眼，猶猶豫豫看一旁的李神醫一眼，「將軍，這，這不好吧……」

他家將軍什麼時候有了這麼奇怪的愛好？雖說因為常年在外征戰，軍營裡有些變態的傢伙們是會亂來，甚至有一天夜裡出去小解，他還看到過兩個光屁股的男人，可這並不代表他會同流合汙啊。

瞟一眼清俊無雙的將軍大人，葉落狠了狠心。罷了，如果是奉若神明的將軍大人的要求，他就勉強犧牲一下吧，可……旁邊的糟老頭子是怎麼回事兒？

邵明淵可沒想到平日裡沉默寡言的下屬思緒如此發散，劍眉微蹙。「囉嗦什麼，還不脫？」

「呃，屬下這就脫。」跟著邵明淵過慣了刀尖上舔血日子的人身手都俐落，葉落解下腰間佩劍，七手八腳把外衣扒下來，一邊瞄著李神醫一邊給自己打氣，一咬牙去拽裡面中褲。

邵明淵一見情況有些奇怪，手中茶杯直接飛了出去，精準打在葉落手上。葉落吃痛，鬆開岌岌可危的中褲，一臉無辜望著將軍大人。

「你脫裡面褲子作甚？」邵明淵彎腰撿起侍衛扔在地上的外衣，對李神醫道：「神醫請稍後。」

他拿著衣裳轉去雅室角落裡擺著的屏風後，脫下白袍換上尋常侍衛衣服，片刻後走出來。邵明淵比葉落要高一些，衣服並不合身，好在褲腿塞進薄底靴裡瞧不出來，只是衣裳短了寸許，露出骨節分明的手腕，以及形狀分明的喉結。

李神醫看了邵明淵一眼，心想，這樣的人，穿著侍衛的衣裳也不像。

「神醫，咱們可以走了嗎？」邵明淵撿起葉落放在一側高几上的佩劍，隨手掛在腰間問道。

「可以。」

「將軍——」僅剩一身中衣的葉落忍不住喊了一聲。

走在李神醫身側的邵明淵回頭。「稍後讓店裡夥計給你買身衣裳穿。」

葉落張了張嘴。他不是這個意思啊，將軍穿成這樣是要和神醫去哪兒？要不要告訴將軍他這身衣服三天沒洗了？想一想在北地時，將軍冷酷無情罰他們赤著上身在雪地裡奔跑的情景，葉落決定還是不說為妙。

聽到動靜的池燦轉過身來，見到邵明淵的裝扮挑挑眉。「庭泉，你這是什麼打扮？」

他目光一轉，落在李神醫身上，一邊走過來一邊問：「你們要去哪兒？」

邵明淵感激好友替他把神醫請來，奈何此時不是方便說話的時候，便道：「回頭細說，我先陪神醫去見一個人。」

「見誰啊？」池燦知道邵明淵不見得知道，直接看著李神醫問。

李神醫翹了翹嘴角。「關你小子何事？」

剛剛還拿黎丫頭名聲威脅他呢，以後離著黎丫頭有多遠滾多遠。

池燦心中一動，猛然想到了什麼，脫口問道：「你們去黎府？」

放眼京城，這糟老頭子若有個想去的地方，恐怕非黎三的家莫屬。

池燦目光稍移，落在邵明淵臉上。聽那個叫冰綠的小丫鬟說，那一日黎三還對庭泉投懷送抱來著？這不可能，邵明淵還沒他好看！

池燦莫名就不想讓邵明淵去黎府湊熱鬧，攔住李神醫去路道：「我陪您去不就是了，您讓冠軍侯打扮成這副模樣，被人瞧見多不像樣。」

「你不行。」李神醫打量著池燦，連連搖頭，心中冷笑著，呵呵，想去見黎丫頭？沒門兒！

池燦一聽黑了臉。「我怎麼不行？」

李神醫毫不客氣直言：「身手不行，一出門我被人劫了或者宰了怎麼辦？」

這小子還打不過睿王當初派去南邊尋他的那幾個人呢，怎麼可能當得了護衛？

池燦聽了雖然氣個半死，奈何這是大實話，忍怒道：「那我陪你們一起去吧。」

「不行，不行。」李神醫連連搖頭。

「這怎麼也不行？」池燦忍耐地問。

李神醫冷笑一聲。「他扮成護衛陪我去黎府也就罷了，你像隻開屏孔雀似的，跟著我去人家府上想幹嘛？」

池燦瞬間紅了耳根，惱羞成怒道：「神醫想多了，我只是怕我朋友太老實，會吃虧。」

「拾曦——」一直冷眼旁觀的邵明淵終於忍不住開口，「我不會吃虧。」

想讓他吃虧的人，只能是因為他願意。比如眼前的李神醫，有求於人，那麼便是讓他去刀山火海也認了，更何況只是去見一個人。

「那隨你們好了！」過河拆橋，鳥盡弓藏，他以後再也不搭理邵明淵了。

池公子黑著臉蹬蹬蹬下了樓。

邵明淵頗無奈。多年未見，拾曦還是這般性情，好在他們之間並不會真計較。

「神醫，咱們走吧。」

等在酒樓大堂裡的睿王府侍衛們一見李神醫下來，紛紛起身。

「老夫有事要出去一趟，你們不必跟著了。」

「先生，這恐怕不妥，您的安全最重，我們不敢不跟。」領頭侍衛道。

李神醫往旁邊一挪，指指低眉垂眼立在身側的侍衛道：「有他在呢。」

「他一個人——」

邵明淵抬起眼，看向說話的侍衛。寒眸湛湛，冷意襲人，那人頓時噤聲——竟然是冠軍侯！

「我陪神醫出去，若有什麼事，自會向王爺賠罪。」邵明淵說完，抬腳往前走去。

他不疾不徐，一步一步向著領頭的侍衛走來，排山倒海般的氣勢讓侍衛腿腳發軟，下意識彎了彎膝蓋，在未失態之前忙避到一旁去了。

一群人眼睜睜看著李神醫由冠軍侯陪著上了馬車，很快駛入了雨幕中。

雨依然在下，雖是青石路面，因多了無數水窪，馬車行起來不是那麼美妙，好在黎府就在西大街上，沒用太久的工夫便到了。

黎府大門緊閉，門人在門房裡百無聊賴嗑著瓜子，聽到敲門聲不滿地起身，拍了拍屁股走出去打開一道門縫兒。

「是什麼人？」

車夫沉聲問：「請問這裡是黎府吧？」

「是勒。」門人見車夫身上衣料不差，一看就是富貴人家的車夫，語氣當下便客氣許多。

車夫一聽找對地方了，便笑著道：「勞煩兄弟去和貴府主人通稟一聲，李神醫前來拜訪。」

「李神醫？」門人伸長脖子看靜靜停靠在府門前的馬車一眼，忙點頭道，「請稍等，我這就去通稟。」

鄉君姜老夫人正在靠在美人榻上，由著略通醫術的董媽媽替她按摩眼睛。

董媽媽默默替姜老夫人揉捏著，姜老夫人長長舒了口氣。「我這眼睛是越發不成了，幸虧有妳在，還能舒緩一二。」

董媽媽柔聲細氣寬慰道：「我瞧著鄉君前些日子托御醫換的新方子效果還不錯。」

姜老夫人搖搖頭。「也就這樣吧。我這右眼是徹底看不見了，現在就靠著左眼視物。等左眼再瞎了，這輩子也就沒趣了。」

「鄉君別這麼想，您的左眼沒問題的。」

姜老夫人看董媽媽一眼，笑了：「妳也別哄我，自己的眼睛自己清楚，自從換了御醫開的方子，這左眼頂多是壞得慢點罷了，恐怕再過上一、二年，就真的不頂用了。」

董媽媽沉默了。

好一會兒後，姜老夫人換了個躺著的姿勢，懶懶道：「怎麼，不說話了？」

董媽媽沉吟一番，開口：「其實——」

「其實什麼？」姜老夫人睏意上來，閉著眼問。

「其實婢子以前聽師父說過，如鄉君這樣的眼疾，是有法子治的。」

姜老夫人驀地睜開眼，直起身來，僅剩的左眼目光灼灼，盯著董媽媽。「什麼法子？」

「師父曾說過，用『金針拔障術』，可以治療此疾。」

「金針拔障術？」

「就是以金針拔去遮蔽眼球的白障，視力自可恢復。」董媽媽解釋道。

「既有這樣的法子，妳為何不早說？」姜老夫人一聽要用金針刮眼，心裡就有些發毛，但能重新視物的誘惑讓她心動不已。

董媽媽忙道：「不是婢子有意瞞著，實是聽師父說這金針拔障術早已失傳，當今世上能施展此術的唯有一人。」

「是誰？」

「那位行蹤不定的李神醫。婢子是聽聞那位神醫來了京城，才覺得該跟您提一提。倘若能請來那位神醫替您醫治，鄉君的眼疾定然能痊癒的。」

姜老夫人瞇了瞇眼。她後來打探的消息，那位神醫是在睿王府上，要想請來恐非易事。

這時丫鬟進來稟告：「鄉君，有客人前來拜訪。」

「什麼人？男客還是女客？」姜老夫人此刻心情激動，聽到有客上門頗有些意味索然。她沒有提前收到拜帖，若是女客，可見是不懂禮數的；若是男客，如今兒子上衙不在府中，老太爺前不久回了老家還沒回來，這樣的下雨天她亦懶得折騰見人。

「說是李神醫前來拜訪。」

「誰？」

一貫以沉穩自居的姜老夫人聲音陡然拔高，把傳話的丫鬟嚇了一跳，結巴著道：「李，李神醫——」

姜老夫人已經下了美人榻，邊往外走邊道：「趕緊把瓜果茶點備好。記得通知廚房，中午準備一等席面！」

姜老夫人匆匆出了屋，快步在抄手遊廊中走著。

初夏的雨天依然有些涼，雨斜斜打進來，她忍不住打了個寒戰。

負責姜老夫人日常起居的大丫鬟忙追出來，把褂子給姜老夫人披上。「老夫人，當心著涼。」

她看了一眼姜老夫人儀容，有心提醒主子這不是見客的打扮，可見其心焦的樣子，識趣把話嚥了下去。

「神醫人呢？」姜老夫人一路趕到大門前，問門人。

「在外面馬車上候著呢。」

「混帳，怎麼不請進來！」姜老夫人臉一沉，吩咐道，「快開大門。」

開大門？門人愣了愣。

尋常時候這大門都是鮮少開的，如今居然要開大門迎客？那位什麼神醫如此尊貴？門人心中納悶，手上動作卻不敢怠慢，忙把大門打開。

朱漆大門「吱呀」一聲打開了，姜老夫人邁出去，快走幾步，高聲道：「不知是神醫前來寒舍，有失遠迎，還請神醫勿怪。」

身後跟著的大丫鬟忙忙跟上去，替姜老夫人擎傘。

馬車門簾子掀起，下來一位身材頎長的侍衛，那侍衛轉了身伸出手，裡面的老者沒理會，直接俐落跳下馬車。

李神醫腳踩在實地上，抬頭看了一眼黎府大門口，而後目光落在姜老夫人臉上，一雙不大的眼睛瞇了起來。奇怪呀，這老太婆和上次見的，好像長得不一樣啊。

李神醫越看越不像，畢竟只見了一面又過去這麼久有些摸不準，於是再次確定道：「這裡是黎府？」

姜老夫人被問得一怔，客客氣氣笑道：「正是寒舍。外面下著雨，請神醫快快進來吧。」

「地方瞧著是像，怎麼主人不一樣了？老夫記得那天見到的老太太比這個順眼啊。」李神醫嘀咕道。

他說話聲音雖小，又有雨聲遮掩，奈何姜老夫人自從患了眼疾，耳力反而出奇好了起來，把他的自言自語聽得清清楚楚，當下就氣得臉皮一抖。

「不對，那天老夫見的不是妳，那位老夫人沒有眼疾。」李神醫終於憑藉過硬的專業知識下了結論。

姜老夫人一聽就明白了是怎麼回事，忍著尷尬解釋道：「神醫有所不知，我們黎家分了東西兩府，您之前去的可能是西府，就與東府只隔了一個胡同——」

姜老夫人話音未落，李神醫扭身就跳回了馬車，還不忘拽打扮成侍衛模樣的邵明淵一把。「原來走錯地方了。車夫真是混帳，還不快走。」

說到這李神醫還感嘆一聲：「幸虧只隔了一個胡同。」

馬車毫不猶豫掉了頭施施然離去，只剩下姜老夫人在風雨中心情格外凌亂。

李神醫在馬車裡坐穩，依然頗不痛快，嘴上不停數落著邵明淵：「我說要你小子有什麼用啊，來錯了地方都不知道吭一聲？」

無辜被罵的邵明淵溫聲解釋道：「我對這邊並不熟悉。」

何止是這西大街，便是他少年時經常去的地方，如今都已經很陌生了。

喔，西大街有一個地方在他記憶中是很熟悉的，便是那春風樓。他也曾年少輕狂，與幾位好友縱馬高歌，如同京中許多公子哥兒一樣。只是十四歲那年，頂梁柱的父親在北地病倒，整個家族大廈將傾。那時的他，為了父親披上戰袍，決然離開了京城的花團錦簇。臨行前，還是半大少年的幾位好友便是在春風樓為他餞行。

那時的他們年紀尚小，各自家中是不許飲酒的，可那一天幾人在春風樓裡喝得酩酊大醉，楊二那小子甚至抱住他大腿，哭著喊著要隨他一起去北地，最終還是他對腿上多了一個人形掛件忍無可忍，把楊二敲暈了事。

離開前，他以為只是替父暫解燃眉之急，保住族中老幼，可是真的到了北地，當親眼看到那些失去人性的北齊人對大梁百姓的禍害，舉起的刀便再也沒有機會收回過。

那些韃子，在缺少糧食的冬季，是能把擄去的邊境大梁百姓醃製成肉乾過冬的畜生，是能當眾輪番侮辱了大梁女子，然後把她們的乳房割下來放在火上烤熟就著烈酒大笑吃下去的混蛋。只要想到這些，少年時繁華祥和的京城在他的記憶裡就褪色成了一場蒼白的夢。對他來說，「韃虜不除何以家為」不是什麼豪言壯語，只是一個有血性的男兒唯一的選擇。

兩人才說了兩句話的工夫，馬車便停下來，車夫在外面喊：「神醫，到了。」

李神醫沒動彈，伸手掀開窗簾對著跳下馬車的車夫問：「這次沒再弄錯？」

「沒有，沒有，小的剛剛跑過去問了門人，這裡確是黎家西府無疑。」車夫氣喘吁吁道。

「那行，再錯了老夫一包耗子藥藥死你。」

二十 再次相見

青松堂裡，大姑娘黎皎正陪著鄧老夫人說笑逗趣。

西府四位姑娘中，黎皎自幼喪母，是最得鄧老夫人憐惜的，多年相處下來在鄧老大人心中自是不同，此刻老太太便被大孫女逗得笑聲不停。

「老夫人，外面門人來報，說是李神醫前來拜訪。」大丫鬟青筠進來稟告。

「李神醫？」鄧老夫人有些意外，「沒有聽錯？當真是李神醫？」

「不會錯的，婢子再三問過傳話的婆子。」

青筠素來穩重，鄧老夫人便不再懷疑，拍拍黎皎的手道：「皎兒，妳且在這裡待著莫出去。」

雖說以神醫的年紀，家裡年輕姑娘不用避嫌，但李神醫是第一次上門，且不知這位神醫的脾氣秉性如何，鄧老夫人謹慎起見還是命孫女避一避。

「好。」黎皎順從點點頭。

鄧老夫人由青筠扶著親自去了大門外。

李神醫一見鄧老夫人便點點頭。「這次對了。」

迎上鄧老夫人略帶不解的目光，他也沒有多作解釋，開門見山道明來意：「老夫今天過來，是想見一見我那乾孫女的。」

「神醫請先去屋裡坐。」

李神醫點點頭，抬腳走了進去。

邵明淵答應了保護李神醫安全自是不敢懈怠，默默跟了上去。鄧老夫人目光在邵明淵身上打了個轉，隱隱覺得這侍衛有些不同，卻沒往深處想，陪著李神醫折返回青松堂。

二人在堂屋裡落了座，青筠立刻端上來兩盞熱茶。

「沒想到那孽障還能讓神醫惦記著，老身實在慚愧。」

李神醫素來不愛這些客套，擺擺手道：「老夫人客氣話就不必多說了，我那乾孫女現在何處，請把她叫出來讓老夫見一見吧。」

鄧老夫人笑道：「也是巧了，因著今天下雨，她們幾個丫頭都沒去女學。神醫請稍等片刻，老身這就命人把三丫頭叫來。」鄧老夫人說完吩咐青筠：「去雅和苑請三姑娘過來。」

「是。」青筠領命退了出去。

躲在裡屋的黎皎聽到堂屋裡傳來的說話聲，暗暗咬了牙。

也不知道黎三走了什麼狗屎運，被拐後一點罪沒受不說，居然還結識了神醫。不知神醫生得什麼模樣？黎皎來了好奇心，悄悄挪到門口，小心翼翼掀開一道門簾往外瞧。

因為方位原因，她第一眼看到的不是李神醫，而是站在李神醫身側的邵明淵。居然還帶了侍衛？黎皎下意識蹙眉，而後舒展開來。是了，據說這位神醫如今住在睿王府上，出門有王府侍衛保護也是尋常。她對侍衛沒什麼興趣，目光下移，落在李神醫身上。

打量片刻，黎皎悄悄彎了彎唇角。所謂的神醫，看起來只是個尋常老者而已，還不如那個侍衛有看頭呢。這樣想著，她再次目光上移，落在年輕侍衛身上。年輕侍衛似有所感，往這個方向看了一眼，隨後平淡無波收回目光。

那一瞬間，黎皎只覺腦子中「嗡」的一聲響，慌忙躲回門簾背後，一顆心卻撲通撲通要跳出胸腔來。那個侍衛，那個侍衛——她撫著心口，直到心情漸漸平復才伸出纖纖玉指把門簾再次揭開一點點，深深看著那個低眉順眼站在神醫一側的年輕人。

她沒有看錯，那根本不是什麼侍衛，而是佛誕日那天她在路邊看到的冠軍侯！

人有相似？不，不，那天因為黎三大庭廣眾之下與冠軍侯有了對話，就站在路邊的她早已把冠軍侯的樣子深深印在了腦海裡。堂屋裡扮成侍衛的人就是冠軍侯無疑。

冠軍侯為何會打扮成侍衛的樣子？更重要的是，冠軍侯為何會陪著神醫來黎府？這些問題在黎皎心裡急轉，讓她一時間思緒如麻。正在這時，外面傳來丫鬟的通傳聲：「三姑娘到了。」

黎皎一個激靈收回紛亂的思緒，向門口望去。

黛青色的細布門簾被掀起來，喬昭唇畔掛著輕盈的笑意走了進來。

「祖母。」喬昭腳步輕盈走進來，向鄧老夫人問過好後對李神醫欠身行禮，「李爺爺，您來啦。」

「丫頭，過來，讓爺爺看看。」李神醫對喬昭招招手。

喬昭人大方方走過去，笑道：「李爺爺您看，這些日子我吃胖不少。」

她眼角余光掃向李神醫身側立著的侍衛，頓時一怔，不由多看一眼。

他是邵明淵！李爺爺怎麼會和邵明淵在一起？那時一路北上，她分明記得，李爺爺提起邵明淵時頗多微辭。邵明淵是堂堂的冠軍侯，打扮成這個樣子與李爺爺一同出現在黎府——

喬昭心思通透，略一琢磨便有了猜測：定然是邵明淵對李爺爺有所求，讓他扮成侍衛不過是李爺爺小小的刁難罷了。李爺爺是世人皆知的神醫，旁人所求無非是治病，邵明淵想請李爺爺給誰看病？這樣想著，喬昭便忍不住再看邵明淵一眼，神情微變。

近在咫尺的年輕男子修眉星目，鼻若懸膽，一張臉如冷玉一般白皙，連帶著薄唇都淡得沒有顏色。原來，邵明淵寒毒入體，竟嚴重如斯。他這樣多年征戰的武將，又是在冰雪北地，多年的新傷舊傷在寒毒侵襲之下，恐怕會折磨得人痛不欲生。

看著邵明淵平靜的眉眼，喬昭想，還真是堅強啊。

聽見黎府姑娘要過來，邵明淵自覺不便多看，一直低垂著眼，可習武之人耳目感知都比常人敏銳，那姑娘自進來後雖與李神醫笑盈盈說著閒話，卻至少往他這裡瞟了三眼了。

邵明淵迅速抬眸掃了一眼，便怔住了——居然是拿仙人球砸他的那個小姑娘。

呃，上一次見面，是攔路問他屍體保存的事。

邵明淵忍不住看了李神醫一眼。一直橫眉豎目的老者此刻眉眼是柔和的，連臉上的皺眉都帶著幾分慈愛，全然不似他見到的樣子。由此可知，李神醫對這位姑娘是很喜愛的。

邵明淵又忍不住看向喬昭，心道，所以說，這就是物以類聚、人以群分嗎？兩個都是言行不同於常人的人呢。

躲在門簾後的黎皎把喬昭與邵明淵的互動看在眼裡，暗暗咬了牙。怎麼，那位冠軍侯居然真對黎三有了印象？就因為她大庭廣眾之下拙劣的搭訕？黎三可真夠無恥的，之前一直纏著她表弟不放，見飛揚表弟根本看不上她，又盯上冠軍侯了？冠軍侯是什麼人，也是黎三一個沒了名節的人敢肖想的？可看冠軍侯那樣子，竟真的對黎三有了印象。

黎皎越發不平衡起來，琢磨了一下，躡手躡腳回到榻上，把引枕推到了地上。

裡屋的聲響引起了堂屋中人的注意。李神醫往裡屋的方向看了一眼。

鄧老夫人頗為意外，問了聲：「怎麼了？」

片刻後，環佩輕響，一位穿湖藍色水仙撒花綠葉裙的少女掀起門簾，款款走了出來。少女眼睛裡有幾分水霧，似是剛睡醒的樣子，見到堂屋裡的人慢慢紅了臉，對著鄧老夫人道：「孫女小憩了一會兒，不小心把引枕碰到了地上去。」

她說著對李神醫福了福，面帶羞澀道：「讓貴客見笑了。」

鄧老夫人見此不好多怪，對李神醫介紹道：「這是老身的大孫女。大丫頭，這位便是妳三妹的乾爺爺李神醫了。」

黎皎再次向李神醫一福，笑意盈盈。「見過李爺爺。」

李神醫直接擰了眉，直截了當道：「叫我李大夫就好。」

「那樣太失禮了，您既然是三妹的乾爺爺，那麼我也應當稱您為爺爺的。」黎皎溫婉笑道。

李神醫笑笑。「關鍵老夫沒打算認這麼多孫女。」

無視黎皎瞬間漲紅的臉，李神醫側頭拍拍喬昭的頭：「有黎丫頭一個，已經夠了。」

他似是想起什麼，笑眯眯道：「不對，府上可以叫黎丫頭的太多了，以後還是叫妳昭丫頭好了。」

喬昭很是高興，比起黎丫頭，當然是昭丫頭更讓她覺得親切。「您也可以叫我昭昭。」

邵明淵猛然抬眼看過來。昭昭？女孩子以「昭」為名的並不多，卻不知她是哪個「昭」——

察覺那小姑娘眼角余光瞥來，邵明淵旋即低垂了眉眼，頗有幾分尷尬地想，看來是這位叫昭昭的姑娘每次見面都太讓人印象深刻，讓他不自覺多了幾分關注，這樣並不合適，以後該當注意才是。邵明淵這樣想著，就再也沒抬眼，規規矩矩立在李神醫身側如尋常侍衛一般。

喬昭卻心裡一動。邵明淵聽到她的名字有反應。

她與他，是少時兩家長輩定下的親事，但他們從未有機會見過。她在南方侍疾，他在北地征戰；她為了給祖父調理身體遲遲不嫁，他為了擊退韃子遲遲不娶。直到雙方的長輩忍無可忍，祖父對她發了脾氣，靖安侯去求了聖旨，才有了那場婚禮。好笑的是只完成了拜堂大禮，邵明淵連洞房都沒來得及入就又披上戰袍去北地了。她不認為邵明淵會知道她的名字。

喬昭心思百轉，有了結論：一定是兄長告訴他的。

邵明淵見過兄長，他們談了什麼？大哥現今究竟如何了？家裡那場大火是否有蹊蹺？

喬昭有太多問題想問眼前的人，卻偏偏身分與時機皆不對。

李神醫同樣怔了怔，好一會兒才道：「對，還可以叫妳昭昭。」

鄧老夫人笑瞇了眼。「神醫怎麼叫都行，有您這樣的爺爺，是三丫頭的福氣。」

老太太看一眼黎皎，替大孫女解圍道：「請神醫勿怪這丫頭的冒失，丫頭們的祖父沒得早，她們自打降生就沒機會喊『爺爺』兩個字。」

「喔。」李神醫冷淡地應了一聲。

這些年來他見慣了換著花樣套近乎的人，若不是衝著乾孫女面子，他說話會更不客氣。

這時青筠走進來，附在鄧老夫人耳邊道：「老夫人，東府的鄉君過來了。」

鄉君過來了？鄧老夫人頗意外。往日裡她這位大嫂可是從不登西府門，若是有個什麼事，俱是派個婆子過來傳話。鄧老夫人目光落在李神醫身上，隱隱猜出是什麼事，低聲交代青筠道：「就說我在見客不大方便，請鄉君先在花廳裡等等。」

❦

「老夫人是這麼說的？」冒雨趕來的姜老夫人一聽青筠的回稟，臉色一沉。

青筠能當上鄧老夫人身邊的大丫鬟，自是眉眼靈活，聞言忙笑著道：「那位神醫脾氣有些大，老夫人是怕您受了怠慢。」

「怎麼瞧出那位神醫脾氣大來了？」聽了青筠的話，姜老夫人氣順了些，對陪她前來的婆子使個眼色。聽話聽音，那位神醫定然是鬧出什麼事來，才有這麼一個評語。

那婆子上前一步，把一個荷包塞給青筠。青筠推辭不收，笑著道：「鄉君有所不知，當時大姑娘在場，不過隨著三姑娘喊了一聲『爺爺』，就被神醫直接給堵了回去，弄得大姑娘很下不來臺。也是我們大姑娘性子好沒有失了風度，不然換成氣量小的，當時就要受不住了。」所以我們老夫人不讓您過去，完全是替您著想呢。青筠話裡話外表現出這個意思，姜老夫人臉色果然緩和許多，慢慢喝著茶道：「有本事的人難免有些脾氣的。」

說到這個她想起女學的書法先生來了。

又不是什麼有名的書法大家，聽了三丫頭幾句挑撥，認定嬌嬌品性有瑕，居然請辭了，真是莫名其妙。姜老夫人想起書法先生請辭時，口沫直飛說的那番義正辭嚴的話就要氣炸了肺，偏偏唯恐那迂腐老頭出去亂說敗壞黎嬌名譽，還只能陪盡笑臉並奉上一份厚厚的盤纏，這心中的憋屈就別提了。

她坐在花廳裡等了又等，派婆子出去打探。

婆子得了信來回稟：「西府老夫人正陪著神醫用飯呢。」

姜老夫人當下氣個倒仰，把杯中茶一飲而盡，陰沉著臉一動不動。

鄧老夫人這邊席面擺上桌，把李神醫奉到上座，由喬昭陪著一起用飯。

鄧老夫人看立在李神醫身後的邵明淵一眼，吩咐道：「青筠，領這位小哥去前面用飯。」

按說客人上門，客人帶來的下人是不進待客堂屋的，府中另有安排下人的地方。只是李神醫身分不同，又是住在睿王府那樣敏感的地方，鄧老夫人不願多事，這才沒有擅自安排。只是此時眾人都在用飯，讓客人帶來的侍衛就這麼站著便是招待不周了。

「不用，他不餓。」李神醫夾一筷子鹿脯，眼皮都沒抬。

鄧老夫人暗暗給喬昭使了個眼色。喬昭垂眸，佯作未見。

那一箭，她不恨邵明淵，甚至連怨都沒有，在落入韃子手中的那一刻她便知道自己的結局了。當時，韃子把她推到城牆上，她連自盡的機會都沒有，若沒有邵明淵那一箭，她的下場只會更慘。但無論如何，近在咫尺的這個男人曾親手把一支利箭射入她的心口，她才沒有這麼大度要請他吃飯呢。

鄧老夫人暗暗皺眉，心道，這丫頭近來不是挺機靈的嘛，今天是怎麼了？

「祖母，不若就在花廳另設一張桌子，安排侍衛大哥用飯吧。神醫安全不容有失，侍衛大哥確實不便離開。」這時黎皎開了口，格外善解人意。

鄧老夫人看向李神醫。李神醫睃垂目而立的邵明淵一眼，心想，這小子餓一頓死不了吧？看他這氣色可不怎麼樣啊。

邵明淵半低著頭，表現得和尋常侍衛無異，恭敬道：「老夫人不必麻煩了，卑職確實不餓。」

「行，給他安排一桌吧。」李神醫開了口，斜睨邵明淵一眼。你說不要，他就偏偏給。

很快有丫鬟進來，由青筠指揮著在花廳一角設了桌几，擺上飯菜。

邵明淵見李神醫如此，從善如流走過去坐下，淨手後掃了桌上擺放的飯菜一眼，心中詫異。黎府款待下人的伙食，竟不比招待貴客的差。常年領軍打仗鮮有敗績的人絕不是尋常人所想的武夫，對細微的異常之處格外敏銳，邵明淵詫異過後，就覺得不大對勁。

是有人認出了他的身分！他不著痕跡掃了喬昭一眼，旋即收回目光。儘管剛才這位黎姑娘一直表現得不動聲色，但她應該早已認出他的身分了。

邵明淵舉筷吃了一口清爽滑口的山藥，心道，沒想到拿仙人球砸他的小姑娘其實還挺友好。

黎皎坐在鄧老夫人下首，一顆心卻沒在眼前的飯菜上。她趁著無人注意，往花廳角落裡瞥了好幾眼，卻一直沒等到扮作侍衛的冠軍侯往這邊看。黎皎難掩心頭失望，又頗無奈。她總不能親口去告訴冠軍侯，他所用飯菜是她授意廚房安排的吧。

飯後，李神醫喝著清茶交代喬昭：「昭丫頭，等下爺爺還有事，就先回去了。這段時間我會一直在京城，妳要是有事情找我，就讓這小子傳話給我。」

李神醫說著，伸手一指邵明淵。邵明淵與喬昭同時一愣。

「你給昭丫頭留個聯絡住址吧。王府門檻高，不好進。」

邵明淵心中苦笑。王府門檻高不好進，他的住址也不方便留啊，不然等將來身分拆穿，讓人家姑娘的長輩怎麼看？

他心知這位神醫行事頗有些肆無忌憚，剛要委婉拒絕，喬昭就開了口：「不用了。李爺爺要是想我了，就來看看我呀。」

見她拒絕，李神醫心中一動，笑眯眯道：「也好，總之以後昭丫頭要是有事找我，先找這小子就是了。」

「好。」喬昭點頭。

李神醫呵呵笑了。

果然被他試探出來了，小丫頭早就認出了這混小子。他就說，那天昭丫頭還拿仙人球砸過這小子呢，怎麼會認不出來？

待把李神醫二人送走，鄧老夫人打發了黎皎，拉著喬昭的手道：「三丫頭，我是看出來了，李神醫帶來的那個侍衛並不簡單。妳和祖母說說，他究竟是什麼人啊？」

出乎鄧老夫人意料，喬昭聽了她的話絲毫沒有推託遮掩，大大方方道：「他是冠軍侯呀。」

「誰？」鄧老夫人懷疑自己聽錯了。

「冠軍侯，就是從北地歸來的那位將軍。」

鄧老夫人張了張嘴。

也就是說，她剛剛帶著兩個孫女陪神醫用飯，大名鼎鼎的冠軍侯就在犄角旮旯裡圍觀著？

鄧老夫人好半天沒闔攏嘴，憋了半天問出一句：「妳怎麼認識的？」

喬昭拿起美人捶自然而然替鄧老夫人捶腿，一邊捶一邊糾正道：「不是認識，是認出。祖母您忘了，佛誕日那天冠軍侯進城，我不是被擠到他面前去了嗎？」

喬昭手勁適中，又懂醫理，鄧老夫人被她捶得很舒服，聽了這話卻瞬間渾身繃緊，暗暗吃了一驚。冠軍侯冒充侍衛陪著神醫上門來，該不會是來相看她孫女吧？鄧老夫人深深看喬昭一眼。十三歲的少女眉宇間青澀未褪，才剛剛有了一點讓人驚豔的模樣。要說起來，她這個孫女樣貌是極好的，只是，未免太小了點兒。

老太太一時想遠了，青筠小心翼翼提醒道：「老夫人，鄉君還在花廳等著呢。」

鄧老夫人猛然回過神來。糟了，把這茬給忘了！

「昭昭妳先回雅和苑吧，我去見見妳伯祖母。」

鄧老夫人扶著青筠的手急匆匆走了，喬昭坐在小杌子上沒有起身。

另一位大丫鬟紅松笑著道：「現在雨更大了，婢子給您拿雨披來。」

「不用了。」喬昭淡淡道。

迎上紅松費解的眼神，她看了一眼花廳的方向，道：「等會兒老夫人會喚我過去的。勞煩紅松姊姊給我端一盞蜜水來吧。」

紅松壓下心中詫異，轉身進了茶室取蜜水去了。

❧

姜老夫人在花廳裡等得火冒三丈，一見鄧老夫人進來，便發了火。「弟妹的待客之道，是越發周到了！」

鄧老夫人打馬虎眼笑道：「鄉君謬讚了，神醫不同於尋常客人，自是要打起十二分精神招待。好在是沒出什麼紕漏，不然若是丟了咱黎府的臉面，我都不好意思見您了。」

大概唯一的紕漏就是把這位鄉君給忘這了。

「弟妹招待神醫倒是用心，不覺得讓我等得久了點嗎？」姜老夫人見鄧老夫人裝傻，乾脆挑明。這些年來她何曾受過這樣的冷遇，最近西府對東府是越發怠慢了。

鄧老夫人哈哈笑道：「鄉君這話是見外了，咱是一家人，說什麼客不客的。」

姜老夫人：「……」老妯娌跟誰學的這一套？

既然要比誰臉皮更厚，那她就不客氣了。姜老夫人清清喉嚨，直截了當道：「弟妹，今天神醫過來，是來看三丫頭的吧？」

鄧老夫人聽著這話就不大妙，可這樣明顯的事也否認不了，只得點點頭道：「當初李神醫送三丫頭回來，就說過會來看她，我原以為是句客套話呢，沒想到今天就來了。」

姜老夫人深以為然。誰不以為只是句客氣話呢？那可是面對皇家招攬都推脫不去的神醫，居然和三丫頭投了緣。

「是啊，今天下著這麼大的雨李神醫還過來，可見對三丫頭是真上心的。對了，我還聽說李神醫認了三丫頭當乾孫女，可有這麼回事兒？」

「是有這麼回事兒。」鄧老夫人越發覺得不妙。

姜老夫人抬手揉了揉已經稀疏的眉毛，嘆口氣道：「弟妹也知道，我這右眼已經是廢了，左眼勉強能視物，原想著等到哪天徹底看不見了，一口氣嚥下也就算了。天可憐見，李神醫來了京城，還恰好和咱們三丫頭有祖孫的緣分，這許是天意讓我重見光明呢。」

「神醫能治好這樣的眼疾？」鄧老夫人嘴上問著，心中冷笑。

這位鄉君瞎著一隻眼還如此要強，要是真治好了眼疾，還不定怎麼蹦躂呢。

「神醫連一腳踏進鬼門關的人都能拉回來，何況是小小的眼疾呢？弟妹，妳這就派人去把三丫頭叫過來吧，我有話和她說。」

「鄉君有什麼話和我講不是一樣的，回頭我交代那丫頭就是了。」

姜老夫人臉色微沉。「怎麼，我想見一見侄孫女，弟妹還要攔著？弟妹莫非是心疼三丫頭給我這瞎老婆子盡孝心？」

一頂孝敬長輩的帽子壓下來，鄧老夫人只得吩咐青筠去請三姑娘。

青筠出了花廳往回走，迎面碰到紅松，便問道：「三姑娘回去了嗎？」

紅松搖搖頭。「沒呢，一直在東次間等著，說老夫人等會兒會喚她過去。」

她說到這裡一怔，看著青筠問道：「莫非老夫人真叫妳來請三姑娘？」

「正是呢。」青筠一邊說著一邊匆匆往裡面走，心道三姑娘越發讓人看不透了。

聽青筠道明來意，喬昭起身隨她往外走去。

院子裡的海棠花開正茂，昨天來青松堂請安時望之還如彤雲密布，經過今天這場大雨就變得稀疏起來，落紅滿地。

青筠見喬昭面色平靜看著雨中飄搖的海棠樹，越發覺得三姑娘難以看透，低聲示好道：「是鄉君想見您呢，好像是為了那位神醫的事。」

喬昭輕輕頷首，示意知道了。

她留下沒走，早就預料到那位無利不起早的鄉君下著大雨過來是為了什麼。要說起來，鄉君的左眼撐不了太久了，是想通過她求李爺爺施展金針拔障術嗎？

喬昭彎了彎唇，走進花廳。

「伯祖母，祖母。」

「三丫頭過來坐。」姜老夫人開了口，語氣難得溫和。

喬昭走過去坐下。

姜老夫人用左眼仔仔細細打量喬昭一眼，淡淡笑道：「那天在大福寺，三丫頭就讓伯祖母刮目相看，如今仔細一瞧，確實是大姑娘了。昭昭啊，伯祖母是看著妳長大的，身為妳的長輩便不說客套話了。伯祖母今天過來，是想請妳幫忙的。」

「不知道我能幫伯祖母什麼忙？」喬昭平靜問。

姜老夫人伸手拍拍喬昭的手背。保養得宜的手依然細膩，喬昭卻有一種滑膩膩的不適感。她不動聲色抽回手，順其自然抬起，把垂落下來的碎髮抿到耳後去。

「伯祖母聽聞李神醫妙手回春，能治好我這樣的眼疾，所以想請昭昭幫忙把神醫請來給我治眼。」姜老夫人深深看喬昭一眼，意味深長道：「昭昭啊，李神醫是妳的乾爺爺，說起來和咱們算是一家人了。伯祖母的忙，妳定然會幫的吧？」

姜老夫人篤定地看著眼前的少女，她不認為眼前的少女敢說出一個「不」字來。無論當今禮教比起之前鬆泛多少，一個「孝」字還是能把小輩壓得死死的，何況她不只是普通的同族長輩。

東西黎府，原就是嫡親的兄弟分成了兩府。

一旁的鄧老夫人心懸了起來。三丫頭對鄉君向來是只有怕沒有敬，鄉君話說到這個份上，三丫頭要是拒絕了，那可不好收場。

喬昭背脊挺得筆直，淡淡笑道：「當然會的。」

小時候，母親對她教導嚴厲，她學規矩禮儀經常感覺痛不欲生。祖母對母親的嚴厲從來是贊成的，而她的性子偏偏隨了祖父，一顆心其實受不得半點約束。直到有一天，祖母攬著日漸沉默的她說：規矩禮儀，學好了是為了堵住別人的嘴，而不是束縛妳自己。

而祖父說得就更直白了：小囡囡，瞭解它，掌握它，以後才能駕輕就熟鑽它的空子，鄙視它嘛。

而後，她再沒叫過苦。

喬昭這樣乾脆俐落地答應，讓姜老夫人頓時有種一拳打空的感覺，怔了怔才笑道：「伯祖母就知道，我們昭昭是個孝順的。」

她伸出手，拍拍喬昭手背。「那就這樣，伯祖母等妳的好消息。」

姜老夫人鮮少來西府，在她眼裡，西府款待人的茶水還比不上東府賞給大丫鬟喝的好，如今目的達到哪裡還願意多留，與鄧老夫人又說了幾句閒話便起身告辭。

鄧老夫人送走了姜老夫人，摒退下人後就對喬昭嘆了口氣。「昭昭啊，妳怎麼就一口答應下來了？」她說出這句話，又覺不妥，長嘆道：「也是為難妳了。」

當長輩的求到面前來，才十三歲的孩子哪裡知道如何圓滑應對過去呢？可那位神醫是出了名的不近人情，別看認了昭昭當乾孫女，昭昭要是憑此來討人情，說不定就會惹了神醫的惱。

喬昭垂下的睫羽輕輕顫了顫，揚起來，眼中是波瀾不驚的笑意。「祖母，您願意伯祖母被治好嗎？」

鄧老夫人被問得一怔，看著喬昭的神色嚴肅起來。孫女這話，問得太有意思。

喬昭坦然與鄧老夫人對視。

她必須要鄧老夫人一個明確的態度。說到底，鄧老夫人才是黎昭的祖母。鄧老夫人若是看著東府這些年與西府的情分，想要姜老夫人治好眼疾，那麼就憑她占了小姑娘黎昭的身子，她也會請李爺爺幫忙。退一步說，就算李爺爺不幫忙，金針拔障術麼，她也是會的。

可若是鄧老夫人內心深處不願意，礙於世人看法不便直言，她又何必做這兩邊不討好的事呢？至少在她心裡，對東府那位老夫人全然沒有好感。就憑姜老夫人在大福寺的所作所為，足以看出這是一個一旦利益足夠大，就能做出瘋狂賭注的人。這樣的人，不給她醫治眼疾，從某方面來說沒準還是積德呢。

「昭昭啊，祖母不太明白妳的意思。」對視過後，鄧老夫人心情莫名說出這句話。

喬昭伸出手挽住鄧老夫人手臂，如同所有天真無邪的小姑娘，笑吟吟道：「祖母若是願意，我就去求李爺爺；祖母若是不願意，我就不管了。」

鄧老夫人張了張嘴。這丫頭，現在這麼會踢皮球，剛才幹什麼去了？

問她願意嗎？她當然是不願意！她兩個兒子，長子在翰林院編書，次子外放做官，媳婦孫輩們平時雖有些小摩擦，日子也不寬裕，卻勝在安穩和樂。

東府那位鄉君卻是恨不得她的侍郎兒子更進一步的。刑部那位寇尚書年歲已高，眼看就要致仕了，刑部尚書一職就如一個香噴噴的肉包子，不知多少餓狗惦記著。

她是不大懂外面政事的婦人，可從長子偶爾的牢騷中，也知道如今朝廷上的凶險。首輔蘭山在內閣一手遮天多年，次輔許明達羽翼漸漸豐滿，睿王與沐王處處較勁，一心修道的皇上遲遲不立太子。

她曾聽長子罵過，首輔一派，次輔一派，睿王與沐王又各自一派，再加上中立的，臥底的，好好的一個朝堂被弄得烏煙瘴氣，很多政令的頒發不是為國為民，而是多方博弈的結果。也難怪連以往被大梁人視作殘廢的倭人，都成了大梁的又一禍患。

長子說過，寇尚書是中立派，東府的堂兄在寇尚書手下，暫且算是中立派。黎光硯一旦想要更進一步，連她這不懂政事的內宅婦人都明白，必須要選一方站隊。鄉君要是被治好了眼疾，精力十足，到時候還不是盡替她兒子蹦躂。

西府與東府打斷骨頭連著筋，東府站隊站贏了，沾不沾得上光不知道；要是站輸了，跟著倒楣那是一定的。她一家老小放著安穩日子不過，跟著東府去賭博，那不是有病啊？

不願意，不願意，老太太一百個不願意。可這話，對著孫輩實在不好說啊。她說不願意給東府的妯娌看病，讓孫女以後該怎麼看她？一定把她想成心胸狹隘、見不得人好的惡毒老太婆了。

鄧老夫人看著淺笑盈盈望著她的小孫女，長長嘆了口氣。這丫頭，怎麼問她這樣為難的問題呢？

「昭昭啊，妳給祖母說心裡話，妳願不願意呢？」

喬昭沒有猶豫，一雙大而柔美的眼睛滿是坦然。「不願意。」

鄧老夫人：「……」這孩子，怎麼能直白得這麼可愛呢！

「我覺得，鄉君注意力放在眼疾上，不便出去應酬，咱們西府的日子會安穩些。」

鄧老夫人神情陡然變了，一臉錯愕望著喬昭。三丫頭這話是什麼意思？總不可能和她是一個意思吧？不，不，不，三丫頭才多大的人，如何能想到這上面來呢？可眼前的少女神情平靜，語氣篤定，鄧老夫人無論如何得不出她是隨口一說的結論。難道說，以往在內宅裡與姊妹們相處總不得宜的三丫頭，竟在大局上有罕見的敏銳？

「妳這丫頭，說得祖母都糊塗了，什麼安穩不安穩的？」

喬昭輕輕搖了搖鄧老夫人手臂，如同所有依戀祖母的小孫女，眨眨眼道：「東府的大堂伯被派去查案，也不知什麼時候回來呢。」

鄧老夫人眸光陡然深沉。

這個時候提到黎光硯，這丫頭竟真是個明白的。

「是呀，祖母也覺得，日子還是安穩些好。」

有些話雙方心知肚明即可，沒有必要說出來，鄧老夫人心裡對喬昭卻有了新的定位。一個在大事上不糊塗的女子，內宅管不好頂多是糟心一點，但不會要命啊。鄧老夫人目光溫和看著小孫女，心底長嘆，她的孫女明明是一塊璞玉，可惜世人眼拙，不知道娶了這樣的媳婦才是真的福氣。罷了，三丫頭名節有損，若是真的老在家裡，說不定還是黎家子孫輩的福氣。

鄧老夫人有了這個念頭，對喬昭自是不再當尋常孫女看待，拍了拍她的手道：「若是如此，昭昭如何對鄉君交代呢？」

喬昭眨眨眼。「等明日我就派人去睿王府求見神醫。」

鄧老夫人愣了愣。

「祖母瞧著神醫對妳挺上心的，妳若派人去請，多半會答應吧？」

喬昭笑起來。「先去睿王府請人再說唄。」

等明天再去睿王府，恐怕就請不到神醫了。

李爺爺說睿王府門檻高不好進，讓她有事聯繫邵明淵，是在試探她是否認出了邵明淵，可在她看來，還透露出另一層意思：以後李爺爺不會在睿王府了。

與李爺爺認識十幾年，她很瞭解他的性格。睿王府那樣的地方，是李爺爺特別厭惡之地，如今好不容易被邵明淵求到頭上來，不趕緊借著邵明淵的助力脫身才怪。

不管睿王患了什麼病，都不樂見李爺爺離去，明天她派人去請，觸了睿王霉頭，能有好結果才怪。而她在這件事上已經盡了力，東府那位鄉君就算再用長輩身分壓她也沒有任何法子，畢竟李神醫不在睿王府是非人力可控的事，總不能逼死她這個侄孫女吧。那樣不慈的名聲，那位鄉君可不願背。

只不過——

喬昭又想到邵明淵身上來。

邵明淵把李爺爺從睿王府帶走，那要欠睿王不小的人情。他這樣舉足輕重的將軍欠一位皇子人情，可不是什麼好事。

喬昭想到邵明淵的寒毒，理解他的做法。欠人情只會惹麻煩，寒毒不除那可是要命的，就算他不明白寒毒的凶險，平時所受的寒毒之苦也非常人能忍受。

「昭昭，想什麼呢？」鄧老夫人揉了揉喬昭的頭。

三丫頭剛剛還跟人精似的呢，現在又呆呆的，讓她這當祖母的都忍不住逗弄。鄧老夫人這樣想著，手上加大了力氣，頓時把喬昭頭頂的兩個小包包揉散了。

髮散落下來，遮住少女光潔的額頭，少女抬手扶額，吃驚又無奈。「祖母，您把我頭髮弄亂了。」

鄧老夫人大笑起來。這樣大的反差，可真是耐人尋味啊。

「容媽媽，來給三姑娘梳頭。」

在外間候著的容媽媽聞聲進來，看到頭髮散亂的喬昭沒有流露出絲毫異樣，笑著讚道：「三姑娘養了一把好頭髮。」

容媽媽這話並不是奉承。

小姑娘黎昭的頭髮本就濃密，喬昭自從回了黎府雖無心妝扮自己，平日裡的生活起居卻是按著以往的習慣來的。她用不慣脂粉鋪子裡賣的髮油，隨手寫了個方子交給阿珠，讓她照方子買來草藥鮮花製成髮露用著，一頭長髮不知不覺便養得水潤光滑，如緞子一般。

容媽媽散開喬昭的髮，用犀角梳子一梳便滑到了底，驚奇道：「老夫人，您瞧瞧，老奴說得不錯吧？三姑娘放心，老奴定給您梳個特別好看的髮型出來。」

鄧老夫人在一旁笑道：「我看妳是早厭了給我這老太婆梳這把白花花的稻草吧。」

屋子裡沒了先前的嚴肅，頓時和樂融融起來。

鄧老夫人想，這樣的日子才是她想要的，但願能一直這樣下去。她沒再問喬昭有什麼法子躲過姜老夫人的請求。意識到喬昭與其他孫女的不同之處，鄧老夫人已隱隱有種感覺，三丫頭既然不願給鄉君治好眼疾，那就一定能辦到的。

鄧老夫人目光微移。

雕花梳妝鏡中映出少女姣好的容顏和豐潤的秀髮，而更吸引人移不開眼睛的，是少女能令周遭一切都沉靜下來的氣質。

何氏是養不出這樣的女兒來的，鄧老夫人心中忽然冒出這個念頭。老太太琢磨許久，直到容媽媽替喬昭梳好頭才下了結論：大概是隨她……

二十一　人情代價

喬昭重新打扮妥帖，辭別了鄧老夫人往回走，路上遇到了衣裳濕了大半的黎光文。

「父親這麼早就下衙了？」

黎光文忿忿道：「和一位同僚吵了起來，待在那裡不痛快。」

喬昭：「……」每到這種時候，她都不知該如何是好，安慰蹺班的父親大人多少有些違心。

黎光文等了半天也不見女兒出言安慰，話裡帶著自己都不曾察覺的委屈。「昭昭，妳不知道那個同僚多麼可氣。我和他下棋，贏了他幾子，他居然還不服氣。」

「然後呢？」

「然後我就說了，這有什麼不服氣的，要是換我女兒來，半個時辰前就贏你了。」黎光文越說越生氣，「妳說那人多沒風度，他黑著臉說了一句半個時辰前才剛下，居然把棋盤給掀了！」

喬昭徹底沉默了。所以說父親大人是因為在衙門裡和人下棋打起來了，憤而蹺班？

「那父親趕緊去把濕衣裳換了去吧，我先回屋了。」喬昭對黎光文屈膝道別。

黎光文站著沒動，嘿嘿笑了。「昭昭啊，為父還有事沒說呢。」

「父親還有何事？」喬昭心生不妙的預感。

斜斜打進來的雨迷了黎光文的眼，他往長廊裡挪了挪，揉揉眼道：「他不是掀桌子不信嘛，為父就說了，我可沒有打誑語，不信等哪天和我次女對弈一番就是了。」

他小心翼翼看喬昭一眼，笑道：「然後我們就擊掌，定在明天了。昭昭啊，妳會幫為父吧？」

喬昭：「呵呵。」

見女兒無動於衷，黎光文嘆口氣道：「他說了，要是不能證明為父沒有說大話，就讓我滾出翰林院。」

「他不是您的同僚嗎？」同僚應該沒有這個權力吧？

「哦，雖然都是翰林院的同僚，不過他說話有分量。」

「他與父親上峰走得近？」

「那倒不是，他是掌院學士。」

喬昭：「……」明白了，父親大人所謂的同僚，原來是兼任翰林掌院的禮部尚書。

按著慣例，大梁歷任翰林掌院皆由禮部尚書兼任，這也是為了禮部尚書將來更進一步入閣積累政治資源。

見女兒沉默無言，黎光文倒是一副不大在意的樣子，擺擺手道：「昭昭若是不願應付，為父推辭了就是，沒什麼為難的。想來以我的資歷，離開翰林院去六部當個主事還是沒問題的。」

這絕對是威脅！一貫淡然的喬姑娘黑著臉問：「父親定在何處與掌院大人切磋？」

黎光文略不好意思道：「上衙的時間跑出去下棋總不大好，所以也沒定太遠的地方，就在翰林院外面的『五味茶館』。」

他怕喬昭擔心，解釋道：「五味茶館平常去的都是讀書人，沒有什麼亂糟糟的人。明大為父不上衙了，等到了時間直接陪妳過去。」

喬昭一聽忙拒絕：「父親還是按時上衙吧，正好這兩日女學停了，明天我就和母親說上街買胭脂水粉去。」

要是明天父親蹺班陪她出門，這事兒估計就要傳到東府去了。

黎光文一聽不放心了。這麼水靈靈的女兒沒人陪著，再讓人拐走怎麼辦？

他內心鬥爭許久，妥協道：「那讓妳娘陪妳一起出門吧。到時候她去買胭脂水粉，妳來找為父。」

喬昭一想這樣最妥當，遂點頭應了下來。

錦鱗衛衙門。

江遠朝聽到門外的請示聲，放下手中書冊，淡淡道：「進來。」

江鶴推門而入，一臉激動之色。

江遠朝睃他一眼。「何事？」

江鶴大步走到江遠朝面前，一臉嚴肅道：「大人，屬下發現冠軍侯行徑很古怪。」

江遠朝抬眉。「不是說讓你不必跟著冠軍侯了嗎？」

「屬下沒跟著冠軍侯，是在黎府那裡晃時無意中發現的。」

「嗯？」

「屬下發現冠軍侯扮成了侍衛，陪著李神醫去了黎府。」

江遠朝一聽，眸光微沉。邵明淵去了黎府？

他回神，看著屬下一臉邀功的表情，淡淡道：「既然這樣，這幾天繼續盯著黎府，有異常及時回稟。」說完睇了江鶴一眼，「你為何去黎府那裡閒逛？」

自從回到京城瞭解了一下那個小姑娘的情況後，因為沒有必要，黎府那邊他沒有再派人盯著了。

江鶴嘿嘿直笑。「大人不是對那位黎姑娘很關注嘛。」

江遠朝抬手，指了指門口，吐出一個字：「滾。」

江鶴滿心委屈走了出去，心道，他家大人就是口是心非！

那邊邵明淵離開黎府，冒雨帶著李神醫重新回到了西大街的春風樓。

侍衛葉落一見邵明淵回來，忙迎了上去。「將軍──」

他不自在地拽了拽身上的直裰。

邵明淵見了露出淡淡笑意。「不錯，以後就這麼穿挺好。」

葉落苦著臉道：「別啊，將軍，您還是把衣服脫下還給卑職吧，卑職穿著侍衛服自在。」

「習慣了這身臭味？」

葉落呆了呆，原來將軍聞出來了！將軍鼻子還真靈，他才三天沒洗澡而已。

重新回到原先的雅間，邵明淵走到屏風後面換回自己的衣裳，走出來把手上的衣裳扔給葉落，吩咐道：「再跑一趟長公主府，請池公子過來。」

「是。」

葉落領命而去，邵明淵客氣問李神醫：「神醫要不要喝酒？」

「囉嗦什麼，來酒樓不喝酒幹什麼？」李神醫翻了個白眼。

邵明淵不以為意，吩咐小二上了兩罈醉春風，親自開了酒封，棄酒盅不用，直接把碧綠色的酒夜倒入茶碗中，笑著道：「這酒名『醉春風』，入口醇厚，後勁十足，不知神醫以前有沒有嘗過？」

「說得倒是頭頭是道。」李神醫端起茶碗一口氣喝下半碗，回味一番，讚道：「還過得去。」

他抬眉，見對面坐著的年輕男子嘴角掛著淡淡笑意，溫和又平靜，全然看不出縱橫沙場的狠厲，反而如清貴如玉的貴公子般，便嘆了口氣，問道：「這樣的天氣，什麼感受？」

邵明淵被問得一怔。

原來李神醫已經看出了他的身體狀況。他自認沒有流露出什麼異常，可見這位神醫是真有本事的。這樣一想，邵明淵便鬆了口氣。有真本事就好，但願能治好舅兄的臉。

「尚能忍受。」邵明淵回道。

「你小子是個狠人。」

原本為了替喬丫頭出氣是想再給他下包耗子藥的，瞧現在這樣子，還是算了吧。

「你的身體，不打算求老夫醫治？」

「神醫願意替在下醫治嗎？」邵明淵含笑問。

他又不是自虐狂，若能免受寒毒舊傷之痛，當然是求之不得。

「喔，你和你舅兄，老夫只給治一個。」李神醫壞心道。

他就是喜歡看討厭的混小子糾結為難的樣子。

邵明淵卻沒有半點遲疑道：「自是給我舅兄醫治。」

李神醫深深看邵明淵一眼，把茶碗往桌面上一放，慢悠悠道：「你可想好了？你身上寒毒不除，可不只是忍受疼痛這麼簡單，是會影響壽數的。」

「不用想，在下請神醫來，就是給舅兄醫治的。」

手染鮮血無數，他從沒奢求過能善終，大概馬革裹屍還是他最好的結局。

邵明淵垂眸飲酒。

李神醫有些憋氣。混小子，就不知道求求他啊，若是求了他就稍微考慮那麼一下下，現在死鴨子嘴硬，他就看他怎麼死吧！嗯，死了也好，就能給喬丫頭作伴了。呸呸，什麼給喬丫頭作伴，喬丫頭才不稀罕呢，應該是給喬丫頭負荊請罪才是。

李神醫狠狠喝光茶碗中的酒，把茶碗往桌子上一放。「我要吃肉。」

他指了指桌上擺放的花生、蠶豆等下酒物，嗤笑道：「就讓老夫吃這個啊？」

世人都知道，武將雖不如文官舒坦，過的是刀尖上舔血的日子，但荷包可比文官豐厚多了，如眼前這小子，在外打了這麼多年仗，積攢的錢財恐怕比靖安侯府還多。

「小二，上兩斤醬牛肉，一隻燒雞。」

見邵明淵始終不動聲色，有求必應，李神醫撇了撇嘴，諷刺道：「我說你小子不是整天打仗嘛，怎麼脾氣這麼綿？」

邵明淵一聽笑了。「神醫以為，明淵一言不合便要拔刀殺人嗎？」

為將者，該雷厲風行時自是行動如風，該隱忍時，又要忍常人所不能忍。曾經，他為了取專門喜歡烹食大梁幼童的韃子首領性命，在雪地裡臥了一天一夜才等到最佳的時機，把那個畜生一箭斃命。如今為了求醫只是受些刁難，又有什麼受不住的呢？

「你射殺自己媳婦時，不是挺俐落嘛？」李神醫脫口而出。

掛在邵明淵唇畔的笑意瞬間凝結。他抿唇，垂眸把茶碗中的酒一飲而盡，淡淡道：「是。」

氣氛驟然冷了下來。

李神醫心情有些複雜。明明是想好好修理這小子的，可他終於把心底的那分不甘問出來，怎麼又有點不舒坦呢？這時小二端著醬牛肉與燒雞進來，李神醫伸手扯下一個雞腿，狠狠咬了一口，斜睨著邵明淵問：「你不吃？」

對面的年輕人嘴角笑意比之前淺了，語氣依然溫和。「神醫吃吧，我不餓。」

李神醫嚼了幾口雞肉，把雞腿往盤子裡一扔，哼哼道：「姓池的小子怎麼還不來？」

說曹操曹操就到，池燦收了傘大步流星走進來，掃一眼桌面上擺著的牛肉燒雞，樂了。「怎麼？黎府沒管飯啊？」他就說，沒有他陪著不行吧。

李神醫心下正有幾分彆扭，聞言翻了個白眼道：「誰說沒管飯啊，黎府不但管了飯，他家老太太還帶著孫女陪坐呢。」

在大梁，女主人鮮少出面款待男客，除非是這家的貴客或長輩。李神醫既是貴客又是長者，鄧老夫人才會帶著孫女一同招待。

池燦一聽，便睃了邵明淵一眼，笑吟吟道：「那就是庭泉扮成了侍衛，沒有飯吃了。」

邵明淵沒吭聲，李神醫接話道：「誰說的？他當時也在一個廳裡吃，還是單人單座，吃起來更自在。」

池燦瞬間黑了臉。這糟老頭子，不插嘴會死啊？

池公子憋了好久，憋出一句話：「這黎府，還真是沒有規矩。」

有年輕男子在場，居然叫黎三出來待客，實在是不成體統！

池燦腹誹完，問邵明淵：「下著雨，一天讓我跑了兩趟春風樓，這回又是什麼事啊？」

好友不痛快的語氣讓邵明淵有些莫名其妙，不過答應李神醫的事非要他從中斡旋不可，便直言道：「拾曦，我想拜託你給睿王爺傳個話——」

「什麼話？」池燦不傻，聞言略一琢磨，立刻掃了李神醫一眼，猜測道：「想請神醫在你府上住幾天？」

「不是，神醫不想在睿王府待了，所以想請你和睿王爺說說，能否看在我的面子上，任神醫自由離去？」

池燦呆了呆，語氣莫名：「不還了？」

「借人」不還，這有點說不過去吧？當初可不是這樣講的呀！

邵明淵知道池燦的為難，抬手拍拍他的肩膀道：「所以請你轉告睿王爺，就當賣我邵明淵一個面子——」

池燦騰地跳了起來，臉色大變。「你瘋了？」他看一眼李神醫，又看一眼面色平靜的好友，一把拽過邵明淵往外走，邊走邊對李神醫道：「神醫稍後，我們兄弟先說兩句。」

池燦拽著邵明淵到了外面，一腳踹開隔壁雅室的門，吩咐侍立在外的葉落與桃生道：「你們給我把門看好了。」

話落，「砰」的一聲把門關上了。葉落與桃生對視一眼，各自移開視線。

屋子裡，邵明淵不動聲色拍了拍池燦拽著他的手。「拾曦，有話便說，你鬆手。」

「說個屁！」池燦黑著臉鬆開手，怒瞪著面色平靜的邵明淵，就差破口大罵，「邵明淵，你是不是離開京城太久，腦子成漿糊了？」

「嗯？」

池燦把邵明淵一把推到椅子上，自己在另一張椅子上坐下，聲音壓得極低：「什麼叫賣你一個面子？你當你還是十來歲時無人多看一眼的野小子？」

他氣不過，伸手打了邵明淵一拳，咬牙切齒道：「你是冠軍侯，是戰無不勝的北征將軍，你這是要把自己賣給睿王嗎？」

他越說越惱火。「我雖整日無所事事，卻也知道奪嫡的事絕對沾不得。我原以為你是個明白的，有求於睿王還知道通過我，誰知是我想錯了，你這是伸著脖子往泥潭裡跳啊！」

池燦一口氣說完，邵明淵才淡淡開口：「沒有那麼嚴重，算我欠睿王一個人情罷了。」

好友的關心讓他心中微暖，坦言道：「這是神醫提出的條件之一，我不得不應。」

池燦眨眨眼，這才想起來問：「你給我說實話，找那個糟老頭子到底有什麼事兒？」

「求醫。」

「我知道是求醫，那糟老頭子要不是有這麼一個本事，就他那個脾氣，早讓人一棍子打死挖坑埋了。我是問給誰求？別跟我說是為你自己。」好友的性子他清楚，若是為了自己，斷然不會去沾那些是非。

邵明淵沉默片刻道：「想請李神醫給我舅兄治臉。」

池燦愣了一下，一臉吃驚。「喬墨？」

邵明淵頷首。「是。我見過舅兄，他的臉傷得很嚴重。除了李神醫，恐怕無人能妙手回春。」

池燦沉默了。許久後，他問：「值得嗎？」

為了治好喬墨的臉，讓自己陷入那樣的麻煩中？

邵明淵笑了。「當然值得。你該知道，容顏有損的人是不能出仕的，我舅兄一家都不在了，喬家的興盛以後都繫在舅兄一人身上。」

見池燦依然不語，邵明淵伸手拍了拍他的肩。「你也說了，我不是十來歲時無人多看一眼的野小子了。我會把握好分寸，不讓自己陷進去的。睿王那邊，就拜託你了。」

「行吧，下不為例。以後惹上麻煩別說我認識你。」池燦認命答應下來。

邵明淵輕笑出聲。二人轉身往外走，池燦走到一半冒出來一句話：「我說，你真跟著李神醫一道與人家女眷吃飯了？」

「是啊。」邵明淵老實回道。

明明是給他這個當侍衛的管口飯吃，怎麼到了好友口中就有些不對味呢？什麼叫與人家女眷吃飯了？

「你有什麼感受？」

邵明淵被問得摸不著頭腦，想著剛剛好友才答應幫那麼大的忙，不好敷衍了事，仔細思考一下道：「黎府的伙食不錯。」

「伙食不錯？難不成還有叉燒鹿脯吃？」他鬼使神差問了一句。

池燦：「……」一個侍衛給什麼肉吃啊！黎府果然沒規矩。

邵明淵怔了怔。「你怎麼知道？」

當時他就是詫異桌面上的那道叉燒鹿脯，才覺出不對勁來。

池燦一張臉已是徹底黑了，不發一言，搶先一步抬腳就往外走。

氣死他了，那個臭丫頭，本來他是收利息要她做一道叉燒鹿脯的，她居然先給邵明淵做了。這樣說來，那個叫冰綠的丫鬟當時說的是真的！

他忽地停下來回頭，打量著好友。哼，有什麼了不起的，不就是比他權力大一點兒，功夫強一點兒，脾氣好一點嘛，那臭丫頭真是勢利眼。

邵明淵不知道池燦莫名發什麼脾氣，琢磨著是不是今天顧著他的事，沒吃好才火氣這麼大，為了讓對方平衡點，忙挽救道：「我沒吃，只吃了幾口山藥。」

池燦一聽更生氣了。合著他用救命之恩收的利息，這位先吃上的還不稀罕！

池公子拉開門走出去，「砰」一聲把一頭霧水的冠軍侯關在了裡面。

池燦心裡不痛快，乾脆直接走人。

桃生正找著葉落扯閒話，見狀忙追了上去。「公子，打傘，打傘。」

他個頭沒有池燦高，只得踮著腳替主子撐傘。

池燦扭頭看了一眼面無表情的侍衛葉落，冷笑道：「瞎扯什麼呢？」

桃生苦著臉，頗委屈。「能扯什麼啊，公子您不知道，那人簡直八竿子打不出個屁來，眼睛一直盯著門口，生怕您把他家將軍吃了似的。」

「誰嚼得動！」池燦一想到要去告訴睿王「借走」的神醫不還了，就有些頭大。

邵明淵那混蛋無所謂，他還得與睿王討價還價去，總不能真讓那混帳賣身。

主僕二人步入雨簾中，追出來的邵明淵見狀搖頭笑了笑，折返回雅室。

李神醫拿著一條牛肉慢條斯理吃著，見他進來問道：「那小子走了？」

「嗯。」邵明淵走過去坐下。

「他怎麼了？看剛才那樣子，像要把老夫生吃了似的。」

邵明淵淡笑道：「神醫別往心裡去，他就是急脾氣，沒有別的意思。我請拾曦幫我去與睿王說和去了。」

「睿王真能答應？」有求於人都不出面，這些人的彎彎繞繞他真想不明白。

「會答應的。」

見李神醫面帶懷疑，為使他寬心，邵明淵含笑道：「因為我是冠軍侯。」

他是手握重兵的北征將軍，就算告假在家，在軍中的威望依舊無人能及。他甚至有那個信心，儘管戰事告一段落、天子收回了能調兵遣將的虎符，只要他願意，依然能指揮得動一手打造出來的鐵血強兵。

李神醫看著笑意溫和的年輕男子，忽地收起了嬉笑心態，問他：「什麼時候去給喬墨治傷？」

他忘了，這個年輕的頂多算是他孫輩的小子，早已是在北地跺跺腳就能威震八方的人物，就是在如今的京城亦是舉足輕重。有這小子在，說不定能讓老友僅剩的一點血脈將來走得順當些。嗯，等哪年他心情好，順手給這小子把寒毒祛了算了，至於現在，讓他且受著吧，就當給喬丫頭出氣了。

「舅兄他或許不願欠我的人情，請神醫等到我亡妻出殯的時候吧。那天舅兄會過來，到時候您直接去與他說便好。」

李神醫看邵明淵一眼，心情莫名，嘀咕道：「侯爺倒是體貼。」

邵明淵笑了笑，再問：「神醫離開了睿王府，不知是願意住到靖安侯府去，還是另有安排？」

「住到靖安侯府和留在睿王府有什麼區別？你給我安排個普通的落腳地方，不要一大群人跟著，平時老夫想去哪兒就去哪兒。怎麼樣，能成不？」

李神醫這要求聽起來簡單，實則相當麻煩。

首先，李神醫給睿王治病，觸動了某些人的利益，那些人一直等著尋機會要他的命，來個釜底抽薪。其次，滿京城不知多少人盯著這位神醫呢，就等著李神醫離開睿王府後趕緊請去治病救命。只這兩點，李神醫想做到來去自由就太難了。

邵明淵卻毫不猶豫點頭。「可以，我這就給您安排地方。」

邵明淵說著喊了一聲：「葉落——」

守在外面的侍衛葉落推門而入。「將軍有何吩咐？」

「從今天起，你貼身保護神醫的安全。」

葉落看一眼滿臉皺紋神色鬱鬱的李神醫，再看一眼自家清俊無雙的將軍大人，儘管心裡一百個不情願，還是俐落道：「卑職領命。」

李神醫看著眉眼普通的侍衛，皺眉道：「他行嗎？」

素來寡言的葉落垂眸不動聲色，心中卻冷哼一聲：怎麼說話呢？他會不行？

邵明淵笑道：「神醫放心，葉落在軍中是比武狀元，罕有人敵。」

李神醫上下打量著葉落。「嘖嘖，可真是看不出來。」

「葉落——」邵明淵對葉落點點頭。

葉落會意，抬手把一旁的高几劈得粉碎。

「嘶——」李神醫眼一亮。這小子，要是以後幫著他搗藥有前途啊！

邵明淵看了看粉身碎骨的高几，囑咐一句：「記得賠。」

「是。」

「用你自己的俸祿。」

葉落：「……」不帶這樣的啊，他這是為了公事，公事！他的俸祿還想攢著娶媳婦呢。

邵明淵安排李神醫的細節不必多提，等他回到靖安侯府時，天色已經暗了。

侯府大門燈籠高掛，此時已經點亮，映得青石路似覆蓋了一層白霜，一直延到內裡去。

「二公子回來了。」穿白的僕從忙給邵明淵開了門。

因有靖安侯在，邵明淵雖封冠軍侯，靖安侯府的人還是稱他二公子。

邵明淵點頭示意，抬腳走了進去。

他踏著一路白霜往內走，走廊掛著一排排白燈籠，隨著風雨的吹打不停晃動著，明明亮如白晝，卻無端有種陰森感。

邵明淵渾不在意，一路走到安置喬氏棺槨的靈前，單膝跪下，接過小廝遞來的燒紙默默燒紙。

黃色的燒紙被火舌舔舐，很快就化作絲絲縷縷的黑灰落在火盆裡。幾個負責守在靈前的婆子湊在一起，皆不敢出聲，只是暗暗交換著眼色。二公子替二奶奶燒起紙錢來倒是挺上心的，就是不知當初怎麼那麼狠辣，能下得去手把二奶奶一箭射死呢？

邵明淵沒有在意那些婆子們的眉眼官司，認認真真燒著紙錢，直到邵知匆匆趕來，低聲道：「將軍，您讓屬下前不久查的事有些眉目了。」

「去書房說。」邵明淵把手中一疊燒紙燒完，這才起身離開靈堂。

邵明淵一離開，那些婆子頓時嘮起嗑來。

「嘖嘖，這裡面躺著的二奶奶可是被二公子親手殺的，你們說二公子跪在這裡就不害怕嗎？」

「害怕啥呀？二公子打了這麼多年仗，手上還不知道有多少人命呢，一顆心恐怕比石頭都硬。」

婆子們七嘴八舌議論著剛剛離去的人，把邵明淵安排暗暗守靈的侍衛氣得直咬牙，低聲對同伴道：「真想拿臭襪子把那些婆子的臭嘴塞上，怎麼能這樣說咱們將軍！沒有將軍，她們能這樣閒得蛋疼滿嘴噴糞？」

同伴拍拍他。「小聲點，讓那些人發現就不好了。忍忍吧，等搬進冠軍侯府就聽不見這些糟心話了。」

若沒有主子的默許縱容，府裡如何會任由這樣的議論蔓延？說到底，是他們將軍不受侯夫人待見罷了。

書房裡燃了燈，因只有一盞，光線有些昏暗。

邵明淵坐在椅子上，示意邵知可以講了。

邵知上前一步，聲音壓低道：「將軍，屬下這幾天和府上護送夫人去北地的護衛、羽林軍還有遠威鏢局的人有所接觸，發現有一個人值得注意。」

「何人？」邵明淵背光而坐，讓人難以辨明臉上表情，聲音在這昏暗的光線中更顯低沉醇厚。

「遠威鏢局的副鏢頭林昆。林昆是這次護送夫人北上的鏢隊首領，屬下探查到，當時蘇駱峰帶著隊伍改路時，林昆曾當眾反駁過，而且言辭激烈，險些與蘇駱峰的親兵衝突起來。」

「他人呢？」

「他們這批鏢隊回來後，遠威鏢局的鏢頭就給他們放了假，林昆回老家了。屬下已經打探到林昆老家在何處，特來向您稟告一聲，這就趕過去找他。」

邵明淵輕輕點頭。「去吧，多帶幾個人，路上注意安全。」

「領命。」邵知退了出去。

隨著房門打開又闔攏，湧進來的風把燭火吹得一閃一閃，室內光線時明時暗，室外雨聲嘩嘩作響。

邵明淵沒有回起居室，走去淨房沖了一個澡後換上雪白中衣，重新返回書房，躺在榻上睡了。

二十二　暴露行蹤

一夜風雨，翌日一早，天卻放晴了。

窗外的芭蕉被雨打過，顯得越發青翠欲滴，牆角的石榴花落了一地，枝頭依然紅火熱鬧。

喬昭一大早起身，推開窗子，任由清冽的空氣湧進來，捲走一夜慵懶。

「姑娘，今天不是不用去女學嘛，您起得真早。」冰綠走過來，揉著眼睛站在喬昭身邊，往窗外看了一眼，不由低呼：「呀，石榴花落了好多，真是可惜。」

喬昭笑道：「不可惜，這些落的石榴花大部分是不能做果的，要是放在尋常人家，原就會除去，這樣才能結大而甜的石榴。」

「原來是這樣啊。」冰綠眼睛亮亮的，「姑娘，您懂得真多。」

喬昭側頭看她，伸手捏捏小丫鬟紅彤彤的臉蛋。「多看書就知道得多了，人從書裡來。」

「喔。」冰綠似懂非懂點點頭。

喬昭就笑了。其實冰綠這樣挺好的，無憂無慮，歡歡喜喜，把小丫鬟的日子過得有滋有味。

「姑娘，百合粥好了，您先用一點吧。」這時阿珠端著青碧色的小碗過來，裡面米爛粥稠，香氣四溢。

飲百合粥，可以靜心安神，治療失眠。是的，昨夜喬昭失眠了。她泡了一個澡，洗漱過後早早上了床，原本迷迷糊糊入睡了，誰知卻夢到了那日兵臨城下的情景。

她立在城牆之上，韃子的獰笑聲在耳邊迴蕩，城牆上的風要比平地大得多，把她的額髮往後吹攏，露出光潔的額頭。邵明淵在牆下策馬而立，身後是黑壓壓的大梁將士與迎風高展的旌旗。有那麼一瞬間，她是有些委屈的，委屈命運把她推到烈火上烤，大好韶光驟然成灰。她想對他說，以後有機會見了她的父母兄長，告訴他們，她不難過，也請他們不要太難過。可惜那人箭來得太快，她什麼都沒來得及說。

半夜裡，喬昭驚醒了。她彷彿還能感到心口的劇痛，甚至在仰望掛著紗帳的雀鳥銀鉤時，眼前依稀晃過邵明淵歉疚的眼神。

原來，他那日是歉疚的啊。仰躺在羅漢床上，喬昭啞然失笑。當時竟沒留意，看來還是白日裡的見面讓她心境起了波瀾。喬昭想，也許是天意吧，她沒能說出對父母親人的惦念，結果一朝醒來，她的父母親人都不在了，只剩下長兄與幼妹。

深夜清幽，只聽到屋外大雨如注，劈劈啪啪敲打著窗櫺。從噩夢中醒來的喬昭卻再也睡不著了，對兄長的想念越發濃烈起來。也不知兄長臉傷成了什麼樣子，等見到兄長，她一定要想法子請李神醫替他醫治。

喬昭輾轉反側一整個後半夜，晨曦微亮就迫不及待起了身。

「姑娘，您趁熱喝吧。」阿珠把百合粥放到了桌上。

喬昭離開窗戶，走過去坐下，拿起白瓷小勺喝了一口。

冰綠碎碎念道：「放冰糖了嗎？百合粥不放冰糖沒滋沒味的。」

「放了。」阿珠語氣溫和。

投餵姑娘是冰綠攬過來的差事，她今天起得有點晚了，結果被阿珠搶了先，小丫鬟氣不過，找茬道：「吃什麼百合粥啊，皮蛋瘦肉粥才好喝呢。妳新來的不知道，大廚房的劉嬸子做皮蛋瘦肉粥是一絕，做百合粥就一般般了。」

阿珠語氣平靜。「等下次請劉嬸子替姑娘做皮蛋瘦肉粥，這百合粥是我做的。」

冰綠：「……」會做百合粥了不起啊？

喬昭默不作聲喝完百合粥，放下勺子，這才深深看了阿珠一眼，問道：「阿珠懂藥理嗎？」

昨晚是阿珠歇在外間值夜，知道她沒睡好，竟知道做一碗百合粥給她喝，這份細心算是難得了。

阿珠聞言微怔，迎上姑娘平靜淡然的眼神，恭敬道：「並不懂，只是看過一點粗淺的書籍。」

喬昭笑了。朱大哥送她的這個丫鬟還真是個寶貝，識字、會下棋，還懂一點藥理，更難得的是勤奮肯學，她才教了幾日，棋藝便突飛猛進。喬昭從來不認為這世上女子中只有自己一個聰明人，身邊有這樣一位有天分的丫鬟，只要對方樂意學，她便樂意教。

「那以後，我教妳怎麼樣？」

阿珠再次怔住，良久後確定姑娘不是開玩笑，行禮道：「多謝姑娘。」

這世上之人，生來就分了三六九等，有人錦衣華服，有人為奴為婢，還有那曾經使奴喚婢的人一朝跌落雲端，成了人下人。無論如何，身在底層的人想要往上爬太難了，就算成為了主子身邊的大丫鬟，哪日惹到主子不快，主子一言就能打發了，重新跌回泥沼裡。

可有一種人不一樣，就是懂醫術的下人，尤其是懂醫術的丫鬟婆子，只要有真本事，就連當家主母都會高看一眼，客客氣氣。比如西府的桂媽媽，還有東府的董媽媽。

冰綠一聽慌了。姑娘教阿珠下棋，教阿珠藥理，阿珠這小蹄子還會做百合粥，那她可怎麼辦啊？「姑娘，婢子也要學！」

一見冰綠心急火燎的模樣，喬昭便笑了。「妳想學什麼？」

冰綠掰著手指頭。「學下棋，學藥理，還學——」

她瞟了一眼阿珠說：「還學熬粥。」

喬昭噗嗤笑了。「我記得那次教妳下棋，才下了幾子妳就睡著了。」

冰綠聽了紅了臉。「那次是意外，真的是意外，以後再不會了，姑娘繼續教婢子吧。」她絕對不能被這半道來的阿珠比下去！

喬昭笑吟吟看著冰綠。

小丫鬟就連臉紅時都是生動的，任誰見了都會覺得日子有滋有味起來。

「冰綠，每個人都有擅長的地方，妳不必去學阿珠學的，想想妳擅長什麼？」

擅長什麼？冰綠眨了眨眼，在心裡盤算：她擅長吵架，擅長穿好衣裳，擅長吃香喝辣的……

冰綠越想越心慌，脫口而出道：「擅長碎大石——」迎上自家姑娘古怪的神情，小丫鬟急忙解釋道：「不是，婢子的意思是，婢子力氣比一般人大。」

她小時候經常把堂哥拎起來打，所以三叔一直想教她拳腳功夫，不過她聽漂亮姊姊說過，要是學了功夫手腳就粗了，死活都沒有答應三叔。

「力氣大啊——」喬昭沉吟著。

冰綠頗羞愧，訕訕道：「大概是婢子吃得比別人多。」

喬昭聽了彎了彎唇，沉吟一番道：「冰綠想不想學些防身功夫？」

「防身功夫？」冰綠大為意外。

「對呀，這樣以後我遇到危險，妳就能保護我了。」

冰綠一聽精神一振，連連點頭。「我學，我學。」說完了有些洩氣，「可是跟誰學呀？」

她是姑娘的貼身丫鬟，三叔是太太娘家的護院，平日裡想見一面都不容易的，哪裡能跟著三叔學。

「我教妳。」喬昭笑道。

冰綠大驚。「姑娘會拳腳功夫？」

喬昭搖搖頭。「不會。」

「不會您怎麼教我啊？」

「我看過。」

冰綠：「……」姑娘吹牛時都這麼好看！

察覺小丫鬟的懷疑，喬昭不以為意，抬腳道：「跟我去書房。」

兩個丫鬟亦步亦趨跟著喬昭進了書房，就見她研墨提筆，在畫紙上行雲流水畫起來。冰綠就站在喬昭身邊，見她筆下出現一個接一個活靈活現的人物，不由捂住了嘴。姑娘畫畫真厲害！

喬昭全然不受外界干擾，全神貫注畫著，直到阿珠輕輕提醒道：「姑娘，該去請安了。」

喬昭回了神，把筆擱置一旁，指了指完成了一半的畫作。「前面是練拳腳功夫的幾個基礎動作，後面是一套拳法，妳想學的話，從今天起就可以照著這個練習，到時候有姿勢擺得不對的地方，我會指正的。」

「姑，姑娘，這樣也行？」冰綠目瞪口呆。

姑娘以為這是祕笈啊，照著練就能練出個高手來？

似是猜到冰綠所想，喬昭淡淡道：「練不成高手，不過對上尋常人，足以應付了。」

「姑娘，您真的看過？」冰綠只覺不可思議。

她可是跟著姑娘從小長大的，怎麼從來不知道呢？

見喬昭目光從成排的書冊上掃過，冰綠恍悟。「原來姑娘是從書中看到的。」

難怪姑娘常說「人從書裡乖」，會讀書可真好，可惜她看不了幾個字就要睡覺的。成功誤導了小丫鬟，喬昭笑了笑。

她確實看過。在靖安侯府的那兩年，因為祖父過世，她身為出嫁的孫女守不成孝，卻也無心出門，漫長的時光都消磨在侯府的角角落落裡。

邵明淵的三弟、她的小叔子邵惜淵，每天都會在園子一角開闢出來的練武場蹲馬步，打拳。小叔子雖驕縱些，心地卻單純善良，兩年多來他們叔嫂相處得宜，那孩子甚至還教了她邵家箭法。只可惜她確實沒有習武的天分，雖有過目不忘之能，把小叔子所教銘記於心，卻也只是用來打發時間罷了，唯有箭法因為更側重眼力與心態，練得還算不錯。

喬昭垂眸看了看纖細柔美的雙手。這副身子比她之前還要柔弱得多，其實是該把那些強身健體的拳法練起來，至少不要再遇到危險時連跑都跑不動。

喬昭先去了何氏那裡，隨後與何氏一道去青松堂給鄧老夫人請安。

鄧老夫人便問道：「神醫那事怎麼說？」

二太太劉氏眸光一閃。

昨天她就得了信兒，那位大名鼎鼎的李神醫居然真的上門來看三姑娘了。她打聽到當時大姑娘也在青松堂，甚至還陪李神醫用了飯，心裡不知多懊惱，只恨她的兩個閨女不爭氣，平日裡不知去老夫人身邊侍奉，白白把這樣的好機會給錯過了。對了，昨日東府的鄉君也冒雨過來了，無事不登三寶殿，瞧老夫人這意思，是和神醫有關吧？

黎皎聽了鄧老夫人的話，同樣心中一動，看向喬昭。怎麼，以後黎三會時常和李神醫來往？也不知李神醫與冠軍侯是什麼關係，若是如此，黎三豈不是有許多機會與冠軍侯接觸？

黎皎想到這裡，心裡憋了一口氣。

當著眾人的面，喬昭大大方方笑道：「鄉君的請托我已經寫在帖子上，想請祖母派得力的人送到睿王府去，只是李爺爺見到帖子會不會來，孫女就不敢保證了。」

喬昭說著遞過一張帖子。

鄧老夫人眼神複雜看了喬昭一眼，喬昭對她調皮眨了眨眼。

鄧老夫人便笑了。「妳們不知道，天還沒亮東府就派人過來了。」

喬昭眸光一轉，笑道：「既然這樣，不如祖母讓東府的人一道去吧，也好讓鄉君安心。」

「喔，也好。」鄧老夫人轉頭吩咐青筠，「把帖子交給黎管事，讓他和東府的人一道過去。」

「是。」青筠把帖子帶出去交給黎管事，與東府鄉君派來的周媽媽一道出了門。

才出大門，周媽媽便悄悄塞了一個鼓囊囊的荷包給黎管事，滿臉堆笑道：「黎管事，去王府前鄉君想先交代幾句，隨我先去一趟東府吧。」

有銀子拿，又是東府鄉君傳喚，黎管事沒有猶豫便應了下來。

二人很快就到了東府，周媽媽湊在姜老夫人耳邊把情況如是說了，姜老夫人目光落在黎管事身上，淡淡道：「把三姑娘的帖子拿來給我看看。」

「這……」黎管事震驚了一小下。

這位老鄉君夠直接的啊。

立在一旁的周媽媽催促道：「黎管事猶豫什麼？三姑娘的帖子是邀請神醫的，又沒什麼見不得人，我們鄉君只是怕三姑娘年紀小，言語上有不妥當的地方對神醫失禮，這才親自過過目。」

黎管事心底直搖頭，沒什麼見不得人就能看人家的帖子了？

「怎麼？」姜老夫人一隻獨眼看過來，目光沉沉的。

黎管事回神，無奈把帖子奉上，周媽媽上前接過來交給姜老夫人。姜老夫人把帖子打開，流覽一遍，神色緩和下來。算那丫頭懂事！

「行了，快些去吧。」姜老夫人把看過的帖子交給周媽媽，叮囑道：「你們可要把事情給我辦妥了，不得出什麼差池。」

周媽媽忙道：「鄉君請放心，老奴定會仔細著。」

黎管事與周媽媽二人離開東府，直奔睿王府而去。

雨後初晴，睿王府的朱門宛若簇新，屋頂的琉璃瓦閃耀著炫目光彩，門前高大的石獅精神抖擻。

二人下了馬車，看到這一切不由自主拘謹起來，由黎管事上前叫開門，道明來意。

「給神醫的帖子？」王府門人一聽就變了臉，擺擺手道：「趕緊走，趕緊走！」

他欲要關門，周媽媽心中一急忙伸手抵住。「小哥兒請等等。」

王府門人當下就變了臉。「幹什麼？」

周媽媽笑著塞過去一個荷包。「小哥兒，我們是黎侍郎府上，今天的帖子是我們府上三姑娘請神醫的。你可能不知道，李神醫認了我們三姑娘當乾孫女——」

沒等她說完，王府門人就冷笑一聲。「親孫女也沒用，李神醫已經不在王府了，你們快走吧。」

「小哥等等，你這話是什麼意思啊？」

王府門人瞪周媽媽一眼，罵道：「你這婆子聽不懂人話啊？李神醫不在我們王府了，別說是什麼乾孫女來請，就是神仙來了也沒用！你們趕緊走人啊，我們王爺心裡正不痛快，要是被王爺撞上了，有你們好受的。」

王府門人說完「砰」的一聲關上了門，留下周媽媽和黎管事愣了好一會兒，有心再敲開門問個究竟，可一眼掃到王府門前大紅雕漆的盤龍柱，俱都沒了底氣。這是皇子的府邸呢，真的惹了人家不痛快，亂棍把他們打死了上哪說理去？他們還是回去實話實說吧。

周媽媽一路心情沉重，回到東府向滿心期盼的姜老夫人稟告了去王府的遭遇，姜老夫人猶如被人當頭淋了一盆冰水，一顆火熱的心登時熄滅了，陰著一張臉問：「神醫不在王府了？」

「是，王府門人是這麼說，還說他們王爺很不高興呢。」

「有沒有說神醫去了何處？」

周媽媽回得越發膽戰心驚。「沒說，老奴想問，那門人根本不留情面就把我們拒之門外了。」

姜老夫人唯一可以視物的那只眼睛光芒暗淡下來，擺擺手道：「知道了，妳先下去吧。」

等周媽媽退出去，獨留姜老夫人一個人在屋子裡，她抓起一隻茶盅狠狠向地上擲去。

老天是捉弄她不成，給了希望又破滅？她雖有鄉君的身分，但娘家在宗室裡已經處在邊緣化了，以她的面子是見不到睿王妃的，頂多是輾轉托人打探一下李神醫的行蹤。

李神醫究竟去了哪裡呢？

西府這邊，鄧老夫人聽了黎管事回稟心中一動，立刻命人把喬昭請了過來。

「昭昭啊，妳昨天是不是就已經預料到——」

少女笑得溫柔平靜。「預料到什麼？」

祖孫二人對視片刻，鄧老夫人大笑起來。「沒什麼，預料到今天天晴了唄。」

笑過後，鄧老夫人問喬昭：「聽說妳今天要出門？」

「嗯，母親帶我去逛逛，聽說許多綢緞鋪子上新貨了。若是瞧到好看的，買回來給您做幾身夏衣。」

鄧老夫人聽得大為高興，拉著喬昭的手不放，嘖嘖道：「昭昭果然是長大了，那祖母就等著妳給我做好看的夏衣了。不用做幾身，一身就夠了。」

喬昭：「……」她真的不是這個意思啊。親手做夏衣？別開玩笑了，她做的荷包連冰綠都嫌棄。

喬姑娘連忙挽救。「聽說新開了幾家成衣鋪子也挺不錯的——」

「現在那些成衣鋪子花樣是不少，不過到底還是自己做的衣裳可心啊。」鄧老夫人感嘆道。這些年來西府四個丫頭，只有大孫女給她親手做過衣裳，四丫頭孝敬過她一條抹額，六丫頭年紀小暫且不提，說起來只有三丫頭沒有送過她針線活了，想想還真是有點期待呢。

眼看快到了與黎光文約好的時間，喬昭與何氏出了門，直到上了馬車換了男裝，喬姑娘心情還是沉重的。

果然是禍從口出，她為什麼非要說去逛綢緞鋪子，說去逛脂粉鋪子不就好了？老夫人想要什麼顏色的脂粉她都給買！上次那個荷包是內裡另有乾坤她才親手做了，如今要她做出一身夏衣來，完全是不給她活路。

女兒神色鬱鬱，何氏瞧了心疼地問：「昭昭怎麼啦？」

「娘，您好像從沒給我請過女紅師傅。」

何氏一聽樂了。「昭昭想學女紅？」

「就是有些好奇。」

何氏抬手替喬昭把微亂的髮理了理，不以為意道：「學那個幹啥呀？把好好的眼睛學壞了，手指頭還要扎好多洞，娘看著心疼勒。再者說，尋常姑娘家學得再好也及不上繡娘啊，有需要去花錢買個好繡娘不就行啦。」

喬昭連連點頭，說得可真有道理。

馬車行了有一段時間，喬昭往外看了看，對何氏道：「娘，在這把我放下吧。」

何氏是知道喬昭出門緣由的，聞言搖搖頭。「這裡不成，就妳一個人，娘不放心呢。」女兒雖然喬裝成少年郎，可年紀太小了些，有過一次被拐經歷，她怎麼能放心讓女兒一個人去茶館。

「等到了五味茶館門口，看著妳父親接到妳，娘再走。」

喬昭一聽不再堅持，點頭應了，等馬車在五味茶館門前停下，一眼看到等在門口的黎光文，這才辭別何氏下了馬車。

暗暗跟蹤喬昭的錦鱗衛江鶴一看馬車上跳下個少年郎，眼都瞪圓了。

那個黎姑娘果然有問題，好端端怎麼又女扮男裝了？問他怎麼一眼認出來的？自然是前些日子一路北上的時候早就見過的。

江鶴來了精神，拉拉衣襬，抬腳向著五味茶館走去。

「父親，我有沒有來晚？」

黎光文一臉稀奇打量著走過來的清秀少年，試探喊道：「昭昭？」

「孩兒見過父親。」喬昭唇畔含笑，向黎光文行了個揖禮。

她舉止從容，看起來和少年郎無異，只是過於清秀了些。

黎光文眼睛一亮，擊掌道：「這樣不錯。」

「多謝父親誇讚。」

黎光文連連點頭。「昭昭以後就這樣穿吧，那為父就能常帶妳出來下棋了。」

喬昭：「……」

她直起身來，轉頭對停靠在不遠處的馬車招招手。

正往這個方向走的江鶴下意識亮了一下爪子。喬昭一愣，深深看了江鶴一眼，對他友好笑笑。這人也有意思，居然以為自己在和他打招呼。

江鶴直接就驚了。他居然，居然和跟蹤目標打了招呼，對方還回應了。

回應了！

江鶴的腿當時就邁不動了，勉強咧嘴笑笑，猛然轉身，強忍著拔腿狂奔的衝動一步步離開了喬昭的視線，這才飛奔起來。

這人有些奇怪啊，喬昭收回目光。

馬車裡的何氏從窗口探出半個頭來，對喬昭擺擺手。

黎光文一見到何氏，下意識就板起了臉，咳嗽一聲道：「還不進去？」

「嗯，就來。」喬昭轉回身走到黎光文身旁，父女二人相攜進了茶樓。

停靠在不遠處的馬車久久沒動，足足一刻鐘後，車夫才等到了車廂裡的女主人吩咐，揮動馬鞭緩緩離去。

江鶴一路狂奔回錦鱗衛衙門，衝進江遠朝的辦公之處，扶著牆壁大口大口喘著氣。

江遠朝見此挑了挑眉，問道：「發生了什麼事，怎麼一副跑斷氣的樣子？」

「黎姑娘，黎姑娘——」

「黎姑娘怎麼了？」江遠朝嘴角笑意瞬間收斂，神色嚴肅起來。

那個小姑娘出事了？難道說，他對那個小丫頭的關注，引起了衙門裡其他人的關注？江遠朝自是心知，他從嘉豐回來就頂了江五的位置，如今在錦鱗衛裡舉足輕重，早已引起其他兄弟們的不滿。想到「兄弟」這個詞，江遠朝嘲弄笑笑。說是兄弟，從小到大不過是競爭對手而已，小時候爭義父的關注，大了，爭義父的器重。

「黎姑娘……黎姑娘女扮男裝去了五味茶館。」江鶴終於緩過氣來。

「女扮男裝？」江遠朝一雙好看的眉蹙起，旋即鬆開，不以為意道：「即便如此，你這麼急慌慌的作甚？」

他一下子想到某個可能。「莫非她去見了什麼特別的人？」這才讓屬下如此心急跑回來稟告？

「啊，等在五味茶館那裡的好像是黎姑娘的父親，那位黎修撰。至於還有沒有別的人──」在十三爺面前江鶴從不敢隱瞞，硬著頭皮道，「屬下還沒來得及確認，就跑回來了。」

不是那個小姑娘出事，江遠朝心情莫名放鬆起來，嘴角噙著淡淡笑意道：「那就說說吧，你又幹了什麼蠢事？」

江鶴一聽就委屈了，訴苦道：「大人您不知道啊，那位黎姑娘忒狡猾，屬下正裝作喝茶的客人若無其事往茶館裡面走呢，她居然衝著我招手。」

「她認出你是錦鱗衛了？」

不能吧，當初一路北上，他的屬下沒和那個丫頭打過照面，只有自己前些日子忍不住會了會她，按說也不可能讓她察覺身分。

江鶴一臉苦惱。「屬下不知道她認沒認出我是錦鱗衛，不過以後她可能認識我了。」

「嗯？你做了什麼？」江遠朝心生不妙預感，隱忍問道。

「也沒做什麼，屬下就是不小心……回應了一下而已……」

江遠朝：「……」一手調教的屬下蠢成這樣，他竟無言以對。

已經沒有力氣生氣的十三爺伸手指了指門口。

江鶴如蒙大赦。「屬下這就滾。」

他奔到門口，停下來猶豫地問：「大人，那以後黎姑娘那裡，屬下還跟不跟勒？」

「你說呢？」遠朝站起身來，一邊往門口走一邊問。

江鶴苦惱地低下了頭。最近辦的差事大人似乎都不太滿意，其實他已經很賣力了。

江遠朝邁著大長腿從江鶴身邊走過，連個眼風都沒丟給他。

「大人，您去哪啊？」江鶴在他身後忍不住喊。

江遠朝頭也不回，揚手指了指一側。

江鶴垮下臉來。「屬下滾，屬下滾……要不等江霖從北定回來，屬下和他換換唄，去青樓屬下絕對沒問題的——」

人高腿長的十三爺已經走了出去。

外面豔陽高照，街道兩側高大的梧桐樹青碧蒼鬱，江遠朝抬腳向翰林院所在的方向走去。

❦

喬昭被黎光文領進五味茶館一間臨街雅室內，黎光文指著早已擺好的棋具道：「來，咱們父女先下一盤。」

「父親，我們還是等一等掌院大人吧。」

見喬昭婉拒，黎光文一琢磨也對，他們一旦下起棋來，可不是一時半會兒能結束的，到時候下到一半蘇掌院來了，豈不掃興？

「好吧，那就等等。」黎光文一屁股坐下來。

喬昭忍了忍，問：「父親就在這裡等？」

「啊？」黎光文被問得一臉莫名其妙。

「父親剛剛不是在茶館門前等我嗎？」喬昭提醒道。

黎光文一聽笑了。「為父不是怕妳不認路嘛，蘇掌院不一樣，他常來。」

喬姑娘默默望向窗外。

所以說，父親大人到底是走了多大的運，才安然混到現在的？喬姑娘腹誹著，目光忽地一頓，落在街頭一名身材高大的男子身上。

那人一身修身玄衣，襯得身姿挺拔如松，明明嘴角一直掛著笑意，整個人都是溫和的，那種冷淡涼薄卻從骨子裡流露出來。那樣的人，往往心中有了一個目標後，是絕不會動搖的。

喬昭目光下移，落在黑衣男子臉上，嘴角的笑意緩緩收起。

錦鱗衛的江十三，他怎麼會出現在這裡？

喬昭心思通透，略一琢磨忽地就有一種想法——

他在找她！

（未完待續）

國家圖書館出版品預行編目資料

韶光慢 / 冬天的柳葉著. -- 初版. -- 臺北市：春光, 城邦文化出版：家庭傳媒城邦分公司發行, 民107.11-
冊；　公分
ISBN 978-957-9439-43-5（卷1：平裝）. --

857.7　　107016888

韶光慢〔卷一〕

作　　者／冬天的柳葉
企劃選書人／李曉芳
責 任 編 輯／何寧

版權行政暨數位業務專員／陳玉鈴
資深版權專員／許儀盈
行 銷 企 劃／周丹蘋
業 務 主 任／范光杰
行銷業務經理／李振東
副 總 編 輯／王雪莉
發　行　人／何飛鵬
法 律 顧 問／元禾法律事務所　王子文律師
出　　版／春光出版
臺北市 104 中山區民生東路二段 141 號 8 樓
電話：(02) 2500-7008　傳真：(02) 2502-7676
部落格：http://stareast.pixnet.net/blog　E-mail：stareast_service@cite.com.tw
發　　行／英屬蓋曼群島商家庭傳媒股份有限公司城邦分公司
臺北市中山區民生東路二段 141 號11 樓
書虫客服服務專線：(02) 2500-7718 / (02) 2500-7719
24小時傳真服務：(02) 2500-1990 / (02) 2500-1991
服務時間：週一至週五上午9:30～12:00，下午13:30～17:00
郵撥帳號：19863813　戶名：書虫股份有限公司
讀者服務信箱E-mail: service@readingclub.com.tw
歡迎光臨城邦讀書花園　網址：www.cite.com.tw
香港發行所／城邦（香港）出版集團有限公司
香港灣仔駱克道 193 號東超商業中心 1 樓
電話：(852) 2508-6231　　傳真：(852) 2578-9337
E-mail : hkcite@biznetvigator.com
馬新發行所／城邦（馬新）出版集團　Cite(M)Sdn. Bhd
41, Jalan Radin Anum, Bandar Baru Sri Petaling,
57000 Kuala Lumpur, Malaysia.
Tel: (603) 90578822　Fax:(603) 90576622　E-mail:cite@cite.com.my

封 面 設 計／黃聖文
插 畫 繪 製／容境
內 頁 排 版／極翔企業有限公司
印　　刷／高典印刷有限公司

■ 2018 年（民 107）10 月 30 日初版
■ 2019 年（民 108）11 月 13 日初版 2.1 刷

Printed in Taiwan

售價／320 元

城邦讀書花園
www.cite.com.tw

本著作物繁體中文版通過閱文集團上海玄霆娛樂資訊科技有限公司 www.qidian.com，授予城邦文化股份事業有限公司春光出版獨家發行。

ISBN　978-957-9439-43-5

104 臺北市民生東路二段 141 號 11 樓

英屬蓋曼群島商家庭傳媒股份有限公司
城邦分公司

請沿虛線對折，謝謝！

書號：OF0046	書名：韶光慢〔卷一〕

請於此處用膠水黏貼

【《韶光慢》讀者共讀活動——你推坑，我送書！】

]日起至 2018 年 12 月 31 日止，完成以下活動步驟，就可參加「韶光慢讀者共讀活動」。春光出版**免費幫你將《韶光慢（卷一）》新書一本 &「韶光慢唯美書籤卡」送給你欲邀請共讀之對象**，限前 100 名寄回之讀者（以郵戳日期順序為準），數量有限，行動要快喔！一起來邀親朋好友共讀好書吧～

活動步驟：

選定欲邀請共讀《韶光慢》的一位對象，在《韶光慢（卷一）》附贈之「韶光慢唯美書籤卡」寫下推薦小語以及想對她（他）說的話。

將本回函卡讀者資料，以及欲邀約共讀的對象之贈書寄送相關資料都填妥。

將寫好的「韶光慢唯美書籤卡」和本回函卡一起寄回春光出版，即完成活動。（建議把小卡放入回函卡中，再將四邊用膠水黏貼封好即可寄回。）

春光出版將依照回函卡收件郵戳日期，依序贈送前 100 名共讀讀者，越早寄回，越早收到贈書喔！

注意事項〕

本活動限台、澎、金、馬地區讀者。　2. 春光出版保留活動修改變更權利。

邀請共讀之對象 寄送資料

姓名：____________________　性別：□男　□女

聯繫電話：____________________

寄送地址：____

您的個人資料

姓名：____________________　性別：□男　□女

地址：____

電話：____________________ email：____________________

提供訂購、行銷、客戶管理或其他合於營業登記項目或章程所定業務之目的，英屬蓋曼群島商家庭傳媒（股）公司城分公司，

本集團之營運期間及地區內，將以電郵、傳真、電話、簡訊、郵寄或其他公告方式利用您提供之資料（資料類別：)01、C002、

)03、C011 等）。利用對象除本集團外，亦可能包括相關服務的協力機構。如您有依個資法第三條或其他需服務之處，致電本公

客服中心電話 (02)25007718 請求協助。相關資料如為非必要項目，不提供亦不影響您的權益。

C001 辨識個人者：如消費者之姓名、地址、電話、電子郵件等資訊。 2. C002 辨識財務者：如信用卡或轉帳帳戶資訊。

C003 政府資料中之辨識者：如身分證字號或護照號碼（外國人）。 4. C011 個人描述：如性別、國籍、出生年月日。

請於此處用膠水黏貼